无公害蔬菜栽培技术丛书

大白菜、甘蓝优质高产问答

王迪轩 ○主编

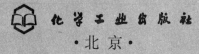

化学工业出版社

·北京·

本书以问答的形式，分别介绍了大白菜和甘蓝的无公害栽培技术。重点介绍了目前在生产中推广应用的优良品种、无公害栽培技术、主要病虫害防治技术及简易贮藏加工技术。另外，还对在生产中常见问题进行了疑难解析。

本书适合广大农业科技人员、菜农阅读，也可供农业院校蔬菜、种植等相关专业师生参考。

图书在版编目（CIP）数据

大白菜、甘蓝优质高产问答/王迪轩主编 . —北京：化学工业出版社，2011.1
（无公害蔬菜栽培技术丛书）
ISBN 978-7-122-10306-2

Ⅰ.大⋯ Ⅱ.王⋯ Ⅲ.①大白菜-蔬菜园艺-问答②甘蓝-蔬菜园艺-问答 Ⅳ.①S634.1-44②S635-44

中国版本图书馆 CIP 数据核字（2010）第 262837 号

责任编辑：刘　军　　　　　　装帧设计：周　遥
责任校对：吴　静

出版发行：化学工业出版社（北京市东城区青年湖南街 13 号　邮政编码 100011）
印　　刷：北京云浩印刷有限责任公司
装　　订：三河市宇新装订厂
850mm×1168mm　1/32　印张 8½　彩插 2　字数 220 千字
2011 年 5 月北京第 1 版第 1 次印刷

购书咨询：010-64518888(传真：010-64519686)　售后服务：010-64518899
网　　址：http://www.cip.com.cn
凡购买本书，如有缺损质量问题，本社销售中心负责调换。

定　　价：19.00 元　　　　　　　　　　版权所有　违者必究

《大白菜、甘蓝优质高产问答》
编写人员名单

主 编 王迪轩

副 主 编 夏正清

参编人员（按姓名汉语拼音排序）

何永梅 刘建中 吴岐山

序

党的十七届三中全会把"加强农业标准化和农产品质量安全工作"写进了报告，对于加强农产品质量安全管理工作具有重大的指导意义。自农业部组织实施"无公害食品行动计划"以来，蔬菜质量安全工作得到全面加强，质量安全水平有了明显提高。当前，蔬菜已成为增加农民收入的支柱产业。2007年全国蔬菜总产值7200多亿元，占种植业总产值比例高达29%，在种植业中仅次于粮食，蔬菜生产对全国农民人均纯收入的贡献额为650多元。

目前，我国蔬菜产业发展迅速，成效显著，地位突出，对加快现代农业和社会主义新农村建设具有重要的作用。我国蔬菜种植面积在20世纪80年代年均增长近10%，90年代年均增长14.5%，21世纪前5年平均增长3%，到2007年已达到2.6亿亩，总产量5.65亿吨，人均占有量420多千克。设施蔬菜发展更快，1980年设施蔬菜种植面积不足10万亩，到2007年已达到5000多万亩，增长了490多倍。目前，我国蔬菜播种面积和产量已分别占世界的43%和49%，均居世界第一。

无公害蔬菜生产从20世纪90年代开始，走过了近20年的路，如何抓好无公害蔬菜生产，尽量降低成本，而又达到优质优价，生产实践中存在不少的制约因素。为了全面推进无公害食品行动计划，我们组织一部分在基层长期与农民打交道，从事蔬菜栽培技术推广与应用的科技人员编写了这套《无公害蔬菜栽培技术丛书》。

丛书针对在无公害蔬菜生产栽培及病虫草害防治中存在的一些常见疑难问题，以实例的形式进行解析，紧紧围绕蔬菜栽培——"产前、产中、产后"整个过程中的无公害和优质高产，进行合理的周年生产规划，启发思维，节本增效，加强栽培管理，正确用肥、施药、浇水，搞好农业投入品的管理，加强蔬菜产后处理，并通过贮藏加工手段增加蔬菜产品附加值，从而提高无公害蔬菜生产水平，增强解决蔬菜栽培中出现问题的能力，达到优质、高产、高效的目的。同时，为便于菜农阅读并实际操作，丛书中病虫害防治涉及的农药均给出了通用名称，相关的常用商品名也同时列出。

丛书采用问答的形式，系统介绍了当前无公害蔬菜的优质高产技术，操作性强。丛书中所选取的大部分内容是从实践生产中来，并应用于实践，有些已取得了很好的应用效果。另外，面向基层菜农，还有针对性地推介了一些新种子、新药剂、新肥料、新设施、新技术。

湖南省农业厅副厅长

2009 年 9 月

前　言

　　大白菜种植面积和产量均居各种蔬菜之首。甘蓝也是我国各地广泛种植的一种重要蔬菜，我国甘蓝播种面积达 1326 万亩。随着品种改良、栽培技术提高和设施技术的发展，大白菜和甘蓝均可以实现春、夏、秋、冬四季栽培，周年供应。

　　随着生产的发展和人们生活水平的提高，对产品规格和无公害产品质量提出了更高的要求，因而品种选择和栽培制度也在不断创新。但在无公害蔬菜栽培中，存在着品种选用不当、重茬、管理粗放和病虫害严重发生等现象。为破解大白菜和甘蓝无公害栽培中的制约因素，普及无公害蔬菜栽培知识，提高无公害蔬菜生产水平，作者在总结自己多年来的生产经验以及当前大白菜和甘蓝生产先进经验的基础上，参考了有关的资料和书籍，按优良品种、栽培技术、高产栽培疑难解析、主要病虫害防治技术、贮藏加工技术等的思路，根据生产实际，结合实例，以问答的形式，较为系统地介绍了大白菜和甘蓝无公害生产技术。

　　本书语言通俗，图文并茂，把基本理论溶于解析中，使农民既知其然，又知其所以然，易懂易学，实用性、操作性强。适合广大农业科技人员、菜农阅读，也可供农业院校蔬菜、种植等相关专业师生参考。

　　本书编写时间紧迫，加之编著者水平有限，疏漏和不妥之处在所难免，敬请专家和广大读者批评指正。

编者

2010 年 10 月

目　　录

第一章　大　白　菜

第一节　大白菜品种

1. 生产上推广应用的春大白菜优良品种有哪些?

(1) 春丰　植株外叶浓绿色,内叶黄色,圆筒形的春白菜。耐抽薹,定植后 55～60 天成熟,高温或低温结球力强,结球紧实。植株紧凑,可适当密植,易栽培,水分含量低,商品性优秀。抗病性强,生长势旺盛,对霜霉病、软腐病等抗性强。

(2) 春大将　从韩国引进的春大白菜品种。株型紧凑、整齐,结球紧实,叶球炮弹形,球高 27 厘米,单球重 2.5 千克。

(3) 京春王　北京蔬菜研究中心育成的春大白菜品种。抗病,品质好,植株较直立,生长整齐,株高 34 厘米,开展度 61 厘米,外叶绿色,叶柄白色,亩产量 5000 千克,定植后 50～55 天收获。

(4) 新优早 45　早熟,生长期 45～50 天。叶球合抱,呈炮弹形,白帮,叶色淡绿,无毛刺,菜形美观,商品性与抗病性好,食味脆嫩,耐寒性强,冬性佳,不易未熟抽薹。单球重 2～3 千克,亩产量 6000～7500 千克(1 亩=667 平方米,全书同)。

(5) 世农春王　生长势强,叶球炮弹形,定植后约 54 天收获,耐抽薹,低温弱光条件下结球力强,商品性好,叶色深绿,结球紧实。抗病性强,易栽培。球高 26～31 厘米,球径 18～22 厘米,单球重 4 千克左右。

(6) 春大王　耐低温、耐抽薹的春播品种。叶球炮弹形,外叶深绿,结球坚实,对软腐病、黑斑病和病毒病抗性强,易栽培,生长速度快,定植后 52～55 天可收获,单球重 4.5～6.5 千克。

(7) 春皇后白菜　春露地及保护地品种。球高 25～30 厘米,球径 18～21 厘米,单球重 2.5～3 千克,晚抽薹,生长速度快,定植后 60 天可采收。

（8）春黄美　晚抽薹，播种后60～65天可采收，合抱圆筒形，单球重约2.5千克。外叶深绿，内叶嫩黄，中心柱短，口感好，品质优。低温下结球力好，对黑腐病和软腐病都有较强的抗性。

（9）春黄王　长势强，外叶深绿色，播种后55～60天收获，单球重约2.8千克。半包球圆筒形，结球紧实，内叶黄色，水分含量高，口感好，抗病、高产，抽薹稳定。

（10）春黄贵　播种后60天可采收的春播黄芯白菜，圆筒形，单株重2.2～2.5千克。晚抽薹，外叶少，结球整齐紧实易栽培。低温下结球优秀，抗根腐病和霜霉病。

（11）CR春福　结球内部黄色，外叶深绿，叶球合抱，抗根部病害能力强。晚抽薹，低温弱光下结球力好，成熟快。定植后约52天即可收获，单球重2～3千克。抗霜霉病、根肿病、病毒病。

（12）CR金冠　晚抽薹，低温弱光下结球力优秀的春播品种。结球内部黄色，外叶深绿有光泽，叶球叠抱，商品性好。定植后约50天即可收获，单球重2～3千克。

（13）黄强　播种后60～65天可采收，球形叠抱圆筒形，平均单球重2.5千克，外叶浓绿，内叶鲜黄，品质超群；抗病毒病和干烧心，适收期长。

（14）京春白　北京市农林科学院蔬菜研究中心选育。定植后55～60天收获。外叶绿，叶柄白色，株高38.3厘米，开展度63.3厘米，耐抽薹性强，抗病毒病、霜霉病和软腐病，品质好。叶球合抱、紧实，球高27.3厘米，球宽17厘米，单株净菜重2.5千克，亩产量6500～7000千克。

（15）京春白2号　定植后55～60天收获，耐先期抽薹，高抗霜霉病，抗病毒病、黑腐病。植株生长势强，株高36.9厘米，开展度53.2厘米，外叶绿色，叶柄浅绿色，球内叶浅黄色。叶球炮弹形，单球重2.5千克，亩产量7500～8000千克。

（16）菊锦大白菜　中早熟品种，株高28厘米，直径17厘米，较直立，外叶少，可适当密植。叶球炮弹形，单球重1.2～1.6千克，亩产量2800千克。生长强健，耐软腐病和霜霉病，叶色较浓，品质良好，抽薹极晚，叶不易腐烂，内叶偏黄色。

（17）凌峰大白菜　早熟品种，株高 32 厘米，直径 21 厘米，单球重 1.3～1.7 千克，亩产量 3000～3200 千克，耐寒、耐抽薹，生长势强，抗霜霉病、软腐病及病毒病。外叶深绿色，内叶嫩黄，风味佳，耐运输，商品性好，叶球圆柱形，叶片合抱，结球紧实，整齐度好。

（18）奥普提克　荷兰品种。早熟，叶球紧实，炮弹形，耐贮运，抗逆性强，春季种植耐抽薹，外形美观，单株净菜重 1.0～2.0 千克，亩产量 4000 千克左右，高的达 5000 千克以上。全生育期 90～100 天，定植后 55～60 天即可采收完毕。抗病性强，不易发生软腐病。

（19）春冠　山东大白菜良种服务中心选育。株高 38 厘米，开展度 75 厘米，叶柄白色，叶球合抱，直筒形，球顶尖，单株重 2 千克左右。叶球紧实，球形美观，纤维少，品质优良。定植后 50 天收获。高抗病毒病，兼抗霜霉病、软腐病和干烧心。冬性极强，较耐寒、耐热，适应性强。

（20）天正春白一号　山东省农业科学院蔬菜研究所选育。生长期约 62 天，株高 34 厘米，开展度 40 厘米，外叶绿色，叶柄白色，球叶叠抱，叶球倒锥型。单球重 2～2.5 千克，每亩产净菜 5500 千克，品味品质较好，冬性较强，抗霜霉病、病毒病。

（21）鲁春白 1 号　山东省青岛市农业科学研究所选育。株高约 40 厘米，开展度 60 厘米左右，外叶深绿色，长倒卵形，叶缘波状，叶面较皱，叶柄白绿色，薄且平。球叶合抱，直筒形，球顶较尖，单球重 2～2.5 千克，抗病，冬性强，生长期 65 天左右，适于春季栽培。

（22）强势　韩国汉城种苗公司育成。生育期 70 天左右，矮桩叠抱，生长势强，结球能力强，球高 27 厘米，球径 17～19 厘米，单株重 2～3 千克，亩产量 4000 千克，株形炮弹形，紧实，外叶少，外叶深绿，全缘叶，叶面光滑、平整，中肋浅绿，内叶黄色，品质佳，抗寒性强，耐抽薹。

（23）春黄　韩国兴农种苗株式会社育成。外叶深绿，内叶嫩黄，叶球叠抱，矮桩直筒形，叶球重2～2.5千克。生长期60天，具有抗性强、耐低温、风味好等特点。

（24）旺春　圣尼斯种子（北京）有限公司育成。生长期79天，生长势强，整齐度好，株高约38厘米，开展度约62厘米，外叶深绿色，白帮，叶球合抱，内叶黄色，球形炮弹形，结球紧实，单球重约2.0千克，每亩产净菜6000千克左右。对病毒病、霜霉病、软腐病有很强的抗性，晚抽薹，适应性强。

（25）庆春　中国种子集团公司从国外引入。定植后63天左右成熟。外叶深绿，内叶嫩黄。叶球圆柱矮桩形，叶片合抱，结球紧实，球重可达3千克以上，抗病性强，生长势旺，抗霜霉病、软腐病及病毒病。内叶甘甜，品质出众，叶片薄，叶帮窄，商品性好。

（26）健春　日本泷井种苗株式会社育成。生长期81～83天，生长势强，整齐，株高约40厘米，开展度约65厘米，外叶深绿色，白帮，叶球矮桩合抱，内叶浅黄色，紧实，球高约28厘米，球径16～18厘米，单株净菜重2.5～3千克，每亩产净菜7500千克。

（27）春宝（四季黄）　北京世农种苗有限公司育成。生育期80～85天，叶色深绿，叶缘为全缘，帮和叶肋白色，叶球呈倒卵圆形，合抱，植株长势强，结球紧实，球径15厘米，耐抽薹，商品性强，每亩产量4000千克以上，抗性强，高抗霜霉病和黑腐病。

（28）春大强　北京大一种苗有限公司育成。生长期79～85天，生长势强，整齐，株高34～36厘米，开展度60～62厘米，外叶绿色，绿白帮，叶球矮桩合抱，内叶颜色浅黄，紧实，单株重2.2～2.4千克，每亩产净菜6000～7000千克，丰产性好，冬性较强，抗病毒病、霜霉病，鲜食加工均可。

（29）华冠春秋　春、秋兼用叶数型结球大白菜，是替代进口春白菜的理想品种。株高40厘米，株幅74厘米，株型紧凑，莲座叶较直立，叶色浓绿，刺毛多，中肋扁平，淡绿色。球叶合抱，叶球舒心炮弹形，球高35厘米，球横径21厘米，短缩茎长3.5厘

4

米，单球重 2.5～3.0 千克，早熟，定植后 50 天收获，冬性强，耐未熟抽薹。结球期耐热性强，在高温情况下结球紧实不散叶，纤维少，质细嫩，生、熟食皆宜。高抗病毒病、霜霉病和软腐病。亩产量 7000 千克。

2. 生产上推广应用的春、秋露地大白菜优良品种有哪些?

（1）青绿 65 适宜春、秋栽培。植株直立型，株高 44.8 厘米，外叶深绿色。叶面较皱，叶柄较平，白绿色。叶球直筒形，合抱舒心，球高 46.1 厘米，球内浅黄色，单球重 2.5 千克左右，播种后 65 天成熟，亩产量 6500 千克左右，整齐、丰产，一致性高，风味品质良好。高抗病毒病、霜霉病和软腐病。适应性广，耐贮运。

（2）青杂 6 号 适宜春季和秋季栽培。植株直立型，株高 49.7 厘米。外叶深绿色，叶面较皱，叶柄较平，白绿色。叶球长炮弹形，球高 37.7 厘米，浅绿色，球内浅黄色，单球重 4 千克左右。播种后 70 天左右成熟，亩产量 7000 千克左右，整齐、丰产、一致性高，风味品质良好，高抗病毒病、霜霉病和软腐病，适应性广，耐贮运。

（3）青绿 70 植株较直立，株高 50.2 厘米，开展度 77.2 厘米，外叶深绿色，叶面较皱，叶柄白绿色。叶球长炮弹形，合抱舒心，球高 35 厘米，直径 8.6 厘米，球内浅黄色，单球重 4 千克左右。播种后 70 天左右成熟，亩产量 7200 千克左右。整齐、丰产、一致性高，风味品质良好，对病毒病、霜霉病和软腐病抗性强，适应性广、耐贮运。

（4）琴萌春王 21 号 适宜春、秋两季种植。植株稍披张，开展度 52 厘米，株高 33.4 厘米，外叶稍深绿色，叶面较平，叶柄薄而平、绿色。叶球直筒形、黄绿色，球高 25 厘米。球径 16.4 厘米，球形好，合抱舒心，球内浅黄色，单球重 2.09 千克。丰产、抗病。一般亩产量 6500～7000 千克，风味品质良好，耐贮运。春

5

播冬性强。播种后 65 天左右成熟。

（5）京秋 75 号　中熟，生长期 75 天左右，植株较直立，株高 49 厘米，开展度约 71 厘米，外叶绿色，叶柄白色，叶球中桩合抱，牛心形，顶部抱合较好，球高 29 厘米，横径 19 厘米，结球紧实，单株净重 3.0 千克左右，每亩产净菜 6500～7000 千克，抗病毒病、霜霉病、黑斑病，品质优良，商品性好。适作秋大白菜栽培。

（6）中白 62 大白菜　中国农业科学院蔬菜花卉研究所选育。为秋早熟大白菜品种，成熟期 60 天，株型紧凑，外叶深绿色，少皱、有光泽，叶缘波褶小而浅，叶柄浅绿。株高 39 厘米，开展度 57 厘米，叶球直筒形，顶部舒心。球高 35 厘米，叶球净重 1.6 千克。高抗病毒病、霜霉病、黑腐病，球叶不易发生干烧心现象。质地脆嫩，品质优良。适作秋季栽培。

（7）德高 16 大白菜　山东省德州市德高蔬菜种苗研究所选育。早熟，生长期 62.5 天，植株半直立，叶球叠抱，结球紧实，抗霜霉病、黑腐病、病毒病。亩产净菜 4000 千克。适作秋早熟栽培。

（8）津秋 606 大白菜　天津科润农业科技股份有限公司蔬菜研究所选育。中早熟，直筒叠抱类型，生长期 68.8 天左右，株型紧凑，叶色深绿，帮色浅绿，结球紧实程度中等。高抗霜霉病，抗病毒病、黑腐病。平均亩产净菜 4000 千克。适作秋中早熟大白菜种植。

（9）新早 58 大白菜　河南省新乡市农业科学院选育。早熟，叠抱，生长期 62.8 天，株型半直立，外叶深绿色，球叶白绿色，结球紧实，抗霜霉病、黑腐病、病毒病。亩产净菜 3500 千克左右。适作秋早熟大白菜种植。

（10）天正秋白 4 号大白菜　山东省农业科学院蔬菜研究所选育。中晚熟，生长期 85 天，高桩扣抱，外叶绿，抗霜霉病、黑腐病、病毒病。一般亩产净菜 5600 千克左右。适作秋早熟大白菜种植。

（11）新绿 2 号　河南省农业科学院园艺研究所选育。晚熟品种。生育期 87.2 天，叶球高桩直筒，结球紧实。高抗霜霉病、黑腐病，抗病毒病。亩产净菜 5000 千克左右。适作中晚熟秋大白菜种植。

（12）天正秋白 5 号大白菜　山东省农业科学院蔬菜研究所选育。中熟，生长期 82.7 天，叶色绿，植株直立，叶球圆筒形，结球紧实，高抗霜霉病，抗病毒病和黑腐病。一般亩产净菜 5100 千克，适作中晚熟秋大白菜种植。

（13）金秋 70 大白菜　西北农林科技大学园艺学院选育。中晚熟，生长期 84.9 天左右，高桩直筒形，结球紧实，外叶深色，球叶浅绿色，高抗霜霉病、黑腐病，抗病毒病，一般亩产净菜 5000 千克。适作中晚熟秋大白菜种植。

（14）金秋 90 大白菜　西北农林科技大学园艺学院选育。晚熟，生长期 89.7 天，外叶绿色，球内叶淡绿色，高桩直筒形，结球紧实，高抗霜霉病，抗病毒病、黑腐病。一般亩产净菜 6200 千克。适作中晚熟秋大白菜种植。

（15）青华 76 大白菜　山东省德州市德高蔬菜种苗研究所选育。晚熟，生育期 87.2 天，植株直立，叶球直筒锥形，结球紧实，高抗霜霉病、病毒病，抗黑腐病。一般亩产净菜 6400 千克，适作中晚熟秋大白菜种植。

（16）京秋 65 号　国家蔬菜工程技术研究中心选育。中熟，生长期 65～70 天，植株半直立，株高 45 厘米，开展度 75 厘米，叶色绿，叶面稍皱，白帮。叶球矮桩叠抱，倒锥形，球外叶浅绿色，球内叶浅黄色。球高 26 厘米，横径 20 厘米。结球速度快、紧实，单球重 3.6 千克左右，每亩产净菜 6500～7500 千克，抗病毒病和黑腐病，中抗霜霉病，适合北方地区秋季栽培。

（17）改良 67 号　早中熟，播种后 65～70 天收获，抗病毒病、霜霉病、软腐病和黑腐病。株型较直立，株高 45 厘米，开展度 68 厘米，外叶深绿，叶柄浅绿，叶球炮弹形，纵径 29.6 厘米，横径 15.5 厘米，结球紧实，单球重 1.9 千克，每亩产净菜 5500 千克左右。适作秋大白菜栽培。

（18）津秋 219　生育期 70 天，叶片上冲，株型紧凑，球叶拧抱直筒形，球顶舒心，株高 60 厘米，开展度 70 厘米，外叶 8 片，深绿色，中肋青绿色，球高 60 厘米，球粗 15 厘米，单球重 3～3.5 千克。高抗病毒病、霜霉病、软腐病，品质优，质细嫩，耐贮性好，不易脱帮，熟食易烂，口感佳，叶球直筒形。

（19）九丰翠青　山西省太原市农科所农业产业化经营中心选育。单株净重 4 千克，最高可达 8 千克，亩平产量达 8300 千克，抗病毒病、霜霉病较强，品味上等，纤维少，风味浓，耐贮性好，生长势强，株型紧凑，在田间生长的整齐度好，株高 58～65 厘米，开展度 60 厘米以上，外叶翠绿，叶柄浅绿色，叶球直筒拧心，包心紧实，球高 60 厘米。

（20）春秋 56　株高 38 厘米，株幅 72 厘米，外叶深绿，白帮，刺毛少，球叶合抱，叶球炮弹形，球高 35 厘米，横径 25 厘米，短缩茎长 3.2 厘米，单球重 3.8 千克，早熟，生育期 55～60 天。冬性强，耐抽薹，纤维少，质细嫩，品质优，高抗病毒病、霜霉病、软腐病，亩产量 6300 千克。

（21）淄白七号　淄博市农业科学研究所选育。早秋品种，播种后 60 天收获，株高 40 厘米，开展度 45 厘米，外叶浅绿色，叶面稍皱，白帮，外叶 12 片，球叶 38～40 片，叶球倒卵圆形，球顶圆，球叶叠抱，结球紧实，平均单球重 2.5 千克，亩产净菜 4000 千克左右，质地嫩脆，纤维少，风味品质好。对病毒病、霜霉病、软腐病的抗性较强。

（22）秋大王　早秋大白菜品种，早熟，生育期 65～70 天，外叶绿色，中肋淡绿色，叶球高桩，直筒形，花心，结球紧实，上下粗度一致，开展度 50～55 厘米，球高 40～43 厘米，横径 18 厘米，单球重 3～4 千克，质细味甜，熟食易烂，品质极佳，耐贮运，特别适宜腌制酸菜，高抗病毒病，兼抗霜霉病和软腐病。

（23）秋宝　韩国农友 BIO 株式会社育成。秋季栽培优质黄心大白菜品种。早中熟品种，播后 68～70 天采收，球重 4 千克左右。

外叶深绿，内叶鲜黄色，口感好，鲜食、熟食风味俱佳。叶薄，水分含量适中。叶球圆筒形，中等高度，球型半叠抱，结球力强，容易栽培。抗病性强，生长势旺盛，抗霜霉病、软腐病、黑斑病及病毒病。适宜加工泡菜。

（24）辽白13号 辽宁省农科院园艺研究所选育。秋结球晚熟品种，叶球炮弹形，生长期80天，植株高度整齐，高54.2厘米，株幅60.6厘米，最大叶长56.7厘米，最大叶宽27.5厘米，叶色绿，中肋色绿白，叶球色泽黄白，球高42.9厘米，球粗15.9厘米，商品好，风味品质优。亩产量8000千克左右。

3. 适于夏季高山栽培的大白菜品种有哪些？

夏季高山栽培的大白菜，应选用具有早熟、速生快长、生长期短、耐热性强、抗病性强、结球紧实等特性的优良品种。

（1）北京小杂56号 北京市农林科学院蔬菜研究中心选育。外叶浅绿色，叶帮较薄，叶球中高桩，单球重约2千克。生长期短，从播种到商品成熟只需55天左右，耐热、耐湿、耐病，适应性强，适宜高温季节种植。

（2）夏阳 我国台湾农友种苗股份有限公司推广的夏大白菜品种。外叶数少，叶背稍有茸毛。叶球长球形，重约1千克，生长期有40天、45天、50天、55天、60天等不同品种系列。夏阳白菜早生，耐热性强，耐软腐病，适宜高温季节种植。

（3）夏阳303 日本品种。极早熟，生育期50～55天，抗热，耐湿性强，生长旺盛，株形直立，可密植，外叶少，叶无毛，结球紧实，耐贮运。抗软腐病、白斑病等。单球重2千克左右。

（4）春夏王 从韩国引进。早熟。可耐10℃的低温，短时高温和低温不会引起结球不良或提早抽薹。叶色深绿，叶球高25～30厘米，球径15～18厘米，结球紧实、美观，单球重3千克，抗霜霉病、软腐病和病毒病能力强。

（5）春秋54 韩国育成。耐低温，晚抽薹，叶球炮弹形，外叶深绿。生长速度快，可密植，定植后54天可收获。抗病性强，易栽培。

（6）高冷地　韩国品种。耐低温又耐高温，也适合早春大棚和高冷地早夏栽培。叶球底部宽，叶片多，炮弹形，结球紧实，单球重2～3千克。耐运输，商品性好，温度在13℃以上时可播种栽培。

（7）明月　我国台湾农友种苗股份有限公司推广的大白菜品种。叶片较厚，叶面稍皱，叶背微有茸毛。叶球长球形，重约1千克，从移植到商品成熟只需45天，耐热性强，较抗软腐病。

（8）瑞月　我国台湾农友种苗股份有限公司推广的大白菜品种。株形矮小，叶色浓绿，叶面光滑，叶球长球形，紧实，单球重约1千克，从移植后45天始收，耐热性强，抗软腐病与黑腐病，适宜高温期种植。

（9）伏宝　江苏省农业科学院从国外引进筛选出的大白菜品种。株形紧凑，叶片小毛，植株矮小，叶球倒卵圆形，重约0.75千克。生长期55～60天，耐热、耐旱、抗病，适宜高温季节种植。

（10）青龙　我国台湾新金钟种苗股份有限公司推广。球形微椭圆形，紧实，重约1千克，移植后50天始收。耐高温，高温结球性好，抗病性强。

（11）夏皇　我国台湾新金钟种苗股份有限公司推广。球形微椭圆形，紧实，重约1.5千克，移植后40天始收。耐高温、耐病、耐湿，遇14℃以下低温易抽薹。

（12）丰作　日本米可多国际种子株式会社推广。单球重约3千克，移植后50～60天始收，耐热性极强，极抗软腐病。

（13）胶白六号　引进国外耐热试材育成的极早熟、耐热一代夏白菜品种。具很强的抗热、耐湿和抗病能力，生长期50天，叶球近球形，外形美观，耐储耐运，品质风味好，高抗病毒病、霜霉病、软腐病。

（14）夏丰　江苏省农科院蔬菜研究所选育。耐热性强，生长期短，生长速度快，从播种到采收50天，品质佳，净菜率高，叠抱，球白，抗病性强。

（15）CR 高夏　抗根肿病及霜霉病的高山夏季白菜品种。味道佳，品质好，外叶绿色，不易抽薹，球型为圆筒形，易包装。生育期 65 天左右，结球紧实，叶球重 2.2～2.5 千克。

（16）CR 夏星　抗病毒病和根肿病品种，抽薹稳定的高冷地夏季后期栽培白菜品种。播种后 65 天左右可采收的黄芯大白菜，外叶深绿色，结球紧实，合抱型，雨水季节也能生长健壮，单球重约 2.2～2.5 千克。

（17）CR 强力盛丰　播种后 55～60 天采收，合抱圆筒形，外叶深绿，内叶黄色，单球重 2.5～3.0 千克，抗根肿病、病毒病及霜霉病，品质优良。适于高冷地晚春、早夏及夏季栽培。

4. 生产上推广应用的夏大白菜优良品种有哪些？

（1）CR 盛夏　播种后 65 天左右结球的黄芯白菜，抗病毒病及根肿病，合抱形，单球重 2.0～2.3 千克。

（2）夏优白 1 号　叶片光滑无毛，有光泽，耐热耐湿，抗病性好。播种约 48 天收获，单球重 1.2～1.5 千克，口感品质优秀。适宜南方夏季早熟栽培。

（3）夏绿 55　河南农业大学选育。全生育期 55 天左右，半高桩型，叶片半合抱，外叶深绿，叶厚，叶面少毛，叶球绿白色，内叶黄白色，单球重 2～4 千克，亩产量 4500 千克左右，抗霜霉病、软腐病和病毒病，特别是抗软腐病能力强。纤维少，细脆无渣，口感好。

（4）夏福二号　福建福州市蔬菜科学研究所选育。耐热大白菜品种。株高 25 厘米，开展度 42 厘米，球高 17 厘米，宽 13 厘米，叶色深绿，叶面较平滑，叠抱圆头，矮桩。耐热性强，早熟，从定植到采收 42 天左右，抗软腐病、病毒病。单球净重 0.7 千克左右，亩产量 1500～2000 千克。

（5）夏力 45　抗病，早熟、耐热，耐湿、丰产性好。一般定植后 45 天左右可收获，可耐 36℃以上高温，结球紧实，外叶绿，叶柄白色，叶球倒圆锥形，单球重 1.5 千克左右，耐贮，耐运。全国各地均可种植。

（6）潍白 45 潍坊市农科院选育的早熟抗热大白菜。植株紧凑，叶色深绿，白帮，株高 32 厘米，外叶 6～7 片，叶柄白绿、较厚，叶面光泽无毛，叶球中桩叠抱，球高 25 厘米，球径 18 厘米，单株毛重 1.5 千克，球叶淡白色，粗纤维少，品质优，质地嫩脆，生食口感好，熟食易烂，风味佳。高抗大白菜病毒病和霜霉病，耐软腐病，抗热、耐湿能力强。适宜在山东作夏季抗热早熟栽培，或长江以南地区作抗热早熟栽培。

（7）优夏王 山东省济南市历丰春夏大白菜研究所选育。叶绿色，叶柄白色，叶球近圆球形，叠抱，单球重 1.2 千克左右，生长期 50～55 天，高抗霜霉病，兼抗病毒病和软腐病。

（8）正暑一号 泰国正大集团选育的极早熟品种。抗病、耐热、耐湿性特强，能耐 35～38℃高温，播种至收获 45～50 天，生长势强，外叶少，开展度 45 厘米，叶球长筒合抱，黄白色，包球紧实，单球重 1.2 千克左右，品质极佳，外观及商品性好，适宜我国南方地区种植。

（9）夏丰 江苏省农业科学院蔬菜研究所选育的耐热大白菜品种。株型紧凑，植株开展度小，叶片少毛，外叶叶片厚，色深，叶面稍皱，球叶白色，耐热性强，在连续 10 天 32℃以上的高温或短时间的 35℃以上的高温情况下能正常生长、形成叶球，抗病能力也较强，尤其是霜霉病和病毒病，抗软腐病能力也较强。生长期短，生长速度快，从播种到采收一般 55 天。

（10）夏胜 由韩国兴农种子有限公司育成。叶片无毛，光滑，叶球卵圆形，单球重 1.2～1.5 千克，播种后 45～50 天即可采收。抗热性极好，高温下能良好结球，有极强的抗病毒病、软腐病和霜霉病的能力。

（11）夏优 1 号 济南历丰春夏大白菜研究所选育的耐热大白菜品种。播种至收获约 48 天，外叶深绿色，叶球圆形，单球重 0.76 千克，亩产量 3800～4000 千克。耐高温，耐阴雨，高抗霜霉病，兼抗软腐病、病毒病。

（12）夏优 3 号　山东省济南市历丰春夏大白菜研究所选育。早熟，生长期 58 天左右，株高 36 厘米左右，开展度 48～50 厘米。叶片阔卵圆形、深绿色、无毛，叶缘全绿，叶面平、有皱，叶柄、中肋白绿色。叶球矮桩，浅绿色，叠抱，球高 28 厘米，球径 16 厘米，单球重 2.6 千克，抗病毒病、霜霉病，较抗软腐病。

（13）京夏王　北京市农林科学院蔬菜研究中心选育的夏大白菜品种。早熟，生长期 50～55 天，耐热、耐湿、抗病、质优。株型半直立，株高 33.3 厘米，开展度 57.1 厘米，外叶绿，叶面皱，叶柄白色，叶球叠抱，球高 18.5 厘米，球宽 14.5 厘米，结球紧实，单株净菜重 1.2 千克，亩产量 3500～4000 千克。

（14）京夏一号　北京市农林科学院蔬菜研究中心育成的夏大白菜品种。早熟，生长期 55～60 天，耐热、耐湿、抗病、质优。株型半直立，株高 32.6 厘米，开展度 64 厘米，外叶深绿，叶柄白色，叶球叠抱，球高 20.1 厘米，球宽 14.2 厘米，结球紧实，单株重 1.2 千克，亩产量 4500 千克，适于长江以南地区及沿海城市夏、秋季栽培。可兼作小白菜栽培。

（15）京夏二号　北京市农林科学院蔬菜研究中心育成的夏大白菜品种。早熟，生长期 50～55 天，耐热、耐湿、抗病、质优。株型半直立，株高 30.5 厘米，开展度 53.4 厘米。外叶绿，叶柄浅绿，叶球叠抱，球高 20.8 厘米，球宽 15.6 厘米，结球紧实，单株重 1.1 千克，亩产净菜 3500～4000 千克。适宜长江以南地区及沿海城市夏、秋季栽培。

（16）京夏三号　北京市农林科学院蔬菜研究中心育成的夏大白菜品种。早熟，生长期约 50 天，耐热、耐湿、抗病毒病、质优。株型直立，株高 45 厘米，开展度 61 厘米，外叶深绿，叶面皱，叶柄白色，叶球叠抱，球高 21 厘米，球宽 13 厘米，结球紧实，单球净菜重 1.3 千克，亩产量 4500 千克。适宜北京地区及河北、山东、湖南等省种植。

（17）京夏四号　北京市农林科学院蔬菜研究中心育成的夏大白菜品种。早熟，生长期约 55 天，耐热、耐湿、抗病、质优。株型较直立，株高 28 厘米，开展度 42 厘米，外叶深绿，叶柄浅绿，叶球合抱，球高 20 厘米，球宽 13 厘米，结球紧实，单株净菜重 0.8 千克，亩产净菜 5000 千克左右。适宜长江以南地区及沿海城市夏、秋季栽培。

（18）夏珍白 1 号　山东济南市历丰春夏大白菜研究所选育。叶绿色，叶柄白色，叶球圆形，叠抱，单球重 0.9～1.05 千克，生长期 50 天，高抗病毒病，兼抗霜霉病和软腐病。

（19）小杂 60　北京市农业科学院蔬菜研究中心选育。早熟，株高 30～40 厘米，开展度 60～70 厘米，外叶绿色，叶缘波伏，叶面稍皱，叶球矮桩头球形，叠抱，结球紧实，单球重约 2 千克，耐热，抗病毒病和霜霉病，生长期 55～60 天。

（20）夏阳早　极早熟，生长期 48～55 天，植株中等，叶片大而多，有锯齿状微纹。叶柄浅白色，中肋稍大，爽脆，鲜嫩可口。抗病、耐热、耐湿，特别是高温多雨季节表现更为明显。抗热能力特强，耐湿性亦强，抗软腐病、白斑病及无嵌纹病毒病强，生长旺盛，株形直立，可密植，外叶少，叶无毛，色浓，品质柔嫩优良。结球紧实，耐贮运。

5. 生产上推广应用的秋大白菜优良品种有哪些？

（1）亚洲秋黄芯　外叶浓绿色，内叶黄色，味道好。球形短，为半包皮型。球重约 2600 克的结球白菜。播种后 65 天左右收获。

（2）新早 58　新乡市农业科学院大白菜研究所选育。抗病耐热品种，播后 50 天可收获，株高 32 厘米，株幅 5 厘米，外叶深绿色，球叶绿白色，茸毛少，叶球矮桩叠抱，球高 24.6 厘米，球径 17.2 厘米，单球净重 1.5 千克左右，亩产净菜 5000 千克左右。高抗霜霉病和软腐病，对病毒病免疫，耐热、耐湿、早熟，适合夏末秋初种植。

（3）亚蔬 1 号　外叶深绿色，叶柄白色，外叶少，球叶叠抱，球高 18 厘米，单球重 0.6～1 千克，叶球紧实，商品性好，软叶细嫩，口感好，生长期 50 天左右，耐热、抗病，适于全国各地夏季和早秋栽培。

（4）双冠　江苏省农业科学院蔬菜研究所选育。早熟秋大白菜品种。株高45厘米，开展度60厘米，株型紧凑，外叶色深，毛少，叶柄白。较耐热，可早播，生长期短，品质好。亩产量5000千克。

（5）洛阳包头　晚熟品种，生育期110～120天，叶色淡绿，叶缘波状，叶面皱缩，上部大而平，抗旱、抗热性强，但抗病性弱。

（6）北京新一号　中晚熟，生长期85～90天，株高55厘米，开展度64厘米，外叶绿色，球叶浅绿色，叶面较平，有光泽，抗病性强，亩产量10000千克。

（7）北京新二号　北京蔬菜研究中心选育。中晚熟，生长期85～90天，外叶深绿色，叶面稍皱，叶柄绿色，抗病性强，亩产量8000～9000千克。

（8）北京新三号　中晚熟，生长期80天左右，叶柄绿色，球高33厘米，球宽19.3厘米，结球速度快，紧实，单球净菜重4.2千克，亩产量7500～8500千克。

（9）北京106号　北京蔬菜研究中心选育。中晚熟，生长期85～90天，植株整齐一致，外叶深绿色，叶面有较多皱瘤，叶柄绿色，抗病能力强，亩产量10000千克。

（10）中白60号　中国农业科学院蔬菜花卉研究所选育。中早熟，生长期60～65天，外叶绿色，球叶白绿，叶球矮桩叠抱，近圆形，球高24厘米，球径22厘米，单球毛重3.5千克，净球重2.2千克，抗病毒病和霜霉病等病害。叶球紧实，球形美观，品质优良。

（11）中白65号　中国农业科学院蔬菜花卉研究所选育。中早熟，生长期65～70天，植株生长速度快，外叶绿色，球叶白绿，叶球矮桩叠抱，球高30厘米，球径27厘米，单球净重3千克，抗病毒病、霜霉病等病害。

（12）中白66号　中国农业科学院蔬菜花卉研究所选育。中早熟，生长期 65 天，外叶深绿色，球叶绿色，叶球合抱，炮弹形，球顶叶略向外翻，球高 32.5 厘米，球径 17.8 厘米，单球净重 2.5 千克，高抗病毒病，抗霜霉病。

（13）中白 78 号　中国农业科学院蔬菜花卉研究所选育。中晚熟，生长期 75～80 天，外叶深绿色，球叶绿色，叶球中桩合抱，炮弹形，球高 36 厘米，球径 23.7 厘米，单球毛重 5.5 千克，净球重 3.9 千克，菜形美观，高产，品质好，高抗病毒病，中抗霜霉病，是合抱类型中抗病性较突出的品种。

6. 生产上推广应用的迷你型大白菜优良品种有哪些?

迷你型大白菜，又叫娃娃菜，属于小型白菜，长得小巧玲珑，非常可爱。与普通大白菜相比，迷你型大白菜株型较小，个体紧凑，外叶翠绿，叶球抱合紧实、匀称，心叶鲜黄或形如蛋黄的红芯，叶肉致密、柔软，帮薄甜嫩，味道鲜美，具有营养丰富、品质好等特点。其生长期短，小包装上市，适合我国三口之家消费的需要，近年来深受消费者喜爱，已成为全国各大超市和农贸市场的畅销蔬菜产品。

（1）黄金娃娃菜（夏秋）　国外引进。抗根肿病、病毒病、霜霉病，易栽培。圆筒形，内部黄色，水分含量适中，口感好。定植后 40～45 天可收，球重 0.6～0.85 千克。

（2）黄金娃娃（春）　国外引进。外叶短，内叶黄，水分含量适中，味道好。低温弱光下结球力优秀，球形圆筒形，抽薹稳定，播种后 60 天左右收获，球高 21～25 厘米，球径 12～15 厘米，单球重 500～600 克。

（3）南韩娃娃菜　早熟，定植后 55～60 天可收获。耐抽薹，株形小巧，适合密植，适于运输。叶球合抱，内叶深黄，品质佳。采收时株高约 20 厘米，球宽约 8 厘米，单株重 600～800 克。

（4）娃娃黄　春播迷你型黄芯白菜品种，亦适应高冷地栽培。定植后约 48 天收获，单球重 1.2 千克。商品球重 250～400 克，球高 20 厘米，球径 13～15 厘米，商品性好。作娃娃菜种植，宜密植。

（5）娃娃白　春播迷你型白菜品种。定植后约45天即可收获，单球重1.5千克。商品球重400克，商品率高。作娃娃菜种植，宜密植。

（6）娃娃红　晚春或晚秋高冷地播种，迷你型红芯白菜品种。生长期为55天左右，单球重1.3千克，商品球重400克左右。作娃娃菜种植，宜密植。耐低温性弱，宜晚春、晚秋、高冷地栽培。

（7）冬王迷你　早熟迷你小型白菜品种。食味佳，心部黄色，外叶深绿色；冬季和早春栽培可55～65天收获，中晚抽薹。

（8）冬后迷你　小型迷你白菜，外叶包心好，耐储运，冬季大棚栽培时播种后55～65天收获，内部黄芯，外部深绿色，鲜食色拉的理想选择。

（9）亚洲迷你黄　株型紧凑，外叶浓绿色。耐抽薹，内叶色为黄色，叶数多，商品性好，生长快，熟期短。

（10）橘黄迷你　结球美观、包球好的迷你白菜。外叶深绿，内部美丽，橘红色。比其他白菜品种含更多的维生素A。

（11）富娃娃　小型黄芯春白菜，早熟，播种后55天左右可收。低温耐抽薹，生长快。结球紧密，外叶少，开展度小，适宜密植。外叶浓绿，内叶鲜黄，味佳，合抱型，球高20厘米左右，球径8～9厘米，单球重0.8～1.6千克。适合北方地区春季保护地、露地栽培，夏天可以在高寒地栽培。南方地区秋、冬、春季均可栽培。

（12）三口笑　外叶深绿，内叶深黄的圆筒形春白菜。从播种到收获50～55天，单球重1.5千克左右，球大小适中。结球力优秀，栽培容易，耐抽薹。水分含量少、风味佳，抗软腐病。品种适应性好，密植可以作娃娃菜，稀植可以作早熟白菜。

（13）三口之家　小型黄芯春白菜，早熟品种，播种后55天左右可以收获。结球紧实，外叶少，净菜率高，植株紧凑，适宜密植。外叶浓绿色，内叶鲜黄，口味佳，合抱型，商品性佳。单球重0.8～1.6千克；耐抽薹，抗病性强，适应性广。适合北方地区春季保护地、露地栽培，高寒地夏季栽培，南方地区秋、冬、春季均可栽培。

(14) 京春娃娃菜　北京市农林科学院蔬菜研究中心育成。极早熟小型春大白菜品种，定植后45~50天收获，株型较小，较直立，适于密植。耐先期抽薹性强。株高29.6厘米，开展度35.5厘米，外叶绿色，叶柄白色，叶球合抱，筒形，球内叶浅黄色，球高21.5厘米，横径12.0厘米，平均中心柱长3.3厘米。单球重0.8千克，亩产净菜7000~8000千克。抗病毒病和黑腐病，高抗霜霉病，品质佳。

(15) 京夏娃娃菜　国家蔬菜工程技术研究中心选育。超小型夏秋大白菜品种。播后45~50天收获，耐热、耐湿，包球极早，株型小，适于密植。外叶深绿，叶面皱，质地柔软，无毛，叶球拧抱，球叶浅黄白色，高抗病毒病和霜霉病，抗软腐病，品质极佳。叶球纵径约14厘米，最大横径7厘米，中部稍粗，单球重100~150克。

(16) 金童娃娃菜　从韩国百通公司引进。外叶浓绿色，内叶金黄色，叠抱型，结球紧密，商品性好，口感好，品质佳，外叶直立适宜密植。抗病性较强，定植后40~45天可采收，适宜春、秋季栽培。

(17) 小巧　北京世农种苗有限公司育成的晚抽薹小型黄心春白菜品种。播种后50天左右可收获。球形为圆桶形，球高21~25厘米，外叶短，内叶黄，低温弱光下结球力优秀，球重1~1.2千克，抽薹稳定，水分含量适中，味道好，适宜密植。

(18) 高山娃娃　韩国品种。极早熟，育苗移栽45天可收获，直播60天左右可收获，外叶少，内叶金黄，极美观，结球紧实，球高16~18厘米，球径6~7厘米，单球重350~400克。适宜高山栽培。

(19) 红芯二号　山东省微山县农业局选育。早熟，生育期50~55天，株型紧凑，叶球叠抱柱状，上下粗细一致，适宜密植，植株外叶绿色无毛，内球扣抱、柱状，内层球叶为深橘红色，叶柄

18

薄，球高 30 厘米，横径 14 厘米，单球重 2 千克。抗病毒病、霜霉病、软腐病，色泽鲜艳，风味清香，口感好，甜度高，适宜城镇近郊和出口加工基地栽培。

（20）M168　山东省青岛市农科所选育的橘红芯大白菜品种。外叶深绿色，收获时球叶金黄色，球叶见光后变成橘红色，生长期70～75 天，株型较披张，株高 36 厘米，开展度 65～70 厘米，外叶深绿色，叶面皱缩，无茸毛，叶球叠抱，短筒型。叶球高 28 厘米，直径 22 厘米，单株重 2.0～2.5 千克，高抗霜霉病、病毒病和软腐病。

（21）红宝一号　红心娃娃菜品种。山东省微山县华兴种苗研究所选育。球叶叠抱，柱状，上下粗细一致，适宜装在纸箱中运输，外叶绿色，无毛，内叶为橘红色，风味清香，叶柄薄，适合生食，生育期 55～60 天，球高 28 厘米，横径 16.5 厘米，单球重2.0 千克，颜色鲜艳，抱合紧实，不散叶，帮正不扭曲，菜型美观，营养丰富。

（22）红孩儿　早熟，定植后 50 天左右收获，外叶深绿，叶球叠抱紧实，呈炮弹形，内叶鲜亮，为橘黄色，柔嫩，品质优良，较耐抽薹，结球速度快，宜密植，适应性广，耐贮运。适合高山栽培。

（23）高丽贝贝　韩国品种。为小株袖珍白菜，全生育期 55 天左右。开展度小，外叶少，株型直立，结球紧密，帮薄甜嫩，球高20 厘米左右，直径 8～9 厘米。宜密植，抗逆性强，耐抽薹，适应性广。适宜高山栽培。

（24）京秋黄芯 70　国家蔬菜工程技术研究中心选育。早中熟，播种后 65～70 天收获。高抗病毒病、抗霜霉病和黑腐病，丰产，优质。株型直立，生长势旺，株高 47 厘米，开展度 62 厘米，外叶浅绿色，叶球长筒形，顶部舒心，球内叶浅黄色，球高 44 厘米，球横径 14 厘米，球形指数 3.1，结球紧实，单球重 2.5 千克，净菜率 74.2%，每亩净菜产量 5300 千克左右。

7. 生产上推广应用的彩色大白菜品种有哪些？

（1）天正橘红58　山东省农科院蔬菜研究所选育。早熟，生育期58天，单球净重1～1.5千克，株型直立，叶球合抱，外叶为绿色、内叶橘红色，切开后经太阳略微晒后，色泽更加艳丽，结球紧实，口感好、品质佳、生食微甜，熟食易烂，对病毒病、霜霉病及软腐病抗性强，亩产净菜3300千克左右。

（2）春月黄　昆明坤华种子公司从国外引进的极早熟耐抽薹黄芯春大白菜品种。定植后50～60天收获，外叶深绿，内叶嫩黄，叠抱，球重2千克，株型较小，可作春娃娃菜栽培。

（3）红宝二号　山东微山县华兴种苗研究所选育。外叶绿色、无毛，内叶深橘红色，叶柄薄，质甜脆，风味清香，生食细嫩，熟食色泽鲜艳，生育期60天，株高36厘米，开展度45厘米，球叶叠抱，叶球柱状，上下粗细一致，球高25厘米，球粗16.5厘米，单球重2.3千克，抗病毒病、软腐病，较抗霜霉病，叶球抱合紧实，色彩鲜艳，菜型美观，可作特色菜栽培。

（4）金冠1号　西北农林科技大学园艺学院蔬菜花卉研究所选育的彩色大白菜品种。中晚熟，生育期85～90天，株高40厘米，开展度70厘米，外叶深绿色，叠抱，单球净重2.5～3.5千克，结球紧实，叶球颜色美观，商品性好，球叶外层2～3片为绿色，内层叶色为金黄色，适作秋大白菜栽培，抗病毒病、霜霉病、黑斑病和软腐病，一般亩产净菜6500～7000千克。

（5）金冠2号　西北农林科技大学园艺学院蔬菜花卉研究所选育的彩色大白菜品种。中熟。生育期75～80天，株高40厘米，株幅70厘米，叶球叠抱，球形指数1.44，单球净重2.5～3千克，结球紧实，商品性好，高抗病毒病、霜霉病和干烧心，中抗黑斑病、软腐病。一般亩产净菜6000千克左右。外叶深绿，球叶外层2～3片叶为绿色，内层叶色为橙黄色。炒食、煮食、作汤色不变，还可生食，作沙拉、凉拌等。

（6）北京橘红心　北京蔬菜研究中心选育。晚熟，生长期80天，株型半直立，株高37.3厘米，开展度61.7厘米。外叶绿色，叶柄绿色，叶球叠抱，中桩，球内叶橘红色，单株净菜重2.2千克，亩产净菜7000千克左右，抗病毒病、霜霉病和软腐病，适作秋大白菜栽培。

8. 适合作苗用的散叶大白菜优良品种有哪些？

苗用散叶大白菜是以生长30～35天的大白菜苗作为上市产品。苗用散叶大白菜茬口安排灵活，北方秋、冬季在保护地生产，夏、秋季在露地生产，南方以春、夏、秋季栽培较多。

（1）特快列车　叶片光滑无毛，生长期25～50天。作特快白菜栽培，叶柄白绿，叶色翠绿，品质优秀。耐热抗病，多种菜型收获，市场性好。适合晚春、夏、秋季栽培。

（2）青鲑F1快菜　苗用白菜专用品种，生长极快，25～30天始收。叶柄绿色，叶色浓绿，光滑无毛，商品品质极佳。适合晚春、夏、秋季栽培。

（3）阿里山快菜　早熟、生长势旺，外叶绿色，叶面皱、无茸毛，叶柄白色。2～5月可作小白菜栽培，6～7月可作半结球白菜栽培，8～12月可作结球白菜栽培。叶球叠抱，净菜率高，定植后40～45天收获，单球重0.5～1千克。特耐热耐雨，抗病毒病、霜霉病，产量丰高、品质优良。

（4）早熟5号白菜（彩图1）　叶片厚无茸毛，质软口味佳，耐热耐湿，抗病性强，适于夏天高温多雨季节作小白菜栽培，生长快速，早秋时期作结球白菜栽培，50～55天收获，叶球白色，净菜率高，秋淡季节上市。作小白菜栽培，4～10月均可播种，大棚可周年栽培。作结球白菜栽培，6～9月份播种。

（5）天白50　极早熟，生长期50～55天，单球重1.5千克左右。抗热抗湿，适合高温多雨季节栽培，适北方作快菜、南方早菜种植。

（6）北京新一号　北京市农林科学院蔬菜研究中心育成。晚熟，生长期85～90天，株型较直立，株高60.7厘米，开展度64厘米，外叶深绿色，叶缘波状，叶面较平，有光泽，叶柄绿色，叶球中高桩，包头型，亩产净菜 8000 千克左右，抗病毒病和霜霉病，品质较好。该品种无毛，叶色翠绿，生长速度快，可作苗菜品种使用。

（7）四季快菜 1 号　国家蔬菜工程技术研究中心育成。适合四季栽培的苗用大白菜品种。植株整齐一致，生长速度快，叶色翠绿，无毛，叶柄绿色。商品性、口感品质极佳。抗病、抗逆性强，适应性广。

（8）京研快菜　北京市农林科学院蔬菜研究中心选育的早熟苗用型大白菜一代杂种，生长速度快，播种后 28～30 天开始收获，采收始期株高 34 厘米，单株重 200～250 克。耐热，耐湿，株形较直立，适于密植。外叶绿，叶片厚，叶面皱，质地柔软，无毛，白帮，品质极佳。适于低海拔地区夏、秋季露地直播栽培。

（9）浙白 6 号　苗用型大白菜一代杂种。植株半直立，生长势旺，低温生长速度快，株高 24 厘米，开展度 20 厘米。叶浅绿色，叶面光滑，无茸毛，叶柄白色，叶长 30.2 厘米、宽 18.0 厘米，叶质柔嫩，品质优良。单株重 60 克左右，亩产量 2400 千克左右。高抗黑斑病，抗病毒病和霜霉病，耐先期抽薹，适宜我国长江流域及东北、华北、西南地区作苗用型大白菜栽培。

（10）耐热快菜　早熟、耐热（35～37℃）耐湿，生长势强，极抗病，适应区域广，品质好，风味佳。适合于高温季节直播作速生快菜用，可在 20～25 天抢先采收上市，是南方各省解决高温、暴雨、台风、秋淡时期的理想叶菜品种。长江流域各省及南方各省广大地区均宜栽培。20～30 天采收，亩产约 2000 千克。

（11）泰国快菜　从泰国引进，特抗热，生长快，品质优。耐暑耐湿耐旱性特强，高温期栽培抗逆性明显优于"早熟五号"。而且生长速度特快，小棵栽培播后 28 天左右可采收，叶片无毛，叶帮嫩白，一般在 6～9 月均可种植。

（12）新早 56　河南新乡市农科院选育。苗球兼用的大白菜品种。作球菜栽培时，生长期 60 天左右，株型直立，株高 33.9 厘米，株幅 58.5 厘米。球顶合抱至轻叠，叶片黄绿、无毛，叶球纵径 24.8 厘米，叶球横径 15.1 厘米。结球紧实，净菜率 65.2％左右，单株净菜重 1.5 千克，亩产净菜 4500 千克左右。早熟优质，耐热、耐湿，高抗病毒病和黑腐病，抗霜霉病，适应性广，适宜夏末秋初和春季种植。作苗菜栽培时，叶片长椭圆形、无毛，叶色黄绿，叶帮白色，抗病耐蚜，速生、直立、适于捆扎，30 天左右即可采收上市，可周年生产。

9. 直筒形大白菜的优良品种有哪些？

（1）翠丰 60 白菜（彩图 2）　早熟一代杂交种，生长期 60～65 天，高桩直筒青麻叶类型。单株重 2.0～2.5 千克，植株直立，外叶少，叶色深绿，中肋浅绿，叶纹适中，品质极佳，抗霜霉病和病毒病。

（2）翠丰 88 白菜　植株形态为直筒形，株高 60 厘米，株幅 55 厘米，叶形长椭圆形，叶色深绿色，叶柄浅绿色，叶缘全缘无缺刻波状，叶面皱缩，叶球长筒形，球内叶浅黄色，平均单球重 3.5 千克，抗病性强，净菜率高，品质佳。生长期 85～88 天。

（3）晋阳 75 白菜　中熟，生育期 75 天，直筒青麻叶。外叶深绿、株型紧凑，外叶少，叶色深绿，中肋浅绿色，球顶花心，叶纹适中，品质佳，商品一致性好。单球净菜重 3.0～3.5 千克，株高 50 厘米，耐贮运，高抗霜霉病、病毒病。

（4）天青 78　青麻叶大白菜品种，生育期 78 天左右，高抗霜霉病、软腐病。外叶浓绿，叶柄深绿，叶球直筒高桩，产量高，耐贮，单球重 4.5 千克左右。适于全国各地秋季种植。

（5）太原二青白菜　叶球直筒拧心型，抗病毒病和霜霉病，耐贮运，生长势强，单球净菜重 3.5～5 千克。品质佳，纤维少，风味浓，全生育期 90 天，亩产量 7500～10000 千克。

（6）秋绿 75　天津科润蔬菜研究所选育。中熟，生育期 75 天左右，株高 55 厘米，开展度 62 厘米，高桩直筒花心类型，外叶深绿，叶肋浅绿，叶纹适中，具有良好的商品品质和食用品质。球高 50 厘米，单球重 3.0～3.5 千克，亩产净菜 7000 千克左右，抗病毒病、霜霉病、软腐病。

（7）津秋78大白菜　中晚熟，生长期86天，高桩直筒青麻叶类型，株型直立，叶色深绿，结球紧实，高抗霜霉病、黑腐病，抗病毒病。一般亩产净菜5300千克。适作中晚熟秋大白菜种植。

（8）秋玉78　高桩直筒青麻叶类型，中熟，生育期75天，株型紧凑直立，株高58厘米，球高52厘米，开展度56厘米，外叶少，叶色浓绿油亮，中肋绿色，帮平、顺、直，不扭帮，结球紧实，叶球较粗，最大直径在叶球基部。单球重3.5～4.0千克，亩产净菜7800千克。球叶纤维少，生食甜脆，易烹炒，耐贮藏。

（9）秋绿55　天津市农业科学院蔬菜研究所育成的早熟一代杂交种。生育期55天左右，高桩直筒青麻叶类型。株高45厘米，球高36厘米，开展度46厘米，株型直立紧凑，外叶少，叶色深绿，叶肋浅绿色，心叶合抱，球顶花心，结球紧实，净菜率高，单株重1.5～2.0千克，亩产净菜6500千克，早熟性好，具较强的耐热性，冬性强，抗霜霉病和病毒病。全国各地均可种植。

（10）秋绿60　天津市农业科学院蔬菜研究所育成的早熟一代杂交种，生育期60～65天。高桩直筒青麻叶类型，株高47厘米，开展度50厘米，株形直立、紧凑，外叶少，适宜密植。外叶深绿色，中肋浅绿色，球顶花心，结球紧实，叶纹适中。球高40厘米，单株重2.0～2.5千克，亩产净菜6500千克。抗病毒病和霜霉病。全国各地均可种植。

（11）晋菜三号　山西省农业科学院蔬菜研究所育成。生长期75～80天，叶球直筒拧心型，株高55厘米，球高45厘米，上下一般粗，粗14厘米，叶色深绿，叶柄浅绿色，单株净菜重2.5～3千克。亩产净菜5000～7500千克，品质优，对病毒病和霜霉病抗性强。

（12）中白76号　中国农业科学院蔬菜花卉研究所选育。中晚熟品种，生长期75～80天，植株直立，外叶深绿色，叶面有细皱，叶柄浅绿、平且薄，叶球高桩拧抱，直筒形，结球紧实，球高53厘米，球径16厘米，单株净重3.2千克，高抗病毒病和霜霉病，兼抗黑斑病。

10. 四倍体大白菜的新品种有哪些？

（1）多维 462 河北省农科院经济作物研究所选育。生育期 70 天，束心，棵型中等，株高 45 厘米，单球重 2.5 千克，一般亩产量 7000 千克以上，叶色深绿，叶面皱缩，抗逆性强，高抗霜霉病、软腐病和黑斑病，品质极佳，粗纤维含量适中，可溶性糖含量较高，质地脆嫩，适口性好、口感脆嫩，可生食、涮锅等。

（2）多 5 河北省农科院经济作物研究所选育。生育期 80 天，叶色绿，株高 39 厘米，叶球高桩叠抱，球高 38.8 厘米，球粗 18.3 厘米，单球重 3.5 千克左右，商品性好，品质优良，口感好、味甜，抗病毒病、软腐病。适作秋白菜栽培。

（3）多 26 河北省农科院经济作物研究所选育。生育期 80 天，叶球合抱，叶色浅绿。性状整齐，株高 45 厘米，开展度约 47.4 厘米，叶球高 33.5 厘米，叶球粗 18.5 厘米，单球重 3.0 千克左右，商品性好，品质优良，抗病毒病、软腐病。适作秋白菜栽培。

（4）多 505 河北省农科院经济作物研究所选育。早熟，生育期 50 天，叶球叠抱，叶色浅绿，株高 27 厘米，开展度 30 厘米×35 厘米，叶球高 26 厘米，叶球粗 18 厘米，单球重 0.5～0.75 千克，商品性好，品质优，耐热性较好，抗软腐病、霜霉病和黑斑病，可作夏季大白菜栽培。

（5）多 526 河北省农科院经济作物研究所选育。生育期 60 天，包球类型为花心，叶色深绿。性状整齐，株高 35 厘米，开展度约 38 厘米，叶球高 30 厘米，叶球粗 21 厘米，单球重 0.75～1.0 千克，口感好、味甜，一般亩产量 5500 千克以上，抗霜霉病、软腐病和黑斑病。商品性好，品质优，耐热性较好，可作秋早熟大白菜栽培。

第二节 大白菜栽培技术

11. 春大白菜的栽培技术要点有哪些？

（1）品种选择 春大白菜适宜的生长季节较短，生长前期温度较低，生长后期温度较高，应选用冬性强、早熟、耐热抗病、高产、优质的春季专用品种。

（2）适时播期　春大白菜播种时气温低，生长后期却越来越高，这与大白菜的生长习性是不一致的。春季栽培大白菜由于适合其生长的气候条件有限，播种期过早温度低容易通过春化，出现未熟抽薹，并有幼苗受冻为害；播种过晚，虽然不易抽薹，但夏季温度高，超过日均温25℃以上，就难以形成叶球，而且雨季来临后软腐病严重，有全田毁灭的危险。因此，适宜的安全播种期要求苗期的日最低气温在13℃以上，可以避免春化和早期抽薹现象的发生，而结球期应在日最高温未到25℃以前开始结球，叶球生长的速度超过花薹生长的速度，才能保证获得优良的叶球。

在长江中下游地区，一般定植在塑料大棚栽培的播种期为2月上旬，用加温温室育苗，露地小拱棚定植或小拱棚内覆膜直播的播期为2月中下旬，露地地膜覆盖直播或露地育苗栽培的播期为3月20日至4月10日。

（3）播种育苗　可直播，又可育苗移栽。

①营养钵育苗　应先配制营养土，选用60%园田土，加入过筛腐熟的25%细猪粪、15%的人粪干，每立方米培养土中再加入充分腐熟鸡粪30～50千克、三元复合肥1千克，充分混匀，选用直径7～8厘米的塑料营养钵，先装钵高1/3，稍压实，撑圆钵底，然后稍装满，压实，至倾斜时不散土为宜。播种时，每钵中心孔扎0.5～1厘米深空穴，每穴选播2～3粒种子，盖土0.5～1厘米厚，盖种土可用百菌清或多菌灵消毒，播种后出苗前可用50%辛硫磷1200～1500倍液喷洒床面，防止虫害。在3～4叶期每穴留2株，5～6叶期留1株，夜间注意保温，通常夜温不得低于10℃。

②直播　施足底肥，精细整地，平畦或高畦播种。采用条播、穴播或条穴播。条播是按行距开2～3厘米深的浅沟，浇透水，将种子均匀撒入沟中，后用细土覆盖，穴播是在行内按株距挖深2～3厘米的穴，点水，播2～3粒种子后覆细土。条穴播就是在行内按株距开4～5厘米长的浅沟，点水，而后将种子均匀播入沟内，

覆土。播种后覆盖地膜，2片真叶显露，及时破膜露苗。

（4）整地施肥 选择符合无公害蔬菜生产要求的疏松肥沃土壤，要求向阳、高燥、爽水。采用深沟、高畦。每亩施有机肥3000千克或复合肥50千克左右作基肥，一般畦宽1米，畦高10～15厘米，畦沟宽25～30厘米，每畦种2行。结合整地撒施或按确定株行距开穴施基肥，还可用人畜粪渣淋穴，日晒稍干后锄松，然后定植。配合有机肥的施用，还可施用少量氯化钾、过磷酸钙。

（5）适时定植 定植期应视其生长环境的气温和5厘米地温确定，当两者分别稳定通过10℃和12℃，方可安全定植，定植时适宜苗龄为20～25天，适宜生理苗龄为4～5片真叶。定植时，选择无风的下午进行，先在畦中覆盖地膜，四周压实，按照株距扎孔定植，要带土坨定植，以利于缓苗。一般株行距30厘米×40厘米，每亩栽3000～4000株。定植后立即浇水。直播的还要早间苗、早定苗。

（6）田间管理 大棚栽培的，应注意棚膜昼揭夜盖，早春晚上保温，天晴时通风降湿。进入4月中下旬可去掉裙膜，只留顶膜。

注意加强排水，雨后施肥防病相结合，不宜蹲苗，要肥水猛攻，一促到底，追肥应尽早进行，缓苗后追肥，每亩穴施尿素10～15千克，莲座初期结合浇水重施包心肥，每亩追施磷酸二铵30千克、尿素20～25千克、硫酸钾10千克，此期还可采用0.2%磷酸二氢钾叶面喷肥2～3次。

苗期覆膜后一般不浇水、不中耕，结球期小水勤浇，保持土壤见干见湿，土表不见白不浇水，浇水以沟灌为宜，不能漫灌或大水冲灌。

（7）病虫害防治 春大白菜主要病害有霜霉病、病毒病、软腐病等，虫害主要为蚜虫、菜青虫等，要以预防为主，综合防治。

（8）适时采收 春大白菜一般定植后50天左右成熟，此时一定要及时采收供应市场，以防后期高温多雨，造成裂球、腐烂或抽薹，降低食用和商品价值。可根据市场行情分批采收、适当早收。

12. 夏大白菜的栽培技术要点有哪些？

近几年来，采用遮阳网覆盖栽培，配合无公害技术生产的夏大白菜（彩图3）在市场上非常抢手，生长期短，价格高，效益好。由于夏大白菜在盛夏及初秋的高温炎热季节种植，具有株型紧凑、耐热、抗病等特点，在播种期、种植密度、肥水管理等栽培措施上与秋冬大白菜有所不同。

（1）整地做畦　选前茬未种过白菜等十字花科蔬菜、土壤肥沃疏松、排灌方便的符合无公害生产环境条件的地块，最好以瓜果为前作。前茬收获后及早腾地，清洁田园，土壤经烤晒过白后，开好畦沟、腰沟、围沟，结合整地，每亩基施腐熟有机肥 4000～5000千克、饼肥 100 千克、磷酸二铵 15～20 千克。施肥后深耕细耙整平做畦，按畦高 0.3～0.4 米，畦宽 1～1.2 米做成高畦窄畦，沟宽0.3 米。

（2）播种育苗　夏大白菜从 5 月份到 8 月份均可分期、分批播种，最适 6 月初至 7 月底，可直播也可育苗移栽。

① 育苗移栽

（a）苗床准备及播种　按栽培田面积 1/10 准备苗床。苗床选土壤肥沃疏松、排灌方便、通风良好、靠近大田生产的地块，深耕烤晒过白后打碎整平做畦，泼浇一层腐熟的人畜粪渣作基肥，晒干后锄松即可浇底水、播种，或先播种后用较浓的腐熟人畜粪浇盖种子。

（b）苗期管理　播种后及时覆盖遮阳网。视情况每天下午浇一次清水。出苗后分两次间苗，第一次在出土后 3～4 天进行，第二次在 3～4 片真叶时间苗，苗距 7～10 厘米。第二次间苗浇一次肥水后，直到栽植前 3～4 天再浇肥。定植前一周以上撤掉遮阳网炼苗。

（c）定植　苗龄 15～20 天。选晴天下午和阴天定植。取苗前苗床先充分浇水，待水完全下渗，床土湿润时带土起苗。栽后浇足压蔸水，盖遮阳网缓苗至成活。株行距 30 厘米×40 厘米，每亩栽3500～4000 株。

② 直播　直播应在下午或傍晚进行，常用穴播（点播）。播种密度要求株行距 40 厘米×50 厘米，每亩定植 3000 株左右。先在畦面上按确定密度挖大小为（4～5）厘米×（4～5）厘米播种穴，每穴浇一层腐熟人畜粪渣，晒干后锄松播种。每穴播 8～10 粒，大白菜种子小，出土能力弱，播种不宜深，播种深度以 0.5 厘米为宜，用细土覆盖，再略加镇压。如播种时干燥，可先在穴中浇水，待水渗入土壤后再播种覆土。

播后覆盖遮阳网至 3～4 片真叶时，视土壤湿润程度浇水。及时间苗和定苗。间苗分两次进行，在拉十字时一次，4～5 片真叶时第二次间苗，苗距 6～7 厘米，6～7 片真叶时按预定株距定苗。

夏季地老虎、蝼蛄等地下害虫活动猖獗，播种后应不隔夜撒毒谷（麦麸炒熟或用开水烫后加敌百虫的 10 倍液拌匀）。如遇大雨，雨后应重撒，最好在定苗前撒毒谷 2～3 次。

（3）田间管理　田间管理要一促到底，不宜蹲苗，特别要加强前期肥水管理，并且要从夏季高温的田间小气候出发，减少施肥的次数。可采取以基肥为主，生长期间利用水分调节的施肥原则。

① 浇水管理　由于夏季气温高，苗期需要多浇水、勤浇水以保持土壤湿润，降低土壤温度，减轻病毒病的发生。从播种至出苗，每 1～2 天浇一次水，出苗后 2～3 天浇一次水。浇水应在早晨或傍晚地温较低的时候进行，中午气温高时浇水，易造成寒水冷根发生萎蔫。垄干沟湿即需浇水，确保土壤见干见湿。进入结球期后应保持土壤见湿不见干。遇到连续高温天气，可在中午通过叶面喷水来降低气温。夏季降雨集中，大雨或暴雨过后，应及时排水，严防积水，并尽快浅锄，适时中耕、培土。

② 追肥管理　一般苗期不追肥，如果降雨过多，脱肥严重，可追施以人粪尿为主的提苗肥，勤施薄施，以 10%～20% 为宜。定植缓苗后应追开盘肥，一般每亩施人粪尿 1000～1500 千克，或尿素 10～15 千克或硫酸铵 15～20 千克，并配合施用少量磷钾肥。开始包心时施人粪尿 1000～1500 千克，或尿素 15 千克，或硫酸铵

20~25千克、氯化钾 10 千克。在叶球外形大小基本确定后，再追肥一次，每亩施粪水 500~1000 千克。结合追肥浇水保持土壤湿润。开始结球后，可用 0.3％左右尿素、硫酸铵或磷酸二氢钾分别喷洒，进行根外追肥。

③中耕除草　通常中耕 1~2 次，第一次在定苗后，清除杂草时就可中耕，及时追水肥。第二次在莲座期长满前，只宜浅耕，不能损伤植株。中耕时以晴天为好。

（4）病虫害防治　夏季高温多雨，日照长，病虫害发生严重，加强病虫害防治是夏大白菜栽培的重点。夏大白菜苗期正处于高温干旱阶段，如果蚜虫防治不力，就会造成病毒病的流行。进入莲座结球期后，是一年中温度最高、降雨最集中的时期，暴雨和高温交替出现，有利于软腐病、霜霉病的发生，虫害主要有蚜虫、菜青虫等，要注意检查叶片，及时发现病虫害，及时防治。

13. 秋大白菜的栽培技术要点有哪些？

秋大白菜是我国广大农村传统的栽培方式，这一栽培季节的环境条件与大白菜的习性吻合，生育前期处于温度较高的季节，结球期在冷凉季节，收获后即在寒冷季节，适于贮藏。

（1）茬口安排　实行 2~3 年轮作。前茬最好为洋葱、大蒜、黄瓜、西葫芦、豇豆等。其次为番茄、茄子、辣椒等。

（2）整土施肥　大白菜根系较浅，吸收水肥力较差，因此，要选用地势平坦、排灌良好、疏松、肥沃的壤土或轻黏土，前茬作物腾茬后，立即清除田间病残组织及杂草，清洁田园。种植前要深翻土地，每亩施腐熟农家肥 4000~5000 千克、过磷酸钙 30 千克、硫酸钾 15~20 千克或草木灰 100~150 千克。撒均匀后深翻 20~25 厘米，犁透、耙细、耙平，做小高垄，垄底宽 40 厘米，垄高 15~20 厘米。

（3）播种育苗　秋播大白菜主要生长期都在月均温为 22~25℃的时期，选择适宜的播种期非常重要。秋播太早，天气炎热，幼苗虚弱，易染病。播种过晚又因缩短了生长期，以至包心松弛，影响产量和品质。在长江中下游地区，一般播种期宜 8 月中旬左右为宜，早熟品种可适当早播。直播或育苗移栽。播后盖 0.3 厘米厚薄土，及时间苗留苗，高温天气通过浇水遮荫等措施降温，播种出苗后，每隔 2～3 天浇一次水，保持地面湿润。选下午 4 时后进行移栽。每亩中熟品种栽 2000 株左右，小型品种适当密植，大型品种适当稀植。

（4）追肥　幼苗期若子叶发黄，每亩施硫酸铵 5～7 千克，或腐熟人粪尿 200 千克加水 10 倍追施提苗。莲座期，每亩追人粪尿 500～1000 千克或硫酸铵 10～15 千克，过磷酸钙 7～10 千克，沿植株开 8～10 厘米深的小沟施入。包心前 5～6 天，每亩施人粪干 1000～1500 千克或硫酸铵 15～25 千克，硫酸钾和过磷酸钙 10～15 千克或草木灰 100 千克。结球后半个月，每亩施人粪尿 1000 千克或硫酸铵 10～15 千克。追肥应结合浇水进行，浇水方法以缓水漫灌为好。还可用 1% 磷酸二氢钾、硫酸钾或尿素进行叶面追肥，于莲座期和结球期共喷 3～4 次，可增产。

（5）浇水　幼苗期气温高，需多次浇水降温，小水勤浇，保持地面见干见湿，防止大水漫灌。莲座期浇水土壤见干见湿。结球前中期需水最多，每次追肥后要接着浇 1 次透水，以后每隔 5～7 天浇水 1 次，保持土壤见湿不见干。浇水还应结合气象因素，连续干旱应增加浇水次数，遇大雨应及时排水。高温时期选择早晨或傍晚浇水，低湿季节应于中午前后浇水。浇水还要结合追肥。结球后期需水少，收获前 5～7 天停止浇水。

（6）中耕　整个生长期需中耕 2～3 次，第一次在三叶期浅锄 3 厘米左右，第二次在定棵后或移栽成活后，深锄 5～6 厘米，第三次在莲座期后封垄前浅锄 3 厘米。封垄后不再中耕。

（7）病虫害防治　大白菜主要病害有霜霉病、软腐病、病毒病、黑斑病、根肿病等，主要虫害有蚜虫、菜青虫、小菜蛾、小地老虎、黄曲条跳甲、猿叶虫等，在一般年份，病害发生较少，应重点防治虫害。要特别注意结球前的病虫害防治，否则结球后很难防治。要及时发现，早防早治。

14. 散叶大白菜的栽培技术要点有哪些？

散叶大白菜即大白菜生长至结球（包心）前期就上市，其产品包括幼苗（鸡毛菜）至结球前期的半成株。主要栽培季节为春末至秋初，3月上旬至8月均可陆续分期分批排开播种，分期上市，8月以后上市的产品，主要为直播后的间苗，或市场叶菜供应紧张时，将未结球的大白菜提前上市，可增加秋淡蔬菜品种花色，填补市场空白，价格好，能获得良好的经济收益。

（1）整地做畦　选用符合无公害生产条件，土壤肥沃疏松，排灌方便，前茬未种过十字花科蔬菜的地块。土表3～5厘米的土壤须耙细。多撒播，部分穴播。畦宽1.1～1.5米，高畦栽培。

（2）播种间苗　播种前应在畦中充分浇水，播后盖一层厚0.5～1.0厘米的土，也可在播后再浇一层腐熟浓粪渣。播种后如天气干燥，可覆盖遮阳网，也可与瓜果菜间作套种。幼苗出土日期依温度而定，春季6～8天出土，夏季3～4天。春季播种幼苗成活率高，每亩播种1～1.5千克；夏季天气炎热，幼苗死亡率很高，每亩播种2～2.5千克。出土后10～12天，1～3片真叶时第一次间苗，株距6～7厘米。5～6叶时第二次间苗，株距12～15厘米。每次拔除的苗都可作为产品上市。

（3）肥水管理　散叶大白菜生长期短，基肥和追肥都应施用速效性肥料。肥料尤以含氮量高者为好。多用浓厚的人畜粪泼在畦面，待干后锄松翻入土中作基肥。每亩用1000～1500千克。生长期间从1～2片真叶起，结合浇水将人粪尿对水追肥。随大白菜的长大而增加含量，最初为10%，渐增至30%。天气干热时，增加施用次数降低浓度；天气冷凉多雨时，则减少施用次数而增加浓度。夏季天气炎热干旱时不能缺水，应在早晚浇肥水，不能在中午进行。中耕和除草结合间苗时进行。

（4）病虫害防治　散叶大白菜生长期多在高温干旱季节，病虫害发生比较严重，用药要早，出苗后或害虫幼虫1～2龄时须及时喷药；用药要准，对症下药，尽量使用生物农药，禁止使用高毒、高残留农药；用药要巧，在早晚气温较低时喷药，使用农药后还没有超过安全间隔期，其产品不得上市。

15. 迷你型大白菜的栽培技术要点有哪些？

（1）品种选择　选择个体小、极早熟、可高度密植、品质优良、品质脆嫩、风味好的迷你型品种。夏季栽培，还应具有较强的耐热性和抗病毒病能力。

（2）直播或育苗移栽

①　冬春育苗移栽　冬春季栽培要求育苗，栽培温度在13℃以上。若采用育苗移栽方式，可采用288孔穴盘育苗，播种期较定植期提前1个月。一般露地栽培2月下旬至3月上旬于日光温室或大棚加小棚设施育苗。温度一般控制在20～25℃，当幼苗有70％出土时，白天温度应控制在20～22℃，夜温13～16℃比较合适，以防夜温过低春化抽薹。苗龄25～30天，3月下旬至4月上中旬定植，5月中旬至6月上旬收获。大棚栽培可比露地栽培提早1个月播种、定植。温室栽培又可比大棚栽培再提早1个月播种、定植。若采用直播栽培方式，北方播种期可参照育苗移栽的定植期进行。其他地区应根据当地气候条件提早或推迟播种。

②　夏秋直播或育苗移栽　秋露地直播，播种期为8月下旬至9月中旬。育苗移栽的，一般选择128孔穴盘。秋季育苗处在高温期，最好采用黑色遮阳网覆盖。夏季选择通风干燥、排水良好的地块，建立育苗床，高温季节有条件的可在保护地设施顶部喷井水，使其形成水膜，既可降温，又可提高空气湿度。一般在定植前5～7天进行变光炼苗，将遮阳网全部撤去，并浇1次大水，使秧苗适应露地环境，根据天气灵活掌握。

（3）整土施肥　选择透气好、耕层深、土壤肥力高、排灌方便的壤土、沙壤土地种植，pH值以6.5～7.5为宜。施足基肥，一般每亩施土杂肥2000千克、复合肥50千克。

（4）及时定植　春季做宽1米的小高畦，沟宽40厘米、深20厘米，选择宽1.2米的地膜覆盖，每畦种4行。株行距均为25厘米。定植后，用地膜加小棚覆盖。

9月下旬育苗栽培时要覆盖地膜。做50厘米宽小窄高畦，每畦2行，行间植株错开；或做1.0～1.2米宽平畦或高畦，每畦4～5行，宜密植栽培，行距25厘米，株距20厘米，每亩种植12000～13000株。采用穴盘育苗的可在移栽前连盘带苗在配有链霉素、多菌灵等杀菌剂的药水池中浸泡一下再移栽。

(5) 田间管理

① 温度管理　采用温室、大棚栽培，夜间温度尽可能保持在13℃以上。生长前期白天在保温的基础上每天小放风除湿，以减少霜霉病发生。生长中后期夜间保温，白天要特别注意通风降温和除湿，待夜间最低气温升至13℃以上时充分打开周边棚膜，昼夜通风，白天最高气温维持在25℃左右。

② 追肥管理　莲座期适当控制肥水，不宜大肥大水。追肥分2次进行，缓苗后每亩可追尿素10千克，进入结球期后，每亩再随水追施硫酸铵或复合肥20千克。结球期间，最好在阴天或晴天下午4时后叶面喷施磷酸二氢钾2～3次。

③ 浇水管理　早春需水量少，缓苗后几乎不浇水。当叶面积逐渐大时，生长速度加快，根系加深，对水分要求比幼苗期大得多，但莲座期水分不能过多，以免徒长，而且易感染病害，只在干旱时酌情浇少量水，直至结球才浇水，结球后期应控制水分。收获前7天停止浇水。

④ 其他管理　及时中耕除草，清除老叶病叶，同时要注意虫害，特别是蚜虫的防治。

(6) 采收　生产上应分期播种，分期采收，均衡上市。80%包心时开始采收，否则叶球过大或过于紧实，失去商品价值。采收时，将整棵菜连同外叶运回冷库预冷，包装前再按商品标准大小剥去外叶，每包装入3～4个小叶球。包装和运输应在0℃冷藏条件下进行。

16. 高山栽培大白菜的技术要点有哪些？

高山栽培大白菜的播种期，要根据高山的海拔高度不同以及市场供应状识来确定。若播种过早，有可能由于前期低温而造成先期抽薹，导致栽培失败。因此，高山大白菜的播种期以3月中旬至6月份为宜。在海拔500～800米的山区，播种期为3月中旬至4月下旬。前期用薄膜棚覆盖保温育苗，从5月中旬至6月中旬开始采收上市。海拔800～1200米的山区，播种期可在5～6月份，从7月中旬至8月上旬始收。

（1）品种选择　选择冬性强、抽薹晚的品种。

（2）播种育苗　可以直播，也可进行育苗移栽。直播栽培根系发育好，生长快，但前期管理比较费工。育苗移栽，种子用量小，苗床面积小，便于集中管理，可保证全苗和壮苗，而且还可克服前作不能及时采收的季节矛盾等。在3～4月份播种育苗的，要用塑料薄膜中、小棚覆盖，进行保温避雨育苗。5～6月份播种育苗时，温度渐高，可用薄膜中小棚加遮阳网双层覆盖，或用防雨棚覆盖，或搭荫棚覆盖等，进行遮阳、降温和避雨育苗。育苗床可用高畦冷床或营养钵，或机制营养块，或基质穴盘进行育苗。

播种前对苗床浇足底水，然后将种子于苗床上，进行营养钵育苗时，每钵（穴）可播种2～3粒，盖籽后再用薄膜或稻草覆盖畦面，盖好育苗棚保温保湿。2～3天出芽后应及时揭去畦面上的覆盖物，1～2片真叶时间苗，拔除弱苗和杂株苗。2～3片真叶时定苗，每钵（穴）留一株。每次间苗后，可追施0.2%～0.3%的尿素肥水，促进幼苗生长。早期播种处在低温天气条件下，要盖好薄膜育苗棚，进行保温与避雨。由于棚温提高，可避免由低温引起的早薹现象。后期气温较高时，再开棚两头通风。夏季播种气温高，而且高温多雨，要注意遮荫防雨，并可防止雨水冲击和暴晒。当幼苗长到3～4片叶时定植。

（3）大田移栽或直播

①定植　选择地势平坦、土壤疏松肥沃和保水保肥性能好的田块定植，施足基肥，每亩施充分腐熟的农家肥2000～2500千克、复合肥40～50千克、石灰50～100千克，然后整地做畦。用山坡地种植的，畦宽（包沟）1.6米，沟深25厘米，可栽3行。如果

雨水较多，为了便于排渍，可做成小高畦，畦宽（包沟）1.2 米，栽 2 行，株距 0.3～0.35 米。选择在阴天或晴天的下午进行定植，定植后，及时浇定根水，继续用遮阳网覆盖 10 天左右，促进返苗。

② 直播　直播田块可按小高畦的规格，进行整地做畦与播种。每亩用种 150～200 克，每穴播种 2～3 粒，覆土 1.5～2.0 厘米厚。畦面稍微修整后，用 96% 精异丙甲草胺除草剂 60 毫升，对水 60 升，对畦面进行喷雾除草。然后，用遮阳网对畦面进行浮面覆盖。出苗后及时揭去。直播时要求有足够的水分才能播种。早期播种的气温尚低，可在雨水或人工浇水后墒情转好时播种。在夏季播种的，也要在雨后或人工浇水后播种。有灌溉条件的，可在畦沟内灌半沟水湿润土壤，促进出苗。出苗后要及时间苗，每穴留一株健壮苗。

（4）田间管理

① 中耕除草与灌溉　在封行前，要中耕除草 2～3 次。中耕时应先远后近，远处宜深，近处宜浅，一般掌握为锄破地皮即可。并结合培土进行清沟。有条件的可在植株周围覆盖茅草，以降温保湿，并防止暴雨冲刷。

夏大白菜处于炎热的夏天，气温高，水分蒸腾量大，需水量也大。如果水分不足，则容易造成叶球松散，但又不能湿度过高，否则易引起病害。因此，要结合肥水管理，进行田间浇水。干旱时，一般要求每隔 3～4 天于早晚浇水一次，暴雨时注意迅速排灌。

② 施肥　高山大白菜从定植到采收为 50～60 天，没有明显的莲座期，除施足基肥外，生长期间要适度追肥，一促到底，不蹲苗，追肥以速效肥为主。前期要薄施勤施，在幼苗期每隔 5～7 天浇一次稀薄肥水，如 10%～20% 的腐熟人粪尿水，或 0.2% 的复合肥水。进入莲座期应重施一次肥，可每亩浇施复合肥 30～35 千克，或稀粪水 2000 千克。进入结球期，每亩可用 15 千克复合肥加 20 千克氯化钾，配成肥液浇施。同时，还可用磷酸二氢钾、硼肥等进行叶面喷施。施肥时，不要将肥液浇施于植株上，特别是叶球上，而应旁施于畦中间。

（5）采收 手压叶球顶部，有坚实感，即表明已达到成熟度，可以将大白菜采收上市。采收宜在傍晚进行。

17. 高山迷你型大白菜的栽培技术要点有哪些？

高山气候优越，生产的迷你型大白菜明显优于平原地区。要选择在海拔 600 米以上的区域栽培，播种期在 4 月上旬至 8 月上旬。可直播栽培，也可育苗移栽。播后或定植后 45～65 天上市，满足 6～10 月份的蔬菜淡季市场供应。

（1）品种选择 选择个体小、株型优美、早熟、抗热、耐抽薹、适宜密植，并且抗病力强的品种。如红孩儿、高丽贝贝、高山娃娃等。

（2）直播或育苗移栽

① 育苗与移栽 可采用苗床育苗，或营养钵（块）与穴盘育苗。育苗时，每亩大田需种子 50～60 克，苗床面积 65～70 平方米。苗床宽 1.2～1.5 米，按 8～10 厘米的行距划沟播种，播后用细土盖籽 1 厘米厚，并间苗 1～2 次。当进入 3 叶期时进行定苗，苗距 8 厘米左右。用营养钵（块）或基质穴盘育苗，每穴播种子一粒，播后用细土盖籽 0.5～1 厘米厚。一般具有 5～6 片叶时可定植。

定植大田，每亩应施充分腐熟的农家肥 2500～3000 千克、复合肥 35～45 千克、石灰 50～100 千克。施后翻耕整地，耙细整平，做成畦宽（包沟）1.5 米。定植行距 20～25 厘米，每行栽 5 穴（株），每亩栽 10000 穴（株）左右。栽后及时浇水定根。

② 直播栽培 直播田施肥与整地做畦方法、直播规格同移栽大田。每亩大田需种子 120～150 克。直播时按照行距 20～25 厘米，开好直播沟（或直播穴）。每畦 5 穴，每穴播种 3～4 粒，播后盖籽，畦面稍作修整后，再用 96% 精异丙甲草胺除草剂喷雾。畦面上用遮阳网浮面覆盖，出苗后即及时揭去。出苗后 15 天左右，有 2～3 片真叶时间苗，并查苗和补苗。5～6 片叶时定苗，每穴留一株健壮苗。每亩留足 10000 穴（株）左右。

（3）田间管理　高山迷你型大白菜的整个生长期均不宜大肥大水，以免引起植株徒长，一般以田间保持湿润为好。直播在 3 片叶时，可适量施用速效性氮素肥料提苗，促进植株生长。之后可视苗情进行追肥。没有喷施除草剂的田块，还要进行中耕除草，并结合进行追肥。此外，还可用 0.3％磷酸二氢钾加 0.3％～0.5％的尿素水溶液叶面喷施 2～3 次。

（4）采收　当大白菜具有八成熟时便可收获。即叶球坚实，心叶合抱即可，叶球过大或过紧，容易降低商品价值，包装前应按大小规格，分开包装，剥去外叶，每包装 3～4 个小叶球。

第三节　大白菜优质高产疑难解析

18. 大白菜的发展前景如何？

大白菜又名白菜、结球白菜、包心白、黄芽菜等，原产中国，现已成为我国最具代表性、创造性和广泛栽培的中国特产蔬菜。

（1）栽培面积大　目前大白菜有春、夏、秋各种生态型，已经实现早、中、晚熟配套四季栽培的大量优良品种。大白菜是我国栽培面积最大、供应量最多、销售时间最长的蔬菜之一。目前，大白菜种植面积和上市量仍是最大的蔬菜之一，随着春、夏大白菜的大面积栽培，供应量仍有增加的趋势。

（2）营养价值高　大白菜以叶为产品器官，叶片 90％以上是水分。100 克鲜菜含能量 88 千焦、蛋白质 93.6 克、脂肪 0.2 克、膳食纤维 0.6 克、碳水化合物 3.1 克、胡萝卜素 250 微克、硫胺素 0.06 毫克、核黄素 0.07 毫克、尼克酸 0.8 毫克、抗坏血酸 47 毫克、维生素 E 0.92 毫克等。以上说明，大白菜中含有许多人体不可缺少的营养物质，经常食用一些新鲜的大白菜无疑对人体的营养和保健是大有裨益的。

（3）食用价值好　大白菜清淡脆甜，鲜嫩可口，生食、熟食、荤炒、素炒皆宜，有蒸、煮、烩、炒、烧、扒、焖、煎、涮、熘、炸、熬、腌、炝、拌等多种烹调方法，还可以做成馅和配菜。既能做主料，又能做配料。大白菜与其他食物配合可制成食疗菜，如大白菜与薏米煮粥，有健脾祛湿、清热利尿的作用；大白菜、葱、姜汤对预防感冒有一定的作用；大白菜根加红糖、生姜，水煎后可治疗和预防感冒；大白菜猪肝汤能补肝利胆、通肠益胃，对肝病患者有一定的辅助治疗作用；大白菜豆腐汤具有清养作用，尤其适合高血压食用。

（4）保健功能多　大白菜性平、味甘、微温、利尿、通便、清肺热、止痰咳、除瘴气以及防治矽肺等作用。大白菜含有大量的粗纤维，食后可以促进肠壁蠕动，帮助消化，防止大便干燥，促进排便，稀释肠道毒素，既能治疗便秘，又能预防肠癌。另外，大白菜中含有吲哚-3-甲醇化合物，可有效防止乳腺癌的发生。

19. 大白菜各生育阶段有何特点？

大白菜的世代生长可分为营养生长阶段和生殖生长阶段。其中营养生长阶段包括发芽期、幼苗期、莲座期、结球期和休眠期。生殖生长阶段包括抽薹期、开花期和结荚期。

（1）发芽期　从播种到出苗后第一片真叶显露为发芽期，需4～6天，依温度条件而定。主要靠种子贮藏养分生长。种子吸水，胚开始萌动，胚根突出形成主根，子叶出土。当子叶完全展开，两个基生叶显露时，俗称"破心"，这是发芽期结束和幼苗期开始的临界期。

（2）幼苗期　从第一片真叶出现到幼苗长出一个叶环为幼苗期，需16～22天，早熟品种需14～16天，晚熟品种需18～22天。播种后7～8天，基生叶生长达与子叶大小相同并和子叶互相垂直排列成十字形，这一现象称为"拉十字"，接着胚芽的生长锥上陆续发生叶原基，这些叶原基逐渐生长发育长成第一个叶环的叶子。这些叶子按一定的开展角规则地排列成圆盘状，俗称"开小盘"或"团棵"，这是幼苗期结束的临界特征。

（3）莲座期　从第一个叶环结束到第三个叶环的叶子完全长长，植株开始出现"包心"时为莲座期，需20～30天。在莲座后期所有的外叶全部展开，全株绿色面积接近最大，形成了一个旺盛、发达的莲座叶丛，为叶球的形成准备充足的同化器官。莲座期发生新的叶原基并长成幼小的顶生叶（球叶）。在莲座叶全部长大时，植株中心幼小的球叶按褶抱、叠抱或拧抱的方式抱合而出现卷心现象，这是莲座期结束的临界特征。在莲座前期应促进莲座叶的生长，后期要适当控水，抑制莲座叶的生长，以促进球叶的形成。

（4）结球期　从开始卷心到叶球长成，需 25～60 天，早熟品种 25～30 天，晚熟品种 40～60 天。从田间群体来看，约有 80％ 的植株开始卷心时，栽培上就要开始进行结球期的管理，以促进顶生叶的生长，继而形成叶球。结球期又分为前、中、后三期。栽培中首先要把结球期安排在最适宜的生长季节里，并加强肥水管理和病虫害防治。

（5）休眠期　大白菜结球后期遇到低温时，生长发育过程受到抑制，由生长状态被迫进入休眠状态。大白菜的休眠不是生理休眠，而是强迫性休眠，当遇到适宜的条件可不经过休眠，直接进入生殖生长阶段。在休眠期大白菜生理活动力很弱，没有光合作用，只有呼吸作用，外叶的部分养分仍向球叶输送。在休眠期内继续形成花芽和幼小花蕾，为转入生殖生长做准备。

（6）抽薹期　经休眠的种株在次年春初花薹在植株内开始缓慢生长，定植后逐渐恢复生长并抽生茎叶和一级分枝，开始开花为抽薹期的临界特征。需 20～25 天。

（7）开花期　从开始开花起到种株基本谢花为开花期，需 15～20 天。随着全株的花先后开放，花枝也迅速生长，第二、三级分枝也相继长出。

（8）结荚期　花谢后，果荚生长、种子发育、充实至成熟为结荚期。需 25～30 天。结荚期要防止植株过早衰老，也要防止种株贪青晚熟，当大部分花落，下部果荚生长充实时，即可减少浇水，并中止施用氮肥，直到大部分果荚，特别是上部的果荚变成黄绿色时即可收获。

20. 无公害大白菜生产对产地环境条件有哪些要求？

（1）基本要求 以"三废"污染轻的地区作为无公害大白菜生产基地选择的基本条件；基地附近（方圆1000米以内）没有造成污染源的工、矿企业；基地距主干公路线200米以上；基地距医院、生活污染源2000米以上；有毒、有害的化学投入品应有严格管理规定，不允许在棚室内及田间存放。

（2）土壤条件 要选择地势高燥、排灌方便、地下水位较低、土层深厚、疏松、肥沃的地块，以沙壤土、土壤及轻黏土为宜，有机质含量15克/千克以上，碱解氮含量80毫克/千克以上，速效磷含量50毫克/千克以上，速效钾含量100毫克/千克以上，土壤全盐含量不得高于3克/千克。基地未长期施用含有有毒物质的工业废渣改良土壤。前茬为非十字花科作物。

（3）灌溉条件 基地的灌溉条件应是深井地下水或水库等清洁水源，避免使用污水或塘水等地表水灌溉；山地农区河流的上游没有工矿污染的可用地上水。

（4）环境质量 基地灌溉水质量、空气质量和土壤质量应符合蔬菜产地环境条件（NY 5010—2001）的要求。

21. 怎样对大白菜进行种子处理？

在播种前对大白菜种子进行处理有利于苗全、苗壮。根据各地病害发生情况和种子带菌情况，播种前应因地制宜选择不同方法和不同药剂进行种子处理。

（1）选种 要选用整齐、籽粒饱满、千粒重大、生活力强、发芽率高的种子播种。可用直径1.1毫米的筛子对种子进行筛选加工，使种子纯度达98％以上，千粒重可达2.8克左右。

（2）晾晒 为提高种子发芽势，在播种前可以将种子晾晒2～3天，每天2～3个小时，晒后放在阴凉处散热。此法可提高长期贮藏后种子的活力。

（3）温汤浸种 为了防止种子带菌可以进行温汤浸种。即将种子在冷水中浸泡10分钟，再放于50～54℃的温水中浸种30分钟，立即再移入冷水中冷却，然后捞出放于通风处晾干待播。

（4）药剂拌种　防治霜霉病、黑腐病等种子带菌的病害，可采用种子重量 0.3%～0.4% 的甲霜灵、福美双或代森锰锌等药剂拌种。防治软腐病，可采用种子重量 1%～1.5% 的中生菌素，或种子重量 0.2% 的 70% 琥胶肥酸铜可湿性粉剂拌种。

22. 为什么说秋大白菜优质高产要适期播种？

笔者曾临田鉴定过一个大白菜种子案例，该农户的播种期为先年 10 月下旬，年前大白菜未充分结球，经过当年一月份的长期冰雪灾害后，开春温度升高，多数大白菜未结球或结球不紧实，因而提早抽薹。在这里，播种期过迟是导致大白菜不结球或结球不紧实的关键因素。其实，大白菜要获得高产优质，适期播种是关键。

（1）过早过迟弊端　一般来说，在正常年份，只要提高栽培技术，有效地防止病虫害的发生，提前播种是获得高产的重要措施。但秋大白菜播期过早，由于光照强、温度高，病毒病、霜霉病和软腐病三大病害接踵而来，会使产量大幅度下降，病害重的年份甚至绝产。晚播虽然可以减轻或避免病害的发生，产量比较稳，但由于生长期短，积温不够，叶球小、包心不实，影响产量。

（2）影响播期因素

① 气候条件　根据当地的气象预报，如在当年播种期的旬均温均近于或低于常年，可适当早播，否则适当晚播。

② 品种　进行秋季和冬春贮藏供应的地区，多用生长期长的品种，应适当晚播；如果提前上市或收获后直接上市，可利用早熟品种，既可早播，又可晚播。

③ 土壤　沙质土壤发苗快，生长迅速，可适当晚播，黏重土壤发苗慢则应适当早播。

④ 肥力　土壤肥沃，肥料充足，大白菜生长快，可适当晚播，否则适当早播。

⑤ 病虫害　历年病虫严重的地区适当晚播，否则可早播。抗病性强的品种可适当早播，否则晚播。

⑥ 品种的耐藏性　不同品种的耐藏性有一定的差异，秋季进行贮藏栽培的应选用较耐贮藏的品种，但同一品种不同播种期对贮藏性有很大的影响，早播的外叶脱落多，易早衰，不利于贮藏；适当晚播者，包心虽然稍差，但不易早衰，损耗少，有利于延长供应。

⑦ 栽培技术　如果当地的栽培技术水平高，土壤肥力、田间设施等条件较好的，对不良条件和病虫害的发生有较强的应付能力，可以发挥早播高产的优势；反之，应适当晚播。

（3）播期确定方法　确定大白菜适宜播种期一般采用生育期法，即根据所用品种的生育期长短进行确定，各地可根据所用品种的生育期长短和本地区严霜期到来的时间来推算播种期，并根据发病情况加以调整。此法简单易行，但未能说明同一品种或同一类型的品种在每年相同的播种期内播种，而产量的丰欠相差较大的原因，如何能做到连年稳产，缩小年际之间的产量差异，不能做出充分的解释。也有根据生产经验和农谚来确定的经验法，或根据大白菜历年病害、结球、产量情况与气象指标的关系，再根据群众多年的经验来确定不同年份的播种期。

（4）播种适期　在湖南，适宜秋播的大白菜适播期为8月下旬至9月上旬，最晚不得迟于9月中旬，否则难以包心而得不到理想产量，一般11~12月收获。总之，大白菜的播期应因地区、年份、品种等条件不同而灵活掌握。

23. 怎样进行大白菜直播栽培？

大白菜一般进行直播，其优点是方法比较简便，可以避免育苗移栽时的大量用工。另外由于直播不用移栽，不伤根，无缓苗期，根系发育好，生长势旺，生长速度快，同时由于根部无伤口，所以不易发生病毒病、软腐病等病害。但直播的缺点是占地时间长，土地利用率低，不利于茬口的安排。播种以后如遇大雨，种子易被冲掉或造成土地板结不易出齐。此外，在幼苗期由于幼苗分散面积大，不利于管理。如果在大白菜播种时前茬作物腾不出茬口来，就应育苗移栽。直播有条播、穴播（也称点播）、断条播等三种方法。

（1）条播　条播既可人工播种，又可机械播种。人工播种是在垄（高畦）顶部的中央划深0.6～1.0厘米的浅沟，如用平畦栽培，可在平畦中划同样规格的沟，然后将种子均匀地播在沟中，覆土平沟，可进行适当镇压，使种子与土壤密切接触。也可以播种后直接在垄底浇水，使水沿毛细管上升，既能湿润土壤，又起到一定的镇压作用。人工播种量一般为每亩150～170克。播种面积大的也可以用大白菜播种机播种，特别是在播种期较为集中的地区，机械播种可节约播种量，每亩需75～100克，密度均匀，深浅一致，出苗整齐，幼苗间距大，平均苗距5厘米左右，幼苗不拥挤，生长健壮。条播较省工，但播种量较多，定苗时株距不甚整齐。

（2）穴播　又称点播，是按已经确定的行距和株距在垄（或平畦）上挖穴点播。穴深0.6～1.0厘米、长5～8厘米、宽3～4厘米的浅穴，将种子均匀播在穴中，覆土平穴。为保证顺利出苗，播种后应及时浇水，并掌握"足墒浅种"的原则。穴播虽费工，但播种量小，每亩需种量100～150克，株距较均匀，幼苗顶土能力强，植株营养面积均匀。但间苗不及时易造成徒长苗，病虫害严重或土地不平的地块，再加之管理不良时易造成缺苗。

（3）断条播　也称"一"字形播种法，即根据行株距要求，在一定的株距位置上，顺行划7～10厘米短沟，然后进行播种。每亩用种量100～150克，比较容易控制株距，便于间苗和定苗。

24. 如何进行秋大白菜育苗移栽？

大白菜进行育苗移栽，有利于集中管理，抵抗自然灾害的侵袭，提高土地利用率和茬口的合理安排，比直播节省种子1/3～1/2，缓解大白菜集中播种时劳力紧张的矛盾。但育苗移栽时伤根较多，要经过一个缓苗期，延长了生长期和延迟了供应期，且较直播的病害重，产量较低。大白菜育苗应把握如下几个要点：

（1）选好育苗床　育苗床最好选地势高燥、排灌方便、土壤肥沃的地块，前茬不宜栽培十字花科蔬菜。苗床的宽度1.0～1.5米。

每栽 1 亩大白菜需苗床面积 30～40 平方米。做畦时充分施肥，亩施腐熟厩肥 3000～4000 千克，使土壤松软肥沃，施粪干 1000～1500 千克或硫酸铵 20～25 千克、过磷酸钙及硫酸钾 10～20 千克或草木灰 50～100 千克。肥料与床土充分混合均匀达 15 厘米的深度。床面要平坦，最好预先充分浇水 1 次，使土壤自然沉落后再耙平，表土要细碎。播种期要比直播提早 2～3 天。

（2）苗床播种　可用条播或撒播法，每亩苗床播种量 200 克左右。先浇水使苗床土壤透达 15～20 厘米，待水渗下后播种。为使撒播均匀，将种子与 5～6 倍筛过的细湿土均匀拌和再播。撒后再覆盖细土 0.8～1 厘米厚。也可在平整好畦以后按行距 8～10 厘米划 1 厘米深的浅沟进行条播，覆土踏实后再浇水。最好支棚覆盖芦帘或用其他方法遮阳和防雨。覆盖银灰色薄膜既可防雨，又可防蚜。

（3）苗期管理　若土壤水分充足或播种前已充分浇水，在发芽期内最好不浇水，以防冲坏幼苗及造成土壤板结现象。如发芽期内天气高温干旱，仍需小水勤浇或喷灌，以降低土面温度。幼苗出土后应分次间苗，一般间苗二次，第一次在 1～2 片真叶时进行，苗距 3 厘米×3 厘米。第二次间苗在 3～4 片真叶时进行，苗距（8～10）厘米×（8～10）厘米。苗龄一般 15～20 天为宜。在移栽时一定要在第一天浇足水，第二天切成土坨移栽，要避免伤根，缩短缓苗期。

目前生产上常用营养土块或纸钵育苗，这样不伤根或者少伤根。

① 营养土块育苗法（彩图 4）　营养土的配制：用腐熟的厩肥 1 份、黏土 2 份、沙土 0.5 份、每 1000 千克营养土中加过磷酸钙或骨粉 2～3 千克、硫酸铵 1～2 千克，充分混合均匀，再用石碾压紧，最好压成 12 厘米厚的大土块，并充分浇水。次日待营养土块湿度适宜时，用刀将其切成长宽各 8 厘米的方块，即成营养土块。在每一营养土块中心用小木棒插一小穴，深 1 厘米，每穴播种子 2～3 粒，上盖 0.3 厘米厚的薄土，播后 2 天即可出苗，以后间苗 2～3 次，每穴留苗一株，待幼苗有 5～6 片真叶时将幼苗连同营养土块铲起定植于大田。

② 纸钵法　纸钵的做法：用旧报纸裁成 16 开大小，如一张新华日报可裁成 8 小张，将每小张纸卷成一筒状，再用浆糊糊成高 10 厘米、直径 5 厘米的纸钵待用。营养土的配方为：熟菜园土 3 份、充分腐熟的厩肥或粪干 1 份、每 1000 千克营养土加过磷酸钙 3 千克、草木灰 5 千克。将以上土、肥充分混合拌匀后装入纸钵中，浇透水后播种，每钵播种子 2～3 粒。移栽时连同纸钵一起栽下。栽后覆土、间苗，以及定植时的幼苗大小等要求与营养土块育苗相同。

25. 夏、秋培育大白菜壮苗有哪些措施？

无论是直播苗，还是苗床中育的苗，都要认真管理，以培育壮苗，为丰产奠定基础，这是大白菜高产栽培中非常重要的一环。因为，首先，幼苗期是相对生长速度最快的时期，此期管理的好与坏事关将来能否获得高产。其次，苗期是防治大白菜病虫害的关键时期，历来各地苗期发生的病虫害较多，如霜霉病、病毒病、软腐病等，特别是病毒病很易在苗期发生，发生病毒病后又促进了霜霉病、软腐病等其他病害的发生。再次，苗期也有干旱，给管理上带来不少困难。最后，苗期也是农事繁忙季节。要培育大白菜壮苗需做到如下几点：

（1）浇水　浇水时要注意避免用工业有毒的废水灌溉，供水要均匀，浇到、浇足，不要大水漫灌，垄沟内的水浸过并冲坏垄背后，使幼苗根系裸露地面，造成幼苗东倒西歪，要使全垄土壤湿润，使进水口和出水口水量相当。当发现冲坏垄背时，要及时培垄，维护垄面整齐。

（2）排水　大白菜幼苗期正值雨季，常有暴雨，应事先挖好排水沟，当暴雨来临时，使雨水能顺利排除，防止沤根。在排水后要及时中耕，疏松土壤，增强透气性。

（3）查苗补苗　播种后由于种子发芽率低、播种量小、底墒不足、缺乏浇水或浇水不均、播种沟深浅不一致、浇水过大或暴雨冲刷造成的垄面损伤、地下害虫为害、人畜操作损伤幼苗等，造成缺苗断垄现象。当幼苗出土 4～5 天后，要及时查苗，发现有缺苗断垄的地方，及时补苗，以达到苗齐、苗壮。补苗不宜过迟，补苗方法和定植方法基本相同。

（4）间苗　当苗子的子叶和真叶相互搭肩时就应及时间苗 2～3 次，第一次间苗在"拉十字"时进行，条播及床播时株距 5～7 厘米留苗 1 株，穴播每穴留苗 3～4 株。第二次间苗在 3～4 片叶时，条播每 7～10 厘米留苗 1 株，穴播每穴留苗 2～3 株。床播的在这次间苗后移栽。每次间苗以及定苗时淘汰弱苗、病苗和被害虫为害的幼苗。每次间苗以及定苗后都要浇小水。如有缺苗现象应在 5～6 叶前进行补苗。直播大白菜在团棵时定苗。条播按预定株距留苗 1 株，穴播每穴留苗 1 株。

（5）中耕　播种初期高温多雨，杂草多，土面易板结，应及时中耕除草。幼苗初期宜浅锄，深约 3 厘米，以划破土面，达到疏松土表和铲除杂草的目的。定苗后，中耕深度 5～6 厘米。

（6）除草　主要草害有野苋菜、马齿苋、铁苋菜、马唐、千金子等，应及时除去，也可用化学除草剂除草。丁草胺：播后苗前处理，用 60％丁草胺乳油 50～60 克/亩，对水 50～60 千克喷雾，土壤干旱时，用水量可加大，喷雾后灌水，保持土壤湿润，药效期 20～25 天。禾草丹：播前苗后使用，用 50％禾草丹乳油 100～120 克/亩，对水 50～60 千克喷雾；或用 10％禾草丹颗粒 1000 克/亩施于土表层，或拌细土 15～20 千克均匀撒施，施后喷水保持土壤湿润，药效期 20～25 天。

（7）病虫害防治　病毒病，主要做好防蚜工作，也可喷施 1.5％植病灵 II 号乳剂 1000 倍液，或 20％盐酸吗啉胍·铜 300 倍液等；霜霉病，可喷雾 75％百菌清可湿性粉剂 500 倍液，或 64％噁霜灵可湿性粉剂 500 倍液等；软腐病，可用 72％硫酸链霉素可溶粉剂 3000～4000 倍液，或 72％新植霉素可湿性粉剂 4000 倍液，或 47％春雷·氧氯铜可湿性粉剂 700～750 倍液等喷雾。

26. 在大白菜生产上怎样施用沼肥促增产？

大白菜施用沼气肥，除具有生长快、产量高、成熟早、品质好等特点外，还有明显的防病作用。其使用技术如下：

（1）作基肥　播种时每亩用 1500 千克沼渣作基肥，生长期再用沼液作追肥。

（2）苗期施肥　用 40％的沼液进行穴施，或者按每亩用 800 千克的沼液用量顺垄浇施，但浇施后必须立即浇水，以免烧苗。

（3）莲座期施肥　将沼液对清水穴施或顺垄浇施，也可再用 30％的沼液进行 1 次叶面喷施，效果更佳。

（4）结球期施肥　每亩用 1000 千克沼液，结合浇水分 3 次施入。

（5）成熟期施肥　每亩用 400 千克沼液，结合浇水分次施入。

27. 大白菜的需肥特点有哪些？

（1）土壤和营养条件　大白菜是十字花科芸薹属 1～2 年生草本植物，可以形成叶球。耗水量大，不耐湿、半耐寒，耐热能力差。大白菜根系发达，为肥大肉质直根，分根很多，形成发达的网状根系，其中有 90％集中在地表下 30 厘米土层中。以土层较深厚、供肥能力高的砂壤土栽种为宜，适宜土壤 pH 值 6.0～6.8。大白菜不能连作，也不可与其他十字花科蔬菜轮作。

（2）需肥特点　大白菜生育期长，产量高，养分需求量极大，对钾的吸收量最多，其次是氮、钙、磷、镁。每 1000 千克大白菜约需要吸收氮 2.5 千克、五氧化二磷 0.94 千克、氧化钾 2.5 千克。由于大白菜不同生育时期的生长量和生长速度不同，对营养条件的需求也不相同。苗期吸收养分较少，氮、磷、钾的吸收量不足总吸收量的 10％；莲座期明显增多，占总量的 30％左右；结球期吸收养分最多，占总量的 60％左右。

（3）各种元素对大白菜的需求与影响

① 氮　充足的氮素营养对促进形成肥大的绿叶和提高光合效率有重要意义，如果氮素供应不足，则叶片由外向内逐渐发黄、干枯，植株矮小、组织粗硬和严重减产；如果氮肥过多，易造成叶大而薄，包心不实，品质差，抗病性降低，不耐贮存。

②磷 磷能促进细胞的分裂和叶原基的分化，加快叶球的形成，促进根系生长发育。磷素缺乏时，植株矮小，叶片暗绿，结球迟缓。

③钾 钾素能增强光合作用，促进叶片有机物质的制造和运转。钾肥供应充足，可使叶球充实，产量增加；缺钾时，外层叶片边缘呈带状干枯，严重时可向心部叶片发展。

④钙 大白菜是喜钙作物，外叶含钙量高达5%～6%，而心叶中的钙含量仅为0.4%～0.8%。环境不良，管理不善时，会发生生理缺钙，出现干烧心病，严重影响大白菜的产量和品质。

（4）施肥对产量和品质的影响 在施肥量一定的范围内，随着施肥量的增加，产量也增加，每亩施0.3千克硝酸铵，可增加大白菜产量10～20千克。但超过一定的范围，增产效果变差，经济效益下降。因此要根据菜田土壤肥力状况施肥。硝酸盐经细菌的作用，可以在动物体内还原成亚硝酸盐。这种亚硝酸盐对人的身体会产生直接或间接的为害。大量施用氮肥，大白菜产品内的硝酸盐含量会明显增加，对人体健康不利。另外，氮肥施用过量，还会使大白菜干烧心发病率显著增加，贮藏后干烧心病更加严重。因此，要适当控制氮肥的施用。

28. 大白菜怎样进行配方施肥？

大白菜全生育期每亩施肥量为农家肥2000～2500千克（或商品有机肥300～350千克）、氮肥13～18千克、磷肥5～8千克、钾肥10～14千克。有机肥作基肥，氮钾肥分基肥和二次追肥，磷肥全部作基肥，化肥和农家肥（或商品有机肥）混合施用（表1～表3）。

表1 大白菜推荐施用量

肥力等级	目标产量/千克	推荐施肥量/（千克/亩）		
		纯氮	五氧化二磷	氧化钾
低肥力	4000～5000	15～18	7～9	12～14
中肥力	5000～6000	13～16	5～8	10～12
高肥力	6000～7000	12～15	4～7	8～10

表 2　大白菜每亩施肥基肥推荐方案　　单位：千克

肥力水平		低肥力	中肥力	高肥力
产量水平		4000～5000	5000～6000	6000～7000
有机肥	农家肥	2500～3000	2000～2500	1500～2000
	或商品有机肥	350～400	300～350	250～300
氮肥	尿素	4～5	4～5	3～4
	或硫酸铵	9～12	9～12	7～9
	或碳酸氢铵	11～14	11～14	8～11
磷肥	磷酸二铵	15～20	11～17	9～15
钾肥	硫酸钾(50%)	7～8	6～7	5～6
	或氯化钾(60%)	6～7	5～6	4～5

表 3　大白菜每亩追肥推荐方案　　单位：千克

施肥时期	低肥力		中肥力		高肥力	
	尿素	硫酸钾	尿素	硫酸钾	尿素	硫酸钾
莲座期	11～14	9～10	10～12	7～9	10～12	5～7
包心初期	11～14	9～10	10～12	7～9	10～12	5～7

（1）基肥　大白菜生长速度快，生长量大，需要施用大量的有机肥作基肥，一般每亩施农家肥 2000～2500 千克（或商品有机肥 300～350 千克）、尿素 4～5 千克、磷酸二铵 11～17 千克、硫酸钾 6～7 千克、硝酸钙 20 千克。可以撒施，也可按行距开沟，将肥料集中施在沟内并与土壤混匀。定苗后施有机肥，可以起到弥补基肥不足的作用。

（2）追肥　莲座期每亩施尿素 10～12 千克、硫酸钾 7～9 千克；结球初期每亩施尿素 10～12 千克、硫酸钾 7～9 千克。

（3）根外追肥　在生长期喷施 0.3%氯化钙溶液或 0.25%～0.5%硝酸钙溶液，可降低干烧心发生率。在肥力较差的土壤上，在结球初期喷施 0.5%～1%尿素或 0.2%磷酸二氢钾溶液，可提高大白菜的净菜率，提高商品价值。

29. 如何加强对大白菜的浇水管理？

（1）大白菜对水分的要求 水分是大白菜生长发育所必需的，大白菜叶面积大，蒸腾量很大，需水量较多。大白菜体内的水分含水量约为95％，但不同品种及同一品种的不同部位有所不同。一般叶柄的含水量较高，为94％～96％；叶片的含水量较低，为91％～93％；根部的含水量最低，为80％～87％。

土壤水分的多少直接影响植株的光合作用，进而影响产量，适宜大白菜光合作用和生长的适宜土壤含水量为80％。同样，土壤含水量的多少也影响大白菜的群体光合速率，适宜大白菜群体光合速率的土壤含水量约为80％。因此，生长期间及时浇灌，保持土壤一定的湿度，才能保证大白菜新陈代谢的正常进行。

（2）大白菜生长发育的各个阶段对水分的要求

① 出苗期 要求较高的土壤湿度。土壤干旱，萌动的种子很易出现"芽干"死苗现象。所以播种时要求土壤墒性要好，播种后应及时浇水，此期土壤相对湿度应保持在85％～90％为宜。

② 幼苗期 此期正值高温干旱季节，为了降温防病，浇水要勤，一定要保持土表湿润，通常要求是"三水齐苗、五水定棵"。此期土壤相对湿度以80％～90％为宜。

③ 莲座期 此期大白菜生长量增大，对水肥吸收量增加，为了促进根系下扎，需根据品种特性和苗情适当控制浇水，此期土壤相对湿度以75％～85％为宜。蹲苗以后，因土壤失水较多，蹲苗前又施了较多肥料，需连续浇二次水。

④ 结球期 此期生长量为全重的70％，需水量更多，一般每7天左右浇一次水，应保持地皮不干，要求土壤相对湿度为85％～94％。此期如果缺水不但影响包心还易发生"干烧心"。但也不宜大水漫灌，否则积水后易感染软腐病。

（3）大白菜生育期内的水分管理

① 浇足底水 播种前根据土壤墒情浇1次底水造墒，同时可降低土壤温度，有利于种子发芽，降低病毒病和霜霉病发生几率。

② 苗期浇水 苗期浇水实行"三水齐苗、五水定棵"，是避免

病毒病发生、培育壮苗的有效措施。即在播种 24 小时后浇第 1 次水；幼苗刚有少量出土时浇第 2 次水；等幼苗完全出齐后浇第 3 次水；幼苗长到拉十字期，间苗后浇第 4 次水；真叶出现到 10 片左右，再浇 1 次定苗水。同时注意苗期排涝，以减少后期黑腐病、软腐病的发生。

③ 莲座期浇水　此期生长的莲座叶是将来在结球期大量制造光合产物的器官，充分施肥浇水保证莲座叶强盛生长是大白菜丰产的关键。但同时要注意防止莲座叶徒长而使结球期延迟，一般在施用发棵肥后随即充分浇水，以后在莲座期内保持土壤见干见湿。若植株在莲座生长后期有徒长现象，须采取蹲苗措施。具体做法是在结球前 7~10 天浇 1 次大水，然后停止浇水，直到叶片颜色变为深绿、厚而发皱、中午微蔫、植株中心叶边呈绿色时为止。蹲苗结束后浇水不宜过多，以防叶柄开裂。

④ 结球期浇水　蹲苗结束浇过第 1 次水后，要待土壤黄墒前，紧接着浇第 2 次水。浇过第 2 次水后，一直到收获前 7~8 天，每隔 7~8 天浇 1 次水，浇水要均匀一致，保持土壤湿润。

30. 如何防止大白菜高温干旱？

大白菜种子发芽最适温度为 25℃，幼苗生长最适温度为 20~25℃，高温主要发生在秋季大白菜的幼苗期及夏季大白菜的整个生长期。在秋季，幼苗经常遇到强光、高温、干旱，有时高温多雨，特别是在高温、干旱条件下，幼苗易发生芽干和出苗不齐的现象，整地不平，浇水不足的地块更严重，幼苗出土后，叶片浓绿而皱缩，叶面积小，根尖发育不正常，变为黄褐色，整个生理功能衰弱，群众称为"旱孤丁"。另一方面，高温干旱本身易诱发大白菜的病毒病，温度越高，病毒病就越重。其防止措施如下：

（1）选用耐热品种。

（2）科学掌握播种时间　最好控制在傍晚或夜间出苗，不致使种子刚出土就受到高温的为害。

（3）经常灌溉　苗期高温干旱年份要注意播前播后浇水，尤其是复水要适时适量，及时降温，保持土壤湿度。必要时再浇第三、第四次水，沙壤土易缺水，尤其要注意加强苗期管理。

（4）抗旱锻炼　在大白菜苗期适当控制水分，抑制生长，以锻炼其适应干旱能力，即为"蹲苗"。在移栽前拔起让其适当萎蔫一段时间后再栽称作"搁苗"。通过以上处理，大白菜根系发达，保水能力强，叶绿素含量高，干物质积累多，抗逆能力强。

（5）化学诱导　用化学试剂处理种子或植株，可产生诱导作用，增强植株抗旱性。如用 0.25%氯化钙溶液浸种，或用 0.05%硫酸锌喷洒叶面，均有提高抗旱性的功效。

（6）使用生长延缓剂与抗蒸腾剂　脱落酸可使气孔关闭，减少蒸腾失水。矮壮素、丁酰肼等能增加细胞的保水能力。合理使用抗蒸腾剂也可降低蒸腾失水。

（7）根外追肥　在高温季节，用磷酸二氢钾溶液、过磷酸钙及草木灰浸出液连续多次叶面喷施，既有利于降温增湿，又能够补充蔬菜生长发育必需的水分及营养，但喷洒时必须适当增加用水量，降低喷洒浓度。

（8）人工遮阳　在菜地上方搭建简易遮阳棚，上面用树枝或作物秸秆覆盖，可使气温下降 3～4℃。采用塑料大棚栽培的蔬菜，夏秋季节覆盖遮阳网遮阳，可降温 4～6℃，并能防止暴雨、冻雹及蚜虫直接为害蔬菜。

31. 如何防止大白菜低温与冻害？

低温的为害包括两个方面，一是低温为害，又称冷害，主要发生在秋大白菜结球的中后期，当气温低于 10℃时，大白菜的生长速度非常缓慢，低于 5℃时生长几乎停止。在北方地区由于寒流提前，温度迅速下降，热量不足，常会造成结球不实、产量和质量不高的现象。二是冻害（彩图 5），我国北方地区在 11 月上、中旬；东北、西北高寒地区在 10 月中下旬；长江中下游在 11 月下旬至12 月上中旬，在秋大白菜收获前两周，突然有寒流或降雪，温度降至 0～3℃，此时大白菜尚未来得及适应，再加之含水量较高，较低的温度往往使细胞间隙结冰。当温度缓慢回升时，水分还可以回到细胞质中，使细胞恢复正常的膨压。如果温度突然降至 0℃ 以下，叶片受冻则难以恢复，造成严重的冻害。长江中下游大白菜可以露地越冬的地区，由于空气湿度大，温度变幅小，其受害程度往往比北方轻，通常温度降至 −8℃ 时才形成严重的冻害。大白菜的冻害表现首先从外叶开始，随着温度的持续降低和时间的延长，逐步扩展到球叶，严重时直至菜心。由于寒风可以加速蒸发，并带走大量的热量，使冻害加重，且难以恢复。大白菜的含糖量越高冰点就越低。防止冻害与低温的措施有如下措施。

（1）苗期炼苗　春季育苗栽培时在幼苗出齐后，苗床要通风，并随天气转暖逐步加大通风量，对幼苗进行低温锻炼，以提高秧苗抗寒能力，适应室外低温环境。

（2）增加保护设施　一是架设风障，风障对冷空气有阻挡作用，在风障群区可形成特有的小气候阻止地表进一步降温。风障间应保持较密的距离，一般为风障高度的 2 倍左右为宜。二是开沟栽植，覆盖地膜，早春蔬菜定植时，可采用开沟栽植方式，沟深要求超过菜苗高度，再在沟上覆盖地膜即可，但应注意覆膜不可压住菜苗，否则菜苗顶端仍会受到冻害。三是可将秸秆、树叶、谷壳、草木灰等铺在大白菜行间或覆土 3～5 厘米把心叶盖住，翌春揭除。

（3）临时加温　保护地生产，在寒流来临时，可在育苗棚或生产棚搭建简易煤炉进行临时加温，以提高棚内温度，防止冻害。但不能采用明火，以免引起火灾。

（4）浇水　一般华北地区在 11 月上中旬，东北、西北地区在 10 月中下旬，长江流域在 11 月下旬至 12 月上中旬，在较强冷空气过后，天气晴朗，夜间无风或微风，而气温迅速下降，特别是当地表温度降至 0℃ 以下出现霜冻时，可在地面大量浇灌井水，以大幅度提高地温，此法可使地面温度由 0℃ 上升至 8℃ 左右，避免霜冻出现。

（5）重施腊肥　冬前把猪牛粪或土杂肥 1000～2500 千克施于大白菜行间，土温提高 2～3℃，同时可起冬施春用的作用。

54

（6）熏烟　在霜冻之夜，在田间熏烟可有效地减轻或避免霜冻灾害。但要注意一是烟火应适当密些，使烟幕能基本覆盖全园，二是点燃时间要适当，应在上风方向，午夜至凌晨 2～3 时点燃，直至日出前仍有烟幕笼罩在地面。

（7）喷水　在霜冻发生前，用喷雾器对植株表面喷水，可使植株温度下降缓慢，而且还可以增加大气中水蒸气含量，水汽凝结放热，以缓和霜害。

（8）中耕　在霜前进行中耕，可减轻霜害程度。因为春季气温逐渐升高，畦土锄松后，可较好地吸收和存贮太阳热量，一旦霜害降临，土壤中已积存一部分热量可缓解霜冻。

防治大白菜冻害主要靠大白菜采收前冻害预测，测出大白菜收获期间有无较强冷空气侵入，当气温有可能降至 $-5℃$ 时，提前做好准备，及时采收。

32. 如何防止大白菜湿害与涝害？

大白菜湿害与涝害（彩图 6）都是由于水分过多对大白菜造成为害而减产。涝害常因大雨或暴雨时间过长，土壤积水而形成的，涝害严重时大白菜根系在较短的时间内因缺氧而窒息死亡。湿害是由于水涝后土壤长期排水不良，或是由于阴雨天气使土壤水分持续处于饱和状态而形成的。湿害主要是因长时间缺氧而损害根系，而且其为害不易被人们所重视。湿害主要多发生在大白菜苗期与莲座期，其表现是根瘦弱而浅，根毛尖端呈褐色，吸水肥能力逐渐减弱，进而造成地上部叶片生长速度减缓，叶片颜色变黄，叶片徒长，造成产量下降，结球不紧实。

防止措施　实行高垄、高畦栽培，可迅速排除畦面积水，降低地下水位，雨涝发生时，雨水及时排出。灾害发生过程中，要利用退水清洗沉积在植株表面的泥沙，同时要扶正植株，让其正常进行各种生理活动，尽快恢复生长。灾害过后，必须迅速疏通沟渠，尽快排涝去渍，还要及时中耕、松土、培土、施肥、喷药防虫治病，加强田间管理。如农田中大部分植株已死亡，则应根据当地农业气候条件，特别是生长季节的热量条件，及时改种其他适当的作物，以减少洪涝灾害造成的经济损失。

33. 如何防止冰雹和暴雨为害大白菜？

冰雹是一种直径大于 5 毫米的固态降水，降雹时间几分钟至十几分钟，也有的长达 1 小时以上。冰雹的为害程度取决于雹粒的大小、持续的时间和密度，以及发生的时期。一般在大白菜播种后的苗期、莲座期发生最多，结球期发生的次数较少。冰雹为害严重时，会将大白菜外部的功能叶片基本打光，只剩下叶柄和内部的叶球，包心好的大白菜外围 2～3 片叶也会被打成蜂窝状，从而造成减产甚至绝收。

暴雨发生季节，大白菜的发芽期及苗期如处于炎热多雨季节，日降水量 50 毫米以上的暴雨可将种子从土中冲出，严重时需重播。暴雨还可将幼根冲出土外使幼根表皮受到严重损伤，造成严重的缺苗断垄和大小苗不齐的现象。此外，由于暴雨的袭击，常使地表板结，对土壤的通透性造成严重破坏，使根系不能正常发育。

防止措施　对于暴雨冲刷为害的防御，首先是雨前抢盖薄膜。对于已遭遇暴雨冲刷的苗，应及时用细土压根固苗，并注意遮阴防暴晒。雨后浇水降温，以防止大白菜苗因蒸发量过大而萎蔫。冰雹也是易发生的一种天气灾害，但其突发性强，难以预防。冰雹灾害出现后，对于心叶已遭受损伤的菜苗须剔除重播。另外，在有条件的地区，采用防虫网、遮阳网覆盖栽培可有效防止暴雨和冰雹的为害。

34. 如何防止大白菜空心和焦边？

大白菜空心，也称空球，是指叶球内部的叶片变小而弯曲，结球松散，不充实。原因主要是缺钾，外叶中的养分不能充分转运到嫩叶以供其生长。缺钙也会造成空心。如果氮肥严重不足，也会造成叶的生长量小，叶球不紧实。因此，栽培时要增施有机肥，保证氮、钾等的均衡、足量的供应。

大白菜焦边也称"烧边"，是叶球内部叶缘褐变而卷缩。焦边往往发生在大白菜结球前期，原因大都认为与缺钙有关。另外，叶片过嫩，又遇大风和干燥、火炕的天气也容易出现焦边的现象。防止办法是加强水分供应，保证土壤湿润，供肥均衡，多施有机肥。

35. 夏大白菜生产中容易出现的问题有哪些？

（1）单球小　夏大白菜生长在炎热的夏季，温度高，全生育期短，一般在 65 天以内，所结叶球比秋大白菜要小得多。

（2）病虫害严重　虫害是夏大白菜生产的主要障碍和成功与否的关键问题。因为夏大白菜生长在夏季，温度高，且往往高温伴有干旱，害虫繁殖快，虫口多，尤以菜青虫和斜纹夜蛾为甚。加之这些害虫的抗药性增强，夏季用药防治效果欠佳，用药过多又会造成污染和残留。所以，每年都要因虫害而给夏大白菜生产造成损失，一般田块要损失 20％以上，严重田块则损失更大。虫害又会引起后期病害的发生和蔓延，尤以软腐病发生最甚。这就使得夏大白菜遭受前期虫害和后期病害的双重为害。所以夏大白菜生产上要把防治虫害的发生和为害放在各项栽培技术措施的首要位置。为害夏大白菜的病害很多，如病毒病、霜霉病、软腐病、根肿病、黑斑病、干烧心病等，其中以软腐病为害最甚。

（3）易裂球、不易贮藏　大多数夏大白菜品种表现出前期生长速度慢，后期生长速度快的特点。一般生长后期平均日出叶 1.5片，如果不及时采收，会造成裂球，影响商品性。由于夏大白菜生长季节温度高，体内含水量大，不易贮藏，在室温条件下，贮藏一周以上就会因软腐病而腐烂。所以在安排夏大白菜种植面积和时间时，要考虑到这一特点，分期播种，分批采收上市，以免因采收不及时而造成损失。

（4）易抽薹　夏大白菜品种对低温反应极为敏感，容易通过春化而抽薹开花，遇到凉夏年份，往往在田间会出现植株抽薹开花的现象。故在初夏栽培时要严格掌握好播种期，千万不可盲目早播，而造成不必要的损失。一般在长江流域从 5 月份到 8 月份均可播种。

36. 如何识别与防止大白菜氨害？

（1）识别要点　氨气通过叶片气孔和水孔进入植株体内，因此处于植株中生命活动旺盛的叶片通常最先受到伤害。受害部分形成不定形的褪色斑，开始像开水烫过一样，后来叶片干枯，潮湿时坏死部位很容易被病菌侵染。严重时全株枯死，类似受冻害死亡的植株。

（2）发生原因　在地面施用碳酸氢铵、氨水、人粪尿、鸡粪可直接产生氨气。在地面撒施尿素、硫酸铵、饼肥、鱼肥等可间接产生氨气。当叶片周围的氨气浓度达到5毫克/升时，就会受到不同程度的毒害。

（3）防止措施　有机肥要充分腐熟，并应深施，与土壤混匀。避免偏施、过施氮肥。不要将可以直接或间接产生氨气的肥料撒施地面，温室栽培时，不要施在温室内发酵可以产生氨气的肥料。施用化肥不要过于集中，要深施，施后覆土踏实。

出现氨害后，可采用如下补救措施：在叶片背面喷1%食用醋可明显减轻为害。加强肥水和温度管理，可以得到较快恢复。也可喷洒康丰素及叶面宝等加以缓解。

37. 白菜类的除草技术要点有哪些？

直播小白菜、点（穴）播结球大白菜及菜心（菜薹）等白菜类，杂草与蔬菜争地、争水、争肥对蔬菜生长、发育十分不利，一般可减产30%～50%，有的甚至发生草荒而绝收，应采取防除杂草措施。

（1）播前处理　每亩用10%草甘膦水剂750毫升，或20%百草枯150～200毫升，或41%草甘膦50毫升，或50%草甘膦钠盐可湿性粉剂150克，加水50升，晴天喷雾。施药后5～7天田间杂草即枯死，然后翻地播种。

（2）播种前或播种后苗前处理

① 60%丁草胺乳油　秋大白菜播种后，随即喷施，然后按播种后要求浇水即可。每亩用药75～100毫升，加水60～70千克。

施药后 7～10 天，保持地表湿润，除草有效率可达 90％以上，持效期 20～25 天。

② 48％氟乐灵乳油　防除旱稗、马唐、牛筋草等，适合于较干旱沙壤土菜田除草。播前 3～7 天施药，每亩用药 100 毫升，加水 30～40 升，喷施土表后立即盖土 3～4 厘米厚。

③ 72％异丙甲草胺乳油　防除马唐、旱稗、牛筋草、莎草、野苋草等杂草。每亩用药 100 毫升，加水 50 升，播前 1～2 天，阴雨天或田间湿度大时喷施，然后播种。

④ 48％甲草胺乳油　播前 1 天施药，每亩用药 150 毫升，加水 50 升喷雾。

⑤ 96％精异丙甲草胺　播前 1～2 天施药，每亩用药 50～60 毫升，加水 50 升喷雾，土壤湿润或阴雨天喷药较好，如遇干旱天气，宜先喷水使土表湿润，然后再施药。

⑥ 50％敌草胺可湿性粉剂　防除一年生单、双子叶杂草。整地后移栽前或移栽后两天内，每亩用药 100～130 克，加水喷雾。

⑦ 禾草丹　播种后喷施，每亩用 50％禾草丹乳油 100～125 克，对水 50～60 升喷雾。或用 10％禾草丹颗粒剂，每亩 1 千克施于土表层，或拌细土 15～20 千克，均匀撒施。撒施后喷洒一定量水，保持土壤湿润，使颗粒剂溶解于土表，形成液膜层，药效期 20～25 天。

（3）生长期茎叶处理　播后 12～15 天，即大白菜 4 叶期、杂草 3～5 叶期时，每亩用 10％喹禾灵乳油 40～50 毫升，加水 50 升喷雾；或 15％精吡氟禾草灵 50～60 毫升，加水 40 升喷雾；或 10.8％高效氟吡甲禾灵 50 毫升，加水 40 升喷雾；或 10％喹禾灵乳油 30 毫升加 60％丁草胺乳油 60 毫升喷雾；或 20％烯禾啶 75～100 毫升，加水 50 升喷雾。

（4）注意事项

① 大白菜种植过程中，采用地膜覆盖栽培技术，可有效地控制杂草的发生与为害。水旱轮作可改变杂草的生态环境，控制杂草发生。间套混种，可减弱或抑制杂草的发生。有机肥必须腐熟。结

合间苗、定苗、中耕进行人工除草。

② 除草剂土壤处理，白菜对 2.4-滴丁酯比较耐药，但进行茎叶处理比较敏感，误施或药液飘移到白菜植株上易造成药害。茎叶处理，白菜对麦草畏敏感，误施或药液飘移到白菜植株上易造成药害。无论是土壤处理或茎叶处理，白菜对莠去津、氯嘧磺隆等除草剂均敏感，土壤中残留、误施或药液飘移到白菜植株上都会产生药害。土壤处理，白菜对乙草胺、异丙草胺等比较耐药，但施药量过大会产生药害，遇内涝等不良条件也会产生药害。

③ 茎叶除草剂施用时，如干旱季节施药，应在药后 7 天内坚持浇水，保持土表湿润。避开高温用药。

④ 大白菜田一般不提倡用除草剂，如果一定要用，应选用播后苗前作土壤处理，施药后尽量不翻动土壤。

⑤ 白菜类的前茬或周围不可用磺酰脲类除草剂。用过快杀稗的田不可种植白菜类蔬菜。收获前 30 天禁用。

⑥ 许多蔬菜对除草剂很敏感，所以凡使用除草剂以后的喷雾器和容器，一定要用清水冲洗干净，以免在给其他作物喷药时发生药害。

38. 什么是大白菜的未熟抽薹现象？

大白菜是半耐寒性植物，适应温和而凉爽的气候，大多数品种不耐高温和寒冷。最适宜大白菜生长的平均温度为 (17 ± 5)℃，大多数品种当平均温度高于 25℃ 则生长不良，低于 10℃ 生长缓慢，低于 5℃ 则停止生长，短期的 -4～-3℃ 低温不致使大白菜受冻。大白菜的不同生长发育阶段，对温度有不同要求，营养生长前期（苗期至莲座期）能适应较高的温度，而后期（结球期）需在温和的环境中，才能形成叶球，适应性较前期为狭。因此，对品种结球的早晚和结球期的长短，必须选择较适宜的时期。

（1）大白菜的抽薹　大白菜抽薹期，是当大白菜进入结球期时，茎端生长点已经开始孕育花芽，到结球中期，幼小的花芽已经分化出来，当有适宜的温度时，花薹迅速抽出，即进入抽薹期。大白菜是低温长日照植物，在秋播情况下，于冬前形成叶球，植株呈休眠状态，在南方可以露地越冬，而于冬季通过春化，花芽分化，当第二年春天温度回升，日照延长时抽薹开花，是一种正常抽薹现象。

（2）大白菜的"未熟抽薹"现象（彩图7） 大白菜的"未熟抽薹"现象，主要是针对春大白菜而言的，大白菜在低温条件下通过春化阶段，然后在长日照条件下抽薹开花。大白菜在幼苗期最适宜温度范围是 21～27℃，生产上往往不能满足幼苗期的温度需要。大白菜是"种子感应型"作物，即种子春化，当种子萌动后随时都能在低温条件下接受春化，它所要求的低温并不严格，大多数品种在 10℃ 以下的温度条件下经 25 天均能通过春化阶段。

秋大白菜虽在冬前都已通过春化阶段，但因为天气逐渐寒冷，花芽被包在叶球内部越冬，并当年不抽出。而春大白菜不一样，若播种时间掌握不当，由于春季气温低，幼苗期处于低温时间，如果在早春过于提早播种，又不采取保温、加温育苗，在苗期就能通过春化阶段，随着日照加长，气温升高，菜苗会直接进入生殖生长阶段而抽薹开花不再形成叶球，这种现象叫早期抽薹，又叫"未熟抽薹"。

此外，在南方秋冬播种、早春收获的大白菜，如播种太晚，生长前期温度太低，则易发生"未熟抽薹"现象，故宜适当早播。

39. 哪些因素会造成春大白菜未熟抽薹？

（1）播种期过早 近年来，由于经常出现暖春气候，使农户产生麻痹思想，春大白菜播种期越来越早，春大白菜播期要求严格，早播，温度低不但容易通过春化，出现未熟抽薹，而且幼苗有遭受冻害的危险。春大白菜栽培适当晚播，有良好的防止未熟抽薹的作用，但是播种过晚，后期温度高，不能形成紧实的叶球，而且雨季来临，易发生软腐病，严重影响产量。所以春大白菜一定要严格控制播种期。

（2）品种选择不当 在品种方面，大白菜在萌动的种子阶段就能感应低温，通过春化作用，春季栽培大白菜过程中很容易遇到低温使大白菜顺利通过阶段发育，引起未熟抽薹，从而造成减产甚至失收。此外，陈旧的种子发芽势弱，幼苗生长迟缓，先期抽薹现象较严重。

有些菜农甚至把夏季或秋季生长良好的品种放在春季种植，也是不妥的，一是夏播品种往往抗热性强，而抗抽薹性差，一旦春季种植，大部分过早抽薹，二是秋播中晚熟品种，虽然抗抽薹能力较强，但生长发育期长，春季后期温度过高，不能形成正常的叶球。

（3）田间管理不善　没有加强苗期的保温工作，在大棚内未套小棚，夜间未盖草苫，从而使幼苗长期处于10℃以下的低温。有些定植后长期不施肥水，致使返苗期过长，营养生长不良，不能正常结球，造成"未熟抽薹"。

40. 防止春大白菜未熟抽薹的措施有哪些？

（1）选用适宜品种　针对南方春季短、气温低、雨水多、夏季早的特点，宜选择不易抽薹、生育期60天左右、冬性强、早熟、耐热抗病的品种，如阳春、春大将、春冠等品种。并选用1～2年的新种。不能选择夏大白菜或秋大白菜品种。

（2）适宜播种　一般而言，春大白菜播种期因气候条件及育苗、栽培方式不同而不同，在长江中下游地区，大棚栽培育苗宜在2月上旬，中小拱棚栽培育苗宜在2月中下旬，露地地膜覆盖栽培育苗宜在3月上中旬，露地地膜直播栽培播期为3月下旬至4月上旬。

（3）保温育苗　利用保护地条件，如温室、大棚、日光温室或阳畦育苗。温室育苗，利用人工加温，对于早春防止苗期通过春化，效果较好，但成本较高，一般以采用大棚加小棚育苗方式或日光温室育苗技术。为缩短秧苗移栽后的缓苗期，最好采用营养钵育苗、塑料套育苗、泥块育苗或纸套育苗和营养土块育苗等形式，因地制宜选用。一般苗龄以25～30天，当气温稳定在13℃以上时才可定植。

（4）地膜覆盖定植　当外界气温稳定超过13℃时，夜间最低温度仍会低于 10℃，大白菜还会进行春化，引起抽薹，如定植后用地膜覆盖，温度就可提高 2～5℃，能有效地减少大白菜的早期抽薹率。同时覆盖地膜后，可减少后期田间杂草的为害，并能降低生长后期田间温度，有利于大白菜形成紧实的叶球。定植密度，株行距以 30 厘米×45 厘米为宜，每亩 3500～4000 株左右。

（5）加强田间管理　定植后可采用地膜覆盖以提高地温。定植后要立即浇水，但水分不宜过多。定植 2～3 天后，可轻浇一次水。浇水时间以中午为宜。进入莲座期后每亩要追施尿素 10 千克左右，并注意浇水。适当蹲苗。球叶增长的前中期加强肥水管理。结球初期，可每亩施 10 千克左右的尿素，并浇 1 次水。结球后期注意浇水，浇水不足，土壤干燥，地温增高，影响根系吸收，但浇水过多，易导致软腐病的蔓延。此期要求土壤见干见湿，即土表不见白不浇水，浇水方式以沟灌为宜，不能漫灌或大水冲灌。浇水时间以选择凉爽的早晨或傍晚为宜。

（6）使用植物生长调节剂　在花芽分化以前使用吲哚乙酸、萘乙酸等植物生长调节剂可推迟花芽分化。在花芽分化以后使用抑芽丹、三碘苯甲酸等植物生长抑制剂可以推迟或抑制抽薹。

（7）及时收获　春大白菜收获越迟，越易抽薹，应在未抽薹或轻微抽薹但不影响食用品质前尽早收获。如果不慎选用了夏大白菜品种，或育苗时经过了较长时间低温，移栽后会造成未熟抽薹现象，则这样的苗不宜定植，也可以嫩苗上市，减少损失。

41. 植物生长调节剂在大白菜生产上的应用有哪些？

（1）赤霉酸　当不结球白菜长到 4 片真叶时，用 20～75 毫克/升的赤霉酸药液处理 2 次，20 天后，叶片的长、宽均较对照增大，可增产 40％左右。

（2）抑芽丹　温暖地区 9 月播种越冬到早春上市的大白菜，存在裂球和抽薹问题。在包心或成球期，花芽形成，但尚未伸长前的 11 月下旬至 12 月上旬，使用 1000～3000 毫克/升抑芽丹药液，每亩喷洒 50 升。喷后抽薹受到抑制，裂球减少。该药对心叶发育生长有些影响，使包的叶球有不紧之感，但不影响外观。

春季栽培的大白菜，从播种到出苗，幼苗始终处在低温条件下，也常发生抽薹现象。可用1250～2500毫克/升抑芽丹溶液，在花芽分化初期喷洒叶面，每棵菜约喷30毫升药液，可抑制花芽分化和抽薹开花，促进叶的生长和叶球形成，提高产量和品质。

（3）2,4-滴　在大白菜采收前3～7天，用25～50毫克/升2,4-滴药液喷洒植株外叶，可防止大白菜脱帮。喷洒时，不必喷到所有的叶子上，喷洒量以大白菜外部叶片喷湿为止，每株喷30～50毫升。收获后用2,4-滴浸根，或0.005%～0.01%萘乙酸液或再加0.15%～0.20%硫菌灵溶液，混合浸蘸或喷洒根茎部，也可延长保鲜期。

（4）萘乙酸

① 促进生根　在用大白菜的叶、芽扦插时，用2克/升的萘乙酸液快速浸蘸（或2克/升吲哚乙酸），以砻糠灰、沙、珍珠岩作扦插基质，经过10～15天可以生根及发芽。每个叶球有多少叶片，就能繁殖多少株，充分利用就可以节省叶球用量。

② 减少脱帮　在收获前用50～100毫克/升萘乙酸喷其基部，或入窖前用50～100毫克/升萘乙酸浸大白菜根部，可减少脱帮。

③ 防干烧心病　由于钙在植株体内移动性小，难于转移，采用0.3%～0.7%的氯化钙溶液加50毫克/升的萘乙酸溶液在大白菜结球初期喷用，可以明显提高施钙效果，防止大白菜干烧心病。

（5）细胞分裂素　给大白菜施用细胞分裂素，可促进生长。采用拌种结合叶面喷施同时进行。拌种时，先用一份细胞分裂素与两份大白菜种子拌匀后播种，在大白菜的苗期、莲座期和包心初期，分别用600倍的细胞分裂素液叶面喷施，每亩喷药液50～70升。

在叶面喷施时，每亩喷施药液量要根据植株大小决定，苗小少喷，苗大多喷。可与尿素、磷酸二氢钾等混用，具有增效作用。应用细胞分裂素之后，对减轻病害的发生程度有一定的作用，但不能代替正常的病害防治工作。

（6）三十烷醇　在大白菜莲座期和包心初期用0.5毫克/升的

三十烷醇药液各喷一次，每亩喷 50 升。植株生长势强，叶色鲜嫩，抗病性增强，可提早成熟，增产。最适浓度为 0.5～1.0 毫克/升。以下午 3 时以后喷施为宜。喷施三十烷醇后，要加强肥水管理和病虫害防治工作。三十烷醇可与农药混用（碱性农药不能混用），也可以与微量元素、稀土肥、叶面肥等混用。

（7）绿兴植物生长剂　使用 10％绿兴植物生长剂 1000～2000 倍液，于定植初期、莲座期、叶球形成期喷施 3～4 次，每亩喷施 50 升药液，可促进生根，减轻病害，加快生长，改善品质，提早成熟，增产 20％～30％。

（8）生根粉（ABT）　用 ABT5 号增产灵 10～20 毫克/升药液，叶面喷洒两次，可刺激根系生长，增加根长和根条数，扩大对养分的吸收，增加一、二级菜的株数，提高抗逆性和抗病性。待白菜拉十字期开始，喷第一次，间隔 10 天后再喷第二次。喷药要均匀，防止漏喷。

（9）喷施宝　在大白菜的莲座期，用 10000 倍的喷施宝液（每 5 毫升喷施宝加水 50 升），叶面喷施，每亩喷 50 升，每隔 7～10 天喷施一次，共喷 3～4 次，可促进其生长发育，提高光合作用，使植株生长健壮，结球快，单株产量高。喷施宝可与酸性农药混用，但忌与碱性农药混用；施用喷施宝之后，更要加强肥水管理和病虫害防治工作。

第四节　大白菜病虫害全程监控技术

42. 无公害大白菜病虫害综合防治技术有哪些？

（1）农业措施

① 合理轮作　选在 2～3 年未种过大白菜的地块进行。栽培大白菜时，周围大田尽量不种其他十字花科作物，避免病虫害传染。多数害虫有固定的寄主，寄主多，则害虫发生量大；寄主减少，则会因食料不足而使发生量大减。

② 减少育苗床的病原菌数量　忌利用老苗床的土壤和多年种

植十字花科蔬菜的土壤作育苗土。利用 3 年以上未种过十字花科蔬菜的肥沃土壤作育苗土，可减少床土的病原菌数量，减轻病虫害的侵染。如果育苗床土达不到上述要求，应预先进行消毒处理：在日光下翻耕暴晒，掺入多菌灵等药剂消毒，苗床施用的肥料应腐熟，有条件时也应加入药剂消毒。

③ 深耕翻土　前茬收获后，及时清除残留枝叶，立即深翻 20 厘米以上，晒垡 7～10 天，压低虫口基数和病菌数量。

④ 清洁田园　大白菜生长期间及时摘除发病的叶片，拔除病株，携出田外深埋或烧毁。田间、地边的杂草有很多是病害的中间寄主，有的是害虫的寄主，有的是越冬场所，及时清除、烧毁也可消灭部分害虫，特别是病毒病的传染源，及时清理残株，深埋或烧毁，可减少田间病原菌，还可消灭很多害虫，减少虫口密度。

⑤ 适期播种　害虫的发生有一定规律，每年都有为害盛期和不为害时期。根据这一规律，调节播种期，躲开害虫的为害盛期。秋大白菜应适期晚播，一般于立秋后 5～7 天播种，以避开高温，减少蚜虫及病毒病等为害。春大白菜适当早播，阳畦育苗可提前 20～30 天播种，以减轻病虫害的发生。

⑥ 起垄栽培　夏、秋大白菜提倡起垄栽培，夏菜用小高垄栽培或半高垄栽培，秋菜实行高垄栽培或半高垄栽培，以利于排水，减轻软腐病和霜霉病等病害的发生。

⑦ 覆盖无滴膜　棚室内由于内外温度差异，棚膜结露是不可避免的，普通塑料薄膜表面结露分布均匀面广，因而滴水面大，增加空气湿度严重。采用无滴膜后，表面虽然也结露，但水珠沿膜面流下，滴水面小，增加空气湿度不严重。

⑧ 加强管理　苗床注意通风透光，不用低湿地作苗床。及时间苗定苗，促进苗齐、苗壮，提高抗病力。播种前、定植后要浇足底水，缓苗后浇足苗水，尽量减少在生长期浇水，特别是白菜越冬栽培中整个冬季一般不浇水，防止生长期过频的浇水降低地温、增加空气湿度。生长期如需浇水，应开沟灌小水，忌大水漫灌，浇水后及时中耕松土，可减少蒸发，保持土壤水分，减少浇水次数，降

低空气湿度，田间雨后及时排水。用充分腐熟的沤肥作基肥，根外追施 0.2％磷酸二氢钾有防止病害发生的功效。酸性土壤结合整地每亩施用生石灰 100～300 千克，调节土壤酸碱度至微碱性。

（2）种子消毒　无病株留种，并在播种前用种子重量 0.3％的58％甲霜灵·锰锌可湿性粉剂拌种可防治白菜霜霉病；用种子重量0.4％的50％多菌灵可湿性粉剂拌种，或用种子重量的 0.2％～0.3％的50％异菌脲可湿性粉剂拌种可防治白菜黑斑病；采用中生菌素，按种子量的 1％～1.5％拌种可防治白菜软腐病。

（3）土壤消毒　即利用物理或化学方法减少土壤病原菌的技术措施。方法有：深翻 30 厘米，并晒垡，可加速病株残体分解和腐烂，还可把病原菌深埋入土中，使之降低侵染力；夏季闭棚提高棚内温度，使地表温度达 50～60℃，处理 10～15 天，可消灭土表部分病原菌；定植前喷洒 50％多菌灵可湿性粉剂 500 倍液，或撒多菌灵的干粉，每亩 2 千克。

（4）棚、室消毒　在播种或定植前 10～15 天把架材、农具等放入棚、室密闭，每亩用硫黄粉 1～1.5 千克、锯末屑 3 千克，分5～6 处放在铁片上点燃；或用 5％百菌清烟剂 250 克点燃，可消灭棚、室内墙壁、骨架等上附着的病原菌。

（5）物理防治　蚜虫具有趋黄性，可设黄板诱杀蚜虫，用大小为 40 厘米×60 厘米的长方形纸板，涂上黄色油漆，再涂一层机油，挂在行间或株间，每亩挂 30～40 块，当黄板粘满蚜虫时，再涂一次机油。或挂铝银灰色或乳白色反光膜拒蚜传毒。有条件的在播种后覆盖防虫网，可防止蚜虫传播病毒病。田间设置黑光灯诱杀害虫。

（6）生物防治　用苏云金杆菌（2000 国际单位/克）乳剂 150毫升可湿性粉剂 25～30 克对水喷雾，可防治菜青虫、菜螟、小菜蛾等。用 2％宁南霉素水剂 200～250 倍液喷雾，可防治病毒病。用 1％武夷菌素水剂 150～200 倍液喷雾防治大白菜白粉病、霜霉病、叶霉病。用 72％硫酸链霉素可溶性粉剂 4000～5000 倍液，或2％中生菌素水剂 200 倍液，或氯霉素 200～400 毫克/千克防治软腐病、黑腐病。用 100 万单位新植霉素粉剂 4000～5000 倍液喷雾防治软腐病、黑腐病。用 0.9％或 1.8％阿维菌素乳油 20～40 毫升/亩防治菜青虫、小菜蛾、红蜘蛛、蚜虫等。

（7）植物灭蚜　用 1 千克烟叶加水 30 千克，浸泡 24 小时，过滤后喷施；小茴香籽（鲜品根、茎、叶均可）0.5 千克加水 50 千克密闭 24～48 小时，过滤后喷施；辣椒或野蒿加水浸泡 24 小时，过滤后喷施；蓖麻叶与水按 1∶2 相浸，煮 15 分钟后过滤喷施；桃叶浸于水中 24 小时，加少量石灰，过滤后喷洒；1 千克柳叶捣烂，加 3 倍水，泡 1～2 天，过滤喷施；2.5％鱼藤精 600～800 倍液喷洒；烟草石灰水（烟草 0.5 千克，石灰 0.5 千克，加水 30～40 千克，浸泡 24 小时）喷雾。

（8）人工治虫　蔬菜收获后，要及时处理残株败叶或立即翻耕，可消灭大量虫源；菜田要进行秋耕或冬耕，可消灭部分虫蛹。结合田间管理，及时摘除卵块和初龄幼虫。

43. 如何识别与防治大白菜病毒病？

白菜病毒病（彩图 8），又叫白菜抽疯病、孤丁病，是大白菜三大主要病害之一。各地均有分布，发病率 5％～15％，轻度影响白菜生产，发病严重时病株率可达 20％，对生产有明显影响。苗期和成株期均可发病，以苗期受害损失较重。病毒主要靠蚜虫传播，一般高温干旱利于发病，苗期 6 片真叶以前容易受害发病，进入莲座期后，也有发病的可能。

（1）症状识别（表 4）

表 4　白菜病毒病不同发病时期的识别要点

幼苗期被害	在幼苗具有第一片真叶时开始出现，病苗心叶出现明脉和沿叶脉褪绿，略显透明，然后产生花叶，叶片皱缩不平，心叶扭曲，生长缓慢甚至死亡
莲座期被害	发病早的，叶片皱缩、凹凸不平，呈黄绿相间的花叶，叶脉上有明显的褐色坏死斑点或条斑，严重时，植株停止生长，矮化，不包心，病叶僵硬扭曲皱缩成团。感病晚的，只在植株一侧或半边呈现皱缩畸形，花叶，仍能结球，内层叶上生褐色小点
种株被害	抽薹缓慢，且花薹缩短，花梗扭曲，植株矮小，新生叶花叶，皱缩，花蕾发育不良或花瓣畸形，不结荚或果荚瘦小，籽粒不饱满

（2）发病规律　病原为目前已知为害十字花科蔬菜的主要毒源芜菁花叶病毒、黄瓜花叶病毒、烟草花叶病毒、萝卜花叶病毒。病毒主要在冬贮大白菜、萝卜、甘蓝等种株上以及田间杂草等处越冬，也可在越冬栽培的一些十字花科蔬菜上越冬。第二年春天，主要靠蚜虫把病毒传到春季种植的十字花科蔬菜上。

大白菜病毒病的发生和流行，与环境条件的关键非常密切，苗期高温干旱，往往会使病毒病严重发生。这是因为幼苗本身就易感病毒病，而高温条件又使大白菜抗病能力下降，加之高温干旱促使病毒病重要传毒媒介——蚜虫，特别是有翅蚜的严重发生。此外，发病程度还与品种的抗病性、播期和相邻作物等有关，播种早的发病重，土温高、土壤湿度低的，病毒病发生较重。与十字花科蔬菜互为邻作，病毒病能相互传染，发病重。

（3）防治措施　防治病毒病，目前国内外还没有理想的化学药剂。应采用以抗病品种和栽培措施为主的综合防治措施，结合无公害农药或药剂防治，特别是苗期早期防治蚜虫很重要，宜早不宜晚。

① 选用抗病品种。

② 清洁田园　从无病株上采种，深耕细作，彻底清除田边地头的杂草，及时拔除病株。

③ 适期播种　根据当地气候适时播种，不宜过早过迟，尽量避开高温干旱季节。一般在立秋前后5～3天播种为宜。

④ 加强苗期水分管理　做到"三水齐苗、五水定棵"。满足大白菜出苗时对水分的需要，更重要的是降低地温，防止病害发生。据观察，在高温条件下，大白菜浇水后可使地表5厘米深范围内的地温下降6～8℃。苗期小水勤灌，天旱时，不要过分蹲苗，除掉弱小病苗。

⑤ 加强施肥管理　施用充分腐熟的粪肥作底肥，栽培大白菜用的有机肥，必须腐熟后方可使用，千万不要施用生粪，因为生粪在高温高湿条件下发酵，会使地温升高，有利于病毒病的发生。增施磷、钾肥，及时追肥，氮肥多次少量，结球期每隔7～8天喷1次0.3%磷酸二氢钾水溶液叶面肥。

⑥ 及时防蚜　播种或定植时，施用防蚜颗粒剂，或出苗不久马上喷乐果等药剂防治蚜虫，隔 7 天喷 1 次，连喷 2～3 次，而且地头、地边及周围的杂草等蚜源植物上也要喷药。也可挂银灰色反光膜条，驱避蚜虫。

⑦ 化学防治　苗期可喷高锰酸钾 1000 倍液，或 0.5％盐酸吗啉胍可湿性粉剂 200 倍液，隔 8～10 天喷 1 次，连喷 2～3 次。发病前或发病初期，可选用 20％盐酸吗啉胍·铜可湿性粉剂 500 倍液，或 5％菌毒清水剂 300～400 倍液、0.5％菇类蛋白多糖 300 倍液、混合脂肪酸 100 倍液、1.5％植病灵乳剂 800～1000 倍液、31％吗啉胍·三氮唑核苷可溶性粉剂 800～1000 倍液、2％宁南霉素水剂 500 倍液等喷雾，以钝化病毒，防止蔓延，一般隔 7 天喷 1 次，连喷 3～4 次。

44. 如何识别与防治大白菜软腐病？

大白菜软腐病（彩图 9），又叫烂疙瘩、烂葫芦、水烂、腐烂病、脱帮等，为大白菜三大病害之一。发生普遍，为害严重，轻者减产 10％～20％，重者减产达 20％以上，有时在一场大雨过后可造成毁灭性损失，故必须加强防治。一般从莲座期到包心期开始发病，且发病严重。除了为害大白菜、甘蓝、花椰菜等十字花科蔬菜外，还可为害番茄、辣椒、芹菜、莴苣等多种蔬菜。能从春到秋在各种蔬菜上交替传染，繁殖为害，最后传到大白菜、萝卜等菜上。

（1）症状识别　大白菜定植后至外叶生长期，软腐病不会发生。当植株外叶即将罩严地面的时候，大白菜则渐渐进入结球期，此时软腐病开始发生，从结球开始至收获的整个过程中都有发病的可能。故应留心观察，发现叶面上出现水渍状黄褐色斑点，软腐病可能要发生。常见症状有基腐型、心腐型和外腐型 3 种。

① 基腐型　最初植株外围叶片在中午烈日下表现萎垂，早晚恢复，露出叶球，随着病情严重，植株结球小，整株萎蔫，外叶平贴地面，内叶或叶球外露（即脱帮），叶柄基部或根基心髓组织溃烂，流出稠状物，并发出臭味，轻碰植株即倒伏死亡，或菜球用手

揪即拎起。

②心腐型　病原由菜帮基部伤口侵入菜心，形成水浸状湿润区，逐渐扩大后，变为淡灰褐色，后逐渐扩大并变为黏滑软腐状。

③外腐型　有的病株仅从外叶边缘湿腐，或从心叶顶端开始腐烂，逐渐向植株下部蔓延，最后也造成烂疙瘩。在干燥状态下，腐烂的叶片失水变干，呈薄纸状，紧贴叶球。

在生产中，有时几种现象均有发生，损失尤为惨重。

（2）传播途径　病原为欧氏杆菌属的细菌胡萝卜软腐欧文氏菌。病菌主要在病株和在窖藏十字花科蔬菜种株及土壤中未腐烂的病残体组织中越冬，也能在害虫体内越冬。第二年，病菌主要通过昆虫、雨水和灌溉水及带菌的粪肥传播。病菌也可从伤口、自然裂口、病裂痕处侵入。也可从幼苗的根毛区侵入，潜伏在导管中，成为生长后期和贮藏期腐烂发病的主要菌源。病菌侵入后，可分泌出果胶酶，造成白菜组织腐烂，此外，又受到腐败细菌侵入，即分解细胞蛋白胨，产生吲哚，并发出臭味。

（3）发病条件

①发病温度广　病菌发育适温为25～30℃，但病菌在5～39℃均能生长。因此，高温、低温都可发病，致死温度为50℃经10分钟。病菌不耐光照和干燥，日光下暴晒2小时，大部分死亡。

②湿度大易发病　大白菜结球期，如果遇到多雨或露水多，湿度大（相对湿度93％以上）的天气，使叶片基部处于浸水和缺氧的状态，伤口不易愈合，有利于病菌的繁殖和传播蔓延，多雨也常使气温偏低，不利于大白菜伤口愈合，同时促使害虫向菜口钻藏，软腐病菌随害虫进入，发病重。

③种子本身带菌易发生　市场上售出的种子或者未经消毒，或者消毒不彻底，因而种子带菌。这样的种子即使播在没有种植过任何蔬菜的地块，也难免于发病。

④害虫、伤口多易发病　如果害虫（如地老虎、菜青虫等）多，造成虫伤口，或耕作、打药造成的机械伤口多，久旱降雨后的自然裂口多等易发病；害虫向大白菜内部钻藏，所以大白菜心部往

往往成为发病的起点；害虫也是软腐病的携带者，可直接将病菌接种到伤口上；黑腐病的发生，也利于病菌侵入，病害发生重。

⑤ 田间管理差易发病　播种早、地势低洼、土壤黏重、地下水位高、施未腐熟的有机肥（生粪）、大水漫灌、雨后积水，发病重。连茬种植，发病也重。播种前或移植前土地经过翻耕和晒土几次的发病较少。

（4）防治措施

① 农业防治

（a）实行轮作　避免与瓜类、茄科、芹菜、莴笋、十字花科蔬菜连茬，可与百合科蔬菜（如韭菜、葱、蒜等）或豆科蔬菜或大麦、小麦、水稻等轮作 2 年以上。如果条件不许可，播种前可进行土壤消毒，如撒些草木灰、生石灰，或者撒些杀菌药物后再翻地。

（b）选用抗病品种　大白菜品种不同，对软腐病的抗病性也不一样，在防治上可选用抗病品种。一般青帮、直筒型品种比较抗病。

（c）适期播种　早播比晚播发病重，但晚播往往影响结球，使产量降低，故要根据当地气候做到适期播种。大白菜一般以立秋后播种为宜。

（d）种子处理　不论选用何种品种，播种前均应进行种子处理，可用种子重量 0.4% 的福美双可湿性粉剂或 50% 琥胶肥酸铜可湿性粉剂拌种，也可用 45% 代森铵水剂 400 倍液浸种。也可按每 50 克种子可用 4～6 支注射用氯霉素加少量的高锰酸钾浸种 4～5 小时，捞出种子晾干后即可播种。

（e）搞好田间管理　选择地势较高、地下水位低和比较肥沃的地块种植。若是老菜园，不管移栽或直播，都应在种植前半个月至 1 个月翻地暴晒。忌用酸性土壤，如果是酸性土，定植前必须施用生石灰。采用高垄或半高垄栽培，下雨或浇水时不易浸泡白菜根颈部分，排水又容易，从而可避免侵染。大白菜幼苗期缺水、缺肥、长势不良，后期多雨，叶柄上易产生自然裂口，故应施足充分腐熟的有机肥作底肥，增施磷、钾肥。苗期蹲苗不宜过长，灌水要勤灌、均衡灌，改大水漫灌为浅灌。结球期及时检查，发现病株及时拔除并带出田外深埋或烧毁，病穴施石灰或用20％石灰水或杀菌药剂中生菌素等灌穴消毒，并填土压实。遇到涝年或大雨冲刷菜根后，要及时培土，雨后及时排水，不能使地里有积水。施用化肥要注意避免直接接触菜根，离根系有一定的距离，最好在两行中间开深沟施入，再将沟填平踏实，以防氨气挥发伤害植株诱发病害，尤其不能迎头浇泼，防止烧伤根系，影响植株生长。

② 生物防治

（a）抗菌素拌种　用1％中生菌素水剂200倍液30毫升拌400克种子，也可以种子包衣剂处理。

（b）消毒土壤　在播种沟内，用1％中生菌素水剂1000克，拌30千克细土，拌匀后均匀施在每垄沟上，然后浇水。或发病初期每平方米用生石灰和硫黄（50∶1）混合粉150克进行土壤消毒。

（c）灌根防治　大白菜苗期或发病初期，用丰灵可溶粉剂150克，加水50千克，在白菜根部浇灌药液。或浇水时，随水加入1％中生菌素水剂，每亩1～2千克。

（d）喷洒抗菌素液　发病初期，可选用72％硫酸链霉素可溶粉剂3000～4000倍液，或90％新植霉素可溶粉剂3000～4000倍液、1％中生菌素水剂200倍液等喷雾防治，隔10天喷1次，连喷3～4次。病害刚刚发生时，在大白菜软腐病患处先用水喷湿，然后施上干草木灰。喷药时可配入磷酸二氢钾每亩200克。软腐病菌喜偏碱环境，在防治时每亩可加入食醋500～800毫升，有利于提高植株的抗病能力。用白菜防腐包心剂每15克对水15～20千克，在白菜生长期及结球期各喷洒一次，能增强其抗寒、抗旱、抗病能力，同时对白菜的软腐病、黑腐病、霜霉病、病毒病等病害有显著的预防作用。

③ 化学防治

（a）灌根　进入结球期，此时叶片上只要出现黄褐色斑点，即应采取药物防治，可用70％敌磺钠可湿性粉剂800～1000倍液灌根，每株灌根500毫升药液，隔7～10天再灌1次，连灌2～3次。也可选用50％代森铵水剂1000倍液，或60％琥·乙膦铝可湿性粉剂 500～600 倍液等喷雾防治，做到喷灌结合，重点喷软腐病株及其周围菜株地表或叶柄，使药液流入菜心，效果更好。采用敌磺钠加尿素防治大白菜软腐病，效果甚佳，具体做法是：在该病初发期或大白菜莲座后期到结球始期，用 1～2 千克尿素加敌磺钠原粉，对 100 千克水淋苑，10 天一次，连灌 2～3 次，每次每亩用药液 1500 千克，防病效果达 95％以上。

（b）治虫　从幼苗期开始，经常检查，及时防治种蝇、蝼蛄、蛴螬、地老虎等地下害虫，菜青虫、菜蛾、菜螟、大猿叶虫、黄曲条跳甲等地上害虫。视虫害发生情况，每隔 7～10 天喷 1 次，可收到良好效果，但一定要选择使用高效低毒的农药。

大白菜软腐病菌侵染时间长，单一的防治措施不理想，应采取多种措施进行综合防治，才能有良好效果。选用药剂时，应慎用或不用络氨铜、氢氧化铜、甲霜铜、波尔多液等无机铜制剂。

45. 如何识别和防治白菜霜霉病？

白菜霜霉病（彩图 10），又叫跑马干、霜叶病、枝干、白霉病、龙头病，是一种真菌性病害，苗期、成株期均可发生，以叶片发病为主。发病猛，蔓延快，为大白菜三大主要病害之一。还可为害小白菜、油菜、菜薹、芥菜、芥蓝、榨菜、萝卜和甘蓝等。

（1）症状识别（表 5）

表 5　白菜霜霉病发生时期及识别要点

幼苗受害	发病先从紧贴地面基部叶片开始，子叶正面产生黄绿色斑点，在叶子背面长有白色的霉层（典型症状），遇高温呈近圆形枯斑，严重时，苗变黄枯死
成株期受害	叶片正面初期产生水渍状浅绿色斑点，后来扩大，因受叶脉限制变成黄色至黄褐色多角形病斑，潮湿时，叶子背面生有白色的霉层，故农民称之为"白霉病"。进入结球期后，如遇田间高湿和气温达 16～20℃的环境条件，病斑迅速增加，天晴后迅速干枯，6～7 天内可使全园白菜一片枯黄
采种株受害	除为害叶片外，还可为害花梗、花器和种荚。受害的花梗呈肥肿弯曲，受害花器呈肥大和畸形，常称为"龙头病"，花瓣变绿色，受害种荚呈浅黄色，上有白霉

（2）发生规律 病原为鞭毛菌亚门真菌寄生霜霉。病原主要以菌丝体在病株上或随采种母根或种株在贮窖内越冬，或以卵孢子随病残体在土壤中过冬，成为第二年初侵染源。条件适宜时，侵染春菜，如小白菜、油菜、小萝卜等，发病后产生孢子囊，借风、雨传播进行再侵染，种子也可带菌。在南方终年种植各种十字花科蔬菜的地方，病菌终年不断，侵染寄生，只要条件合适，经常发生。

一般在平均温度 $16 \sim 20 ^\circ C$，昼夜温差大，湿度在 70% 以上时易发病。长江流域多发生于春、秋两季，华北多发生在 $4 \sim 5$ 月和 $8 \sim 9$ 月间。多雨、阴天多、光照不足，或多露、雾大天气发病重。幼苗子叶期和结球后期易感病，播种带菌的种子，播种早、平畦种植，密度大，发病重；连作地、底肥不足、结球期缺肥，植株长势差，发病也重，低洼地或稻田种植大白菜的地段发病最重。

霜霉病的发生与苗期病毒病的发生具有密切的相关性，这可能是苗期感染病毒影响了植株的生长，降低了抗性的缘故，在生产上，凡是苗期病毒病严重的，成株及结球期霜霉病也重。

（3）防治方法

① 农业防治 实行轮作，与非十字花科蔬菜轮作 2 年以上。加强管理，根据当地气候适期播种。深沟窄厢高畦栽培。施足底肥，增施磷、钾肥，定植时可喷施增产菌 1000 倍液；莲座期以促进生长为主，及时浇水，结球前中期，可喷施植保素 $6000 \sim 9000$ 倍液或糖尿液（红糖：尿素：水 $=1 : 4 : 100$，早上喷，喷在叶子背面），提高抗病力。加强浇水追肥。在间苗、定苗时应清除病苗，拉秧后把病叶、病株清除出田外深埋或烧毁，并深翻土壤。

② 种子处理 选用青绿色叶帮的抗病品种。从无病株上采留种子。种子消毒，可用种子重量 0.4% 的 25% 甲霜灵可湿性粉剂、70% 三乙膦酸铝·锰锌可湿性粉剂、75% 百菌清可湿性粉剂等药粉干拌种子。

③ 生物防治 发病前（在子叶期和结球期中期、后期）喷 2% 嘧啶核苷类抗菌素水剂 200 倍液，隔 7 天喷 1 次，连喷 $2 \sim 3$ 次。

④ 化学防治 一般在大白菜的苗期、莲座末期及结球初期进

行防治，可选用 80％或 90％三乙膦酸铝可湿性粉剂 500 倍液，或用 70％三乙膦酸铝·锰锌可湿性粉剂 400 倍液，或 50％甲霜灵可湿性粉剂 500～1000 倍液喷雾防治。

发病重时或出现中心病株时，可选用 72％霜脲氰·锰锌可湿性粉剂 600 倍液，或 75％百菌清可湿性粉剂 600 倍液、64％噁霜灵可湿性粉剂 500 倍液、58％甲霜灵·锰锌可湿性粉剂 500 倍液、78％波尔·锰锌可湿性粉剂 600 倍液、1.5 亿活孢子/克木霉菌可湿性粉剂 200～300 倍液、72.2％霜霉威水剂 800 倍液、68％金甲霜灵·锰锌可湿性粉剂 1000 倍液、52.5％噁唑菌酮·霜脲氰水分散粒剂 2000～3000 倍液、25％烯肟菌酯乳油 1000 倍液、70％丙森锌可湿性粉剂 700 倍液等喷雾防治，隔 7～10 天 1 次，连续防治 2～3 次。

霜霉病、白斑病混发时，可选用 40％三乙膦酸铝可湿性粉剂 400 倍液加 25％多菌灵可湿性粉剂 400 倍液进行喷雾。

霜霉病、黑斑病混发时，可选用 90％三乙膦酸铝可湿性粉剂 400 倍液加 50％异菌脲可湿性粉剂 1000 倍液，或 90％三乙膦酸铝可湿性粉剂 400 倍液加 70％代森锰锌可湿性粉剂 500 倍液进行喷雾，兼防两病效果优异。

对上述杀菌剂产生抗药性的，可选用 72％霜脲氰·锰锌可湿性粉剂 600～700 倍液，或 69％烯酰吗啉·锰锌可湿性粉剂 900～1000 倍液。喷药后如天气干燥、病情缓和，可不必再用药，如遇阴天、多雾或多露，应每隔 5～7 天喷 1 次，喷药时，要将叶子正反面都要喷上药液。

46. 如何识别与防治大白菜菌核病？

菌核病是土传病害，近年来，随着保护地的发展，发生越来越普遍，以白菜、甘蓝受害比较严重。主要为害大白菜靠近地表的茎基部或外叶。幼苗期、成株期均可发病，但白菜、甘蓝以生长后期和采种期受害较重。

（1）症状识别　被害叶片上产生水渍状浅褐色病斑，在潮湿条件下，引起叶球、茎基部腐烂，但无恶臭，病部表面及根部长有白色絮状菌丝体和黑色的菌核。遇干燥环境时，病部干枯呈穿孔状，也长有白色菌丝体和黑色菌核。

采种株多茎秆发病，柄部初时浅褐色、凹陷，后转为白色，皮层朽腐，纤维散离成乱麻状，茎腔中空，内生黑色鼠粪状菌核。

（2）发病规律　病菌以菌核遗留在土壤中或混在种子中越冬，随气流传播到寄主上，即从伤口或自然孔口侵入。田间又借农事操作，导致病健接触部位再侵染。发病后，病部又长出新的菌核，菌核可迅速萌发，也可在土壤中长期休眠。病菌喜温、湿条件，发育适温为 15～20℃左右，相对湿度达 85％以上。重茬地、地势低洼、土壤黏重、排水不良、偏施氮肥、植株徒长、种植过密、湿度过大等发病较重。

（3）防治措施

① 农业防治　实行轮作。病地收获后可深翻土壤 20 厘米以上，或夏季高温期间，短时间灌水淹地，并覆盖地膜。从无病株上采种，并用 10％的稀盐水选种，然后捞出种子，用清水反复冲洗干净晾干后播种。覆盖白色地膜或黑色地膜。勤中耕、勤松土。每亩施充分腐熟有机肥 7000 千克以上，增施磷、钾肥，合理密植，科学浇水，不能大水漫灌。及时铲除田间、地头、地边和垄沟上的杂草，及时摘去病叶或拔除病株，带出田外深埋或烧毁。

② 苗床消毒　方法 1：每平方米用 50％腐霉利可湿性粉剂 8克，加 5 千克细土充分拌匀后撒在苗床土壤里。方法 2：在播种前，用 40％甲醛 150 倍液浇透床土，并覆盖地膜 5～6 天，然后揭膜翻晾床土，放风透气，隔 2～3 天翻土 1 次，10～12 天后播种。方法 3：苗床上埋地热线，在播前把床温调到 55℃，处理 2小时。

③ 化学防治　发病初期，可选用 40％噻菌灵悬浮剂 2000～2500 倍液，或 70％甲基硫菌灵可湿性粉剂 800～1000 倍液、50％腐霉利可湿性粉剂 1000～1500 倍液、50％异菌脲可湿性粉剂 1000倍液、50％福·异菌可湿性粉剂 600～800 倍液、25％乙霉威可湿

性粉剂 1000 倍液、50％乙烯菌核利可湿性粉剂 1000 倍液、40％菌核净可湿性粉剂 1000 倍液、20％甲基立枯磷可湿性粉剂 1000 倍液等喷雾防治，每 7 天 1 次，连续防治 2～3 次，重点喷植株基部和地面，注意药剂轮换使用。

保护地种植，可用 3.3％噻菌灵烟剂，每亩每次用 250 克，傍晚进行，分放 4～5 点，点燃密闭烟熏，隔 7 天熏 1 次，连熏 3～4 次。

47. 如何识别与防治大白菜黑斑病？

大白菜黑斑病，又称黑霉病，各地都有发生，是大白菜的一种常见病害。仅为害十字花科蔬菜，以白菜、甘蓝及花椰菜发生较多，除病害严重时造成减产外，叶球、花球外观受污损后品质降低，种株染病不仅影响种子产量，并可使种子带菌，而白菜受害则叶片变苦，影响食用。大白菜黑斑病主要为害叶片，多发生在外叶或外层叶球上，子叶、叶柄、花梗和种荚也可被害。

（1）症状识别（表 6）

表 6　大白菜黑斑病主要发病部位及症状识别要点

子叶发病	初生褐色小斑点，逐渐褪绿，扩展整片子叶后干枯，严重时造成死苗
叶片发病	多从外叶开始，初为近圆形褪绿斑，后为直径 2～10 毫米、具明显同心轮纹的灰褐至暗褐色近圆形的病斑，有或无黄色晕环。干燥时病斑变薄，有时破裂或穿孔，潮湿时生微细的褐色、暗褐色或黑色霉层。病情严重时病斑连成不规则的大斑块，致半叶或整叶枯死，甚至叶片由外向内干枯，造成叶球裸露
叶柄发病	病斑长梭形或纵条状，暗褐色凹陷，病重时叶柄腐烂、脱帮
花梗和种荚发病	病斑椭圆形，暗褐色至黑色，与霜霉病的病状相似，而在湿度大时生黑褐色霉层，有别于霜霉病。留种株发病严重时叶片枯死，茎上密布病斑，种荚瘦小，种子干瘪。病菌亦可随大白菜入窖继续为害，引起叶帮腐烂

（2）发生规律　病原为半知菌亚门真菌芸薹链格孢，病部着生微细的褐色至黑色霉层即病原菌的分生孢子梗和分生孢子。在北

78

方，病菌主要以菌丝体在病残体上、土壤中、冬贮菜、留种株及种子上越冬。冬季有十字花科蔬菜生长的地区也可继续为害、侵染，并在这些寄主上越冬。分生孢子借气流、雨水和灌溉水传播。由气孔或直接穿透表皮侵入。

该菌在 0～35℃下都能生长发育，最适发病温度为 11～24℃，对湿度要求不严格，但高湿条件下有利于发病。秋播大白菜初发期在 8 月下旬至 9 月上旬，而迅速增长期在 9 月 19 日至 10 月 7 日之间，一般 10 月 10 日以后发展比较平缓。病害流行与 9 月下旬至 10 月上旬降雨绝对值无关，而与降雨的天数有关，如果此间有 4 天以上的降雨，特别是连阴雨，病害即有可能流行。高湿、多雨和温度偏低是发病的关键因素。发病与栽培条件有关，如播种早、密度大、地势低洼，管理粗放，缺水缺肥，植株长势差，抗病力弱，一般发病重。

(3) 防治方法

① 农业防治　因地制宜选用抗病、耐病品种。春季适当早播，秋季适当晚播以尽量避开雨季。无病田或无病株留种。施足基肥，有条件的采用配方施肥，提高植株抗病力，避免植株早衰。与非十字花科蔬菜实行 2～3 年轮作。高畦深沟栽培。收获后及时清除病残组织，翻晒土地，做好田园清洁，减少越冬菌量。

② 种子消毒　将带菌种子用 50℃温水浸种 25 分钟，之后立即移入冷水中，然后取出种子晾干播种。也可用种子重量 0.3% 的 50% 异菌脲可湿性粉剂，或 70% 代森锰锌可湿性粉剂，或以种子重量 0.4% 的 50% 福美双可湿性粉剂进行拌种。

③ 化学防治　发现病株及时喷药，可选用 70% 代森锰锌可湿性粉剂 500～600 倍液，或 75% 百菌清可湿性粉剂 500～600 倍液、50% 异菌脲可湿性粉剂 1200 倍液、50% 乙烯菌核利可湿性粉剂 1500 倍液、10% 苯醚甲环唑水分散粒剂 1500 倍液、70% 丙森锌可湿性粉剂 700 倍液、3% 多抗霉素水剂 700～800 倍液、50% 福美双可湿性粉剂 1000 倍液、64% 噁霜灵可湿性粉剂 500 倍液、58% 甲霜灵·锰锌可湿性粉剂 500 倍液、50% 福·异菌可湿性粉剂 800 倍

液、50％敌菌灵可湿性粉剂 500 倍液等喷雾防治。

若与霜霉病混发，可选用 70％三乙膦酸铝·锰锌可湿性粉剂 500 倍液，或 58％甲霜灵·锰锌可湿性粉剂 500 倍液等喷雾防治。

48. 如何识别与防治大白菜细菌性角斑病？

大白菜细菌性角斑病是大白菜上普遍发生且为害严重的细菌病害，各地均有分布。主要为害叶片，发病率 10％～20％，轻度影响白菜生产；严重时病株率 60％以上，显著影响白菜的产量和质量。

（1）症状识别 起初在叶片背面上产生呈水浸状稍凹陷的斑点，扩展后受到叶脉限制而呈不规则形角斑。在叶子正面则出现呈油渍状的黄褐色病斑。湿度大时，叶背病斑分泌出乳白色菌脓，干燥时，病斑呈白色膜状，后来病部开裂，呈穿孔状。病原主要为害叶片薄壁组织，叶脉不易受害。

（2）发病规律 病原为假单胞杆菌丁香假单胞白菜斑点病致病变种细菌。病菌主要在种子上或随病残体在土壤中越冬。种子上的病菌一般可存活 1 年，播带菌的种子，发芽后病菌可侵染叶片，成为初侵染源。另外，随病残体在土壤中越冬的病菌，第二年可通过雨水或灌溉水溅射到叶片上，也是初侵染源。发病后，病部的细菌又借风雨、昆虫、农事操作等传播蔓延，从伤口或自然伤口侵入，进行再侵染。在条件适宜时，潜育期不长，一般 3～5 天，所以容易造成流行。

发病适温为 25～27℃，相对湿度 85％以上。多雨，特别是暴风雨后发病重。发病与种子的关系密切，如果播的是未经消毒带菌的种子，无病田会变成病田，病田则病害加重。此外，病地重茬，地势低洼，肥料缺乏，植株衰弱，抵抗力差，管理不善，造成植株伤口多，一般发病重。

（3）防治方法

① 农业防治 发病较严重的地块可与百合科蔬菜或粮食作物

轮作 2 年以上。加强田间管理,发现病叶、病残体及时带出田外深埋或烧毁,减少病菌在田间传播。管理时要小心,切勿损伤植株,防止造成伤口。实行高垄栽培,做高垄,垄高 10～15 厘米,垄长 25 米。增施有机肥和磷、钾肥,施肥的原则是前重后轻。前期小水勤灌,中期实行稳水、足水灌溉,切忌大水漫灌,通过科学的水肥管理促进白菜根系发育,使植株健壮。雨后及时排水,降低田间湿度。有害虫为害时,要及时防治。

② 种子处理　选用无病种子,建立无病留种田,从无病地或无病株上采种子。种子消毒可用 50℃温水浸种 15 分钟后立即移入冷水中,然后捞出种子晾干后播种。也可用 0.4% 种子重量的 50% 福美双可湿性粉剂拌种。

③ 化学防治　发病初期,可选用 50% 甲霜·铜可湿性粉剂 600 倍液,或 77% 氢氧化铜可湿性粒粉剂 600 倍液、58% 甲霜灵·锰锌可湿性粉剂 500 倍液、75% 百菌清可湿性粉剂 500 倍液、50% 福·异菌可湿性粉剂 800～1000 倍液、60% 琥·乙膦铝可湿性粉剂 700 倍液等喷雾防治。但值得注意的是,有些大白菜品种对铜敏感,为了防止药害产生,要慎重使用,一是使用浓度比正常浓度低,二是先做试验,先喷几株,观察几天,看有无药害产生,如果没有药害,才可大面积应用。较安全的药剂是选用 72% 硫酸链霉素可溶粉剂 3000 倍液,或 72% 新植霉素可湿性粉剂 4000 倍液、1% 中生菌素水剂 100～150 倍液等喷雾防治,每 7 天喷 1 次,连喷 3～4 次。

49. 如何识别与防治大白菜黑腐病?

大白菜黑腐病是为害大白菜的一种主要病害,各地均有分布,大白菜各个时期都会发病。病株率为 20% 左右,轻度影响生产,病重地块发病率可达 100%,明显影响产量和质量。且黑腐病往往与软腐病同时发生,形成两病的复合侵染,加重对大白菜的为害。

(1) 症状识别 (表7)

表 7   大白菜黑腐病主要发病部位及其症状识别要点

幼苗染病	从幼苗出土前即可发病,使其不能出苗,出苗后发病子叶呈水浸状,根髓部变黑,幼苗枯死
叶片发病	多发生于老叶、叶柄和根茎部。叶片从叶缘开始,自叶脉顶端向内和两侧扩展,形成"V"字形黄褐色病斑,似烫伤状,病斑周围变黄,病健部界限明显,病斑沿脉向里扩展时形成大块黄褐色或网状黑脉,病斑扩大,造成叶片局部或大部腐烂枯死
叶帮染病	病菌沿维管束向上扩展,呈淡褐色,造成部分叶帮褐色干腐,使叶片歪向一边,半边叶片发黄,有的脱落
根茎部染病	受害后维管束变黑,有一圈黑色小点,内部干腐,以至全株萎蔫。该病腐烂时不臭,别于软腐病
种株发病	叶片上也产生"V"字形褐色病斑,病叶脱落,花茎髓部变黑褐色

(2) 发病规律   黑腐病是细菌侵染而引起的传染性病害。病菌可在种子、病残株或采种株上越冬。若播种带病种子,幼苗出土时,病菌从子叶边缘的水孔或伤口侵入引起发病;成株叶片染病,病菌在薄壁细胞内繁殖,并迅速侵入维管束,引起叶片发病,再从叶片维管束蔓延至基部维管束,造成系统侵染。采种株染病后,细菌由果柄处维管束侵入,沿维管束进入种子皮层,或经荚皮的维管束进入种脐,致使种子带菌。种子带菌成为此病远距离传播的主要途径,生长期间主要靠病株、肥料、风雨或农具等传播。

该病生长发育的最适温度为 25～30℃,高温多湿,暴雨频繁,有利于病菌侵入发病。易于积水的低洼地块和灌水过多的地块发病多。在连作、施用未腐熟农家肥以及害虫严重发生等情况下,会加重发病。

(3) 防治措施

① 农业防治   实行与非十字花科蔬菜 2～3 年轮作。选用抗病的青帮、直筒形品种。夏季大白菜播期可适当提前,秋冬大白菜播期可适当延后。尽量选温室或大棚育苗。除去病菌、弱苗。收获后及时清洁田园,清除病残体,秋后深翻,施用腐熟农家肥。合理灌水,雨后及时排水,降低田间湿度。减少农事操作造成的伤口。

② 种子消毒   用 45％代森铵水剂 300 倍液浸种 15～20 分钟,

冲洗后晾干拌种；或用 50％琥胶肥酸酮可湿性粉剂按种子重量的 0.4％拌种，也可用 2％中生菌素水剂 100 倍液浸拌种子，每 100 克种子用药液 7.5 毫升，吸附后阴干。或每千克种子用漂白粉 10～20 克（有效成分含量）加少量水，将种子拌匀放入容器内封存 16 小时后播种。用 200 毫克/升的链霉素或新植霉素药液浸种也有效，但白菜类蔬菜的种子对链霉素、新植霉素敏感，不宜使用，以免发生药害。

③ 化学防治　发病初期，可选用 72％硫酸链霉素可溶粉剂或新植霉素 100～200 毫克/升或氯霉素 50～100 毫克/升，或 45％代森铵水剂 900 倍液、20％噻菌铜悬浮剂 500 倍液、10％苯醚甲环唑水分散粒剂 2000 倍液、50％琥胶肥酸铜可湿性粉剂 700 倍液、77％氢氧化铜可湿性粉剂 500～800 倍液、1∶1∶（250～300）波尔多液、14％络氨酮水剂 350 倍液等喷雾防治。

50. 如何识别与防治大白菜褐斑病？

（1）症状识别　主要为害叶片。叶片发病，初生水浸状圆形或近圆形小斑点，逐渐扩展后呈浅黄白色，高湿条件下为褐色，近圆形或不规则形病斑，病斑大小不等，0.5～0.6 毫米。有些病斑受叶脉限制，病斑边缘为一突起的褐色环带，整个病斑好像隆起突出叶表。

（2）发病规律　病菌主要以菌丝块在病残体上或随病残体在土壤中越冬，也可随种子越冬和传播。翌年越冬菌侵染白菜叶片引起发病，发病后病部分生孢子借气流传播，进行再侵染。带菌种子可随调运做远距离传播。

病菌喜温、湿条件，病菌发育适温 25～30℃，要求 98％～100％相对湿度，分生孢子在水滴中萌发最佳。一般重茬地，邻近早熟白菜田块易发病，偏施氮肥，低洼、黏重、排水不良地块发病重。

（3）防治办法

① 农业防治　重病地与非十字花科蔬菜进行 2 年以上轮作。

选择地势平坦、土质肥沃、排水良好的地块种植。前茬收获后深翻土壤，加速病残体腐烂分解。高畦或高垄栽培，适期晚播，避开高温多雨季节，控制莲座期的水肥，合理施肥，增施有机肥，氮、磷、钾配合施用，避免偏施、过施氮肥。合理灌水，注意排除田间积水。

② 种子处理　使用无病种子。种子带菌可用 50℃ 温水浸种 10 分钟，或用种子重量 0.4% 的 50% 多菌灵可湿性粉剂拌种。

③ 化学防治　发病初期，可选用 70% 甲基硫菌灵可湿性粉剂 700 倍液，或 40% 多·硫可湿性粉剂 800 倍液、80% 代森锰锌可湿性粉剂 800 倍液、50% 福·异菌可湿性粉剂 1000 倍液、80% 炭疽福美可湿性粉剂 800 倍液、50% 多·霉威可湿性粉剂 1000 倍液等喷雾防治，每 7 天 1 次，连续防治 2～3 次。

51. 如何识别与防治大白菜褐腐病？

褐腐病是大白菜的一种主要病害。各地均有分布，对生产有一定影响。

（1）症状识别　主要为害外叶，多是接近地面的菜帮发病。病斑呈不规则形，周缘不大明显，褐色或黑褐色，凹陷。湿度大时，病斑上出现淡褐色蛛网状菌丝及菌核。发病严重时叶柄基部腐烂，造成叶片黄枯、脱落。

（2）发病规律　病原为半知菌亚门真菌立枯丝核菌。病原主要以菌核随病残体在土壤中越冬，可在土中腐生多年。病菌借雨水、灌溉水、农具及带菌肥料传播，直接穿透表皮侵入。

病菌喜高温、高湿环境，发病适温为 24～25℃，田间积水或土壤湿度过大，通透性差，栽植过深，培土过多过湿，施用未充分腐熟的有机肥，易发病而且病情发展迅速。

（3）防治措施

① 农业防治　选择地势平坦、排水良好的地块种植大白菜。施足充分腐熟的有机肥，增施磷、钾肥。初见病株，应及时摘除近地面的病叶，深埋或销毁。

② 化学防治　发病初期，可选用72.2%霜霉威水剂600倍液，或78%波尔·锰锌可湿性粉剂500倍液、56%百菌清可湿性粉剂700倍液、12%松脂酸铜水剂600倍液、40%拌种双粉剂500倍液、69%烯酰吗啉·锰锌可湿性粉剂600倍液、50%甲霜铜可湿性粉剂600倍液、72%霜脲氰·锰锌可湿性粉剂600～800倍液、50%烯酰吗啉可湿性粉剂1500倍液、58%甲霜灵·锰锌可湿性粉剂500倍液、70%甲基硫菌灵可湿性粉剂1000倍液、15%噁霉灵可湿性粉剂500倍液等喷雾防治，每7天喷药1次，连续防治2～3次。

52. 如何识别与防治大白菜根肿病？

大白菜根肿病在我国的大部分地区都有发生，而且有加速蔓延的趋势。大白菜根肿病在白菜幼苗和成株期均可发生，只为害根部，植株矮小，生长缓慢。

（1）症状识别　病株根部肿大呈瘤状，主根上的肿瘤多靠近上部，较大而数量少，球形或近球形，凹凸不平，表面粗糙，有时表皮开裂。侧根和须根上的肿瘤较小而数量多，呈圆筒形或手指形，多个连在一起呈串球状。发病初期病株生长缓慢，基部叶片常在中午凋萎下垂，早晚恢复，后期基部叶片变黄枯萎，发生轻的大白菜包心不紧，重病时不能包心，甚至整株枯死。发病后期病部易被软腐细菌侵染，组织腐烂，散发出臭味。

（2）发生规律　大白菜根肿病为芸薹根肿菌，病菌以休眠孢子囊在土壤中或黏附在种子上越冬，并可在土中存活10～15年。孢子囊借雨水、灌溉水、害虫及农事操作等传播，也随着产品及产品附着的泥土、厩肥传播。孢子囊萌发产生游动孢子侵入寄主，经10天左右根部长出肿瘤。

病菌在9～30℃均可发育，适温为23℃，适宜相对湿度50%～98%。土壤含水量低于45%病菌死亡，适宜pH6.2，pH7.2以上发病少。土壤偏酸，气温18～25℃，土壤含水量70%～90%，是发病的最适条件。一般低洼及水改旱田后或氧化钙不足发病重。

（3）防治措施

① 草木灰拌土盖种　将草木灰与田土按体积比 1∶3 的比例混拌均匀后，用混拌好的土覆盖种子，然后用喷雾器在上面浇足水。

② 重施草木灰　施用充足的干草木灰和腐熟的农家肥。每亩施干草木灰 250 千克，根肿病严重的地块 300～400 千克，沟施，在施好充分腐熟的农家肥之后，将草木灰施在农家肥之上。

③ 合理测土配方施肥　氮磷钾配方合理，补充充足的钙、硅、镁及微量元素。一般每亩施过磷酸钙 50～75 千克、硅酸钠 20 千克、氯化钾 14 千克，作底肥一次性施入。

④ 喷施 EM 菌原液　在施完基肥后，在垄沟内喷施 300 倍液的 EM 原液，然后合垄。播种后在播种穴内喷施 300 倍的 EM 原液，使白菜种子一萌发即在有益菌的影响范围内，出苗后，苗 3 叶 1 心时，用 300 倍液喷施第 3 次，重点向根中喷施。

⑤ 选用抗病品种　大白菜对根肿病的抗性存在着品种差异，各地要注意选择适合本地区的抗病品种。

⑥ 叶面喷施化肥精　天津市植物营养研究所研制生产的化肥精含有多种微量元素，在白菜定苗开始，每亩用化肥精 100 克对水 60～70 千克浸泡 0.5 小时后，于晴天上午 7～10 时、下午 4～7 时或阴天无雨的天气喷施。剩下的水溶液连残渣一并灌施于土壤中。全生育期喷 3 次，间隔 10～15 天喷 1 次。

⑦ 叶面喷施美林高效钙　在白菜结球期开始，每袋高效钙（50 克）对水 15 千克，叶面喷施 2 次，间隔 15 天。

⑧ 施石灰　适量加施石灰，调节土壤 pH 值，有利于防病灭病，可在定植时，每穴施消石灰 25 克左右，也可在菜田开始出现少数病株时，用 15％石灰乳浇灌根部，每株用液 250 毫升。

⑨ 土地消毒　播种前 20 天，用 40％甲醛 30 毫升加水 100 毫升喷洒床土，然后用塑料薄膜覆盖 5 天，揭开后晾 2 周再播种。

⑩ 化学防治　每亩用 500 克/升氟啶胺 267～333 毫升，在播种或定植大白菜前对全田土壤或种植穴内的土壤进行喷雾，然后混土 10～15 厘米，施药次数为 1 次，施药和播种或定植最好在同一

天进行，对防治大白菜根肿病效果良好。

也可用50%硫菌灵可湿性粉剂，在栽前沟施或穴施，每亩用量1.5～3.0千克，发病初期用上述药剂700～1000倍液进行灌根防治，每株用液250毫升。

53. 如何识别与防治大白菜炭疽病？

大白菜炭疽病（彩图11），是大白菜的一种重要病害，该病分布很广，以长江流域各省为害较重。除为害大白菜外，还能为害小白菜、芥菜、萝卜、芜菁等十字花科蔬菜。影响其商品性，造成减产减收。多雨地区或年份一般为害较重。为害叶片、叶柄和叶脉，也可为害花梗、种荚。

（1）症状识别　叶片上初期为苍白色或褪绿水渍状小斑点，扩大后呈灰褐色圆形或近圆形斑，病斑边缘褐色微隆起，后期中央略下陷，呈薄纸状，半透明。后期病斑中央变成灰白色，1～2毫米或稍大，呈薄纸状，半透明，易穿孔。严重时，病斑联合，叶片变黄干枯。

在叶背上，一般为害叶脉，出现长短不一的条状褐斑，稍凹陷。

叶柄、花梗、种荚被害，产生长椭圆形或纺锤形至梭形、褐色或灰褐色凹陷病斑，潮湿时，病部上常长有褚红色黏状物。

（2）发病规律　病原为半知菌亚门真菌希金斯刺盘孢。病原以休眠菌丝随病残组织留在土壤中越冬，或以分生孢子在种子上越冬。分生孢子通过雨水冲洗或反溅至邻近菜株上，萌发产生芽管，直接从表皮侵入。潜育期3～5天，发病后病部能产生病原菌进行再侵染。夏、秋大白菜6～8月均有发生。

该病为高温、高湿型病害，发生时期主要受温度影响，发病程度受降雨量及降雨次数影响。温度26～30℃，相对湿度95%以上，重茬地，地势低洼，排水不良，早播、种植密度过大，肥料不良，植株长势弱，通风透光差等，均易发病。

（3）防治措施

①农业防治　实行与非十字花科蔬菜轮作1～2年。发病高的地块适期晚播，合理密植，施足底肥，增施磷钾肥，合理灌溉，防止大水漫灌，加强通风透光，及时排除积水。注意清洁田园，将病叶、病残体带出田外深埋。

②种子处理　从无病地或无病株上采种。种子处理可用50℃温水浸种15分钟后，放入冷水中冷却，捞出种子，晾干后播种；也可用种子重量0.3%的80%炭疽福美可湿性粉剂拌种，或用种子重量0.4%的50%福美双可湿性粉剂或50%多菌灵可湿性粉剂拌种。

③化学防治　病害刚发生时，可喷2%嘧啶核苷类抗菌素水剂200倍液，隔5～6天喷1次，连喷2～3次。发病初期，可选用40%多·溴·福（多丰农）可湿性粉剂400～500倍液，或70%甲基硫菌灵可湿性粉剂1000倍液加75%百菌清可湿性粉剂1000倍液、40%拌种双可湿性粉剂500倍液、70%代森锰锌可湿性粉剂500倍液、50%咪鲜胺可湿性粉剂1500倍液、1%多抗霉素水剂300倍液、68.75%噁唑菌酮水分散粒剂800倍液、50%混杀·硫悬浮剂500倍液、25%溴菌腈可湿性粉剂500倍液、2%武夷菌素水剂200倍液等喷雾防治，隔7～10天喷1次，连喷2～3次。

另外，选用80%炭疽福美可湿性粉剂600～800倍液，或50%福·异菌可湿性粉剂600～800倍液等喷雾，可同时兼治灰霉病、菌核病等。

54. 如何识别与防治大白菜白斑病？

白斑病仅为害十字花科蔬菜，是白菜的一种普通病害，一般年份发病率20%～40%，重病地或重病年份病株率可达80%～100%，对生产影响较大。主要侵染大白菜、甘蓝、油菜、芜菁、萝卜、芹菜等，本病主要为害叶片，其中以大白菜、小白菜及萝卜等受害较重，其为害不亚于霜霉病。此病常与霜霉病并发，加重其为害性。主要发生在冷凉地区，不仅造成产量损失，还影响蔬菜的质量和贮藏。

（1）发生症状

① 发病初期　叶面散生灰褐色圆形小斑点，后扩大成圆形、近圆形或卵圆形病斑，直径为6～18毫米。病斑中央逐渐由灰褐色变为灰白色，周缘有污绿色晕圈。叶背病斑与叶正面相同，但周缘微带浓绿色。潮湿时，病斑背面出现淡灰色的霉状物。

② 发病后期　病斑呈白色，半透明，易破裂穿孔。严重时连片成不规则形，叶片从外向内一层层干枯，似火烤状，致全田呈现一片枯黄。

（2）发生规律　病原为半知菌亚门真菌小白尾孢属的白斑小尾孢菌。病原随病残体在土表或在种子或种株上越冬。翌春通过降水或灌水溅射到植株上，引起初侵染，病斑形成后又产生分生孢子，随风、雨传播。

北方盛发于8～10月，长江中下游地区春、秋两季均有发生。5～28℃都可发病，发病适温为11～23℃，相对湿度为60％以上。在温度偏低、昼夜温差大、田间结露多、多雾、多雨的天气易发病。连作、地势低洼、浇水过多、播种过早等病害易流行。如果播种带菌的种子，将导致无病地变成病地，病地则加重。

（3）防治方法

① 选用抗病品种　要因地制宜选用较抗病品种，一般杂交种较抗病。

② 种子处理　选用无病种株，防止种子带菌。带菌种子可用50℃温水中浸种20分钟，然后立即移入冷水中冷却，晾干后播种。还可用70％代森锰锌可湿性粉剂，或50％多菌灵可湿性粉剂，或50％福美双可湿性粉剂，按药量为种子重量的0.4％进行拌种。或用50％异菌脲可湿性粉剂，药量为种子重量的0.2％～0.3％。

③ 加强管理　与非十字花科蔬菜实行3年以上轮作。选择地势较高、排水良好的地种植。适期晚播，避开发病环境条件，增施有机肥，配合磷、钾肥料，补充微量元素肥料，及时清除田间病株。收获后进行深耕。防止田间积水。在盛夏季节覆盖地膜，灌水浸透土壤，密封塑料棚或温室，此时温度可达60～70℃，经7～10

天后可有效杀灭病原菌。

④生物防治　病害开始发生时，用2％嘧啶核苷类抗菌素水剂200倍液，或1％武夷菌素水剂150倍液，隔6天喷1次，连喷2～3次。

⑤化学防治　田间见有零星发病时，可选用50％多菌灵可湿性粉剂加5％井冈霉素水剂，按1.0∶1.5体积比混合后稀释600～800倍液喷雾。也可选用10％苯醚甲环唑水分散粒剂2000倍液，或50％异菌脲可湿性粉剂1000倍液、70％甲基硫菌灵可湿性粉剂800倍液、75％百菌清可湿性粉剂600倍液、60％噁霜灵可湿性粉剂500～700倍液、80％炭疽福美可湿性粉剂800倍液、50％多菌灵800倍液、40％多·硫悬浮剂800倍液、50％多·福可湿性粉剂600～800倍液、50％多·霉威可湿性粉剂800倍液、65％乙霉威可湿性粉剂1000倍液、80％代森锰锌可湿性粉剂400～600倍液等喷雾防治，交替使用，每10天喷1次，连喷2～3次。在多阵雨季节，露地大白菜在雨后及时喷药，防治效果尤佳。

遇有霜霉病与白斑病同期发生时，可在多菌灵药液中混配40％三乙膦酸铝可湿性粉剂300倍液。每隔10天左右喷1次药，连喷2～3次。

55. 如何识别与防治大白菜细菌性叶斑病？

细菌性叶斑病是大白菜的一种普通病害。各地均有分布，零星发生，病株率达20％～30％时，对产品质量和产量都有影响。

（1）症状识别　主要为害叶片，发病叶片背面先出现水浸状小斑点，之后叶面也出现直径2～5毫米圆形或不规则形病斑，病斑黄褐色或灰褐色，边缘颜色较深，呈油浸状。发病重时病斑常相互连结成大斑块。干燥时病斑质脆易开裂，致使叶片干枯死亡。

（2）发病规律　病原为菊苣假单胞菌，属细菌。病原在种子上或随病残体在土壤中越冬，其腐生性较弱，在病残体分解后，便不能在土壤中继续存活。病菌也可在越冬的十字花科蔬菜及十字花科杂草上存活。种子也能带菌。病菌借雨水或灌溉水传播蔓延，昆虫也能传播病菌。在露水未干时进行农事操作，病菌会污染农具或人体，再接触健壮植株时病菌时得以传播。

25～27℃，多雨、多雾、重露时均易发病。大白菜莲座期至结球期为感病期，此时如遇连阴雨天病害极易流行。

（3）防治方法

① 农业防治　选用抗病品种，一般白帮类型较抗病。重病地实行 2 年以上轮作。高垄、高畦栽培。小水勤浇，雨后及时排水，播前用 50℃温水浸种 10 分钟。

② 化学防治　发病初期，可选用 72％硫酸链霉素 4000 倍液，或 14％络氨铜水剂 350 倍液、72％新植霉素可湿性粉剂 4000～5000 倍液、60％琥·乙膦铝可湿性粉剂 600 倍液等药剂喷雾防治，每 7 天 1 次，连续防治 2～3 次。

56. 如何识别与防治大白菜青枯病？

大白菜青枯病主要为害大白菜莲座期至结球期，大白菜苗期不表现症状。

（1）症状识别　发病初期，外表没有异样，但随着病情逐渐发展，症状日趋明显。病株最初在中午时叶片萎蔫，早晚恢复正常，到后期瘫倒在地，如果土壤干燥，气温高，3～5 天后病株即死亡，在气温低，土壤含水量较大或连续阴雨的条件下，病株持续 5～8天后死亡。发病后基部病叶的中脉变黑，出现水浸状，随后变褐腐烂，从球基至根茎处的心髓有乳浊状黏稠物（典型症状）。

（2）发生规律　大白菜青枯病病原菌为青枯假单胞杆菌，属细菌，多在 7 月上旬发生，8 月份为盛发期，有明显的阶段性，一般苗期莲座前期基本不发病，莲座中后期基部叶片开始发病，结球期最易感病。在生产上，大白菜青枯病广泛存在，低洼积水和中耕不当是导致青枯病发生为害的重要因素。沙壤土、黏壤土的低洼处易大发生，多次中耕或深中耕，伤根多，遇多雨高湿的天气，也易造成病害广泛流行。病原菌主要在土壤、肥料中及病株残体上越冬，在病残体上营腐生生活，即使没有适当寄主，也能在土壤中存在

14 个月甚至 6 年之久。借风雨和灌溉水传播，人、畜、农具、昆虫也可引起重复侵染蔓延。当土温在 20℃左右时，病菌开始活动，田间出现少量病株，土温达 25℃左右时，病菌活动最盛，田间出现发病高峰，特别是久雨或大雨后转晴，气温急速上升时，发病最为普遍且严重。

（3）防治措施

① 农业防治　选用抗病品种。实行轮作。选择白泥土的田块种植大白菜，绝大部分不发生青枯病。推行深沟高畦防积水，少中耕、浅中耕或免耕，减少伤根，清除田间病残体，铲除田间杂草。

② 种子处理　可用 50％福美双可湿性粉剂拌种，也可用 50％百菌清可湿性粉剂 700 倍液或 65％代森锌可湿性粉剂 600 倍液浸泡种子 1 小时，药剂消毒后要用清水漂洗干净。用 52～55℃温水烫种 5～15 分钟，也能起到很好的效果。

③ 化学防治　田间发现病株，应立即拔除，于病穴中浇灌 20％石灰水消毒，也可撒施石灰粉。在田间发病初期，或选用 25％枯萎灵可湿性粉剂 600 倍液，或 40％菌核净可湿性粉剂 500 倍液灌根，间隔 10～15 天 1 次，连续 2～3 次。

57. 如何识别与防治大白菜黄叶病？

黄叶病是大白菜的一种普通病害，对生产有一定的影响。在生产中发生的年份较少，但一旦发生，发病率高，有时可导致绝产。

（1）发生症状　大白菜黄叶病幼苗期即开始发病，表现为生长缓慢，生长至 2～4 叶期病菌由根系侵染，近半叶片褪绿引起半株或整株萎蔫，白天萎蔫夜间恢复，似缺水状，拔起病株可见须根少，主根系维管束变褐，生长至结球期后变黑。

莲座期至结球期叶片开始黄化，进入包心中期，叶脉变褐色，叶脉四周多保持深绿色，整株叶片因失水向内皱缩卷曲，最终导致整株黄化或枯死。形成商品价值的白菜收获时叶片皱缩单株重降低，主根系不完整且维管束变褐黑色，贮存时间变短。

（2）发病规律　病原为半知菌亚门真菌芥属黄萎镰孢霉。该菌在土壤中生存，遇干旱年份，土壤高温或持续时间过长，大白菜根系受伤后病菌乘机进行侵染。秋大白菜播种过早发病率高，耐热品种较普通型大白菜品种发病率低，低洼处发病率高。

（3）防治方法

①农业防治　选用耐热抗病品种，选择休闲期最少1个月的地块种植，做到畦面平整。播种尽量避开高温干旱季节，遇干旱天气在幼苗期果断进行浇水降温，防止根系受伤。蹲苗要适度，防止苗期土壤干旱，保证根系正常生长发育。

②化学防治　发现病株后及时用真菌杀菌剂，可选用70%甲基硫菌灵可湿性粉剂800倍液，或20%二氯异氰脲酸钠可湿性粉剂400倍液、50%混杀硫悬浮剂500倍液、12.5%增效多菌灵浓可溶剂200～300倍液、64%噁霜灵可湿性粉剂600倍液等灌根或叶面喷雾，每隔10天左右防治1次，共防治1～2次。叶面配合杀菌用1.8%复硝酚钠水剂1000倍液叶面施肥，增强植株的抗病抗逆能力。

58. 如何识别与防治大白菜干烧心？

大白菜干烧心（彩图12），又称夹皮烂，是指发生在白菜叶球心叶部分的一种生理病害。各地都有不同程度的发生，发病率在2%～28%。夏大白菜和秋大白菜均有这种现象。

（1）症状识别　一般是在白菜莲座期至结球期发生。主要为害叶片，从菜株外部及外层数片球叶看属正常，但内心部分叶片由叶缘开始变干黄化，叶肉呈半透明干纸状，叶脉暗褐色，叶组织呈水渍状，病处液汁发黏，无臭味，但受害植株的叶片在病害发生后往往又被其他腐败菌感染而发出恶臭味。病、健组织处有清楚的交界线，有时会出现干腐和湿腐症状。有干烧心的白菜，病叶有苦味，不宜食用，且叶球不能贮藏。

（2）发病原因　干烧心属生理病害，没有病原菌，不会传染，病因主要是由于干旱，土壤通透性差，施氮肥过多，空气湿度小，浇水不及时，土壤盐分增加等因素，引起大白菜生理机能失调而表现的一种生理缺钙；或者由于土壤缺乏有效锰的缘故。

（3）防治措施

① 合理施肥　基肥以有机肥为主、化肥为辅，增施充分腐熟的有机肥做基肥，合理施氮肥，增施磷、钾肥，一般每亩施农家肥3000 千克、过磷酸钙 50 千克、硫酸钾 15 千克。同时要求土壤平整，浇水均匀，土壤含盐量低于 0.2%，水质无污染，避免使用污水灌溉。

② 加强田间管理　苗期及时中耕，促进根系发育，适期晚播的不再蹲苗，应肥水猛攻，一促到底。田间始终保持湿润状态，防止苗期和莲座期干旱，应及时灌水，特别是结球期不能缺水，灌水宜在早晚进行。适当增加浇水次数，以降低土壤溶液的浓度，促进钙离子进入植物体。

③ 补施微肥　在施腐熟粪肥作底肥时，每亩可适量加入石灰50～100 千克，在包心球期可向白菜心叶撒入含有 16% 的硝酸钙和0.5% 硼颗粒剂。也可在莲座期到结球期，在叶面喷 0.7% 氯化钙和 50 毫克/千克萘乙酸混合液，隔 6～7 天喷 1 次，连喷 4～5 次。喷施锰肥可用 0.7% 硫酸锰溶液、70% 代森锰锌 500～800 倍液，或 58% 甲霜灵锰锌 200 倍液。

④ 注意茬口安排　在易发生干烧心病的病区种植大白菜，应避免与吸钙量大的甘蓝、番茄等作物连作。如果在番茄结果期发现脐腐病严重时，说明该地区缺钙严重，秋茬最好不要种植大白菜。

⑤ 降温处理　气温高时，结球期开始折外叶覆盖叶球，减少白天过量蒸腾作用，夜间沟灌"跑马水"，提供足够水分保证根系正常吸收养分及体内养分的正常运转。

⑥ 拌种　在播种时，可用拌种型防治丰 225 克，加干细土 30千克拌匀，再把每亩播种用的种子喷点水润湿，然后加入防治丰药土进行拌种。同时，在苗期、莲座期、结球期喷洒 0.7% 硫酸锰，并以稀土作活化剂。

⑦ 加强贮藏期管理　储藏期大白菜，环境应保持稳定在温度-1～1℃、湿度 90%～95% 的条件下。

59. 如何识别与防治蚜虫？

蚜虫是传播蔬菜病毒病的一个主要途径，一年四季均不可忽视，特别是秋冬季节，由于气温低，一般虫害发生不多，菜农很少用药防虫。蚜虫又称腻子、蚁子，由多种蚜虫种类组成，其中桃蚜、甘蓝蚜、萝卜蚜的混合种群称为菜蚜，是十字花科蔬菜主要害虫之一。

（1）为害特点　其成蚜、若蚜均群集吸食寄主叶片、嫩茎、嫩荚汁液，致使叶片、嫩茎、嫩荚蜷缩、扭曲、变形，受害植株生长不良，直至枯死。因大量排泄蜜露、蜕皮而污染叶面，降低蔬菜商品性，并诱发真菌性病害发生，使其为害加剧。此外还能传播多种病毒病，其为害甚至超过蚜害本身。

（2）形态识别（表8）

表8　几种蚜虫的形态识别要点

桃蚜	无翅孤雌蚜，体淡绿色、黄绿色或樱红色。额瘤发达，向内倾斜，腹管长筒形，端部色深，中后部膨大，末端有明显缢缩，长度为尾片的2.3倍。尾片黑褐色、圆锥形
萝卜蚜	无翅胎生雌蚜，全体黄绿色或绿色，表皮粗糙，有菱形网纹，被薄粉，中额瘤隆起，额瘤微隆外倾，呈浅"W"形，触角略短，腹管长筒形、顶端收缩，长度为尾片的1.7倍
甘蓝蚜	无翅胎生雌蚜，全身覆盖一层较厚的蜡粉，体暗绿色，头部背面黑色，复眼黑色、无额瘤，腹管短于尾片，尾片近等边三角形

（3）生活习性　菜蚜在长江流域一年发生数十代，世代重叠极为严重。大多以胎生雌蚜或卵越冬，在温室内，可终年胎生繁殖为害。田间一般在春、秋有两个发生高峰期，菜蛾对黄色、橙色有强烈的趋性，而对银灰色有负趋性。萝卜蚜尤喜白菜、萝卜等叶上有毛的蔬菜。甘蓝蚜在冷凉地区，喜在叶面光滑、蜡质较多的十字花科蔬菜（如甘蓝、花椰菜）上为害。

（4）防治方法

① 在十字花科蔬菜苗期，用黄色塑料布或塑料板（彩图13）成排插于地边，涂上黏液，诱杀成蚜，或在播种、移栽前，在地

头、行间铺设银灰色塑料膜条避成蚜，以减少虫源。

② 夏、秋高温季节十字花科蔬菜育苗，可采用防虫网全程覆盖栽培，可不施药防治，方法是在塑料大棚、中棚或小棚骨架上覆盖 25 目左右规格的防虫网，整地时一次性施足底肥，然后播种或移栽，再将网底四周用土压实，浇水时中、小棚可直接从网上浇入，大棚可由门进入操作，注意进、出后随手关门。无论大、中、小棚，栽培空间均以所栽植株长成后不与防虫网接触为宜。

③ 化学防治　关键是抓住初发阶段施药防治，当田间检查发现蚜虫发生中心时，立即施药。第 1 次可采用插花式喷药方法，即只对发生中心及周围植株喷药，对其他植株不喷药，但在苗期，宜全面喷药。以后视虫情发展，若需再次施药，应全面喷施。可选用50％抗蚜威可湿性粉剂 3000～4000 倍液，或 10％吡虫啉可湿性粉剂 1000～2000 倍液、2.5％溴氰菊酯 3000 倍液、20％甲氰菊酯乳油 3000～5000 倍液喷雾、10％顺式氯氰菊酯乳油 6000 倍液喷雾、40％氰戊菊酯乳油 6000 倍液、2.5％高效氯氟氰菊酯乳油 4000 倍液、40％乐果乳剂 1000～2000 倍液、50％敌敌畏乳油 1000～1500倍液等喷雾防治。温室、塑料大棚可用烟剂，每亩每次用 2％敌敌畏烟剂 400～500 克，分成几小堆，用暗火点燃，密闭 3 小时。

60. 如何识别与防治菜螟？

菜螟属鳞翅目螟蛾科。其幼虫又称为钻心虫、剜心虫、吃心虫、甘蓝螟、菜心虫、卷心菜螟、萝卜螟等，是萝卜、甘蓝、大白菜、菠菜、雪里蕻、榨菜、芜菁、花椰菜等十字花科蔬菜苗期的重要害虫，以秋播萝卜、白菜、甘蓝受害最重。各地菜螟为害时期大多在 8～10 月。

(1) 为害特点　以幼虫钻蛀为害为主。1、2 龄幼虫，爬向菜心，吐丝缀叶，取食菜心，造成缺苗和毁种，成株菜心叶被啃食后，形成"蓬头菜"，多头生长、无心苗等现象，致使植株停滞生长，或根部不能加粗生长，最后全株枯萎，整株蔬菜失去利用价值，严重减产。3 龄以后向上蛀入叶柄，向下蛀食茎髓或根部，并形成粗短的袋状隧道，蛀孔明显，孔外缀有细丝，并有虫粪排出，使大白菜、甘蓝等不能结球、包心。幼虫所造成的伤口，还易引发软腐病。

（2）识别要点（表 9）

表 9　菜螟各发育阶段形态识别要点

成虫	灰褐色小蛾,体长约 7 毫米,翅展 15～20 毫米。前翅灰褐色或黄褐色,内、外横线灰白色波浪形,灰褐色镶边,因而成双重线纹。肾形纹明显,深褐色,周围边缘颜色为灰白色。后翅灰白色,外缘稍带褐色
卵	长约 0.3 毫米,椭圆形,较扁平,表面有不规则网状纹。初产时淡黄色,后逐渐出现红色斑点,孵化前橙黄色
老熟幼虫	体长 12～14 毫米,头黑色,胸腹部黄色或黄褐色,背面有 7 条深灰褐色纵线,中、后胸各有 6 对毛瘤,排成一横行,腹部各节背侧面着生毛瘤 2 排,前排 8 个,后排 2 个
蛹	体长约 7 毫米,黄棕褐色。翅芽长达第四腹节后缘,腹部背面隐约可见 5 条褐色纵线。无臀刺,腹末生长刺 2 对,中央 1 对略短,末端弯曲

（3）生活习性　菜螟的发生世代因地而异，由北向南逐渐增多。北方每年发生 3～4 代，长江流域 6～7 代，华南 9 代。以 8～10 月为害最重。成虫昼伏夜出，趋光性不强，飞翔力弱。卵多散产于嫩叶正、反面靠近主脉处。幼虫有转株为害的习性，当一植株被害枯萎后即转害附近菜株。当幼虫老熟后即爬到植株的根部附近的土中或地面结茧化蛹，有时直接在被害株的心中化蛹。越冬幼虫于第二年春暖时多在土内作茧化蛹，也有部分在残株落叶中化蛹。

菜螟适于高温低湿的环境条件，气温 24℃ 左右，相对湿度 60%～70% 时，菜苗三五片真叶期为害严重。若高温干旱，或雷阵雨天气多，受害最重。连作地受害重。

（4）防治措施

① 农业防治　避免与十字花科蔬菜连作；收获后及时清除田间残株老叶，深翻土地，消灭越冬蛹或非越冬蛹，减少田间虫口密度；根据当地情况，调节播种期，使菜苗三五片真叶期与菜螟的高峰期错开，减轻害虫为害；在早晨太阳未出、露水未干前泼水淋

菜，可以大大减少菜螟为害。

② 生物防治　取黄瓜藤 1.2 千克，加水 0.5 千克，捣烂取汁液，以每份原液加 6 份清水稀释喷洒，防治菜螟、菜青虫等害虫效果达 90%。也可用苏云金杆菌乳剂 500～700 倍液，或 0.36% 苦参碱乳油 1000 倍液等喷雾。

利用赤眼蜂防治菜螟等蔬菜害虫。放蜂时应选择晴天上午 8:00～9:00，露水已干，日照不烈时进行。一般发生代数重叠、产卵期长、数量大的情况下放蜂次数要多，蜂量要大。通常每代放蜂 3 次，第一次可在始蛾期开始，数量为总蜂量的 20% 左右；第二次在产卵盛期进行，数量为总蜂量的 70% 左右；第三次可在产卵末期进行，释放总蜂量的 10% 左右。每次间隔 3～5 天。放蜂的方法有成蜂释放法和卵箔释放法，也可将两者结合释放。

③ 物理防治　结合间苗、定苗及其他田间操作，拔出虫苗，摘除害虫。根据幼虫吐丝结网和群集为害的习性，及时人工捏杀心叶中的幼虫，起到省工、省时、收效大的效果。

④ 化学防治　菜田四五片真叶期易受为害，要掌握在幼虫初孵期和幼虫 3 龄前用药，如初见心叶被害和有丝网时立即喷药，将药喷到心叶内。可选用 40% 毒死蜱乳油 1000 倍液，或 10% 虫螨腈悬浮剂 1500～2000 倍液、50% 辛硫磷乳油 1000 倍液、18% 杀虫双水剂 800～1000 倍液、80% 敌敌畏乳油 1000～1500 倍液、90% 敌百虫 1000 倍液、52.25% 毒死蜱·氯氰菊酯乳油 1500 倍液、5% 氟啶脲乳油 1500 倍液、10% 溴虫腈悬浮剂 2000 倍液、2.5% 高效氯氟氰菊酯乳油 4000 倍液等喷雾防治。

此外，要注意防治此虫导致的软腐病，间隔 7 天左右每亩用 70% 敌磺钠可湿性粉剂 100 克对水 40 千克喷雾防治。视苗情、虫情、天气连喷二三次，前密后疏。软腐病重的田块可先用防病药剂再用防虫药剂。注意药剂应交替使用，并注意农药使用安全间隔期。

61. 如何识别与防治蛞蝓？

蛞蝓又称鼻涕虫，是白菜、苋菜、蕹菜等叶用蔬菜主要害虫之一，并对多种蔬菜苗期构成威胁。主要种类为野蛞蝓，食性杂，受害作物叶片被刮食，并被排留的粪便污染，菌类易侵入，使菜叶腐烂。

（1）形态识别（表10）

表 10 蛞蝓各发育阶段形态识别要点

成体	体长 30～60 毫米，长梭形，柔软、光滑无外壳，暗灰色、黄白色或灰红色，头部触角 2 对，暗黑色，体背前端具外套膜，为体长的 1/3，上有明显的同心圆线。腹足扁平。腺体分泌黏液，黏液无色，爬过之外皆有白色痕迹
卵	椭圆形，直径 2～2.5 毫米，白色透明，近孵化时色变深
幼体	初孵幼体长 2～2.5 毫米，淡褐色，体形与成体相似。成体、幼体皆取食寄主叶片，形成孔洞，以幼苗、嫩叶受害最烈

（2）发生规律　成体、幼体于 5～7 月在田间大量活动为害，入夏后气温升高，活动减弱，秋季气候凉爽时，又活动为害。多于 4～6 月和 9～11 月 2 次活动为害并产卵繁殖盛期。怕光，多在日出后隐蔽，夜间出来活动为害。喜生活在阴暗潮湿的环境条件下，春、秋两季多雨，地面潮湿，或夜晚有露水时活动最盛，为害最烈。土壤干燥对其不利。

（3）防治技术

① 秋季或蔬菜收获后及时翻耕晒土，使部分成虫、幼虫暴露地面冻死或被天敌啄食，卵被晒爆裂。生长季节注意清洁田园，及时中耕、除草、开沟排渍，保持菜土干爽。

② 在菜地沟边、地头及行间撒生石灰带或茶枯粉，每亩约需生石灰 5～7.5 千克，或茶枯粉 5 千克，保苗效果良好。

③ 采用地膜覆盖栽培，可显著控制为害，还有利于蔬菜生产。

④ 蛞蝓昼伏夜出，严重菜地，可在田间或温室中设置瓦块，用新鲜树叶、青草、菜叶或扎成把的树枝，在地头、行间做若干诱集堆，天亮后集中捕杀堆内蛞蝓。

⑤ 适时施药防治。关键是抓住为害初期施药防治。当田间检查发现受害株率达 5% 以上时，应尽快施药防治。用四聚乙醛配制成含 2.5%～6% 有效成分的豆饼（磨碎）或玉米粉等毒饵，于傍

晚施于田间垄上进行诱杀。每亩用6%四聚乙醛颗粒剂600克撒于地头行间，每季菜各最多只宜施用2次。或10%四聚乙醛颗粒剂2000克撒于地头行间，或灭旱螺饵剂（含2%的灭梭威）500~600克，撒施于作物根际土表。在成株期施用上述药剂时，要多加小心，注意不要把药剂撒到植株上。

62. 如何识别与防治猿叶虫？

猿叶虫有大猿叶虫和小猿叶虫两种，俗称乌壳虫、黑壳虫等，均属鞘翅目、叶甲科，多混合发生为害，主要为害十字花科中薄叶型的蔬菜，以秋季在油菜、萝卜、白菜、芥菜上为害最重，还可为害甘蓝、花椰菜、黄花菜等。小猿虫还可为害洋葱和胡萝卜等。

（1）为害症状　猿叶虫的成虫和幼虫均为害蔬菜的叶片。初孵幼虫仅食叶肉，造成小凹斑痕。成虫和大的幼虫把叶片咬成许多豆粒大的孔洞或缺刻。为害严重时，叶片千疮百孔，成为筛子底状，仅剩叶脉，加上虫粪，不但降低产量，还降低质量。

（2）形态特征（大猿叶虫）（表11）

表 11　大猿叶虫各发育阶段形态识别要点

成虫	长4.7~5毫米，椭圆形，暗蓝黑色，具金属光泽，后翅发达，能飞翔
卵	长椭圆形，长1.5毫米，橙黄色，光滑
幼虫	长约7.2毫米，头黑色有光泽，体灰黑带黄色，各体节有大小不等的黑色肉瘤20个左右
蛹	长约6毫米，黄褐色，前胸背部中央有一条浅纵沟，腹末有一对叉状突起，尖端紫黑色

小猿叶虫的成虫和幼虫均较小。

（3）发生特点（大猿叶虫）长江流域一年发生2~3代，以成虫在枯叶、土缝或石块下越冬。卵产在菜根附近的土缝或叶片上，卵成堆。成虫耐饥力很强，飞翔力不强。成虫和幼虫遇惊吓均有假死跌落习性。成虫夏季入土或在杂草丛中蛰伏夏眠。9月初又开始活动，严重为害期一般为3~5月和9~11月间。幼虫4龄。幼虫受惊能分泌黄色液体御敌，老熟后爬入枯叶、土缝或石块下化蛹。

小猿叶虫与大猿叶虫习性相近。9～11月各虫态混合盛发。

在气温5℃以下，或30℃以上，对猿叶虫发生不利。在夏季高温干旱或冬季低温较长的年份，虫害较少。

（4）防治方法　一般不需专门用药防治。只要控制了菜青虫、小菜蛾和黄曲条跳甲等害虫，就可兼治和控制猿叶虫的为害。

① 清洁田园　秋季收获后清除田间残株、落叶及杂草，集中烧毁，或深埋，消灭越冬或越夏的害虫，减少田间虫源。

② 人工捕杀　利用成虫或幼虫的假死性，制作水盒（或水盆）置于木制简易的拖板上，随着人在行间的走动，虫子就落于推着的木盒中，然后集中处理。捕捉时一手拿盘，一手轻抖叶片，使虫子被抖入水盆中，然后集中处理、清晨进行效果较好。

在越冬前，在田间或田边堆草，诱集成虫进入越冬，然后消灭。越冬后，或越夏期间，深翻地，亦可消灭蛰伏的成虫。

③ 药剂防治　在幼龄期及时喷药，可选用100亿孢子/毫升苏云金杆菌乳剂，每亩用药100克，或5％除虫脲可湿性粉剂、25％灭幼脲悬浮剂500～1000倍液、10％氯氰菊酯乳油2000～3000倍液、20％氰戊菊酯乳油2000～3000倍液、5％四氟脲3000倍液、50％敌敌畏乳油1000倍液、10.8％四溴菊酯乳油10000～20000倍液、50％辛硫磷乳油1500～2000倍液、90％敌百虫1000倍液等喷雾。后两种药剂还可以灌根方式防治落地的幼虫。

63. 如何防治夜蛾类害虫？

夜蛾类害虫，为常发性害虫，大发生年份多达5次，每年以7～9月为害最重。具有较强的隐蔽性、突然暴发性、夏秋高温干旱的多发性及食性杂而又有偏嗜性等特点，生产上以化学防治为主，且大发生时需多次用药才能控制其为害。由于频繁和不合理的用药，导致夜蛾类害虫的抗药性越来越强，许多常用药剂的防治效果越来越差。因此，常使蔬菜造成重大损失。

夜蛾科害虫包括甘蓝夜蛾、斜纹夜蛾、甜菜夜蛾、银纹夜蛾等多种，均属夜蛾科，成虫类中型蛾类，褐色，前翅上有复杂斑纹，幼虫体色多变，食性极杂，可为害十字花科、豆科、葫芦科、茄科、菊科、伞形花科、藜科等各类蔬菜，尤以生长茂密的十字花科蔬菜、茄科蔬菜、不搭架瓜类蔬菜受害最重。

（1）为害特点　夜蛾科害虫的初孵幼虫多群集叶背取食叶肉，残留表皮，3龄后食量大增，啃食叶片、蕾、花、幼果、嫩茎，形成孔洞或缺刻，还可蛀入叶球、果实内为害，致使叶球和果实腐烂、脱落。

（2）防治方法

① 农业防治　前作收获后，及时耕地晒垡、冻垡，消灭越夏、越冬虫源。铲除田间沟边杂草。

② 人工灭杀　根据虫卵多产于叶片背面叶脉分叉处和初孵幼虫群集取食的特点，在农事操作中摘除卵块和幼虫群集叶片，深埋或烧毁，可大大降低虫口密度。

③ 物理诱杀　黑光灯诱杀成虫，每10亩菜地设置1盏黑光灯，灯光高度为1.5米左右，下置水盆，盆内滴些许煤油，使灯距水面20厘米左右。或利用频振式杀虫灯诱杀，每盏灯能有效控制30亩左右。或用糖醋盆诱杀，糖、醋、酒、水的比例为6∶3∶1∶10，再加入少量敌百虫，盆的位置要略高于植株顶部，盆的上方应设置遮雨罩，盆宜在傍晚放置，第二天上午收回，捞出死虫后，盖好备傍晚再用。

④ 防虫网全程覆盖　在塑料大、中、小棚骨架上覆盖25目左右规格的防虫网，整地时一次性施足底肥，然后播种或移栽，再将网底四周用土压实，浇水时中、小棚可直接从网上浇入，大棚可由门进入操作，注意进、出后随手关门。

⑤ 生物防治　在卵期释施赤眼蜂，每亩6～8个放蜂点，每次释放2000～3000头，隔5天一次，共2～3次。在幼虫钻入叶球前也可喷洒苏云金杆菌制剂。

⑥ 化学防治　抓住未扩散前的1～2龄幼虫期施药挑治。当田间检查发现百株有初孵幼虫20条以上时，应尽快对聚集中心（即受害叶较集中的地方）及周围植株施药防治。可选用5%氟虫脲乳

油 2000 倍液，或 5％虿螨脲乳油 1500 倍液、15％茚虫威 3000 倍液、10％虫螨腈悬浮剂 1000～1500 倍液、5％氟啶脲乳油 1000 倍液等喷雾防治。7 天左右一次，连续 2～3 次。喷药时水量要足，植株基部和地面都要喷雾；药剂要轮换使用。注意农药安全间隔期，在蔬菜上禁止使用高毒高残留农药，以确保蔬菜的安全上市。

64. 如何识别与防治黄曲条跳甲？

白菜叶片成缺刻状，一般是黄曲条跳甲（彩图 14、彩图 15）所为。黄曲条跳甲，属鞘翅目、叶甲科，俗称狗虿虫、菜蚤子、土跳蚤、黄条跳甲等。为南方菜区十字花科蔬菜重要害虫，集中连片的菜地不及时防治，可在数天内暴发成灾。以为害白菜、甘蓝、花椰菜、菜心、萝卜、油菜、芥菜、包心芥等十字花科蔬菜为主，也为害茄果类、瓜类、豆类蔬菜。一年中以 4～5 月份为害最严重，其次是 9～11 月份。

（1）为害特点

① 成虫为害　以幼苗期为害最重，食叶成密布的小孔洞、缺刻，严重时只留叶脉；幼苗被啃食生长点，常致毁种。

② 幼虫为害　只为害菜根，蛀食根皮成弯曲虫道，咬断须根，使叶片萎蔫枯死，还能传播软腐病；大白菜受害，叶片变黑死亡。

（2）形态识别（表 12）

表 12　黄曲条跳甲各发育阶段形态识别要点

成虫	体长 1.8～2.4 毫米，黑色、光亮。鞘翅上各有一条黄色纵斑，其外侧中部狭而弯曲，内侧中部直，前后两端内弯。后足腿节膨大，因此善跳。胫节、跗节黄褐色
卵	椭圆形，长约 0.3 毫米，淡黄色，半透明
幼虫	老熟幼虫体长约 4 毫米，长筒形，黄白色，各节有不明显的肉瘤，生有细毛，尾部稍白。头淡褐色
蛹	体长 2 毫米，乳白色，头部隐于前胸下面，翅芽和足达第五腹节，胸部背面有稀疏的褐色刚毛。腹末有 1 对叉状突起，叉端褐色

（3）发生规律

① 生活史和习性　发生代数因地而异，我国由北向南一年发生 2～8 代。在寒冷地区，以成虫在枯枝、落叶、杂草丛或土缝里越冬。在温暖地区，冬季各种虫态都有，无越冬现象。翌春气温达 10℃ 以上开始取食，20℃ 时食量增大。春天，保护地菜苗定植或露地蔬菜定植后，即可造成为害，春、秋季为害最重。成虫善跳，白天活动，以中午前后活动最盛，高温时还能飞翔，早晚或阴雨天躲在叶背或土缝下，具有趋光性，耐饥饿力弱，抗寒性较强，寿命很长，平均寿命 30～80 天，最长可达 1 年。产卵以晴天为多，一天中以午后为多，各代成虫产卵量差异很大，第一、二代产卵仅 25 粒左右，而越冬代产卵量可多达 600 粒以上，卵聚集成块，每块数粒至 20 余粒，卵多产于植株根部周围的土缝中或细根上，卵期 3～9 天，最长可达 15 天。发育始温为 12℃，适温为 26℃，卵发育要求湿度很高，相对湿度达不到 100%，许多卵不能孵化。南方春季湿度高，有利于卵的孵化，为害重；北方春季干旱，影响卵的孵化，为害轻，到了秋季湿度大有利于卵的孵化和成虫活动，为害重。

幼虫需在高温下才能孵化，故近沟边地里多，幼虫共 3 龄，幼虫期 11～16 天，最长可达 20 天。幼虫在土内栖息深度与作物根系有关，最深可达 12 厘米。初孵幼虫，沿须根食向主根，剥食根的表皮。老熟幼虫多在 3～7 厘米深的土中做土室化蛹。羽化后爬出土面继续为害。预蛹期 2～12 天，蛹期 3～17 天。幼虫和蛹的发育始温为 11℃。

② 发生与环境的关系　该虫对温度的适应能力极强，成虫在 -10℃ 下仍能存活，成虫食量与温度密切相关，在 10℃ 左右即开始取食活动，20℃ 时食量急增，32～34℃ 食量最大，超过 34℃ 则食量剧减。在 -5℃ 时，经 20 天仅有 10% 死亡；-10℃ 经 5 天，死亡率达 20%～30%；-16℃ 经 10 小时，死亡 95%。

黄曲条跳甲发生和猖獗为害，与蔬菜栽培制度有密切关系。该虫是寡食性害虫，偏好白菜、萝卜、油菜、芥菜等十字花科蔬菜，以叶色乌绿的种类受害最重，所以在十字花科蔬菜连作地区，由于随时都有其嗜好的寄主植物，食料充足，故适于其大量繁殖和猖獗为害。湿度高的菜田重于湿度低的菜田。

（4）防治措施　防治黄曲条跳甲，应以农业的、物理的、生物的方法为主，适当辅以化学药剂。并根据虫害的发生发展规律，适时用药，讲究用药方法，才能又快又好地控制。生产中常因叶面施药无法兼顾土中幼虫、蛹和卵，药剂持效期一过，成虫不断羽化出土为害，菜农增加喷药次数和加大用药量，导致杀虫剂防效下降，且严重污染环境，降低了蔬菜品质。如辛硫磷等药施用之后还会使蔬菜变黄，严重影响蔬菜品质，降低菜农收入。

① 农业防治　以菠菜、生菜等与萝卜、白菜、菜心等十字花科蔬菜轮作可以大大减轻其受害。适当进行水旱轮作，通过与水稻轮作，"以虫治虫"，降低虫口基数。不集中连片种植。对准备耕作的菜地，提前两周翻晒，清除杂草、残菜叶等害虫食料。播种前5天再翻一次地，并可根据后作蔬菜的需求撒适量石灰、草木灰，杀灭部分蛹、孵、幼虫。地膜覆盖栽培。不偏施氮肥，多施腐熟优质有机肥。

② 物理防治　利用黄曲条跳甲对黄色具有正趋性的特点，在略高于蔬菜植株的高度放置若干块粘虫黄板进行诱杀。也可利用成虫具有趋光性及对黑光灯敏感的特点，使用黑光灯进行诱杀。还可设置杀虫灯诱杀成虫。有条件的可用防虫网等阻隔成虫。

③ 生物防治　用烟草粉1份加草木灰3份，或烟草粉加消石灰4份混合后在早晨露水未干时撒在菜叶上，效果较好。采用生物杀虫剂0.65％苗蒿素500倍液，或2.5％鱼藤酮乳油500倍液等喷雾防治。

④ 土壤处理　可用5％辛硫磷颗粒剂（3千克/亩）处理土壤，对毒杀幼虫和蛹效果好，残效期达20天以上。

⑤ 药杀幼虫　选用50％辛硫磷乳油，或18％杀虫双水剂、90％敌百虫晶体1000倍液淋根，持效期可达15天。

⑥ 药杀成虫　播种12天后即开始喷药，可选用50％敌敌畏乳剂1000倍液，或40％毒死蜱乳油1000倍液、5％氟啶脲乳油4000

倍液、5%氟虫脲乳油 4000 倍液、5%氟苯脲乳油 4000 倍液、20%氰戊菊酯 2000～4000 倍液等喷雾防治。

⑦ 掌握正确的喷药时期和喷药方法　根据成虫的活动规律，有针对性地喷药。温度较高的季节，中午阳光过烈，成虫大多数潜回土中，一般喷药较难杀死。可在早上 7～8 时或下午 5～6 时（尤以下午为好）喷药，此时成虫出土后活跃性较差，药效好；在冬季，上午 10 时左右和下午 3～4 时特别活跃，易受惊扰而四处逃窜，但中午常静伏于叶底"午休"，故冬季可在早上成虫刚出土时、或中午、或下午成虫活动处于"疲劳"状态时喷药。喷药时应从田块的四周向田的中心喷雾，防止成虫跳至相邻田块，以提高防效。加大喷药量，务必喷透、喷匀叶片，喷湿土壤。喷药动作宜轻，勿惊扰成虫。配药时加少许优质洗衣粉。注意采收前 20 天禁止使用农药。

65. 如何识别与防治地种蝇？

地种蝇别名地蛆（指幼虫），是大白菜根部害虫，属双翅目花蝇科，主要包括萝卜地种蝇和灰地种蝇。为多食性害虫，为害瓜、豆、葱、蒜及十字花科蔬菜，引起种子、幼芽、鳞茎和根茎腐烂发臭，出现成片死苗和植株枯黄死亡、毁种。

（1）为害特点　地种蝇主要为害出苗前的种子和成株根部。刚播的种子受害，地种蝇取食其胚乳或种子，引起种芽畸形、腐烂而不能出苗；成株受害，地种蝇咬食根部，使根茎腐烂或整株枯死。此外，蛆害造成大量伤口，易导致软腐病的侵染和流行。

（2）形态特征

① 萝卜地种蝇　成虫体长约 7 毫米。雄蝇暗褐色，胸背部有三条黑色纵纹，腹部背中央有一条黑色纵纹，各节均有一列稀疏长毛。雌蝇黄褐色，较雄蝇粗大，胸、腹背面无斑纹。

② 灰地种蝇　成虫体长 4～6 毫米，前翅基背毛短。雄蝇暗黄色至暗褐色，两复眼几乎相接触，触角黑色，胸部背面有 3 条黑色纵纹，腹部背面中央有一条黑色纵纹，各腹节间有一黑色横纹。雌

蝇略大于雄蝇，灰色或灰黄色，两复眼间距较宽。

（3）发生规律　地种蝇营腐食性生活，有在湿土上及未腐熟的有机物上产卵的习性。成虫多在干燥的晴天活动，晚上不活动，阴湿或多风天常躲在土缝或其他隐蔽场所。幼虫有强烈的背光性，常在土面下活动，有腐食特性，咬破寄主的表皮，蛀食心部组织，并逐渐向上钻蛀，老熟后即在土内化蛹。幼虫发育的适宜温度为15～25℃，35℃时卵不能孵化，幼虫和蛹全部死亡。田间施用未腐熟的肥料，有利该虫发生。将肥料中的蝇卵或幼虫随肥料施入田间，也易使作物受害。成、幼虫均喜生活在潮湿的环境里，所以土壤潮湿有利于其发生。刚翻耕的潮湿的土壤易招引成虫产卵。

（4）防治方法

① 农业防治　播种期使用种衣剂进行包衣，施用腐熟的粪肥和饼肥，均匀、深施（最好做底肥），种子和肥料要隔开，可在粪肥上覆一层毒土或拌少量药剂。地蛆严重地块，应尽可能改用化肥。春耕应尽早进行，避免耕翻过迟，湿土暴露招引种蝇成虫产卵；要适时秋耕。提倡营养钵草炭基质育苗，浸种催芽，浇足底水后播种。

② 诱杀成虫　将糖、醋、水按1∶1∶2.5的比例配制诱集液，并加少量锯末和敌百虫拌匀，放入直径20厘米左右的诱蝇器内，每天下午3～4时打开盆盖，次日早晨取虫后将盆盖好，5～6天换液1次。

③ 药剂防治　成虫发生初期开始喷药，可选用2.5％溴氰菊酯乳油2000倍液，或5％高效氯氰菊酯乳油1500倍液、5％S-氰戊菊酯乳油2000倍液、80％敌敌畏乳油800倍液、80％敌百虫可溶性粉剂1000倍液喷雾，7～8天一次，连续喷2～3次，药要喷到根部及四周表土。

田间发现蛆害株时，可进行药剂灌根，可选用48％毒死蜱乳油1500倍液，或50％辛硫磷1200倍液、90％晶体敌百虫或80％敌百虫可溶性粉剂1000倍液、40％乐果乳油1500～2000倍液灌根防治。药液以渗到地下5厘米为宜。

66. 如何识别与防治小菜蛾？

小菜蛾俗称吊丝虫、方块蛾、小青虫、两头尖，属鳞翅目、菜蛾科。寄主有甘蓝、花椰菜、白菜、油菜、萝卜等十字花科蔬菜。可造成蔬菜产量一般损失率达20%～30%，严重的达80%以上。

(1) 为害症状　初龄幼虫仅能取食叶肉，留下表皮，在菜叶上形成一个个透明斑，俗称"开天窗"，3～4龄幼虫可将菜叶食成孔洞和缺刻，严重时全叶被吃成网状，在苗期常集中为害心叶，影响包心。

(2) 形态特征（表13）

表 13　小菜蛾各发育阶段形态识别要点

成虫	灰褐色小蛾，体长6～7毫米，翅展12～15毫米。翅狭长，前翅后缘呈黄白色三度曲折的波纹，前翅缘毛长并翘起呈鸡尾状。停息时，两翅覆于体背成屋脊状。触角丝状，褐色有白纹
幼虫	幼虫为深褐色，后变为黄绿色至绿色，纺锤形，头部黄褐色，前胸背板上有由淡褐色无毛的小点组成的两个"U"形纹，幼虫共4龄，老熟幼虫体长约10毫米，黄绿色，体节明显，两头尖细，腹部第4～5节膨大，整个虫体呈纺锤形，臀足向后伸长
卵	长约0.5毫米，宽约0.3毫米，椭圆形。初产时乳白色，后变成淡黄绿色，有光泽
蛹	长5～8毫米，外有灰白色网状薄茧，纺锤形，多附着在叶片上

(3) 发生规律　此虫一年发生多代，各地不一，南方可终年发生，一年可以发生10～14代，世代重叠。发育适温20～30℃，南方一般在3～6月和8～11月发生，呈两个高峰。夏季由于高温多雨对小菜蛾发育不利。以第二代（4月下旬至6月中旬）为害重，其发生量的大小和防治好坏直接影响全年的发生为害。大面积连片种植十字花科蔬菜，特别是处于苗期的作物与茬口易于受严重为害，多年重复种植尤甚，长期、大剂量使用单一农药，容易使小菜蛾产生抗药性，造成害虫猖獗。

成虫产卵喜欢散生，每株上只产卵1～2粒，分散性很强。一块菜地只要有数十头成虫就会出现大量幼虫为害植株。卵粒位于植株基部及叶脉凹陷处，不易被水冲刷失落，初卵幼虫随即潜入叶片上下表皮层内取食，进入二龄期幼虫爬至叶背面及心叶啃食，此期幼虫十分活跃，受惊后扭动身体后退并吐丝下垂潜逃迁移，故有"吊死虫"之称。成虫白天隐藏于叶背面，只在受惊时作短距离飞行，喜欢在19:00～23:00活动，在植株间短距离飞翔产卵，由于小菜蛾各虫态阶段都具有隐蔽性，喷施防治药液后，卵粒、幼虫潜叶期、蛹期及成虫期都不易接触到，药杀作用很低，只有对从潜叶钻出的幼虫才能起到触杀作用。因此，喷药时要注重质量，必要时要连续多次施药。

（4）防治措施

① 清洁田园　田间只要有十字花科蔬菜及其野菜，就有小菜蛾生存的可能，因此，冬季露地栽培、留种植株及保护地栽培的叶菜都是越冬的虫源地，虫量较集中，害虫抗性也是最弱的。蔬菜收割后，或在早春虫子活动前，彻底清除菜地残株、枯叶，可以消除大量虫源。

② "拆桥"防治　夏季6～7月，十字花科蔬菜栽培较少，小菜蛾集中在夏甘蓝、夏花椰菜、夏萝卜、夏白菜等蔬菜上，由此"搭桥"逐步转移到秋季大面积栽培的十字花科蔬菜上为害。抓住这些蔬菜上的小菜蛾越夏虫源防治，既在小面积上杀灭了小菜蛾，又防止迁移扩散至秋菜上，即"拆桥"防治。

③ 诱杀成虫　在成虫发生期，可安装黑光灯诱杀成虫。也可在傍晚于田间安置盛水的盆或碗，在距水面约11毫米处置一装有刚羽化雌蛾的笼子，进行诱杀成虫。或利用性引诱剂诱杀成虫，每亩用诱芯7个，把塑料膜4个角捆在支架上盛水，诱芯用铁丝固定在支架上弯向水面，距水面1～2厘米，塑料膜距蔬菜10～20厘米，诱芯每30天换1个。

④ 生物防治　可选用5%氟啶脲乳油1000～2000倍液，或5%四氟脲乳油1000～2000倍液、5%氟虫脲乳油1000～2000倍液、20%灭幼脲胶悬剂500～1000倍液、5%氟铃脲乳油1000～2000倍液以及20%杀铃脲悬乳剂等。喷洒后，使菜蛾幼虫因旧皮蜕不下，新皮又长不出来而死亡。使用时，应掌握在害虫的幼龄期施用，且每年内只施用1～3次，不能频频施用，以免产生抗性，

最好与其他农药交替施用。

⑤ 细菌杀虫剂防治 如高效苏云金杆菌粉剂，连续防治 2～3 次，每亩用药 50～100 克，对水 50 千克喷雾。在施用细菌性杀虫剂时要注意施用剂量不宜过高或过低，要重点防治低龄幼虫，特别是 1～2 龄的幼虫，要避免高温时施药，最好在晴天下午 4 时左右或阴天进行，但低于 15℃时不宜施药，施药部位要喷洒菜叶背面。

⑥ 化学防治 无公害农药有 2％阿维菌素乳油 2000 倍＋46％杀·苏可湿性粉剂 1000 倍混合液，或菜青虫颗粒体病毒杀虫剂 1000 倍＋20％除·辛乳油 1500 倍混合液等。此外，还可选用 50％辛硫磷乳油 1500 倍液，或 10％联苯菊酯乳油 8000 倍液、2.5％高效氯氟氰菊酯乳油 3000 倍液、1％阿维菌素 30～40 毫升/亩、5％多杀霉素 70～100 毫升/亩等喷雾防治，连续防治 3 次。实行轮换用药。按照防治指标、防治适期，重点保护幼苗、心叶，喷射小菜蛾幼虫聚集的叶背，同时，严格执行农药的安全隔离期。

67. 如何识别与防治菜粉蝶？

菜粉蝶又称菜青虫（彩图 16～彩图 18），鳞翅目粉蝶科，是十字花科蔬菜主要害虫之一。

（1）为害特点 以幼虫取食叶片，2 龄前啃食叶肉，留下一层透明的表皮，3 龄后可将叶片吃成孔洞或缺刻，严重时仅残留叶脉，影响植株生长发育和包心，造成减产。此外，虫粪污染叶球、花球，降低商品价值。在白菜上，幼虫造成的伤口还可能诱发软腐病和黑腐病等病害。

（2）识别要点（表 14）

表 14 菜粉蝶各发育阶段形态识别要点

成虫	体长 12～20 毫米，翅展 45～55 毫米。身体灰黑色，翅白色，基部灰黑色，雌蝶前翅有 2 个黑色圆斑，顶角有黑色三角形斑，雄蝶仅有一个显著的黑斑
卵	瓶状，高约 1 毫米，直径约 0.4 毫米，初产时乳白色，后呈橙黄色，表面有纵脊
幼虫	青绿色，表面密生黑色小毛瘤，腹面绿白色，沿两侧气线各有一列黄色斑
蛹	长 18～21 毫米，纺锤形，中央膨大而有棱角状突起，体色绿色或棕褐色

（3）发生规律　菜粉蝶以蛹越冬，多在菜地附近的墙壁、篱笆、树干、杂草等处，翌春羽化后，成虫只在白天活动，晴天中午活动最盛，卵散产于叶背，每头雌蝶产卵 120～150 粒。初孵幼虫先食卵壳，后食叶片，老熟后多在叶片上化蛹。一般一年发生 8～9 代，适宜发育温度为 20～25℃，相对湿度为 76% 左右，常形成春、秋季两个发生高峰，高温干旱不利该虫发生。

（4）防治方法

① 农业防治　春菜收获后及时清洁田园，并深翻土地，以消灭附着在地面上的卵、幼虫和蛹，以减轻夏、秋菜的受害程度。春季大白菜应选择生长期短的品种，并配合地膜覆盖等早熟栽培，使收获期提前，避开菜粉蝶发生盛期。

② 用防虫网全程覆盖栽培　在塑料大棚、中棚或小棚骨架上覆盖防虫网，整地时一次性施足底肥，然后播种或移栽，再将网底四周用土压实，浇水时中小棚可直接从网上浇入，大棚可由门进入操作，注意进、出后随手关门。无论大、中、小棚，栽培空间均以所栽植株长成后不与防虫网接触为宜。适宜栽培速生叶类蔬菜或作育苗之用。

③ 化学防治　在常规栽培条件下，应每隔 3～5 天检查一次虫情，苗期发现百株有卵 20 粒或幼虫 15 条以上，或在旺长期、包心后期百株有卵或幼虫 200 条以上，需抓住 1～3 龄幼虫居多时施药防治。

防治初孵幼虫，可选用 20% 除虫脲悬浮剂 500～1000 倍液，或 5% 氟啶脲乳油 2000 倍液、3% 四氟脲乳油 1200 倍液、1.8% 阿维菌素乳油 2000 倍液、5% 氟虫脲乳油 2000 倍液、25% 灭幼脲悬浮剂 750～1000 倍液等喷雾防治。也可选用 100 亿活芽孢/克苏云金杆菌乳剂 700 倍液喷雾，配药时加入 0.1% 的洗衣粉，选择气温高于 15℃ 的阴天、多云天使用，或在晴天下午 4 时后施用。

虫口密度大，虫情危急时，可选用 2.5% 溴氰菊酯乳油 2000～3000 倍液，或 20% 氰戊菊酯乳油 1500～3000 倍液、2.5% 高效氯氟氰菊酯乳油 1500～2500 倍液等喷雾防治，对 3 龄前幼虫防效在

90%以上。

第五节　大白菜贮藏加工技术

68. 如何进行大白菜的贮前处理?

大白菜喜冷凉湿润气候,贮藏适宜温度为（0±1）℃,空气相对湿度以 85%～90% 为宜。长期贮藏,大白菜的损耗量可达30%～50%。其主要原因是脱帮,第二是腐烂和自然失重。构成脱帮的原因与贮藏环境中乙烯含量密切相关。当乙烯含量超过一定量时,即可导致脱帮。贮藏环境中的温度愈高,或菜体所受的机械伤愈重,其乙烯释放量愈多。此外伴随菜棵呼吸强度的扩充也会加速脱帮和衰弱,从而扩充损耗。如能尽可能做到轻拿轻放,并严格控制贮藏环境,就能减少乙烯的释放与积累,减少不必要的损耗。为了延长大白菜贮藏时间,减少贮藏期间的损耗,在收获至入窖前应做一些贮前处理。

（1）适期收获　大白菜在入贮前假如含水量过高、组织过脆,就合轻易构成机械伤害并引发病害,因此在采收前 10 天应停止浇灌。为了预防病虫害的侵袭,要参考农药残留期的长短来决定最后喷药的种类和时间,以使其残留量在收获时降到最低限度。适时收获是做好贮藏工作的基础。收获过早,气温与窖温均高,对贮藏不利,影响产量,收获过晚易在田间受冻。收获的适宜时期:东北、内蒙古地区约在霜降前后,华北地区在立冬至小雪之间,江淮地区则更晚。假植贮藏的大白菜,要求带根收获。其他方法贮藏的大白菜,可留 3 厘米的根砍倒,也可沿叶球底部砍倒或连根收获。采收应选择晴朗的天气、菜地干燥时进行,以七八成熟、包心不太坚实为宜,以减少或防止春后抽薹、叶球爆裂的现象发生。

（2）晾晒　大白菜砍倒后,可在田间晾晒一段时间,至菜棵竖立时其外叶下垂而不致折断为宜,轻度晾晒使叶片略有萎蔫,晒菜失重为毛菜的 15%～20%。这样有利于减少机械损伤,增加细胞液浓度,提高抗寒能力,又能缩小体积,提高库容量。但晾晒也不宜过度，否则组织萎蔫会破坏正常的代谢功能，加强水解作用，从而降低大白菜的耐贮性、抗病性，并促进离层活动而脱帮。

（3）整理与预贮　经晾晒的大白菜运至窖旁，摘除黄帮烂叶，撕去外围叶片的叶耳和"过头叶"（叶长超过叶球的部分），清除带有病虫害的菜棵。不要清理过重，不黄不烂的叶片要尽量保留以护叶球，同时进行分级挑选以便管理。经修整后如气温尚高，可在窖旁码成长形或圆形进行预贮，并根据气候情况进行适当倒垛，预贮期间既要防热又要防冻。等外界气温降到1～2℃时方可入贮。

（4）药剂处理　针对大白菜在贮藏中易脱帮腐烂的问题，可辅以药物处理，在收获前2～7天可用浓度为10～15毫克/千克的2,4-滴溶液进行田间喷洒，药效可保持2～3个月，能明显抑制脱帮，以后药效降低便于修整菜。

69. 大白菜简易贮藏的技术有哪些？

（1）院坑贮藏　先将白菜的黄叶老帮、病害残帮、破碎帮剥掉，用草绳将白菜腰部捆好，在院内向阳背风处挖坑，坑的大小视白菜多少而定，坑深以白菜品种高矮而定，一般坑深比白菜高出150毫米。挖好坑后，将捆好的白菜，根部向下，青叶向上，直立排列于坑内，每放一排，将根部埋些湿土，排列完毕，坑上盖一席片或草苫子，以防畜禽啄食。待天气渐冷后，上面逐渐加盖300多毫米厚的树叶、柴草。下雪后及时扫除积雪。食用时，随食随取，随即盖严，此法可贮藏到春节后，仍能保持新鲜，脆嫩不脱帮。

（2）窖藏　我国北方地区采用较多。菜窖可分为棚窖和通风贮藏窖两种。棚窖通常长20～50米、宽2.5～3.0米、高2米；每隔2～3米留一个通风口，能每年暂时搭建。通风贮藏窖属于永久性建筑。每间窖的容积比棚窖稍大一些。源于通风窖内设有隔热保温层，又有较理想的通风系统，适合在大白菜的集中产地采取。适时把经过晾晒、整修好的菜棵运入窖内，码成1.5米高、1～2棵菜宽的条形垛。菜垛之间保留一定的距离，以便通风和操作。管理人员能经过开关天窗或气孔通风换气。还能增设风机，采取强制通风的办法解除过量的呼吸热和内源乙烯。贮藏期间应时不时翻倒菜棵，准时清除黄帮、烂叶或病棵。

大白菜在窖内管理应分 3 个时期：入窖初期，从入贮到大雪或冬至，即 11～12 月，此时外界气温和窖内温度都较高，菜棵的新陈代谢比较旺盛，应通过大量通风以及勤倒菜等措施来降温散热，每隔 7～8 天倒菜 1 次，即将下部菜倒到上部，将烂叶去掉。贮藏中期，从冬至到立春，即翌年 1～2 月，此期气温最低，窖内菜棵的呼吸强度也变弱，应以防冻为主，每隔 15～20 天倒菜 1 次，减少通风次数。贮藏后期，即翌年 3 月后，外界气温逐渐变暖，伴随菜棵的逐渐衰弱，其抗热和抗病能力也逐渐减弱，应以防热为主，每隔 8～10 天倒菜 1 次，在夜间打开天窗、气眼，通风换气。如调控得当，通常能贮藏到第二年的 3、4 月再上市。

(3) 地沟贮藏　选择朝阳、干燥、排水良好、运输方便、南北方向的地方。挖宽 1.3 米、深 0.8～1 米的沟，沟壁垂直。将挖出的土，放在沟的两旁，作为土埂防风。沟的长短要看菜的多少而定。为使沟内干燥，要提前挖好晾晒。

立冬后，根据天气变化情况，适时将大白菜拔起，晾晒 3～5 天，天气变冷时把菜向里堆起来，菜堆不要太大，防止发热烂菜。

大白菜入沟，一般在小雪前后，温度下降到 0℃ 时进行，入沟前除去黄叶，根朝下排放稍紧些，上面放些玉米秸、菜叶。天气变冷时，上面可加盖 30 毫米左右厚的细土，以后根据气温下降情况逐渐加土至 300 毫米左右。加土时要注意将土弄碎，防止透风冻菜。在沟的南头留有 1 米长的空位，便于取菜。取菜后要用土把沟口封好。到翌年 3 月初地面温度上升时，将菜全部取出，放在室内。

(4) 楼房干藏　大白菜采收或购进后，选择晴天，在阳台上晾晒 3～4 天，并不断改变晾晒部位，直到顶部的绿叶萎蔫，抖净根部泥土，去掉脱落的老帮、烂帮和损伤帮，用草绳捆住腰中，松紧以帮不散为宜，根部向下排放于冷凉的房间内。天气暖和时应及时晾晒或倒垛，并去掉脱帮。天气转冷后如无烂帮可不必翻动，如有烂帮应及时清除处理。

(5) 堆藏　适于华北地区南部以及长江中下游一带。堆的方式有圆锥形和长形两种。圆锥形堆是将大白菜根部向内、菜头向外，在地下环形排列 12～14 棵菜，以后每层逐渐递减向上堆放，堆高 7～10 层，顶部留一个洞口，便于通风散热。长形堆是菜根向内、菜头向外堆成两排，两排的底部相距 1 米左右，逐层向上堆时要逐渐缩小距离，最后使两列合在一起成尖顶，从断面看是等腰三角形。菜堆高约 1.5 米，堆外覆盖苇帘，堆的两头挂上席帘，并通过席帘的启闭来调节堆内温、湿度。堆藏初期气温较高，要经常倒菜通风，防止发热腐烂，随着气候变冷，覆盖草帘，防止受冻。通常每过 3～4 天要倒动 1 次。这种方法的特点是简便、易行，但费工、损耗大，适于短期贮藏。

(6) 架藏　适于冬季不太寒冷的地区使用。常用"人"字形棚贮藏大白菜，棚架搭好后，将大白菜摆在两边分层的托架上，用草包或稻草帘覆盖棚架，外面再用芦席或塑料薄膜覆盖。棚的两头用草包或草帘扎成活门，以便通风。冬季气温降到 0℃ 以下时，关好两头棚门，防止受冻。在阴雨、下雪时，要排除积水，清除棚上积雪，并在中午开门通风，防止烂菜。贮藏后期气温回升后，棚门可采取白天关、夜间开的办法，保持棚内较低的温度。

(7) 挂藏　在贮藏库内设置排成"人"字形的挂架，高 2 米多，架上平行固定几层挂杆，将大白菜用铁丝钩钩住根部，挂在挂杆上。也有设挂柱的，柱上固定数层铁丝环，环上挂菜。挂贮能增大通风面积，菜体四周都能通风散热，故适用于南方冬季气温较高地区的贮藏。

(8) 假植贮藏　将菜体连根拔起，单株假植于沟内。沟的深度根据各地气温不同而不同。如在河南一带，沟深以立放菜棵以后上面还剩 0.2 米的空隙为准；在黑龙江省，上面的空隙至少要 0.4～0.6 米。贮菜前将沟浇水一次，待水渗下后，收半心菜密植于沟内，天冷时沟上覆一层草帘。

(9) 垛藏　在 11 月底（小雪前后）开始采收并码垛。码垛时根对根，垛间留 0.3 米的通风道，每层菜间分别纵向和横向放高粱秆，越向上码两棵菜根距离越靠近，最后在两列菜中间排一单排白菜压顶。垛高约 1.5 米，垛长 10 米，垛与垛之间距离 0.5 米，以便检查管理，一直码到成为联方垛。联方垛周围围上草帘子，上面也用草帘子盖上。草帘的厚度视天气情况而定，以白菜不受冻为准。定期倒垛检查，揭帘通风。贮藏期可到翌年 3 月底。损耗率25%～30%。

（10）通风库贮藏　也称固定窖，利用空气对流原理来实现换气，分为地上式、半地下式和地下式三种。一般一个库房长 30～40 米，宽 8～10 米，面积 250～400 平方米，高度 3.5～4 米，可贮大白菜 10 万～15 万千克。

通风库的通风装置由进气口和排气口组成。为使气流畅通，保证进、排气口的压差，进气口建在库墙的基部，排气口设于库顶，并建成烟囱状。大白菜专用库需通风口面积较大，每 50000 千克产品需 1～2 平方米，每个通风口面积通常为 25 厘米×25 厘米或 30厘米×30 厘米，均匀分布于库顶和库的四周。

通风库的隔热结构主要设在库的暴露面，即库顶、地上墙壁和门窗部分。常用的隔热材料有锯屑、稻壳、炉渣、珍珠岩等。在隔热层两侧需加防水层以保证隔热材料不受潮。

库房和设备在完成一个贮藏周期后要进行彻底清扫和消毒。用1%～2%甲醛或漂白粉溶液喷洒，或按每立方米库房用 5～10 克硫黄燃烧熏蒸，也可用臭氧处理。库墙、库顶及菜架、仓柜等用石灰浆加 1%～2%硫酸铜刷白。

应用通风库贮藏大白菜多用架贮和筐贮，注意通过放风控制库内的温湿度。

（11）强制通风贮藏　利用强制通风，可有效控制窖内气体、温度、湿度达到大白菜贮藏的适宜环境条件。其通风系统是在半地下式通风库中采用风机由活动地板下均匀送风、风帽自然排风的结构。风由风机通过活动地板下的风沟到地板下的空间均匀送风。地板下成为均匀的静压箱，从而实现向大白菜堆的均匀通风。

贮藏期间管理原则是：前期使菜温适当偏低些，掌握在下限附近；中期适当偏高靠近上限。当菜温偏高时，用偏低外温通风；当菜温偏低时，用偏高外温通风。要严格注意菜温变化，随时调整通风温度和通风时间。在外界气温保持在2℃以上时，应及时开库修整出售。

（12）机械冷藏库贮藏　是在贮藏库内装置机械制冷设备，可以随时提供所需的低温，不受地区、季节的限制，能更有效地控制贮藏环境，但同时也提高了贮藏成本。采取冷库贮藏，为了提高利用效率多采取装筐、码垛的办法。入库应分批进行，可以避免库温骤然升高而妨碍贮藏质量。在冷库中贮藏大白菜，应注意的是库内温度已基本到达要求时，因库内温度上下层不一致，上层温度高产品易腐烂，每天应开动鼓风机1～2次，使库内温度保持均匀一致。另外应每2～3天打开通风口换气一次，引入外界的新鲜空气，排出产品释放的乙烯和二氧化碳等有害气体，降低库内湿度。筐、垛之间要预留空隙，以便于观察，每隔20天左右倒菜1次。此法经过机械输送冷空气来调控库温，可长期贮藏、连续上市，直到第二年的5、6月。优点是贮藏效果佳，操作简便。

70. 大白菜简易加工工艺有哪些？

（1）咸辣白菜　选择新鲜、无虫蛀的大白菜，切去根，将叶揭开，在日光下晾晒10～12小时，再置于冷房中使其降温，然后入缸腌制，一层菜一层盐，每100千克白菜用盐14千克。满缸后，将缸口压紧，置于18℃适温下，让其自然发酵。经10～12天，将发酵好的白菜加工成条状，加入辅料拌匀。辅料配比为：按每100千克白菜用辣椒面0.4千克、花椒粉60克、胡椒粉6克、甘草粉250克。白菜与辅料拌匀后装入腌缸中，层层摆好、压实，待10～12小时，酸气外溢时，将缸口密封，半个月后就可食用。此法可保藏4～5个月不变质。

（2）霉干菜　将5千克大白菜选净，晒至鲜菜重的50%，加入精盐400克，充分拌匀后倒入缸内压实，7天后，当大白菜变酸时，选晴天捞出，摊在席子上晾晒，晚上收起时仍将盐卤拌入，置蒸笼中蒸熟，第二天再摊开晾晒，晚上再蒸，反复 3～4 天，将晒干的菜放入小口坛中，压实密封，30 天后即成。

（3）酸菜　选用半包心大白菜，晾晒 3～4 天后去掉菜根和黄叶，并清洗干净，装入缸内并压上石块，加满清水，采取自然乳酸发酵，渍制过程中仅用清水，不用食盐，不加任何香料与调味品。一般经过 20 天左右的渍制即可食用。有的地方在渍制过程中加入少量米汤，促使其发酵，可缩短渍制时间。如一时吃不完可贮存，只要每隔 10 天舀出一部分菜水，换入清水即可。在 15℃ 以下的温度条件下可保存数日。

（4）朝鲜辣白菜　一般 10 千克大白菜需盐、青萝卜、胡萝卜各 1 千克，大葱 0.2 千克，生姜 0.1 千克，大蒜 0.15 千克，虾酱 0.2 千克，辣椒粉 0.3 千克，香菜 0.5 千克，味精 0.04 千克。制作时选用包心紧实，单株重 1.5 千克左右的大白菜，去掉黄叶、老帮，洗净后入缸腌渍。放一层大白菜撒一层盐，装满后加入少量清水，上面用重石压住。1～2 天后盐水淹没大白菜，再腌 3～5 天，取出，洗净，沥干水分待用。将青萝卜、胡萝卜、大葱、生姜切丝，大蒜捣成泥，香菜切成末。然后把青萝卜、胡萝卜丝放在盆中，撒少量盐，稍腌后拌入辣椒粉，虾酱、香菜末、味精、葱、姜、蒜。将此调料均匀夹在菜中，装入缸内，上盖一层菜帮，再压上石块，放在阴凉处，使之发酵，2～3 天后再加上一些盐水，3 周后即为成品。

（5）白菜干　选择 11～12 月菜叶深绿、质地脆硬的大白菜，去除有病虫害的菜株，剥掉老叶、老帮、菜根，切块，用清水洗净。另将清水煮沸，放入 0.5% 小苏打，搅动使其完全溶解。将整理好的大白菜逐棵投入锅中热烫 1～2 分钟，并随时将煮好的菜捞出放入流动冷水中冷却；再放入有 0.2% 小苏打的冷水中稍泡，捞出后沥去水分，摊开散热。将大白菜送入烘房进行烘制，烘房温度先控制在 75～80℃，后期降至 45～50℃，8 小时左右以后，即可结束干燥，出烘房进行包装。

（6）腌干白菜　按大白菜 20 千克、盐 400 克、生姜 200 克、菜籽油 200 克、五香粉少许进行配料。先将大白菜晒干，用温水洗干净后装入坛中闷 2 周，取出后加五香粉、盐、菜籽油煮 4 小时。第 2 天放在室外晒至八成干，再用锅蒸 2 小时，晒干即成。

（7）腌白菜　按新鲜大白菜 25 千克、食盐 2.5 千克进行配料。将大白菜去根，切成 2 瓣或 4 瓣，用清水洗净，控干水分，然后进行腌制。先在缸底撒一层盐，再一层大白菜一层盐码放，上面用石块压住。因大白菜采收后仍保持旺盛呼吸作用，会释放出水分和热量，如不及时处理，菜温就会逐渐升高，发生霉烂，所以，大白菜入缸后的 20～24 小时之内要倒缸 1 次，第 3 天再翻 1 次，1 周后还要翻倒 1 次。3 周后即成。

（8）辣白菜　按大白菜 10 千克、白糖 3 千克、米醋 1.5 千克、大葱 1 千克、菜籽油 500 克、生姜 500 克、辣椒、盐少许进行配料。将大白菜洗净切丝，加盐腌制 1 小时左右。控掉水分后放入容器中。生姜、大葱、辣椒都切成丝，和糖、醋、盐一起放入油锅中，烧开后倒在盆里晾凉，然后和大白菜拌匀，4 小时后即成。

（9）渍酸菜　按大白菜 10 千克、盐 50 克进行配料。选择半包心菜，根部向阳摊放在阳光下晾晒 3～4 天。这样不仅可以蒸发水分，便于腌渍时发酵，还可以杀死菜体寄生菌，防止腐烂。将大白菜去掉菜根和黄叶，然后彻底清洗干净。

① 生渍　将洗净控干的大白菜放入缸中，放一层菜撒一层盐。装满缸后，上面覆盖一层大白菜帮，压上木板、石块，加入适量清水，满缸为宜。酸菜缸最好放置在 12～15℃的室内。1 个月左右即为成品。

② 熟渍　将开水冷却到 80℃左右，洗净的大白菜放入锅中稍煮 1 分钟左右捞出，放进流动冷水中冷却，控干水后入缸，上压石块。3 天后向缸中注盐水，注满，放在 12～15℃的室内，20 天后即成。

（10）泡菜　选用坛口突起，坛口周围有一圈凹形水槽，扣上扣碗可以密封的坛子。泡制前将大白菜老叶老帮清除，洗净晾干，切成条块，放入坛中腌制。菜要填满坛子，少留空隙，盐水要淹没蔬菜，液面距坛口6～7厘米为宜。在坛口周围水槽中注入凉开水，扣上扣碗，放置于阴凉处，7～10天后即成。

　　泡菜盐卤的制法：将清水烧开，按每1千克水加盐80克的比例加食盐，待盐全部溶化后，加入适量配料，倒入泡菜坛中。待卤水冷却后，再放入菜块。配料（姜、花椒、茴香、黄酒等）可根据各地不同的口味适量添加。

第二章 甘 蓝

第一节 甘蓝优良品种

71. 国内选育的春甘蓝优良品种有哪些?

(1) 春冠 江苏省农科院蔬菜所选育。早熟春甘蓝品种,开展度 60 厘米,株高 25 厘米,叶色翠绿,蜡粉中等,叶缘微翻,外叶数 12 片,叶球桃型,球形指数 1.1,叶球紧实度 0.61,中心柱 7.2 厘米,单球重 1.5 千克左右。亩产量 3500 千克,耐寒,冬性强,外观好,品质佳。

(2) 春眠 江苏省农科院蔬菜所育成。平头型中熟春甘蓝品种。植株开展度 75 厘米,株型较大。叶色灰绿,蜡粉中等,叶缘微下卷,外叶 14 片左右。叶球扁平,球形指数 0.52,单球重 2.5 千克,亩产量 4000 千克以上。冬性强,品质优。

(3) 中甘 10 号 (8132) 中国农业科学院蔬菜花卉研究所选育。早熟春甘蓝品种。植株开展度 40~48 厘米,外叶 12~15 片,叶色绿,叶片倒卵圆形,叶面蜡粉中等。叶球紧实,圆球形,叶质脆嫩,风味品质优良。冬性和抗寒性较强,不易未熟抽薹,抗干烧心病。单球重 0.8~1 千克,亩产量 3200~3800 千克,适于北方地区春季露地栽培。

(4) 中甘 8398 中国农业科学院蔬菜花卉研究所选育。早熟春甘蓝品种,从定植到成熟约 50 天。植株开展度 40~50 厘米,外叶 12~16 片,叶色绿,叶片倒卵圆形,叶面蜡粉少。叶球紧实,圆球形,叶质脆嫩,风味品质优良,冬性较强,不易未熟抽薹,抗干烧心病。单球重 0.8~1 千克,亩产量 3300~3800 千克。适华北、东北及西北地区春季露地栽培。

(5) 中甘 11 号 中国农业科学院蔬菜花卉研究所选育。早熟春甘蓝品种,从定植到收获 50 天左右。植株较矮小,开展度 46~

52 厘米，外叶 14～17 片，叶色深绿，叶面蜡粉中等。叶球近圆形，中心柱长 5～7 厘米，单球重 0.75～1 千克。从定植到收获需 50 天左右。亩产量 3000～3500 千克。适合全国各地作春甘蓝栽培。

(6) 中甘 12 号　中国农业科学院蔬菜花卉研究所选育。极早熟春甘蓝品种，从定植到收获 45 天左右。植株开展度 40～45 厘米，外叶 13～16 片，叶色深绿，蜡粉中等。叶球紧实，近圆形，叶质脆嫩，风味品质优良。冬性较强，不易先期抽薹。单球重 0.7 千克左右，亩产量 3000～3500 千克。主要适于我国北方春季露地栽培。

(7) 中甘 15 号　中国农业科学院蔬菜花卉研究所选育。中早熟，从定植到成熟 55 天左右，植株开展度 42～45 厘米，外叶 14～16 片，叶色浅绿，蜡粉较少，叶球圆球形，结球紧实，中心柱长低于球高的 50%。叶质脆嫩，风味品质优良。冬性较强，不易未熟抽薹。单球重 1.3 千克左右，亩产量 4000～5000 千克，适于华北、东北及西北地区春季露地栽培。

(8) 中甘 17 号　中国农业科学院蔬菜花卉研究所选育。早熟春甘蓝品种，从定植到收获约 50 天。植株开展度 58.0 厘米，外叶 10 片左右，叶色绿，蜡粉中等。叶球近圆形，较紧实，中心柱长约 6 厘米，叶质脆嫩，深绿色，品质优良，适于出口东南亚地区。较耐裂球，冬性强，不易未熟抽薹。平均单球重 0.9～1.2 千克，亩产量 3500 千克。适于华北、东北、西北及西南部分地区春季、秋季栽培。

(9) 中甘 18 号　中国农业科学院蔬菜花卉研究所选育。早熟春甘蓝品种，从定植到收获约 55 天。植株开展度 43～44 厘米，外叶色绿，蜡粉中等，圆球形，叶球紧实。耐裂球，球叶深绿，叶质脆嫩，中心柱长 5～7 厘米，单球重 0.9 千克左右。抗病毒病和黑腐病，亩产量 5000～6000 千克。适华北、东北、西北等地区作早熟春、秋甘蓝栽培。

(10) 中甘 21 号　中国农业科学院蔬菜花卉研究所选育。早熟春甘蓝品种，从定植至收获约 50 天。植株开展度 44 厘米，外叶 15 片左右，叶色绿，蜡粉少。叶球圆球形，球色绿，紧实，外观美，叶质脆嫩，品质优良。球径 14.5 厘米，球高 14.8 厘米，中心柱长 6.3 厘米，单球重 1～1.5 千克，亩产量 3800～4000 千克。抗病性强，耐裂球，不易未熟抽薹。适于华北、东北、西北及西南部分地区作露地早熟春甘蓝栽培，长江中下游及华南部分地区作秋栽。

(11) 中甘 25　中国农业科学院蔬菜花卉研究所选育。早熟春甘蓝品种，从定植到收获 55 天左右，株型紧凑，开展度 42.0 厘米，外叶 12.1 片，倒卵圆形，绿色，叶面蜡粉中等，叶缘波纹小，无缺刻。叶球近圆球形，紧实，球外叶绿色，球内叶浅黄色，球高 14.4 厘米、宽 14.1 厘米，中心柱长 5.5 厘米，单球重约 1.0 千克，质地脆嫩，品质优，不易裂球，耐未熟抽薹。

(12) 春甘 2 号　北京市农林科学院蔬菜研究中心选育。早熟春甘蓝品种。从定植到收获 50 天左右。株型半开展，开展度 45 厘米，外叶数较少、约 13 片，绿色，叶面蜡粉少，叶缘有轻波纹，无缺刻。叶球绿色、紧实、圆球形，球高 14.3 厘米、宽 14.1 厘米，中心柱长 5.3 厘米，单球重约 1.0 千克，质地脆嫩，不易裂球，冬性较强，不易未熟抽薹。

(13) 春甘 3 号　北京市农林科学院蔬菜研究中心选育。早熟春甘蓝品种，从定植到收获 50 天左右。株型比较紧凑，植株开展度为 45 厘米，外叶数较少，13 片左右，叶面蜡粉少，叶片翠绿色，有光泽，叶球亮绿、紧实，圆球形，球纵、横径分别为 14.5 厘米和 14.4 厘米，中心柱短，冬性较强，平均单球重 1.2 千克，亩产量 3500～3800 千克。适于全国栽培。

(14) 冬甘 1 号　天津市农业科学院蔬菜研究所选育。早熟春甘蓝品种，从定植至收获 40～45 天。株型紧凑，开展度 41 厘米左右，外叶 13～15 片。叶色深绿，叶面蜡粉中等。叶球近圆形，黄绿色，球径 12 厘米，球高 12.7 厘米，紧实度 0.8 以上，中心柱长 5 厘米，单球重 0.75～1 千克，品质优良。冬性极强，不易发生未熟抽薹现象。耐裂球，抗干烧心病，较耐低温及弱光。亩产量3000～3500千克。适于华北、西北、东北、华中、西南等地保护地及露地栽培。

(15) 冬甘2号　天津市农业科学院蔬菜研究所选育。早熟春甘蓝品种。植株开展度37～38厘米，株高18.5厘米，外叶13～15片，叶深绿色，叶面蜡粉中等，叶球近圆球形，浅绿色，紧实度0.75。单球重0.7～1千克，中心柱短，抗霜霉病和软腐病，耐裂球。抗寒性强，耐弱光，冬性极强，亩产量3000～3500千克。适于华北、东北、西北地区春季保护地栽培及秋延后栽培。

(16) 秦甘50　西北农林科技大学选育。早熟春甘蓝品种，从定植到收获50天。株型半直立，株高25.8厘米，开展度40.8厘米，外叶14.5片，倒卵圆形，绿色，叶面蜡粉少，叶缘有轻波纹，无缺刻。叶球圆球形、紧实，球外叶深绿色，球内叶浅黄色，球高13.3厘米、宽15.1厘米，中心柱长5.8厘米，单球重约0.85千克，质地脆甜，品质优良，不易裂球，抗病性强。

(17) 秦甘60　西北农林科技大学选育。早熟，生育期60天左右。冬性强，不易发生未熟抽薹，不裂球，植株开展度52厘米，外叶数8～9片，叶色深绿，蜡粉中等。叶球圆形，球叶色偏绿，球纵径14.2厘米，横径13.7厘米，中心柱长6.8厘米，叶球紧实度0.57，包球速度快，单球重1.4～1.6千克，抗病毒病和黑腐病，兼抗霜霉病。适宜北方春、秋两季和南方春、秋、冬季栽培。

(18) 惠丰1号　山西省农科院蔬菜所选育。中晚熟春秋栽培品种。植株开展度65～75厘米，外叶11～14片，叶色深绿，蜡粉较多，叶球扁圆球形，嫩绿色，商品成熟时显黄绿色，结球紧实，中心柱不超过球高的50%。商品成熟期春栽80～85天，一般亩产量7000千克左右。夏秋栽75～80天，一般亩产量4600千克左右。高抗病毒病、霜霉病，抗黑腐病，耐热性较强，冬性较强。

72. 国内选育适于高山栽培的甘蓝品种有哪些？

进行高山夏季甘蓝生产，要求选择耐高温、抽薹晚、结球紧实、产量高、耐裂球的品种。

（1）西园 4 号　西南大学育成。中早熟，抗病毒病，植株整齐，生长势强。株高 25 厘米，开展度 70 厘米，外叶 12 片，叶色浅灰绿，叶面平展，蜡粉中等，叶球扁圆形，纵径 11 厘米，横径 22 厘米，球叶淡绿白色，紧实，品质好，单球重 1.5～2.0 千克。亩产量 2500～3000 千克。

（2）京丰 1 号（彩图 19）　中国农业科学院蔬菜研究所和北京市农业科学院育成。有外叶 12～14 片，成叶近圆形，叶色深绿，背面灰绿，蜡粉中等。叶球扁圆形，结球较紧，单株重 3.5 千克左右，单球重 2.5 千克。生长整齐一致。抗病，适应性强，亩产量 4000～6000 千克。适合全国各地春、秋以及越冬栽培。

（3）早夏 16　上海农业科学院园艺研究所选育。耐热性好，早熟，植株直立，可适当密植，开展度为 48 厘米。叶片深绿色，蜡粉浓。叶球扁圆形，中心柱短，叶球紧实，球高 12～15 厘米，单球重 600～1250 克。商品性好，适应性广，适宜于高温高湿季节栽培。在中低山区栽培表现良好，亩产量 2000～3000 千克。

（4）夏光　上海农业科学院园艺研究所选育。较早熟，从定植至采收 60～70 天。生长势中等，株高 32～35 厘米，开展度 50～60 厘米。莲座叶 16～18 片，叶灰绿色，蜡粉多。叶球扁圆形，结球紧实，单球重 1～2 千克，亩产量 2500～4000 千克。耐热性及抗病性强，在中低山区栽培表现也较好。适于长江中下游地区栽培。

（5）中甘 8 号　中国农业科学院蔬菜研究所选育。秋季早熟，定植至收获 60～65 天。植株开展度 60～70 厘米，外叶 16～18 片，叶片灰绿色，叶面蜡粉较多，叶球扁球形，球内中心柱长 5～6 厘米，单球重 2～3 千克，亩产量 4000～5000 千克。适应性强，宜作夏季栽培，抗病毒病。

（6）强夏　植株开展度 45 厘米，外叶 9～10 片，株型紧凑，叶色灰绿，蜡粉中等，球形扁圆，单球重 1～1.5 千克，结球紧实，耐裂球，生育期 55～60 天。在夏季 30℃ 以上的高温可正常结球，耐热性好。抗黑腐病、霜霉病等，球形美观，质脆味甜。适于长江流域及以南地区的高山冷凉地作夏甘蓝栽培，平坦地区晚夏、早秋及秋冬栽培。

73. 国内选育适于夏、秋季栽培的甘蓝优良品种有哪些？

（1）渝甘 65　重庆三千种业有限公司选育。早熟，从定植到收获 65 天左右，株高 30 厘米，开展度 50～60 厘米，外叶 14～16 片，叶绿色，蜡粉中等，叶脉较密，植株长势强，性状整齐，叶球高 12～15 厘米，横径 18～20 厘米，扁圆形，结球紧实，单球重 1.5 千克左右。抗热，抗病力强，商品性好，品质优，口感好。一般亩产量 4000 千克。

（2）惠丰 3 号　山西省农业科学院蔬菜研究所选育。中早熟品种，从定植到收获 65～70 天，夏、秋季节栽培，植株开展度 50～60 厘米，外叶数 11～14 片，外叶近圆形，深绿色，蜡粉中等，叶球扁圆球形略鼓，球横径 18～20 厘米，球高 13～14 厘米，球浅绿色，心叶显黄，中心柱低于球高的 1/2，结球紧实，单球重 1.3～1.5 千克，亩产量 5000 千克左右，球叶脆嫩，风味品质好，商品性好，耐热性强，对病毒病、黑腐病抗性强。

（3）秦甘 70　西北农林科技大学选育。中熟夏、秋甘蓝品种。植株开展度 61 厘米，外叶 10～11 片，灰绿色，叶面光滑，蜡粉较多，球叶浅绿色，叶球扁圆形，球径 27.1 厘米，球高 12.5 厘米，中心柱长 6.5 厘米，叶球包心速度快且紧实，叶球紧实度 0.57。单球重 1.85 千克。高抗病毒病和霜霉病，耐热，春季栽培不易未熟抽薹。一般亩产量 4000～4500 千克。

（4）世龙之夏　河北邢台市双龙种苗有限公司选育。夏甘蓝品种，植株生长势中等，开展度 60～65 厘米，外叶 12～15 片，横径 20 厘米，纵径 14.5 厘米，中心柱 6.5 厘米，叶球扁圆，结球紧实，叶色油绿，有光泽，蜡粉中等，叶缘波状，单球重 1.6～2.0 千克，从定植到收获 60 天左右。

（5）夏甘 58　江苏镇江市农业科学所选育。早熟品种，从播种至初收需 105 天。生长势强，株高 32 厘米，开展度 60 厘米左右，外叶 14～17 片，叶色浅绿，叶面蜡粉少，结球紧实，叶球近扁圆，球高 12 厘米，球径 17 厘米左右，中心柱长 6.7 厘米，平均单球重 1.6 千克左右，高抗病毒病和黑腐病，耐热，较耐旱，亩产量 3500～4500 千克。适于长江流域及北方作夏、秋早熟栽培。

（6）东农 609　东北农业大学园艺系选育。夏秋甘蓝品种，生育期 115～118 天，植株开展度 68～70 厘米，株高 30 厘米，外叶数 8～10 片，叶球高 15～17 厘米，叶球扁圆形，鲜绿色，紧实度在 0.65 以上，叶球重 2.7 千克，球叶质地脆嫩，抗病毒病兼抗黑腐病，亩产量 5000 千克。

（7）西园 8 号　西南大学选育。开展度 50 厘米左右，外叶 12～14 片，叶绿色，叶脉较密，蜡粉中等，叶片平展。叶球扁圆形，球高 10～15 厘米，横径 14～20 厘米，叶球紧实度 0.5 以上，单球重 1.5 千克左右。品质脆嫩，口感好，风味佳，耐热，抗病毒病，耐根肿病。一般夏播亩产量 3000 千克左右。

74. 国内选育适于秋甘蓝栽培的优良品种有哪些?

（1）东甘 60　东北农业大学选育。中熟秋甘蓝品种，从定植到收获约 70 天。植株开展度 60 厘米，外叶约 15 片，灰绿色，叶面蜡粉多，叶球扁圆形、紧实，球高 14 厘米、宽 20 厘米，中心柱长 6 厘米，平均单球重 1.4 千克。抗病毒病和黑腐病。

（2）西园 3 号　西南大学选育。从定植到收获约 90 天，植株开展度 63～65 厘米，外叶 10～13 片，叶片绿色，叶球扁圆形，纵径 14 厘米，横径 26 厘米左右，球内中心柱长 6 厘米，单球重 2～3 千克。叶球紧实，质地脆嫩，味甜，品质优良。抗病毒病兼抗黑腐病。亩产量 4000～4500 千克。适于西南地区做秋甘蓝栽培。

（3）惠丰 4 号　山西省农业科学院蔬菜研究所选育。早熟秋甘蓝品种，从定植到收获 65 天。生长势较强，开展度约 55 厘米，外叶 11 片左右，浅灰绿色，近圆形，蜡粉中等。叶球近圆球形、紧实，球高 15 厘米左右、宽 16 厘米左右，中心柱长 6.7 厘米，单球重 1.34 千克，球叶脆嫩，风味品质较好，耐热性较强，抗病性较强。

(4) 惠丰 5 号　山西省农业科学院蔬菜研究所选育。早熟秋甘蓝品种，从定植到收获约 64 天。生长势中等，开展度 53 厘米，外叶 12 片左右，绿色，近圆形，蜡粉少。叶球圆球形、紧实，球高 15 厘米左右、宽 16 厘米左右，中心柱长 6.5 厘米，单球重 1.27 千克，球叶脆嫩，品质较好。耐热性较强，抗病性较强。

(5) 豫生 4 号　河南省农业科学院园艺研究所选育。中熟秋甘蓝品种，从定植到收获 70～75 天，株型半直立，株高 27 厘米，开展度 58.9 厘米，外叶 12 片，深绿色，宽倒卵形，蜡粉中等，叶缘有轻波纹，无缺刻。叶球平头形，绿色，球高 14 厘米、宽 21 厘米，中心柱长 6.9 厘米，单球重 1.52 千克。抗病毒病、黑腐病和霜霉病，商品性好，品质、风味佳。

(6) 中甘 16 号　中国农业科学院蔬菜花卉研究所选育。中早熟秋甘蓝品种，从定植至收获约 80 天。植株开展度 60 厘米，外叶 14～16 片，叶色绿，蜡粉中等，定植至收获约 65 天，叶球扁圆略鼓，紧实，中心柱长 6.5～8 厘米，单球重 1.5～2 千克，亩产量 4000～5500 千克。抗病毒病和黑腐病，适于华北、东北、西北及西南部分地区早秋栽培。

(7) 中甘 19 号　中国农业科学院蔬菜花卉研究所选育。中熟秋甘蓝品种。植株开展度 68～69 厘米，外叶色深绿，蜡粉多，扁圆球，叶球紧实（紧实度 0.55 左右），中心柱 7.0 厘米左右，单球重 2.5 千克左右，抗病毒病和黑腐病，抗逆性好，适应性广，亩产量 4800 千克。适于华北、东北、西北等地作秋甘蓝栽培。

(8) 中甘 22 号　中国农业科学院蔬菜花卉研究所选育。中早熟秋甘蓝品种。植株开展度 52.9 厘米，外叶 10.6 片，倒卵圆形，绿色，叶面蜡粉中等，叶缘波纹中等，无缺刻。叶球近圆形、紧实，球外叶绿色，球内叶浅黄色，球高 14.6 厘米、宽 15.0 厘米，中心柱长 5.6 厘米，单球重 1.33 千克左右，质地脆嫩，品质好，耐热性和耐裂球性较强。

（9）中甘 24　中国农业科学院蔬菜花卉研究所选育。中熟秋甘蓝品种，从定植到收获 70～75 天。植株开展度 58.1 厘米，外叶 17.9 片，灰绿色，叶面蜡粉较多，叶缘波纹较小，无缺刻，叶面较光滑，叶球扁圆形、紧实，球内叶淡黄色，球高 12.5 厘米、宽 21.0 厘米，中心柱长 5.8 厘米，单球重约 1.56 千克，质地脆，品质好，耐热性和耐裂球性强，不易裂球。抗病毒病及黑腐病。

（10）晚丰　中国农业科学院蔬菜花卉研究所选育。晚熟秋甘蓝品种，从定植到收获 100～110 天。植株开展度 65～75 厘米，外叶 15～17 片，叶色深绿，蜡粉较多，叶球扁圆形，球内中心柱高 8～10 厘米。耐寒性中等，耐旱涝，耐贮运，较抗病毒病，易感黑腐病，亩产量 5000～6000 千克。

（11）秋甘 1 号　北京市农林科学院蔬菜研究中心选育。中熟秋甘蓝品种，从定植到收获 70 天左右。株型开展，开展度 74 厘米，外叶 14 片，灰绿色，叶面蜡粉多，叶缘有轻波纹，无缺刻。叶球绿色、紧实，扁球形，球高 14.6 厘米、宽 23.6 厘米，中心柱长 6.8 厘米，单球重约 1.5 千克，质地脆嫩，不易裂球，耐热。抗病毒病、中抗黑腐病。

75. 国内选育适于越冬栽培的甘蓝优良品种有哪些？

（1）中甘 18 号　中国农业科学院蔬菜花卉研究所选育。早熟秋甘蓝品种。植株开展度约 56 厘米，外叶 12～14 片，叶色灰绿，蜡粉较多，叶球近圆形，紧实，不易裂球，耐储运。中心柱长 6 厘米左右，单球重 1～1.2 千克，亩产量 3500 千克。适于华北、东北、西北地区秋季种植，长江流域晚秋或初冬种植。

（2）中甘 20 号　中国农业科学院蔬菜花卉研究所选育。中熟秋甘蓝品种。植株开展度约 70 厘米，外叶 12～14 片，叶色深绿，蜡粉多，叶球扁圆形，紧实，中心柱长约 8 厘米，单球重 2.5～2.8 千克，亩产量 6500 千克。适于华北、东北、西北地区秋季栽培，长江流域晚秋或初冬种植。

（3）苏甘17号　江苏省农业科学院蔬菜所选育。植株开展度65厘米，株高32厘米左右，叶色翠绿，蜡粉中等，中缘微翻，叶球桃形，球形指数1.1，肉质脆嫩，味甘甜，单球重1.5千克左右，亩产量3500千克左右。露地越冬栽培全生育期180天左右。适合长江流域露地越冬栽培和秋季栽培。

（4）延春　上海农业科学院园艺所育成的露地越冬早熟春甘蓝品种。植株开展度50～53厘米，外叶9～10片，叶色深绿，叶缘呈波浪形，叶面蜡粉少，叶球高圆形，球高17～18厘米，叶球紧实度0.63，叶球质地脆嫩，纤维少，风味品质优良。适于黄河以南和长江流域广大地区栽培。

（5）争春（彩图20）　上海市农业科学院园艺研究所选育。越冬栽培从定植到收获约150天，植株开展度60厘米左右，外叶8～11片，叶球圆球形，纵径17.4厘米，横径16.8厘米，球内中心柱长7.4厘米，叶球紧实度0.57，单球重1.5千克。早熟，不易未熟抽薹。亩产量3000千克。

76. 国外引进的春甘蓝优良品种有哪些？

（1）世农301　叶球圆形，定植后55天可收获，球重0.8～1.2千克，叶球绿色，结球紧实，耐寒性强，不易裂球，耐运输，适合春、秋季露地栽培。

（2）绿球　叶球圆形，定植后53天左右收获，球重1.3～1.4千克，叶球绿色，蜡粉适中，结球紧实，耐热性强，抗倒伏，不易裂球，耐运输，外观美丽，抗病性强，易栽培，适合春、秋季露地栽培。

（3）绿球66　早中熟，定植到收获66天左右。植株较直立，高抗病害、耐弱光、耐低温、冬性较强、耐未熟抽薹，抗裂球，耐贮运。适宜密植，单球重1.5～2.0千克，亩产量4300～4500千克。叶球绿色，叶层较多，叶质鲜嫩脆甜，品质优良，商品性好，适宜鲜食和脱水加工。

（4）真强夏季　叶球圆形，定植后60天可收，单球重1.4～

1.6千克，外叶深绿，抗热能力较强，抗倒伏，中柱短，耐裂球，贮运性强，抗虫、抗病能力强，易栽培，适合春、秋季露地栽培。

（5）珍品　叶球圆形，定植后58天可收，球重1.6千克左右，叶色深绿，耐热耐寒性强，抗虫、抗病，裂球晚，贮运性强，外叶少，植株直立，适于密植，适合春、秋季露地栽培。

（6）多富　扁球形，球重1.9～2.1千克，耐热性强，早熟，适合春、秋季栽培。肉质柔软，适于生食，结球为深绿色，商品性好，耐贮运，新鲜持久。

（7）马特　圆球形，球重1.3～1.5千克，中晚熟品种，株形自立，耐裂球，整齐度优秀，中心柱低，抗黄萎病，有较强的延迟采收能力。适于春、秋季栽培。

（8）球后　圆球形，从定植到收获55天，球重1千克左右，外叶小，可密植栽培，抗黄萎病。适于春、秋季节和冷凉地夏季栽培。

（9）野球58　圆球形，定植后60天左右收获，单球重1千克左右，株形直立，球紧实，耐裂球性好，耐贮运，中心柱短，整齐度好。适于春、秋季栽培。

（10）韩球99　定植后55天可收，单球重1.1～1.3千克，产量高，晚裂球，蓝绿色外叶，耐热。适于春、秋季栽培。

（11）捷甘春王　从美国引进。早熟，冬性较强，春季栽培不易未熟抽薹。叶球圆形，单球重1.5千克。叶片直立宜密植，生长势强，耐裂球，耐储运。适于全国大部分地区春、夏、秋季种植。

（12）瑞甘332　从日本引进，中早熟品种。植株生长旺盛，耐热、耐湿、耐抽薹。叶球高扁圆，墨绿色，结球紧实，质脆，品质好。一般作春甘蓝栽培，也可作秋甘蓝栽培。

（13）美貌　从日本引进。中早熟品种，抗热、抗病，植株呈半开张形，外叶紧抱，适宜密植，长势旺盛。高扁圆球，单球重1.5千克，球面浓绿，直至球底着色均匀，特抗软腐病和黑腐病，耐裂球，易栽培，可春播、夏播。

（14）四月美　武汉亚非种业有限公司从日本引进。早春甘蓝品种。植株开展度 56 厘米，株高 18 厘米，叶色深绿，有蜡粉，叶球中心柱高 6 厘米，叶球横径 20 厘米，纵径 16 厘米，单球重 2 千克左右。球形扁圆，结球紧实，不易裂球，收获期较长。球色深绿、球叶平滑无皱，味好，品质特优。抗病性较强，对黑腐病有耐病性。冬性极强、特耐寒，丰产性好，可密植，适合蔬菜基地和鲜菜出口基地种植。

77. 从国外引进的夏、秋甘蓝优良品种有哪些？

（1）太阳甘蓝 从日本引进。植株生长势强，开展度 60～80 厘米，株高 28 厘米，外叶数 15 片左右，叶色翠绿，叶面蜡粉量中等，叶脉明显，叶球扁平，结球紧实，叶球径宽 21～22 厘米，叶球高 12～14 厘米，单球重 1.5～2.0 千克，中心柱高 5.5～7.5 厘米，内叶浅黄色，品质佳，适于夏季和早秋作保鲜加工出口栽培。耐寒、耐热，对干旱适应性强，亩产量 4000 千克以上。

（2）湖月甘蓝 从日本引进。植株生长势强，外叶稍直立，适合作密植栽培。叶球呈高扁球形，浓绿色，结球整齐结实，肉质脆嫩爽口，商品性佳。夏、秋季播种，定植后 75～80 天可采收，单球重 1.5～1.8 千克，结球之后，裂球迟，较耐寒，亩产量 4000 千克左右。适于作出口栽培。

（3）东方秋实 从泰国引进。叶色浓绿，蜡粉适中，球形扁圆，横径 18 厘米，纵径 13 厘米，结球紧实，单球重 1.5 千克，味甜质脆，抗逆性强，耐贮运。早熟，定植后 60 天可采收。适于夏、秋季栽培。

（4）墨玉 50 河南豫艺种业科技发展有限公司从国外引进。植株开展度 65～75 厘米，外叶 13～17 片，叶色深绿，蜡粉中等。叶球扁圆形，横径 22.5 厘米，纵径 14.0 厘米，球形指数 1.61，中心柱长 6.5 厘米，中心柱粗 2.8 厘米，坚实度好，单球重 2.0 千克左右，叶球脆嫩，品质优良。早熟，耐热性好，抗病性强，定植后约 50 天成熟，亩产叶球 4000 千克。

（5）豪瑞 85 荷兰品种，极耐寒，冬性强，球形美观，适宜加工出口栽培。中晚熟品种，生长势极强，植株紧凑，从定植到收获约85～95天，圆球形，叶片厚，灰绿色，结球紧实，单球重1.5～2千克。抽薹晚，低温下也能正常肥大，球内颜色好，耐裂球，抗黑腐病。

（6）豪艳 50 日本品种。定植后 50～55 天收获，叶球为扁球形，单球重 1.1～1.8 千克，叶色绿、抗热、耐湿、抗病性强，叶球整齐，内部层次好，干物质含量高，是脱水加工和保鲜出口的首选品种。适合在华北、西北、东北地区作晚春早夏栽培。长江以北及华北、西北大部分地区作夏甘蓝和秋甘蓝栽培。

（7）寒玉 5 号 从日本引进。中晚熟，耐湿、耐寒、耐抽薹，极耐裂。高扁球形，球色鲜绿，球型美观，球形横径 20～25 厘米，单球重 1.5～2 千克，从刚开始结球时紧实度就很高，叶质脆嫩，叶较甜，既适宜生食，又适合炒、煮，亩产量达 5000 千克以上。适合国内消费和保鲜加工出口。

（8）绿宝 从日本引进。植株生长强健，叶色深绿，蜡粉较浓，叶球呈高扁球形，纵径 14 厘米，横径 22 厘米，球色青绿且富有光泽，单球重 1.5～2 千克，成球速度快且结球紧实，延迟采收不易裂球，采收期弹性大，品质优良，口感佳，产量高，一般亩产量 5000 千克左右。抗逆性强，耐热、耐寒性好，宜作高山地区夏季栽培。

（9）世农 720 外叶深绿，蜡粉多，耐热性及耐湿性强。叶球圆形，结球紧实，球色翠绿，商品性好，抗倒伏，不易裂球，耐运输，单球重 0.8～1.2 千克，定植后 55 天左右可收获。抗病性强，易栽培，适宜高山夏季栽培。

（10）夏强 由韩国引进。植株生长势较强，株高 28 厘米，开展度 60 厘米，外叶 13～14 片，深绿色，蜡粉中等。叶球圆球形，球径 14 厘米，球高 13 厘米，单球重 0.75～1 千克，紧实度 0.65。耐热，抗病性强，亩产量 3000～3500 千克。适于黄淮流域及长江中下游地区夏、秋季栽培。

（11）夏甘 58 从日本引进。早熟，定植后 65 天左右收获，生长势强，开展度60厘米左右，叶面蜡粉少，叶球高扁圆形，嫩绿色，品质优良，结球紧，耐裂球，单球重1.3千克以上，适合作夏、秋甘蓝栽培。

（12）夏甘60　从日本引进。早熟、耐热。定植后60天左右收获，开展度46厘米左右，成熟期一致，叶球紧实，高扁圆形，球色鲜绿，叶质脆甜，商品性好，收获期间多雨易裂球，单球重1.1千克左右。适于作出口栽培。

（13）征将　从日本引进。早熟品种，抗热性强，在高温、干燥的条件下，也较易育苗和栽培，外叶略大，生育旺盛，结球肥大性好。高扁圆球，单球重1.5～2千克。整齐度好，抗黄萎病、霜霉病、黑腐病。播种期较长，最适宜初夏播秋季收获或春播。

（14）景风65　从日本引进，中早熟品种，植株生长旺盛，抗病性强，易栽培，叶球高扁圆形，结球坚实，整齐度高，不易裂球，耐贮运。从定植至收获70天左右，适合夏季播种秋冬季收获。

（15）七草　从日本引进，为夏播冬收的专用品种，抗寒，低温下不易发生软腐病，低温肥大性好，是商品性极高的品种。高扁圆球，中心柱短，球内部呈鲜黄色，裂球迟，田间保持期长。

（16）雨中花　从泰国引进，耐雨耐热甘蓝，耐高热耐高湿，抗黑腐病，中早生，叶片椭圆形有蜡粉，叶球颜色鲜绿翠嫩，叶球呈扁圆形，叶球中杆短，夏作定植后60天采收，重约1.2千克，秋作定植后55天采收，重约1.5千克，蕴藏性好产量高，是雨季甘蓝的不二之选。

（17）泰甘（彩图21）　超耐热甘蓝，从泰国引进，适应性强，易于栽种，耐热性强，高温天气表现相当突出。抗病抗虫表现比一般品种优胜。扁球形，结球紧密整齐，叶色光泽蓝绿，有蜡粉，定植后60～65天采收，单球2.5～3千克。口感爽脆，纤维丰富，适合鲜食及加工使用。为加工甘蓝之绝佳品种。

78. 从国外引进适于越冬栽培的甘蓝优良品种有哪些？

（1）FS魁首甘蓝　欧洲类型中熟品种。叶色深绿，叶球圆球形，叠抱，叶片厚，抗虫性好。抗裂球能力强。生长速度较快，单球重1.5～2千克。适于鲜食及出口加工。适于黄淮流域、长江流域作露地越冬栽培。

（2）全绿甘蓝　从荷兰进口。叶球高圆形，单球重2～3千克，结球紧实，耐寒性强，高抗裂球。适于黄河以南地区露地越冬栽培。

（3）冬雅甘蓝　从日本引进。抗寒性强，叶色特绿，叶球紧实，耐裂球性好，采收期长。适于黄河以南地区越冬栽培。

79. 羽衣甘蓝的优良品种有哪些？

（1）维塔萨　北京农技推广站从欧洲引进品种中经系统选育而成。叶片浅绿色，长椭圆形，边缘呈羽状分裂，叶面皱褶多，生长整齐，外观漂亮，既可食用，又有很高的观赏价值，可做盆花和插花。株高40～60厘米，质地柔软鲜嫩，风味好，含钙量高，适应性强，既耐热又抗寒。为目前表现最好的品种。

（2）沃斯特　从美国引进，适于鲜销和加工，抗逆性强，植株中等高，生长旺盛，叶深绿色，无蜡粉，嫩叶边缘卷曲成皱褶，密集成小花球状，绿色，耐贮存、耐寒、耐热、耐肥，抽薹晚，采收期长，品质差。可作春、秋露地栽培，也可在冬季于冷室或阳畦栽培。从播种至开始采收约需55天。春季播种的如管理得好，可一直延续采收到冬季，亩产量2500～3000千克。

（3）温特博　从荷兰引进，早熟，植株中等高，叶深绿色，叶缘卷曲皱褶，生长势强。耐霜冻能力非常强。长江流域适于秋、冬季露地栽培，冬春季收获。

（4）科仑内　从荷兰引进，早熟。植株中等高，生长迅速而整齐，播种后50天即可采收。可用机械化一次性采收。耐寒力强，耐热，耐肥水。一般于3月中旬播种，如精细管理，可以陆续采收至10月下旬，优质高产。

（5）阿培达　从荷兰引进，植株高50～60厘米，叶蓝绿色，卷曲度大，外观丰满整齐，品质细嫩，风味好，抗逆性强，可春、秋露地栽培，也可用于冬季保护地栽培。

(6) 穆斯博　从荷兰引进，植株高度中等，生长繁茂，叶片绿色，羽状细裂，叶缘卷曲度大，外观好，很少发生黄叶现象，耐寒性、耐热性均较强，适于秋季、冬季栽培。

(7) 东方绿嫩　从国外引进，植株中等高，叶深绿色，无蜡粉，嫩叶边缘卷曲成皱褶，嫩绿色，品质极佳，耐贮存，耐寒，耐热，耐肥，晚抽薹，采收期长，可春、秋露地栽培，也可温室或阳畦栽培。从播种至始收约50天。

(8) 京引104203　从美国引进。植株较高，生长势较强，叶片深绿色，叶缘卷曲度大，为椭圆形毛刷状，抗逆性强，耐寒，耐热，采收期长，春季播种的如做好田间管理可延续采收到冬季。

(9) 京引10420　从英国引进。植株高大，叶色浅绿，叶缘卷曲度极大，羽状细裂，耐热性很强，夏季栽培生长良好，加强水肥管理，可采收至深秋。

(10) 京引10426　从美国引进。植株高生型，叶片绿色，叶缘卷曲度大，外观好，抗逆性强，采收期长。

(11) 京引104003　从美国引进。植株高生型，叶色深绿，叶缘卷曲度大，呈椭圆形毛刷头，抗逆性强，耐寒，耐热，采收期长，春种后可采收至冬季。

80. 紫甘蓝的优良品种有哪些？

(1) 旭光　我国台湾省农友种苗公司育成的杂交种。早熟，定植后65天左右收获，为沙拉配色专用品种，市场供不应求，种植效益好。叶球圆球形，单球重1千克左右，外叶紫红色，14～16片，叶缘稍有波状，球叶紫红色，中肋细，叶肉白色，配色优美，叶球紧实，耐贮运。亩产量2500千克。

(2) 鲁比紫球　有日本鲁比紫球和中生鲁比紫球两种，前者单球重1.2千克，叶球圆球形，深紫红色，早熟，耐热性强，低温结球性好，生长期95～100天。后者生育期110～120天，中熟，单球重1.6千克，抽薹晚，耐寒，耐贮运，低温结球性好。

（3）紫甘 1 号　中国农科院花卉研究所筛选，中晚熟，从定植到收获 80～90 天。生长势强，开展度 65～70 厘米，外叶 18～20 片，叶色暗紫红，叶球紫红色，圆球形，单球重 2～3 千克，亩产量 4000～6000 千克，较抗病，耐热、耐贮，适于春保护地和露地种植及夏、秋季栽培。

（4）紫甘 2 号　北京市农林科学院蔬菜研究中心选育。中早熟，从定植到收获 70 天左右。植株生长势强，开展度 56 厘米，叶面蜡粉多，叶球圆形，深紫色，紧实，不易裂球，耐贮运，球高 15 厘米，横径 15 厘米，中心柱长 6.5 厘米，单球重 1.5～2.0 千克，品质好，耐热，抗病毒病和黑腐病，一般亩产量 5000 千克左右，适宜春、秋两季栽培。

（5）红土地　从美国引进，中熟，定植后 80 天左右收获，生长势强，株高 40 厘米，开展度 60～70 厘米，外叶 20 片左右，叶片暗紫红，叶球近圆球形，紫红色，单球重 1.5～2 千克，亩产量 3000～3500 千克。抗病毒病，易感黑腐病。适于春、秋露地栽培或保护地种植。

（6）紫阳　从日本引入。中熟，定植到采收 70～76 天。植株开展度 65～70 厘米，外叶数 18～20 片，叶色紫红色，蜡粉较多。株高 45.3 厘米，球径 13.8 厘米，球淡紫红色，圆球形，单球重 0.86 千克，品质好。抗病毒病和黑腐病，亩产量 3000 千克左右，适于春、秋季保护地或露地栽培。

（7）早红　从荷兰引入。早熟，定植到采收 65～70 天。株型中等，生长势强，开展度 60 厘米左右，外叶 16～18 片，叶紫红色，叶球卵圆形，单球重 1～1.5 千克，亩产量 2500～3000 千克，早春小棚或春露地及秋季栽培。

（8）巨石红　从美国引入。中熟，生长期 85～90 天。植株高大，生长势强，开展度 68～70 厘米左右，外叶 20～22 片，叶色深紫红色，叶球圆形略扁，单球重 2～2.5 千克，亩产量 3500～4000 千克。较抗黑腐病和病毒病，适合早春小棚或春、秋露地栽培。

（9）红冠　上海市农科院育成，叶紫绿色，叶球高圆形或半球形，深紫色，中心柱短，包心极紧，丰产。

（10）93—112　北京市蔬菜研究中心提供。定植到采收65～70天。株高25.3厘米，开展度48.7厘米，球高12.3厘米，球径11.5厘米，球紫红色，牛心形，单球重0.6千克。

（11）90—169　北京蔬菜研究中心选育。从定植到收获80～90天，植株开展度45～50厘米。叶色深红，叶蜡质较多，外叶12～14片，叶球紫红色，近圆形，中柱高4～6厘米，质地脆嫩。耐热耐寒性强，抗裂球性好，叶球充实后可延长采收。

（12）早生　定植后65～75天可以收获。叶球为圆球形，球重1.5千克左右。叶色深紫，比其他常规品种结球整齐，商品性好，裂球晚，耐贮运。适合春、秋两季种植。

（13）超紫　日本杂交紫甘蓝品种。叶球为圆球形，球重1.2～1.5千克，定植后70天可以收获。叶色深绿，整齐一致，易于管理。裂球晚，耐贮运，适合加工各种料理。春、秋两季种植表现好。

（14）红宝石　中早熟，从定植到收获72天。生长势强，外叶少，紫红色，叶球紧实，圆球形，紫红色，中柱短，不易裂球，单球重1.5～2千克，亩产量3500千克，适宜春、秋季露地及早春保护地种植。

（15）宝石球　从日本引进，早熟，定植后65天可采收。特别耐热，也较耐寒，适应性强，栽培容易，结球整齐一致，结球紧实，不易裂球。叶球圆整，蜡粉多，色泽鲜艳，深紫色，中心柱很短，单球重1.3～1.6千克。

（16）红路　从日本引进。早熟，定植后65～70天收获。耐热耐寒性强，抗病性好。叶球圆球形，紫红色，外观漂亮，单球重1.3～1.5千克，不易裂球，田间保持期长，适宜春、秋保护地和露地栽培。

（17）特红1号　由荷兰引进，早熟，从定植到采收65～70天。植株生长势中等，开展度60～70厘米，外叶16～18片，叶紫色，有蜡粉，叶球卵圆形，基部较小，叶球紧实，单球重0.75～1

千克，亩产量 2500 千克左右。适于春、秋露地栽培。

（18）红宝鼎　早熟，定植后 80 天左右成熟。叶球圆形，单球重 1.5～2.0 千克，包球紧，鲜紫红色，中心柱短，内部颜色均匀，质地脆嫩，株形紧凑。结球一致性好，成熟叶球在田间持续时间长，不开裂，不变形，耐运输，抗病高产。

81. 抱子甘蓝的优良品种有哪些？

（1）早生子持　从日本引进，极早熟，从定植到收获 90 天。耐热性、耐寒性较强，植株为高生型，株高 1 米，叶绿色，蜡粉少，顶芽能形成叶球，小叶球圆球形，横径约 2.5 厘米，绿色，整齐而紧实，每株约收芽球 90 个，品质优良。

（2）绿橄榄　荷兰诺华公司培育，抗病性强，耐寒性好，横径 2.5 厘米左右，每株结球 40～45 个，玲珑可爱，叶质柔软，纤维少，口感好，长江流域露地种植，一般在 12 月至翌年 1 月收获。

（3）王子　从美国引进。植株高生型，株形苗条，小叶球多而整齐，可鲜销或速冻。从定植至收获 96 天，栽培方法与晚熟种结球甘蓝基本一样，不耐高温，在高温的夏季小叶球易松散。

（4）科仑内　从荷兰引进。中熟，植株中等高，叶灰绿色。芽球光滑，整齐。露地春栽于 2 月上旬保护地育苗，3 月中旬定植，6 月下旬采收，如育苗定植则 130 天后采收。

（5）多拉米克　从荷兰引进，定植收获 120～130 天。中高型，生长茂盛。芽球光滑易采收，耐贮藏，耐热性较强，适于春季、初夏栽培。

（6）斯马谢　从荷兰引进，晚熟，从定植至采收需 130 天，植株中高型，叶球中等大小、深绿色，紧实，整齐，品质好，耐贮藏，经速冻处理后，叶球颜色美观，耐寒力极强，适宜冬季保护地栽培。

（7）探险者　从荷兰引进，晚熟，植株中高至高型，叶片绿色，有蜡粉，单株结球多，芽球圆球形，光滑紧实，绿色，品质佳。耐寒性很强，适宜早春、晚秋露地栽培或冬季保护地栽培。

（8）福兰克林　从荷兰引进。早熟，定植后120天可开始采收。植株高度中等，耐寒性强，株高100厘米左右，生长势旺盛，叶绿色，蜡粉少。芽球圆形，横径2.5厘米，绿色，坐果整齐，芽球紧实，光滑。每株可采收芽球60个左右，单球重15～20克，单株产量约600克。在低温下结球良好，生长期较长。

（9）绿宝　江苏省农科院蔬菜所育成。早熟，从定植到收获约90天。株型直立，株高60厘米，株幅65厘米，外叶翠绿，平展，蜡粉中等，芽球圆整，结球紧实、整齐，单株结球70个以上，单球重10～15克，心叶黄，质地脆嫩。耐低温性好，在低温条件下结球好，球型整齐，且抽薹晚，采收期长，可延后采收。

（10）绿珠一号　上海市动植物引种中心育成，中早熟，全生育期约100天。株型直立，株高70厘米，株幅45厘米，外叶翠绿，平展，蜡粉中少，芽球圆整，结球紧实、整齐，单株结球80个以上，单球重10～15克，心叶乳黄，质地脆嫩。耐低温性中，在低温条件下结球好，球型整齐，且抽薹晚，采收期长，可延后采收。

（11）长冈交配早生子特　从日本引进。早熟，从定植到收获约100天。植株矮生型，株高42厘米，植株开展，叶浅绿色，芽球圆球形，较小，直径2.5厘米左右。

（12）翠宝　江苏省农科院蔬菜所育成。中熟，从定植至收获约110天。株型直立，株高100厘米，株幅55厘米，外叶绿，匙形，蜡粉中等，芽球圆整，椭圆形，结球紧实、整齐，单株结球80个以上，单球重10克左右，心叶黄，质地脆嫩。耐低温性好，且抽薹晚，采收期长，可延后采收，可鲜销或速冻。

（13）增田抱子甘蓝　从日本引进。中熟，定植后120天左右开始采收。植株生长旺盛，节间稍长，株高100厘米左右。叶球大小中等，直径约3厘米。不耐高温，宜秋播，冷凉时结球，采收时可上下一起进行。

（14）吉斯暨卢　从荷兰引进，早熟，定植后90天左右采收。株高85厘米以下，叶球抱合紧实而且整齐，芽球直径3～3.5厘米，耐运输，可冷贮。

（15）子宝　早熟，从定植到收获 85 天，耐热，抗病，生长势弱，植株高生型，茎较粗，叶色绿，有蜡粉，芽球圆球形，每株可收 100 多个芽球。

（16）京引 1 号　晚熟，定植后 120 天收获，植株矮生型，株高 38 厘米，叶片椭圆形，绿色，叶缘上抱，芽球圆球形，紧实，品质好。

（17）多拉米克　从荷兰引进。中熟，从定植至收获 120～130 天。中高型，植株生长繁茂，芽球光滑易采收，耐贮藏。耐热性较强，适于春季和初夏栽培。

（18）卡普斯也　从丹麦引进。早熟，从定植至初收约 90 天，矮生型，株高约 40 厘米，叶片绿色，不向上卷，腋芽密，叶球圆球形，中等大小，绿色，质地细嫩，品质好，单株芽球 60 多个，芽球可分 2～3 次采收。

（19）温安迪巴　从英国引进。中晚熟，从定植至收获 130 天左右，矮生型，株高约 40 厘米，植株生长整齐，叶片灰绿色，芽球圆球形，绿色，品质较好。

（20）佐伊思　从法国引进。中熟，从定植至初收 110 多天，植株中生型，株高 46 厘米，生长整齐，叶扁圆形，绿色，平展。单株芽球较多，圆球形，紧实，绿色，品质好。

（21）摇篮者　中熟，定植后 110 天收获，植株高生型，生长势强，叶色灰绿，芽球圆球形，紧实，绿色，品质优良，单株可收获芽球 100 个，成熟期整齐一致，适于机械化一次采收。

（22）东方绿生　从国外引进。中早熟，定植后 90～100 天采收，高生型，株高 80 厘米左右，芽球较小，紧实，整齐，直径 3～3.5 厘米，耐运输，可以冷贮。

（23）湘优绿宝石　隆平高科湘研蔬菜种苗分公司育成的一代杂交品种。从定植至始收约 90 天。植株生长势中等，株高约 60 厘米，开展度 50 厘米，芽球紧实，细嫩，纵径 4.2 厘米，横径约 3.2 厘米，平均有芽球 50 个左右，单个鲜芽球重约 14 克，株产约

500 克, 亩产量 1000 千克左右。耐寒, 抗病性好。

82. 皱叶甘蓝的优良品种有哪些?

(1) 卷心菜王 333 号　从美国引进。叶色深灰绿, 结球紧实, 植株生长快, 从定植至采收 90 天, 产量高, 品质一般, 适于春、秋季栽培。

(2) 普罗玛沙　从荷兰引进。叶球紧实, 卵圆形, 浅黄绿色, 单球重 1.8 千克。外叶少, 深灰绿色, 冬性强, 定植后 85 天收获, 全年均可栽培。

(3) 诺维沙　从荷兰引进, 叶球略扁平, 黄绿色, 紧实, 外叶深绿, 较耐热, 适于夏季及早秋栽培。

(4) 极早生皱叶甘蓝　从日本引进。外叶少, 深绿色, 叶球长圆锥形, 浅黄色, 结球紧实, 叶质柔软, 品质好, 单球重 1 千克, 定植后 50 天收获, 可全年分期分批播种种植。

(5) 中生皱叶甘蓝　从日本引进。叶球为略扁的圆球形, 叶球紧实, 乳黄色, 单球重 1.6 千克, 外叶深绿色, 定植后 80 天可收获, 较耐旱, 不耐涝, 耐寒性强, 富含维生素, 适于春、秋两季栽培。

(6) 先行者　从德国引进。叶球心脏形, 褶皱多, 心叶嫩黄色, 品质好, 口味极佳。耐寒性强, 适合冬、春季栽培。

83. 球茎甘蓝的优良品种有哪些?

(1) 二叶子　早熟品种, 从定植到始收 60 天左右。亩产量 2000 多千克。植株较小, 叶片细小而长, 叶片仅有 14 片左右, 球茎扁圆形, 单球重 1.0 千克。适于西南地区作春、夏、秋季栽培。

(2) 捷克白　早熟品种, 从定植至球茎收获 50 天。亩产量 1500~2000 千克。株体较小, 株高 30 厘米, 开展度 26 厘米, 适于密植。叶片暗绿色, 上有蜡粉, 叶柄细长, 球茎扁圆形, 纵径 7~8 厘米, 横径 10 厘米左右, 肉质脆嫩, 品质好, 稍甜。适于春、秋季栽培。

(3) 早白　从国外引进。早熟, 从定植至球茎收获 50~60 天。

适应性强，每亩定植 3000 株左右，亩产量 2000～2500 千克，植株矮小，叶片小而狭长，叶柄细长，球茎圆球形，绿白色，品质好。平均单球重 0.5～1.0 千克。适于春、夏、秋季栽培。

（4）青县苤蓝　河北省青县地方品种。早熟，从定植至球茎收获 50～60 天。每亩定植 5000～5500 株，亩产量 1250～1500 千克。株高 49 厘米，开展度 67 厘米，叶片数约 15 片，叶面灰绿色，有一层蜡粉，叶呈长圆形，叶片长 23 厘米，宽 12 厘米，叶柄细长。球茎扁圆形，纵径 9.3 厘米，横径 11.8 厘米，单球重 0.7 千克。适于秋季栽培。

（5）金毛根　成都地方品种，早熟，从定植至球茎收获 50 天。耐热性强，亩产量 3000 千克左右，球茎近圆形，单球重 1.0 千克左右。适于夏、秋季栽培。

（6）小缨子　早熟，从定植至球茎收获 60 天。亩产量 3000 千克左右，株体较小，叶片小稍尖，叶柄细，球茎扁圆形，单球重 0.5～1.0 千克，皮薄肉质细嫩，品质好。适于各地四季栽培。

（7）天津青苤蓝　天津地方品种，从定植至球茎收获 60～65 天。每亩定植 6000 株，亩产量 5000～6000 千克。植株生长健壮，不易抽薹，球茎扁圆形，外皮绿色，有少量白粉，皮薄、质脆、鲜嫩、品质好，单球重 1.0 千克左右。耐热、耐寒、适应性强。适于春、秋季栽培。

（8）二路缨子　天津地方品种，从定植至球茎收获 70～75 天。每亩定植 5000 株，产量 2500 千克。植株高 30 厘米，开展度 28 厘米，叶片 11～12 片，淡绿色，上有蜡粉。球茎扁圆形，绿色，表面有蜡粉，单球重 0.5 千克。适于天津市郊区春、秋两季栽培。

（9）潼关苤蓝　陕西潼关地方品种，晚熟，从定植至球茎收获 150 天。植株高 50 厘米，开展度 50～70 厘米，叶片深裂，球茎大、扁圆形，纵径 10～15 厘米，横茎 18～25 厘米，皮光滑，外皮绿白色，肉质细密而脆嫩，品质好，耐贮藏，单球重 2～3 千克。适于春、秋两季栽培。

（10）青皮玉头　河北地方品种，晚熟，从定植至球茎收获100天。每亩定植2600株，亩产量3500千克。生长势强，植株高50厘米，开展度56厘米，成熟时有大叶15片左右，叶片浅绿色，叶片长36厘米，宽17厘米，叶柄较粗，白绿色，球茎扁圆形，纵茎12.5厘米，横径19厘米，顶部向下凹，单球重1.7千克左右。球茎表皮浅绿色，肉质白色，脆嫩，水分较多，纤维少，味稍甜，品质好。耐热、耐盐碱。适于秋季栽培。

（11）扁玉头　内蒙古地方品种，晚熟，从定植至球茎收获120～130天。适应性强，每亩定植1500～1800株，亩产量3000～4000千克，植株较大，生长势强，植株高50～60厘米，开展度45～60厘米，叶片蜡粉多，深绿色，叶柄粗且较长。球茎扁圆形，表面光滑，叶痕明显，皮较薄，表面有蜡粉，球茎肉白色，肉质细致脆嫩，纤维少，含水分多，味甜，品质好。适于西北高寒地区春季及其他地区四季栽培。

（12）大同松根　晚熟，从定植至收获120天左右。亩产量3500千克，植株高大，叶大，椭圆形，绿色，叶脉明显，呈乳白色而凸起，球茎圆球形，淤绿色，肉乳白色，味微甜，适合春、秋季栽培。

（13）秋串　北京地方品种，晚熟，从定植至收获90～100天。每亩定植2200株，亩产量4000～4500千克。植株高大，生长势强，叶片绿色，有蜡粉，叶片较多且大，叶柄较粗，球茎大，扁球形，表皮稍粗，浅绿色，球茎表面有一层蜡粉，肉质白色，质脆嫩，味甜。适于华北和西北地区春、夏季栽培。

（14）银川大苤蓝　中晚熟，定植65天后收获。株高42厘米，生长势强，叶簇较直立，植株生长健壮，不易抽薹，球茎扁圆形，外皮浅绿色，肉白色，皮薄，质脆，鲜嫩，品质好，单球平均重2.5～3千克，亩产量3000～4000千克，适于春、秋季露地栽培。

（15）天津小英　早熟，从定植到始收期60天左右。子叶小稍尖，柄细，球茎扁圆形，皮薄，肉质细嫩，单球重0.5～1千克，亩产量2500～3000千克。

144

（16）吴忠大茎蓝　定植至收获 130～150 天。株高 60～65 厘米，开展度 70～75 厘米，叶簇半直立，叶 45～55 片，叶长卵圆形，灰绿色，叶面蜡粉多，叶柄白绿色。球茎扁圆形，顶端平，纵径 18～22 厘米，横径 20～24 厘米，球茎表皮浅绿色。亩产量 4000～5000 千克。耐寒、耐热、耐阴湿性强。抗黑腐病和病毒病。球茎肉质硬脆，纤维少。

（17）早冠　天津科润蔬菜研究所选育。早熟，生育期 80 天左右，定植后 45 天左右可收获。植株生长势中等，株高 32～40 厘米，开展度 65～72 厘米。球茎扁圆形，浅绿色，表面光滑，叶片少，单球重 800 克左右。株型紧凑，适宜密植，亩产量 2700～3000 千克。可用于保护地及露地栽培。

（18）紫茎蓝　从国外引进的品种中选育而成。定植后 60～70 天可采收。球茎圆形或高圆形，表皮紫色，叶片绿色，果肉白色，单球重 600～800 克。口感脆嫩，品质较好，病害轻。

第二节　甘蓝无公害栽培技术

84. 结球甘蓝春季无公害栽培的技术要点有哪些？

（1）品种选择　以选择耐低湿、冬性较强、抽薹率低、抗病、高产、优质的早熟品种为宜。

（2）适时播种　严格掌握播种期，播种过早会先期抽薹，过迟又影响产量和品质，结球不紧。播种时期与地域、保护地设施以及所选品种有密切关系，各地可根据气候特点和保护设施性能以及所期望的上市时间进行选择。东北和西北地区早春 3、4 月温室内育苗，苗龄 60～80 天；华北地区在前一年的 10 月下旬至 11 月上旬冷床育苗，苗龄 150～180 天，或在 1、2 月在塑料大棚或改良阳畦内育苗，苗龄 40～50 天；南方各省选用中、晚熟品种，于前一年 10～11 月在露地播种育苗。

（3）培育壮苗

① 苗床土准备　苗床基施充分腐熟有机肥 3000～5000 千克，

再配以氮磷钾复合肥 20～30 千克，加少量微肥（例如硼肥），深翻、耙匀、做畦。也可选用近三年来未种过十字花科蔬菜的肥沃园土 2 份与充分腐熟的有机肥 1 份配合，并按每立方米加三元复合肥 1 千克或相应养分的单质肥料混合均匀，将床土铺入苗床，厚度约 10 厘米。

② 床土消毒　用 50％多菌灵可湿性粉剂与 50％福美双可湿性粉剂按 1∶1 比例混合，按每平方米用药 8～10 克与 4～5 千克过筛细土混合，播种后 2/3 铺于床面，1/3 覆盖在种子上。

③ 种子处理　播种前用温水浸种 1 小时，将浸好的种子捞出洗净后，稍加晾干后用湿布包好，然后在 20～25℃温度下催芽，每天用清水冲洗一次，当 20％种子萌芽时，即可播种。也可以干籽直播。

④ 播种技术　在整平苗床后，稍加镇压，刮平床面，浇透底水后，撒播种子，播后盖土 1 厘米厚，然后盖地膜保温保湿。

⑤ 苗期管理　在两片真叶时分苗 1 次，若生长过旺则需分苗两次，第一次在破心或 1 叶 1 心时进行，第二次在 3～4 片真叶时进行。

在出苗前，保护地内白天保持温度 20～25℃，夜间保持 15℃。幼苗出土后及时放风，以后夜间 13～15℃，白天维持 20～25℃，减少低温的影响，以防未熟抽薹。当秧苗长出 3～4 片真叶以后不应长期生长在日平均 6℃以下，可采用小拱棚覆盖增温。在苗床地表干燥时应浇透水，少次透浇，注意防治菜青虫。

（4）及时定植

① 定植时间　北方定植春甘蓝，一般用秋耕过的冬闲地，早春解冻后的 3 月下旬至 4 月下旬、日均温度 6～8℃即可定植。南方在温度较低的 11～12 月内定植。

② 整地施肥　定植田块的前茬最好为非十字花科作物。北方露地栽培采用平畦，搭盖塑料拱棚，也可采用半高畦。南方雨水多，采用深沟高畦。结合整地每亩施优质有机肥料 3000～5000 千克，配合施用氮、磷、钾肥。

③ 合理密植　一般采用大小行定植，覆盖地膜，根据品种特性、气候条件和土壤肥力，北方早熟种每亩定植 4000～6000 株，中熟种 2500～3000 株；南方早熟品种每亩定植 3500～4500 株，中熟品种 3000～3500 株。

（5）田间管理

① 追肥管理　一般在定植、缓苗、莲座初期、莲座后期、结球初期、结球中期分别进行追肥。结球期前要形成一定的外叶数，重点在结球初期，施肥浓度和用量，随植株生长而增加，天旱宜淡，用 20%～30% 腐熟人粪尿，每亩 1000～1500 千克；莲座期与结球期，用 40%～50% 人粪尿每亩 1500～2000 千克；植株封垄后，每亩用硫酸铵 10～15 千克，或尿素 5～7.5 千克，酌量增施磷、钾肥。收获前 20 天内不得追施速效氮肥。

② 浇水管理　结球甘蓝适宜空气湿度为 80%～85%，土壤湿度 70%～80%。定植后 4～5 天浇缓苗水，莲座期通过控制浇水蹲苗，结球期要保持土壤湿润，结球后期控制浇水次数和水量。干旱时应及时灌溉，深度至畦沟 2/3 为度，水在畦沟中停留 3～4 小时后排出。

③ 温度管理　北方棚室栽培的，缓苗期要增温保温，通过加盖草苫、内设小拱棚等措施保温，适宜的温度为白天 20～22℃、夜间 10～12℃。莲座期，棚室温度控制在白天 15～20℃、夜间 8～10℃。结球期，棚室栽培浇水后要放风排湿，室温不宜超过 25℃，当外界气温稳定在 15℃时可撤膜。

④ 中耕培土　浇缓苗水后，要及时中耕、锄地、蹲苗。一般早熟品种宜中耕二三次，中晚熟品种三四次。第一次中耕宜深，要全面锄透、锄平整以利于保墒，以后中耕进入莲座期，宜浅锄并向植株四周培土。

85. 结球甘蓝夏季栽培的技术要点有哪些？

结球甘蓝是一种耐寒不耐高温的蔬菜，在炎热的夏季种植难度较大，但效益却很高。

147

（1）播种育苗　选用耐热性强、抗病、生长期短的品种，采用育苗移栽，一般6月上旬育苗，7月上旬定植，8月下旬至9月中下旬收获。北方夏甘蓝一般在3～5月冷床播种育苗。

必须采用凉棚育苗，苗床四周用木料或竹竿打桩作主柱，架高1.2米左右，棚架上盖黑色遮阳网等遮阳。播种前苗床要浇足底水，使8～10厘米深的土层呈饱和状态，最后一次洒水加40%辛硫磷乳油配成1000倍药水，可以减少地下害虫为害。待底水下渗无积水后，将25%甲霜灵可湿性粉剂与70%代森锰锌可湿性粉剂按9∶1混合，按每平方米苗床用药8～10克与15～30千克过筛细土混合配成药土，撒播种子前将2/3药土撒铺于床面，然后将种子均匀地撒播在上面，将另1/3药土覆盖在种子上，再在上面覆盖0.7厘米左右的过筛细土。

撒播种子时畦面应留有余地供搭小拱棚。为有利于出苗，可在覆土后再用双层遮阳网或稻草等覆盖物覆盖畦面保湿。出苗前，要勤检查，待大部分幼苗出土后，可在傍晚揭去覆盖物。齐苗后，选择晴天中午再次覆土，厚度0.2厘米左右，以利于幼苗扎根，降低床面湿度，防止苗期病害。幼苗长到2～3片真叶时进行分苗，苗距8厘米×10厘米。分苗前，播种床应浇足底水，分苗后苗床必须及时浇缓苗水，以缩短缓苗期，有条件的可将苗分植营养钵内，分苗后及时搭棚避雨，并做好遮阳、中耕、防病防虫、水分管理等工作，苗长5～6片真叶时定植。

（2）整地定植　选择地势高燥、排水方便的地块栽培。整地前，每亩施腐熟农家肥5000千克，然后翻地做畦。畦面一定要平，畦宽1.5米。幼苗长到5～6片叶时，应及时安排定植，如幼苗过大，定植后缓苗期长，生长不旺，起苗时应尽量起大土坨，少伤根。定植应在下午4点以后或阴天进行，要把带土坨的幼苗浅栽在垄的阴面半坡上，不宜栽的过深。适当密植，按株距35厘米，行距45厘米定植。定植后浇定根水，第2天上午必须再浇一次活棵水。如有缺苗应及时补苗。

需要强调的是，夏甘蓝栽培定植时必须带土坨。在气温较高的情况下，如果苗床浇水后拔苗定植，缓苗期需 15～20 天。这是因为拔苗时，幼苗的大部分根系都拔脱在土壤中，即使看到幼苗根部有一些白色细根，那些白色细根只是脱掉韧皮部的土质部，无吸收水分、养分的功能。必须重新发出新的根系后，才能恢复对幼苗水分、养分的供应，生长才能恢复正常，所以缓苗期要比带土坨幼苗长 10～15 天。

（3）田间管理　缓苗后进行第 1 次追肥，每亩施尿素 8～10 千克，并立即浇水 1 次。4～5 天后再浇 1 次，然后中耕 1 次。在第 1 次追肥后 10～15 天，进行第 2 次追肥，每亩追肥 8～10 千克尿素。

夏甘蓝应在早晨或傍晚灌水，以避免高温、高湿带来的不良影响。一般应小水勤浇，一般 5～6 天浇 1 次水。结球膨大期水肥要供应充足，不能干旱。浇水应于傍晚或清晨进行，供水方式以沟灌为好。遇阴雨天气，要及时排渍，达到雨住田干。在下过热（阵）雨后，及时用深井水灌溉，以降低地温，增加土壤含氧量，有利于夏甘蓝根系生长，减少叶球腐烂。

（4）及时采收　甘蓝叶球充分膨大时就可采收，连续阴雨天应适当早收，以免产生裂球和发生病害。成熟度参差不齐的地块，应先采收包心紧的植株。进行远途外运时，一般傍晚采收，夜间散热，于清晨装车外运。

86. 结球甘蓝秋季栽培的技术要点有哪些？

（1）栽培季节　秋甘蓝（彩图 22）是在夏季或初秋播种育苗，于秋末或冬季上市的一种栽培方式，具有适应性好、病虫害少、中后期进入冬季不利于病虫害的暴发、栽培容易等特点。秋甘蓝育苗时间多在 6 月中下旬至 8 月上旬。其中，中晚熟品种多在 6 月中、下旬播种，7 月底至 8 月初定植，10 月下旬至 11 月中旬收获；中早熟、早熟品种多在 7 月上旬至 8 月上旬育苗，8 月上旬至 9 月初栽植，10 月上旬至 11 月初上市。

（2）播种育苗　秋甘蓝育苗期间温度高，秧苗出土生长较为困难，需采用遮阳网进行育苗。

① 苗床准备　选择通风凉爽、土地肥沃、有机质含量高、灌溉条件好的熟土地作苗床，有条件的最好进行营养钵育苗。一般每亩施腐熟人畜肥 1000～1500 千克，45%复合肥 15 千克，肥土混匀，起垄耙平，床宽 1.5 米，一般每亩大田需苗床 20～25 平方米。

② 播种　播前先用清水将苗床浇透，适当稀播，播种时采用沙土拌种，便于撒播均匀，种子用 65%代森锰锌可湿性粉剂拌种可防治立枯病，播后轻盖 0.5～1 厘米厚的细土，及时覆盖稻草、树叶或遮阳网，保持床土湿润，用 50%多菌灵可湿性粉剂浇透垄面，灭菌保湿。出苗后及时揭盖，搭小拱棚覆盖遮阳网，防止阳光直射，一般出苗后于晴天上午 9～10 时盖帘，下午 3～4 时揭帘。注意适量浇水，如床面湿度过大，可撒一层干细土或草木灰降湿，苗初出土时每天浇水 1 次，以后每隔 1～2 天浇水 1 次，以保持土壤湿润、土表略干为宜。

当幼苗长到 2～3 片真叶时分苗，分苗床与苗床一样，要求地势较高、通风凉爽、能灌能排的肥沃地块。选阴天或傍晚分苗，苗距 10 厘米×10 厘米，栽后立即浇水，最好遮阳 3～4 天，浇缓苗水后中耕蹲苗。注意防治蚜虫。

（3）定植　当秋甘蓝苗长到 30～35 天，具有 6～8 片真叶时，带大土坨定植。选择土壤肥沃、排水便利、前茬未种过十字花科蔬菜的地块，定植前选择深耕平整土地，每亩施腐熟有机肥 3000～5000 千克，加 25 千克复合肥。做成 1 米宽的高畦，选阴天或下午定植，一般栽在垄的阴面半坡，栽 2 行。栽后立即浇水。

若定植后遇干旱，需将定植穴浇透水后再栽苗，栽植后每天早晚浇水，以保证秧苗成活。秧苗宜带土移植，起苗尽量少伤根，适当浅栽，一般早熟品种株行距 35 厘米×40 厘米，亩栽 4500 株左右，中晚熟品种株行距为 40 厘米×50 厘米，亩栽 3000 株左右。

（4）田间管理

① 浇水管理　浇过定根水后，第 2 天再浇 1 次水，以后隔 1～

2天浇1次，1周后即可活棵。缓苗后适当蹲苗。莲座期和结球期对缺水敏感，干旱时不但结球延迟，甚至开始包心的叶片也会重新张开，不能结球，应根据田间情况，适时浇水，保持土壤湿润。高温期间要在早晨或傍晚进行浇水。叶球生长紧实后，停止浇水，以防叶球开裂。甘蓝虽喜潮湿，但忌渍水，因此，雨水多的地方要做好排涝工作。

② 追肥管理　早、中熟品种一般追肥2～3次。晚熟品种追肥4次。第1次在定植后1周左右，结合缓苗水，每亩施尿素5～8千克、磷酸二铵5千克。第2次在莲座初期，每亩施尿素20千克左右，并伴随中耕培土。在莲座末期，追第3次肥，每亩施尿素15～20千克，施后结合浇水。结球初期再追1次，每亩施尿素15千克。并适当用1%尿素加0.1%～0.2%的磷酸二氢钾根外追肥2～3次。追肥以株间穴施为佳。

87. 结球甘蓝高山栽培的技术要点有哪些？

夏季，平原地区由于高温、干旱等恶劣天气的影响，甘蓝生长困难，品质差，在7～9月份是甘蓝供应的淡季。而利用高山进行栽培，能较好地填补市场空缺。高山播种期一般在4～5月份，5～6月定植，8～9月采收。海拔500～800米的低山区，用塑料小拱棚覆盖育苗，播种期可提前到3月中下旬。海拔800～1600米的中高山地区栽培的甘蓝，由于气候条件优越，生长良好，不仅产量高，而且品质优，市场前景好。

（1）品种选择　高山栽培甘蓝以选用生长势强、耐热、抗病、结球性好、扁平球或扁圆球类型的中早熟品种为宜。

（2）培育壮苗

① 营养土配制　播种前10～15天配制好营养土，配方比例为园土7份、腐熟厩肥3份。还可在营养土中加入适量的砻糠灰和高效液体微肥。配好的营养土充分混合均匀后堆放7～10天备用。

② 播种　选择避风向阳、排灌方便、2～3年未种过十字花科作物的地块，耕翻整平后做苗床，每平方米苗床播种子5～10克，

适当稀播为宜，播种完毕浇 10％稀人粪尿水，再撒一层 0.7～0.8 厘米厚的营养土盖籽。在 3～4 月播种的，由于前期温度较低，而且雨水较多，应采用塑料中棚或小拱棚覆盖进行保温避雨育苗。进入 5～6 月份，则要采用遮阳网进行覆盖，实行弱光降温育苗。低温季节播种后 5～6 天出苗，温暖季节 2～3 天出苗，苗齐后浇一次 3％稀人粪尿水。幼苗具一片真叶时即可移入营养钵育苗。

③ 分苗　将配制的营养土装入营养钵，然后进行分苗并浇点根水。苗期以 20 天左右为宜，当苗具有 5～6 片真叶时即可定植。

④ 注意事项　苗床的水分管理要适度，土壤过干时，要及时浇水或喷水，保持苗床土壤湿润，防止土壤过干时因幼根吸水能力弱而使植株被干死。如果水分过多，则易造成幼苗徒长而纤细，并招致病害发生。要科学地管理好育苗设施，以改善育苗地的小气候环境，早期播种的育苗床，要用薄膜棚覆盖，以便保温与避雨，同时，还要加强通风降温，防止闭棚时间过长，湿度增大，病害加重。5～6 月份的苗床要用遮阳网覆盖，以防止暴雨和暴晒，并注意增加光照时间，做到昼盖夜揭，提高幼苗素质。同时，要根据苗情，酌情追肥，促进其生长。

（3）及时定植　以缓坡地定植为适，深耕后，结合深耕，施足基肥，每亩撒施石灰 100～150 千克，耕地做畦后，沟施厩肥 2000～3000 千克、复合肥 50～80 千克。畦面整平后铺黑色地膜。地膜要紧贴畦面，边角用土密封，畦宽（连沟）1.2 米种 2 行，或 1.6 米种 3 行，或 2.0 米种 4 行。早熟品种可每亩栽 3000～3500 株，晚熟品种可栽 2500～3000 株。

若是覆盖白色地膜，为防止杂草，盖膜前每亩要用 60％丁草胺乳油 100 毫升对水 50 千克喷洒畦面。起苗时剔除病苗、弱苗、杂苗，选择大小一致的壮苗定植。定植时，先在铺好膜的畦面上打定植孔，并将孔中拉出的泥土放在畦背上，然后把生物钾肥和钙镁磷肥施入定植穴内，亩用生物钾肥 2～3 千克、钙镁磷肥 35～40 千克。移栽时，先将定植穴内的生物钾肥、钙镁磷肥与土混拌一下，再将营养钵中的苗倒出栽入定植穴内，并用打定植孔时拉出的土填好定植孔，栽植深度以最下一片叶距地面 1～2 厘米为宜，栽后浇足定根水。定植后，为促进缓苗，还可以用遮阳网进行畦面的浮面覆盖，促进缓苗活棵。

（4）田间管理　整个栽培期间均不可缺水缺肥，前期雨水多时要做好清沟排水工作，做到田干地爽不积水。进入夏、秋季节，土壤较干时，要结合施肥水及时浇水防旱，或者灌半沟水进行土壤保湿，保持田间土壤的湿润状态。土壤干旱时，植株生长不良，结球将延迟，甚至使已包心的叶片又重新张开不包心。而结球后期应停止浇水，以防止水分过多造成叶球开裂等。

从定植到莲座期，要勤施薄施，以氮素肥料为主，可每亩用20％的人粪尿水或尿素 5～7 千克浇施 1～2 次。莲座期重施一次追肥，可每亩用尿素 10 千克加复合肥 3～5 千克浇施。结球后追施 2次肥，每亩分别用复合肥 15 千克、尿素 10 千克进行追肥。还可叶面喷施。及时防治菜青虫、甘蓝夜蛾、小菜蛾等害虫。

88. 结球甘蓝冬季栽培的技术要点有哪些？

（1）播种期　根据品种熟性和上市要求可选择以下两个时段。秋播：7 月 20 日至 8 月 10 日播种育苗，苗龄 30～35 天，9 月 15日前定植，11 月至翌年 3 月份均可采收上市；冬播：9 月 1 日～20日播种育苗，10 月底定植完毕，翌年 2～3 月份采收上市。

（2）培育壮苗　栽培 1 亩冬甘蓝需育苗畦 40 平方米左右，选择条件较好的沙壤土建育苗畦，深翻整平，重施优质农家肥，浇足底墒水，等水干后，将种子掺土均匀播于苗床，覆土要浅，一般撒0.5 厘米。为防止日晒或雨水拍打，可用草帘或遮阳网遮盖。一般3 天齐苗，2～3 叶时间苗，也可在 4 片叶时按 10 平方厘米分苗，经过分苗定植期可推迟 7～10 天。定植前 5～7 天不要浇水，进行炼苗，并提高成活率促其快缓苗，并注意拔除杂草和防治病虫，确保培育壮苗。

（3）整地定植　选择有水浇条件、土壤较肥沃的闲茬地块，及时耕翻整平，每亩施优质农家肥 10000 千克、复合肥 20 千克，起垄备用。定植宜在阴天或傍晚进行。移栽时将大小苗分类定植，行距50厘米，株距35厘米，定植后立即浇水。

（4）田间管理　定植后15天浇第2次水。并追施尿素15千克左右。植株进入莲座期生长速度加快，如生长过旺，应适当蹲苗，一般蹲苗10~15天，当叶片上明显有蜡粉，心叶开始抱球时结束蹲苗。叶球基本紧实，包心达6~9成时，应控制浇水，以免生长过旺而裂球和降低抗寒能力。

冬甘蓝在冬前形成半包心，进入冬季时，结球指标必须达到6~7成以上。若结球指标达不到，立春易发生抽薹现象；若高于指标，耐寒性降低会出现裂球现象，影响商品价值。冬甘蓝在冬季生长，病虫害发生较轻，不需打药防治，无农药残留，无污染。冬甘蓝的收获期长，要视市场价格因素决定。但应注意必须在3月前收获完毕。收获过晚会导致后期裂球、抽薹，影响商品质量。

89. 羽衣甘蓝的栽培技术要点有哪些？

羽衣甘蓝（彩图23），为十字花科二年生草花，别名叶牡丹、牡丹菜、花菜等。具有口感柔嫩、保健功能强、栽培管理容易、叶型奇特等特点，经常食用能起补钙作用，微量元素硒的含量为甘蓝类蔬菜之首，具有"抗癌蔬菜"的美称。是食用、观赏兼用型蔬菜，既是出口创汇的蔬菜之一，又是旅游观光的植物景观之一。叶片美观漂亮，为冬季和早春观赏的重要花卉，常作花坛和路边的装饰素材，更是盆栽的首选花卉，还可用叶片做插花和花篮。产品除供给宾馆、饭店、酒楼外，还大量出口欧美、日本及东南亚等国家。

（1）栽培季节　羽衣甘蓝适应性广，既耐寒又耐热，是一种容易栽培的蔬菜，若配合相应的保护设施，可周年生产。生产上以春、秋两季栽培为主。南方地区除高温季节外，秋、冬、春均可露地播种。春季栽培，一般可于1月下旬至2月上旬在保护地播种育苗，或2月下旬至3月上旬直播。秋季露地栽培可于7~8月播种育苗，秋保护地越冬栽培，可于8月下旬至9月播种。北方可适当延迟。

（2）播种育苗

① 早春保护地育苗　种植 1 亩大田需苗床 4 平方米，每平方米施入腐熟并过筛的圈肥 5～6 千克，粪土掺均后整平床面，为防止苗期猝倒病，每平方米苗床施用 50％拌种双粉剂 9 克进行土壤消毒。并在苗床附近准备好过筛细土。撒播干籽，播前浇足底水，水渗后把种子均匀撒在畦面，再盖 0.5 厘米厚细土，然后在苗床上覆盖薄膜以增湿保墒。

播种后至出苗前一般不通风，苗床温度保持 20～25℃，4～6 天大部分出土后，撒去薄膜，待苗上无水珠时，再撒一次细土，厚 0.5 厘米。同时开始放风，降低苗床温度。白天温度控制在 15～20℃，夜间 10～12℃。不论晴天或阴天，苗床上的草苫每天都要揭盖。

幼苗长出 2～3 片叶时及时分苗，剔除弱苗、病虫苗、杂苗。分苗床的准备同苗床，苗距 6 厘米×6 厘米。分苗完后立即浇水，盖上薄膜，提高床内温度及保湿，防止低温伤苗。分苗 3～4 天后再浇一次缓苗水。分苗至缓苗期间，保持床温白天 20～25℃，夜间 15℃左右；缓苗后开始放风，逐渐降低床温，白天 15～20℃，夜间 10℃左右；定植前一周进行低温炼苗。

② 夏、秋露地直播育苗　露地直播应先整地、施肥、做畦，畦可分平畦和高畦 2 种。

平畦直播时，做成畦宽 120 厘米，畦面整细耙平，每畦种 2 行，按株距 30～40 厘米进行点播，每穴播 4～5 粒种子。出苗后及时间苗，间苗 2～3 次后，每穴留 1 株。

由于此时正值高温多雨季节，因此多采用排水性能良好的高畦栽培。做成 50 厘米×60 厘米的宽窄行，60 厘米为高畦，每畦种 2 行，按株距 30～33 厘米点播。出苗后间苗，方法同平畦。有条件的可先将种子点播在高畦上，再覆盖地膜，出苗后划膜放苗。

③ 夏、秋育苗移栽　采取育苗移栽的，苗床应选择土壤肥沃、地势平坦、排灌方便的沙壤土。播种前，施足腐熟粪肥，与床土拌

匀，耙碎耙平后整地作苗床。选晴天上午播种，使用干籽。播种前苗床浇透底水，灌水沉实后即可播种。可条播或撒播。条播时按5～6厘米的行距开浅沟，约1厘米撒1粒种子。撒播要注意播种均匀。播后盖细土0.5厘米厚。

播种后苗床上覆盖稻草或黑色遮阳网遮阳保湿，出苗后及时揭掉覆盖物，并在苗床上搭建阳棚，棚高80～100厘米。在中午前后阳光强烈时盖帘或盖遮阳网，阴天不盖。

苗出齐后到第1真叶展开后间苗，苗距2厘米左右，间苗后覆细土约0.3厘米厚。2～3片真叶时第2次间苗，苗距4～5厘米，并清除杂草，间苗后覆细土0.3厘米厚。

4片真叶时分苗，苗距8厘米见方，定植1亩地需分苗用苗床18～23平方米，分苗时把大苗与小苗分开栽。分苗床管理同苗期。苗龄30天，具4～5片真叶时即可定植。

（3）整地施肥　选择土壤肥沃、2～3年未种过十字花科蔬菜的壤土或沙壤土，耕地前清除前茬残留物，施足基肥，每亩施腐熟有机肥5000～6000千克、过磷酸钙50千克、硫酸钾20千克。耕翻整碎，充分混匀后做畦。多雨地区宜做高畦，干旱地区做平畦。一般畦宽110厘米，双行定植。春植宜铺盖地膜，秋植不铺。

（4）及时定植　定植密度根据不同品种及季节而定。春季栽培，一般每亩定植3500～4500株，株行距为40厘米×40厘米。秋季栽培，每亩定植2800～3500株。定植前一天苗床浇足水分，第2天带土移栽。定植后浇足定根水。

（5）田间管理

① 浇水管理　定植后适时浇缓苗水。春季栽培未盖地膜的，一般在栽苗后4～7天浇水，用地膜覆盖的可延后3～4天，但浇水量不宜过大。秋季栽培的，一般定植后1～2天浇1次水，直至缓苗。缓苗后适当控制浇水，一般7～10天浇1次水。以后随着植株长大，外叶封垄，可根据天气情况调整浇水次数。

春季栽培的，生长后期温度渐高，需加大灌水量并增加灌水次数，后期土壤见干见湿管理。秋季栽培的，生长后期温度渐降，适当减少浇水次数及浇水量。要经常保持土壤湿润。多雨季节应排除积水。

② 追肥管理　一般在缓苗后进行第 1 次追肥，每亩追施尿素 10～15 千克，或腐熟人粪尿液 1000～1500 千克。至采收前再追肥 1～2 次，即每隔 7～10 天追施复合肥或淋施人畜粪水，在生长旺盛期的前期和中期重点追施，在生长后期喷 0.3%～0.5% 的氯化钙 3～4 次。采收期，每采收 1 次追肥 1 次。每亩可追施腐熟有机肥 200 千克，或三元复合肥 15 千克。并结合中耕除草培土。另外，还可每隔 10 天左右叶面喷施 0.3% 磷酸二氢钾和 0.3% 尿素混合液 1 次，共喷 4～5 次。

③ 冬季做好保温防寒，夏季采取多种方法降温，保护地内采取二氧化碳施肥措施可增产。

（6）及时采收　羽衣甘蓝可分多次采收，当羽衣甘蓝叶长至 10 片左右时可陆续采收下部嫩叶，每次采收 2～3 片。采收时需注意留住顶部生长点及下部老叶。早春和晚秋，叶片质地脆嫩，品质好，可隔 10～15 天采收 1 次；夏季高温，应缩短采收间隔时间，一般 4～5 天采收 1 次。采后的产品捆成 200 克左右 1 把，切齐叶柄出售，及时包装上市。采收宜在晴天上午露水干后进行。

90. 紫甘蓝春季栽培的技术要点有哪些？

紫甘蓝（彩图 24）又名红甘蓝、紫洋白菜、赤甘蓝、紫包菜、红卷心菜等，为十字花科 2 年生植物，是结球甘蓝中的一个类型，外叶和叶球都呈紫红色。适应性强，病害少，结球紧实，色泽艳丽，耐贮藏，营养丰富，产量高，南方除炎热的夏季，北方除寒冷的冬季外，均能栽培，凡能种普通结球甘蓝的地方都能种植。以叶球供食，炒、煮时，颜色为黑紫色，非常美观，大城市近郊作特色蔬菜种植，亦可用盆栽作为观赏种植。

（1）品种选择　早春保护地栽培，应选择耐寒耐热的早熟或中熟品种。

（2）播种育苗

① 播种时间　一般在 1～2 月份在塑料大棚或日光温室内育苗，3 月上中旬定植。

② 苗床准备　选向阳背风、高燥、排灌两便、肥沃及前作未种过十字花科蔬菜的地块作苗床。每亩施入堆厩肥 3000～5000 千克、过磷酸钙 30～40 千克、草木灰 300～400 千克，苗床用百菌清或福美双加噁霜灵消毒。播种前要浇足底水，也可用育苗盘、营养钵育苗。

③ 播种　选晴天播种，播前整平畦面，浇足底水，待水渗下后，先撒一层药土，然后将种子均匀撒入育苗畦内，每平方米播种量约为 3 克，播后再覆盖 1～1.5 厘米厚的过筛细土。

④ 苗床管理

（a）温度管理　播种后至幼苗出土要尽量维持高温，一般保持白天 20～25℃、夜间 15℃。大多数幼苗出土后，应通风降温，以白天 20℃、夜间 11～13℃为宜。当幼苗长出 2～3 片真叶时，及时分苗。然后适当提高温度，保持白天 22～25℃、夜间 13～15℃，促进缓苗。活棵后再降温，保持白天 18～20℃、夜间 10℃左右。定植前 10 天逐渐加大通风量炼苗，保持白天 15℃左右、夜间 7～8℃。

（b）水分管理　采用育苗盘或营养钵育苗，播种前将营养钵充分浇水，播种后覆土，一直到出苗一般不浇水，如中途营养土过干也可用喷壶洒水补充水分。分苗到营养钵后，要根据幼苗生长状况和营养土干湿程度，灵活掌握进行控水还是浇水。浇水时，可结合施用适量的营养液。苗期降低棚室中的湿度，要加强通风，在浇足底水后，基本上不再浇水，保持床面半干半湿，如果苗床土湿度过大，可在苗床上撒干细土。当幼苗有 3 片叶左右时，要浇水 1 次，然后分苗。

（c）分苗管理　分苗前 1 天，先将育苗畦浇透水，起苗后将幼苗按 8 厘米×8 厘米规格移栽到分苗畦。栽后及时浇水，同时每亩追施尿素 10 千克，促进幼苗生长和缓苗。分苗一般在播种后 20～

30 天，当植株长出 2 片真叶时进行。分苗床仍建在冬暖大棚内，栽 1 亩大田需 25 平方米分苗床。每个分苗床铺施腐熟有机肥 250 千克、三元复合肥 2.5 千克，然后深翻土地，耧平床面。分苗时宜浅排，一般子叶出土 1～2 厘米为标准。为提高苗床温度，可盖小拱棚增温，保持白天 25℃、夜间 15℃。分苗 3～4 天后浇缓苗水，缓苗后可撤除小拱棚降温，保持白天 18～20℃、夜间 10℃。分苗后 45～60 天，当幼苗长至 6～8 片真叶时即可定植。定植前须进行低温锻炼。

（3）及时定植　紫甘蓝一般要在地温稳定通过 5℃ 以上的条件下才能定植。选在冷尾暖头的晴天上午进行，定植时幼苗要多带土，定植时一般用水稳苗，即先开沟浇水再将幼苗定植于沟内。平畦栽培是先挖穴栽苗，后灌水。定植密度株行距为 50 厘米×60 厘米，每亩 2000～2200 株；也可株行距为 50 厘米×50 厘米，每亩定植 2500～2600 株。定植后及时浇水。采取覆膜栽培的，定植后将定植孔和周围的地膜用土压严埋实。

（4）田间管理

① 温度管理　采取棚室栽培时，定植后 1 周内一般不通风，以促进缓苗，夜间温度应控制在 10℃ 以上为宜。当白天温度超过 25℃ 时，要通风降温。随着外界温度的逐渐升高，要适当加大通风量，使白天棚内温度不超过 25℃，进入结球期，保持白天 20℃ 为宜。

② 肥水管理　缓苗后 15 天第一次追肥，每亩施尿素 10～15 千克。然后深中耕控水蹲苗，第二次追肥于莲座叶封垄前、球叶开始抱合时，每亩施尿素 10 千克、硫酸钾 5 千克。第三次在结球期，每亩施尿素 20 千克、硫酸钾 10 千克、磷肥 10 千克，随即浇水。结球期保持土壤湿润。浇水应选晴暖天气，阴天不宜浇水。盆栽按比例进行追肥浇水。

（5）及时收获　当叶球达到收获标准时，及时收获。收获标准是叶球充分紧实，切去根蒂，去掉外叶、损伤叶，做到叶球干净、不带泥土。

（6）盆栽紫甘蓝　上盆时用 20～30 厘米的瓦盆，盆土用园土、堆厩肥、河沙，按 6：2：2 比例配制而成，每盆栽 1 株，每畦放 5～8 盆，浇足定根水。栽后闭棚保温，白天保持 20～25℃，夜温 10℃以上，缓苗后白天保持 15～20℃，2～3 月还要覆膜保温，到夜温稳定在 10℃以上时撤膜。

91. 紫甘蓝秋季栽培的技术要点有哪些？

（1）播种育苗

① 播种期　紫甘蓝秋季栽培育苗期一般为 6 月初至 7 月初。苗期 30～40 天。

② 苗床准备　选择地势高而干燥、排水良好、背风向阳、土质肥沃的土壤，前茬忌十字花科作物。苗床营养土要过筛，施入的有机肥要充分腐熟。土壤用 50% 多菌灵可湿性粉剂 0.2 千克加水 100 千克喷雾营养土，边喷边搅拌，喷细拌匀。

③ 播种　播种前先将苗床浇透底水，渗下后用细土填平苗床，把处理好的种子拌上细土均匀地撒在床面上，上覆 1 厘米左右的过筛细土。撒时宜稀不宜密。

④ 苗期管理　育苗期间，苗床上要盖遮阳网或草帘，播种后 2～3 天待苗出齐后，及时揭掉覆盖物，并在苗床上搭设 0.8～1.2 米高的遮阳防雨棚。要注意棚四周不能有覆盖，保证通风透光良好。分苗后也要用遮阳棚，降温防暴雨。播种到出苗前温度保持在 20～25℃，温度过高时可适当遮阳。播种后保持床面见干见湿。在不降雨的情况下，每 2～3 天浇 1 次水，大雨后及时排涝。当幼苗具有 2～3 片真叶时分苗 1 次，分苗苗距 10 厘米×10 厘米。有条件的可在 1～2 片真叶时，移栽到营养钵中，每钵 1 株。当幼苗长到 3～4 片真叶时，每平方米追尿素 50～70 克。当幼苗长到 6～8 片真叶时即可定植。

（2）整土施肥　选择土地肥沃、排灌方便的地块，定植前深耕晒田，施足基肥，一般每亩施腐熟有机肥 3000～4000 千克、三元复合肥 50 千克，肥料与土壤耕耙混匀后，整地做畦。雨水多的地区要做成深沟高畦，畦宽 110 厘米，栽 2 行。

（3）及时定植　定植前一天苗床要浇透水，选择阴天或晴天傍晚进行定植。定植密度一般为株距 35～45 厘米、行距 60 厘米，早熟种可栽得稍密些，亩定植 3000 株左右。定植时要随栽随浇水。

（4）田间管理

① 浇水管理　整个生长期间要根据植株生长情况浇水，保持田间土壤湿润。定植缓苗后，浇 2～3 次水，直到幼苗成活；缓苗后进入莲座期，要控制浇水，加强蹲苗，一般 7 天左右浇水 1 次；进入莲座期时，水分供应要合理充足，但水分又不能过多；结球中后期，要控制灌水，以防叶球开裂。多雨季节，应及时清沟排水。浇水要在早上或傍晚进行，避开中午高温。

② 追肥管理　除重施基肥外，生长期间要追肥 3～4 次。幼苗定植活棵后，结合浇水追施 1 次稀人粪尿。进入莲座期，要适当加大追施量，每亩以尿素 10～15 千克、硫酸钾 5 千克，混合施用。结球期要结合浇水追肥 2～3 次，一般每亩追施尿素 15～20 千克，环施于株间，并及时浇水。另外在结球中期浇稀粪水，后期也要浇稀粪水或追施少量化肥。

③ 温度管理　定植后，前期应注意高温为害。可通过加盖遮阳网和浇水来降低田间温度。后期随着外界气温的下降，应扣上塑料薄膜，夜间可加盖草苫增加棚内温度，温度要保持白天 15～20℃、夜间 10～12℃。

（5）采收贮藏　当叶球抱合达一定紧实度后，可根据市场需求和紫甘蓝本身成熟度分期分批采收。当最低温度接近 -5℃时，应及时全部收获，防止冻害发生。

贮藏的紫甘蓝要选择秋茬，适宜贮藏温度是 0℃，长时间在低于 0℃条件下贮藏，紫甘蓝的紫红色会被破坏转向灰白色，使商品性降低。适宜贮藏的相对湿度为 95% 以上。采前 1 周不浇水。在霜冻前收获，最好在清晨外温较低时采收，采收时最好将菜筐搬到地头，手扶菜头用刀从根部砍下，除去靠近地面有泥土的叶片，保留较好的外叶，然后整齐码放在菜筐中。收获后尽快运到贮藏地进行预冷，然后在适宜贮藏温湿度条件下进行贮藏。可用冷库贮藏或普通菜窖贮藏。

92. 抱子甘蓝秋季栽培的技术要点有哪些？

抱子甘蓝，别名芽甘蓝、子持甘蓝，为甘蓝种中腋芽能形成小叶球的变种。以鲜嫩小叶球为食，外形奇特，玲珑可爱，质柔嫩，纤维少，风味、营养等均优于结球甘蓝，经常食用有防癌作用。近几年在宾馆、饭店、节日装箱礼品菜、超级市场包装净菜等很受欢迎。属珍稀特菜品种，其栽培技术要点如下：

（1）栽培季节　在南方冬季温暖、夏季炎热的地区，露地栽培只能秋播，一般于 7 月中下旬至 8 月上旬播种育苗，苗床用遮阳网覆盖防高温暴雨，9 月中旬定植，12 月中旬至第 2 年 3 月收获；长江中下游地区秋季播种适期为 6 月下旬至 7 月下旬，需设防雨棚加遮阳网，用穴盘育苗，11 月至翌年 3 月供应；华北地区秋露地栽培 6 月底育苗，7 月下旬至 8 月初定植，10 月下旬移植塑料大棚或日光温室内，12 月底采收。

（2）播种育苗　多采用育苗移栽，最好用穴盘育苗或营养钵育苗。

① 育苗床育苗　选择通风良好、排灌方便的非十字花科蔬菜地块。播前精细整地，施足腐熟有机肥，与床土充分混匀，耙细耙平，做成 1.2 米宽的高畦，或在苗床整平后铺 15～20 厘米厚的营养土。营养土的配置可用肥沃园土 3～5 份、腐熟并过筛的厩肥 3～5 份、蛭石或炉渣灰 2～3 份，充分混合后，按 1 立方米营养土再加入过磷酸钙 1 千克，尿素 0.3 千克，拌匀铺平，播种前一天浇透水，第二天进行播种。

栽培 1 亩大田的面积，用种量需 25～30 克，播种床面积需 4 平方米，播种要均匀，播后用轻基质盖籽，不宜过厚，直接将遮阳网覆盖在床面上，再浇少量清水，保持湿润，播种后白天温度保持在 20～25℃、夜间不低于 10℃。待种子开始出苗时，及时除去遮阳网，为了降温、防暴雨，畦上宜搭棚继续覆盖遮阳网，晴天上午10时至下午2时盖一段时间降温。白天温度保持在15℃左右，不超过25℃，土壤相对湿度保持在70％～80％。由于抱子甘蓝的耐热性较差，最好要用大棚加盖防雨棚和遮阳网育苗，可起到降温和防暴雨冲刷的作用。出苗到定植期间，可在小苗2～3叶时分苗1次，分苗床的要求同育苗床，苗距12厘米×12厘米，分苗后适当提高温度，白天16～20℃，夜间不低于10℃。根据苗情酌情追肥、浇水。

② 穴盘育苗　抱子甘蓝种子多为进口，价格较贵，有条件的最好选择穴盘或者营养钵育苗。可用128孔穴盘或直径10厘米的营养钵，每亩需16盘，基质0.06立方米。基质（营养土）用草碳1份：1份蛭石或草木灰、蛭石、废菇料各1份，覆盖用蛭石，每立方米基质（营养土）加腐熟有机肥40千克或1.2千克的尿素和1.2千克的磷酸二氢钾，肥料与基质混拌后装盘。

播种前，基质（营养土）浇透水，待水渗后，在上面均匀撒一层细土，种子用温汤浸种浸泡处理种子后播种，然后每穴播1～2粒种子。播后覆蛭石或细土1厘米，然后喷透水。苗期注意遮阳防雨，保持温度20～25℃，加强水分管理，穴盘中营养土保持湿润，一般当苗长至5～6片真叶，苗龄35～45天时即可定植。

（3）施肥定植　每亩施腐熟有机肥3000～4000千克、复合肥50千克、磷酸二铵30千克。定植前一天要浇透水，第二天带上土坨起苗，起苗后当天定植完毕。早熟品种做1.2～1.5米宽畦，双行，株行距50厘米×70厘米，每亩2000株，高秧的中晚熟品种每畦1行，株距40～50厘米，每亩1200～1400株。定植后浇定植水。

（4）田间管理

① 浇水管理　一般在定植后3天后再浇1次缓苗水，缓苗7天左右浅中耕1次，然后进行控水蹲苗，但控水时间不宜过长，一般早熟品种7～10天，中晚熟品种可长些，促根下扎。以后保持田间土壤湿润，发棵期到芽球膨大期，逐渐加大浇水次数。进

入叶球采收期，外界温度较低，每隔 15～20 天浇水 1 次。雨天及时排水。

② 追肥管理　整个生长期需追肥 4 次以上，每次可结合浇水追施。定植后 4 天左右施提苗肥，每亩用尿素 7～10 千克左右；定植后 20 天后施发棵肥；植株进入芽球膨大期时第 3 次追肥；后期每采收 2～3 次后应追肥一次。第二次至以后几次追肥均为尿素 10～15 千克、磷肥 10 千克、钾肥 10 千克。生长中后期为防治缺钙素症的发生，还需叶面喷施 0.3%～0.5% 的氯化钙 3～4 次。每次灌水、施肥后要进行中耕松土、除草，并结合中耕进行培土。

③ 温度管理　夏秋栽培的抱子甘蓝定植时正值 8 月，仍处在炎热的夏季，要注意进行适当浇水、遮阳以降低温度，9 月后天气逐渐变凉，环境条件愈来愈适合植株的生长及芽球的膨大。如果 8 月直接定植在保护地中，定植时外界温度还较高，保护地不需要扣棚，但 10 月中下旬当夜温低于 5℃ 时应及时扣棚、加盖覆盖物。秋季大棚栽培的，一般植株生长前期宜保持较高的温度，白天 22～25℃，夜间 13～15℃；11 月上旬当气温降至 5℃ 时扣棚膜，白天棚内温度 16～20℃，夜间 10℃ 左右，不低于 5℃；叶球形成期白天温度 13～16℃，夜间 7～10℃。扣棚后减少浇水次数，棚内相对湿度要小于 90%。

④ 整枝培土　当植株茎秆中部形成小叶球时，摘去下部老叶、黄叶，下部芽球逐渐膨大时，还需将芽球旁边的叶片摘掉。气温较高时，植株下部腋芽不能形成小叶球，或已变成松散的叶球，应及早摘除。有时要摘去顶芽，使下部芽球生长充实。一般矮品种不需摘顶芽。抱子甘蓝植株较高大，尤其是高生种类型生长后期易倒伏，所以生长期间应结合中耕进行根际培土，以免倒伏影响植株正常生长和病害的侵染。

（5）及时采收　进入结球期后，当芽球抱合紧实时，自下而上多次采收。一般早熟品种定植后 90 天左右可以采收植株底部形成的芽球。如果摘去顶心的可以一次性采收。采收时用小刀从芽球基部横切，去掉芽球外叶即可。

93. 抱子甘蓝春季栽培的技术要点有哪些？

（1）栽培季节 长江中下游地区，露地春播1～2月保护地中育苗，3月定植，5月底至6月份供应；或3月上中旬育苗，4月定植，7～10月采收。华北地区春保护地栽培一般于12月至第2年的1～2月育苗，2～3月份定植，5月底至6月采收；春露地栽培一般于2月上旬在保护地育苗，3月下旬定植，6月下旬开始采收。

（2）培育壮苗 春季早熟栽培多采用穴盘或营养钵育苗，一次成苗。可选择72孔穴盘，每亩需28～29个穴盘，基质0.14立方米，基质配方同秋季育苗。如在保护地建育苗床的，育苗床每亩施腐熟有机肥3000千克，浅翻后，做成1.2～1.5米宽的平畦。每穴播种1～2粒，覆盖1厘米厚的蛭石。保护地育苗的，在播种后立即扣严塑料薄膜，夜间加盖草苫保持育苗畦内温度，白天保持20℃左右，夜间10～15℃，促进出苗。出苗后适当降低苗床温度，白天15℃左右，夜间5℃左右。此期外界温度较低，一方面要注意防寒保温，勿因温度过低而使生长缓慢；另一方面也要在晴暖天气通风，防止温度过高，造成秧苗徒长。苗期基质持水量60%～65%。3叶1心后，结合喷水叶面喷肥1～2次，如水分过大，要撒一层干细土，或在满足温度条件下，利用通风来降低湿度。当苗龄40天左右，幼苗具5片真叶时即可定植。定植前一周要进行低温炼苗。

（3）整地施肥 每亩施腐熟有机肥3000千克、磷酸二铵15千克，磷、钾肥25千克；有条件的，可每亩施优质农家肥4000～6000千克，加复合肥30千克。深翻耕细耙平，做成1.2～1.4米宽畦。

（4）及时定植 选择阴天或晴天傍晚进行定植，覆膜双行栽培，按株行距50厘米×60厘米定植，每亩栽2000～2200株，定植后及时浇缓苗水。

（5）田间管理 定植后的肥水管理同秋季栽培。春季栽培，前期温度低，保护地要注意保温，栽培后期，外界温度逐渐增高，要适时通风降温。一般定植后应保持较高的温度，白天 20～25℃，夜间 13～15℃；缓苗后适当降温，白天 16～20℃，夜间不低于 5℃；叶球形成期，要降低温度，白天 13℃，不宜超过 20℃，夜间 7～8℃，不高于 10℃，不低于 5℃。

94. 皱叶甘蓝的栽培技术要点有哪些？

皱叶甘蓝，别名皱叶洋白菜、皱叶圆白菜、皱叶包菜、皱叶椰菜，为十字花科芸薹属二年生草本植物，是甘蓝种中能形成皱褶叶球的一个变种。与普通结球甘蓝的区别在于其叶片卷皱，而不像其他甘蓝的叶那样平滑，由于大量的皱褶，叶表面积增大，叶片不大即可结成球，叶球形状大多为圆球形，比其他甘蓝品种的质地更为细嫩且柔软，而且所含的营养成分显著地高于普通甘蓝，芥子油的气味较少，口感佳，更适合于生吃。或与其他蔬菜、水果制成沙拉，可炒食，洗净切块过油后，与配菜爆炒。皱叶甘蓝还具有广泛的防病、治病作用，可辅助治疗胃溃疡、十二指肠溃疡等，其所含果胶和纤维素对动脉硬化、心脏缺血、胆结石患者及肥胖者很有益处。可作为一个新型品种生产，增加蔬菜的花色品种，为具有市场开发潜力的一种蔬菜新品种。

（1）播种育苗

① 栽培季节　皱叶甘蓝以春、秋两季露地栽培为主。

长江中下游以南地区，春露地栽培一般在 10 月上旬播种，11 月底至 12 月初定植，或 12 月中旬至翌年 1 月份保护地育苗，3 月上旬定植，4～6 月收获；秋季栽培一般在 6 月中下旬至 8 月均可播种。

华北地区，春露地栽培在 1 月下旬至 2 月中旬于阳畦冷床或温室育苗，3 月中旬至 4 月上旬定植露地；夏季栽培，3 月上旬育苗，4 月下旬定植，6 月上旬始收，或 4 月上旬至 5 月下旬播种，8 月至 9 月收获；秋露地栽培，6 月上旬开始分批播种，7 月中旬至 8 月上旬定植，9 月中旬至 11 月上旬采收；春保护地栽培，11 月至翌年 1 月育苗，1 月下旬至 3 月上旬定植，3～5 月收获；秋保护地栽培，一般8～9月播种，11月至翌年2月收获。

② 播种准备

（a）冬、春季节　需在保护地内进行，可采用日光温室、塑料大棚及冷床等育苗，每种植1亩大田，需苗床8～10平方米。播种前3～5天应将苗床整理好。每10平方米苗床，施入经充分腐熟的畜禽粪肥50～100千克、复合肥0.5千克，与畦土充分掺匀后，先将畦面粗平，并用脚密踩一遍，以防止因松紧不一、浇水时畦面下陷。随后进行细平，把床面耧成里口稍低的四平畦。整地同时进行筛土，将晒过的熟土过细筛，备作播种后覆土用。采用穴盘育苗更为方便，不需分苗，节省用种量，定植成活率高。

（b）夏、秋季节　选择地势高、排水好、前茬为非十字花科蔬菜的地块，每10平方米施腐熟农家肥50千克，耕翻耙平，使肥土混匀，做成1.2米宽高畦，整碎耙平，拍实。也可人工配制营养土，一般用50%～70%的田园土，加30%～40%腐熟厩肥、堆肥、河泥等，再加少量速效肥混匀、打碎后过筛，在苗床上铺10～15厘米厚。

③ 育苗方法　按大田种植量每亩用种子50克左右。

（a）冬、春育苗　应选晴天下午进行，用干籽撒播或条播。播前苗床浇底水，浇水的深度以淹没畦面8～10厘米为宜，水渗下后在畦面上均匀撒上一层过筛的细土，厚0.3～0.5厘米，然后将种子均匀地撒播在床面上，再覆细土约0.5厘米厚。为了提高和保持苗床温度，促进出苗，宜在苗床上罩一层透光好的塑料膜，并在四周用湿土压实密封，必要时可在塑料薄膜上加盖草苫，草苫要晚盖早揭，增加光照时间。播种后至出苗前，温度白天控制在20℃左右，夜间10℃左右。晴天时每天晚揭席早盖苫，提高苗床温度，阴雨天不揭苫。齐苗后揭去盖在苗床上的薄膜，覆一次细土，厚度约0.3厘米，并开始放风，逐渐降低畦内温度，以白天15～20℃、夜间6℃以上为适合。苗床上的草苫不论晴天或阴天，每天都要揭开，定植前10天，逐步降温炼苗。

（b）夏、秋育苗　播种前最好用温水浸种，先用50℃热水浸种 20 分钟，然后用冷水清洗，晾干后播种。育苗期正值高温多雨季节，苗床上应搭遮阳棚，防雨防暴晒。注意适量浇水及雨后排水，当白天气温达 30℃ 以上时，晴天上午 10 时左右覆盖遮阳网等覆盖物，下午 3 点左右揭掉，阴天不盖。子叶展开后第 1 次间苗，间苗后覆细土，厚约 0.3 厘米，第 1 片真叶展开时，第 2 次间苗，苗行株距 2 厘米×2 厘米，间苗后仍需覆细土约 0.3 厘米。幼苗 3～4 片叶时进行分苗，苗行株距 7 厘米×7 厘米。每亩大田需分苗床 40 平方米，分苗床准备同苗床。

（2）及时定植　宜选两年内没种过十字花科蔬菜、排水良好的地块种植，并施足基肥。一般每亩施堆肥 5000～6000 千克、复合肥 40 千克、过磷酸钙 30～40 千克，如有草木灰的，掺入草木灰 100～150 千克。耕翻混匀，耙碎耙平，开沟做高畦。

春季要适时定植，要在日平均气温稳定在 6～8℃、近地面 10 厘米地温达 5℃ 以上时，才能定植，一般在 3 月上中旬。盖地膜的可提前 1 周定植。

定植密度，需根据品种特性、生长期长短而定，一般株距 40 厘米，行距 45 厘米，每亩栽 3500 株左右，选择阴天或晴天傍晚定植，定植时用刀片在地膜上划十字，然后开挖定植穴，再把苗坨放入定植穴中。栽苗不宜深，以土坨表面与畦面相平为准。栽后及时浇水，最好浇稀粪水。

（3）田间管理

① 浇水管理　春季栽培，栽苗后适时浇缓苗水，一般在栽后 5～7 天进行，如采用地膜覆盖的，可延后 3～4 天。待地表稍干时深耕 8～10 厘米。适时多次浇水，保持土壤湿润，每次浇水后及时浅中耕松土。用地膜覆盖的，在团棵前应在膜上戳孔放风，团棵后气温回升时，及时揭去覆在植株上的薄膜，防止烤苗。秋季栽培的，定植后 1～2 天就要浇 1 次水，7 天后再浇 1 次缓苗水。缓苗后适当控制浇水，进行蹲苗。以后每隔 7～10 天浇 1 次水。

随着春季温度的逐渐升高，需加大浇水量，并增加浇水次数，地面见干就要浇水。秋季栽培，需水量也大。莲座期及开始包心后加强水分供给，直至采收前经常保持土壤湿润，但不能大水漫灌。需作贮藏的菜，在收获前5～7天停止浇水。高温天气不要在中午灌水，要在早晨或傍晚进行。多雨天要排水防涝。

② 追肥管理　皱叶甘蓝结球期较短，应提早追肥，从内叶开始向内卷曲到结球前期，连续追肥两次，每次每亩随水施用硫酸铵20千克，或碳酸氢铵20～25千克，以后每周浇水1次，到叶球形成后期应控制浇水，防止裂球。

③ 温度管理　春季栽培的，定植后控制温度在白天25℃左右、夜间10～15℃，促进缓苗。缓苗后控制温度在白天20～25℃、夜间6～10℃。叶球形成期，控制温度在白天15～18℃、夜间6～10℃。

④ 中耕除草　定植成活后，适时中耕，中耕次数及深浅依天气及苗的大小而定，第1次中耕宜深，在植株周围锄透。莲座期和结球前期结合浇水施肥中耕，宜浅锄，并向植株周围培土。中耕过程中要避免伤害叶片。在外叶封垄后，不再进行中耕。若有杂草，应随时拔除。

（4）采收贮藏　早熟品种从定植至始收约50天，中熟品种从播种育苗至开始采收春播120天、初夏播95天、秋播110天。采收时用手掌压叶球面感觉坚实的即已成熟，可以采割。延续采收期，一般早熟种15～20天、中熟种30～45天。在温暖地方秋、冬露地栽培，于翌年春季2～3月收获上市，正是普通结球甘蓝供应的淡季，市场价格高，市场性好。

皱叶甘蓝较普通结球甘蓝耐贮藏，冬春在常温下置于阴凉处，可保鲜一个多月，在温度为0℃，空气相对湿度98%～100%的库内，最长贮藏期5～6个月。

95. 球茎甘蓝栽培的技术要点有哪些？

球茎甘蓝，又称苤蓝、擘蓝、芥蓝头、松根、玉蔓茎等，为十字花科芸薹属一二年生草本植物。是甘蓝种中能形成肉质茎的一个变种，其食用部分为肉质球茎，营养丰富，质脆嫩，可鲜食及腌制。适应性强易栽培，耐贮运，我国各地均有栽培。

（1）栽培季节　多春、秋两季栽培。长江流域春季露地栽培一般在 3 月中下旬播种，如采用保护地育苗，一般在 2 月下旬至 3 月上旬播种，4 月上旬至 5 月下旬定植，5 月中旬至 7 月下旬收获。春保护地栽培，一般 12 月至第 2 年 1 月育苗，2～3 月定植，4～5 月收获。秋季一般在 6 月下旬至 8 月播种，苗龄不超过 30 天时定植，10 月上旬至 11 月上旬收获。

北方地区，春季栽培用冷床或温床育苗，1 月下旬至 2 月上旬播种，3 月下旬至 4 月上旬露地定植，5 月上旬收获。夏季栽培 5～6 月份播种，8～9 月份收获。秋季栽培，7 月中下旬播种，8 月上旬定植，10 月份收获。

（2）品种选择　春季栽培应选择白茎蓝类型的早熟种。秋季多选用耐热、耐寒的中晚熟品种，早熟品种也能栽培，但产量较低。

（3）播种育苗

① 苗床　床土应选近 2～3 年未种过十字花科蔬菜的肥沃、疏松、土层深厚、近水源的大田土作苗床，每亩大田需苗床 67～134 平方米。选作苗床的地块要人工清除杂草，或喷一次除草剂。苗床施人畜粪，每 67 平方米（0.1 亩）苗床 300～400 千克，晒干，再浅翻入土，再撒 10 千克生石灰，然后大块深耕，整平做 1.2 米宽的高畦。

② 播种　每亩播种量 150～200 克，播种前先浇足底水，待水渗下，先在畦面均匀地撒 1 层约 0.5 厘米厚的细土，然后播种。种子一般不采用催芽处理，干籽或用 50℃温水浸泡 15～20 分钟后捞出晾干后即可播种。播种量每平方米 5 克种子为宜。播种时要求均匀撒播，然后盖 0.5～1 厘米苗床土。春季要注意保温，可在畦面上盖地膜，并加盖草帘保墒增温。

夏季要覆盖 1～2 层遮阳网遮荫。

③ 苗床管理　从播种后的第二天起，早、晚各洒水一次，保持苗床湿润。出苗后，及时揭掉覆盖物，防止烤苗。齐苗后，如苗

床湿度过大，需撒一层干细土，厚度0.5厘米左右。要严格控制浇水，不使苗床过湿。如苗床过干，可泼浇稀粪水2～3次，小苗出齐后，应及时追1～2次提苗肥，促苗多发须根。一般不需分苗，也可在幼苗长到3～4片真叶时，按株行距5厘米×6厘米的距离进行1次分苗。

春季育苗要注意保温，温度控制在白天20～25℃、夜间5～8℃为宜，防止苗子徒长。随着外界气温的升高，要逐渐加大放风量。春季播种气温较低，阳光不太充足，苗床管理要兼顾温度和光照，一般白天上午10时揭掉草帘透光，下午4时盖上草帘保温，当床内幼苗出现徒长时，白天中午应适当通风降温，使幼苗生长健壮。

秋季育苗的，当有70%种子发芽出土时，需将遮阳网改为小棚覆盖遮阳网，注意日盖夜揭，雨天要盖网，防暴雨或大雨打倒秧苗，阴天可不盖网。秋季育苗正值高温季节，水分蒸发量大，应适时浇水，但浇水不宜过多，应小水勤浇，保持苗床湿润。雨后及时排水。

（4）整地做畦　选3年来未种过十字花科蔬菜的地块，要求排灌方便、土层深厚、肥沃、疏松、保肥性好的沙壤土或壤土，前作最好是早稻田、瓜类、豆类作物地块。亩施优质腐熟有机肥5000千克、磷肥30～40千克、钾肥15～20千克，将其翻入土内。整成畦面宽1.5～2米、畦沟宽0.5～0.6米、深0.3米，并开好围沟和腰沟。

（5）及时定植　长江流域春季4月上旬至5月下旬定植，秋季一般在苗龄不超过30天时定植。北方地区春季栽培3月下旬至4月上旬露地定植，秋季栽培8月上旬定植。一般早中熟品种株行距(20～25)厘米×(30～35)厘米，亩栽6000～10000株；大型晚熟品种株行距为(30～50)厘米×(50～65)厘米，亩栽2000～4000株。定植时间最好在晴天下午4～5时进行，取苗前1天，应泼一次透水，保持苗床湿润，尽量多带土。栽植深度不宜过深或过浅，以子叶齐平为标准。边定植边浇定根水。

（6）田间管理

① 浇水管理　定植后及时浇定根水。缓苗后注重蹲苗，不可过早追肥浇水，否则易引起植株徒长，栽培上要求在球茎膨大中后期直径达 4 厘米以上时开始浇水，浇水应均匀，以保持土壤湿润为标准。接近成熟时，不再浇水。

② 覆盖遮阳网　秋季栽培的生长期正值高温烈日，定植后从第二天起应覆盖遮阳网，且应日盖夜揭，直至成活。

③ 追肥管理　水肥管理应注意球茎膨大早期生长慢，而叶片生长快的特点，加强中耕蹲苗措施，如果早施肥易促使植株徒长，影响球茎的发育。早熟品种追肥数量、次数宜少，中晚熟品种要追肥 4～5 次。如基肥充足，到球茎开始膨大前一般可不追肥。球茎开始膨大及球茎膨大中期结合浇水每亩分别追施尿素 15～20 千克。一般在球茎膨大中后期，茎粗达 3 厘米以上以后，外叶基本停止生长时，才开始追肥浇水。在球茎膨大期，用 0.3% 的磷酸二氢钾水溶液叶面喷施 2～3 次，效果更好。到采收前 1 周内控制肥水，防止球茎开裂。

秋季栽培一般为中晚熟品种，追肥应在球茎甘蓝形成叶环时开始加大施肥量，球茎膨大期是施肥的重点时期，施肥要少施勤浇。

④ 中耕松土除草　定植水后土壤稍干时，可中耕 1～2 次，并开始蹲苗。在球茎开始膨大时，可结合中耕稍向球茎四周培土，但不能培土过深，使其始终直立向上生长。到生长后期，莲座叶已封垄时，停止中耕，如有杂草应随时拔除。

（7）采收贮藏　球茎充分膨大后分批采收。球茎甘蓝贮藏的最适温度为 0℃，相对湿度 98% 以上，贮藏时必须去除叶片，可利用保鲜膜打洞的塑胶袋包装。球茎甘蓝采收去掉外叶处理后放入 2 米深、1.5 米左右宽的沙窖内填沙堆藏。先在窖底铺一层 9 厘米厚的湿沙，然后一层球茎一层沙子交替排列，用沙子将球茎间隙填满，堆至 1.5 米高左右。每隔 1.5～3.0 米放一把秸秆作通风孔。入窖初期，在夜间通风降低窖温，中期注意隔热防冻，立春后应防止窖温升高。沙窖温度控制在 1～3℃内，相对湿度保持 90％～95％为宜。贮藏中若发现球茎受冻或天气寒冷时，应加盖草帘保温，白天揭开，晚上盖帘。若相对湿度较低，则应在窖内喷水保湿，以防糠心。

第三节　甘蓝高产优质栽培疑难解析

96. 结球甘蓝的发展前景如何？

结球甘蓝俗称洋白菜、圆白菜、包菜、卷心菜、茴子白、莲花白、椰菜等，属十字花科芸薹属二年生蔬菜，原产地中海沿岸，后传至欧洲西北部，17 世纪末传入我国新疆及黑龙江等地，现在全国各地均有栽培。

（1）适应性强　甘蓝具有较强的耐热和抗寒能力，抗病性强，适应性广。在我国大部分地区可进行春、夏、秋季露地栽培及保护地越冬栽培，长江中下游及以南地区可进行四季栽培。利用保护地设施进行栽培，可实现反季节上市，与上市旺季相比，淡季蔬菜价格甚至可以高出几倍。

（2）营养价值高　据分析，每千克鲜重含干物质 61～180 克、粗蛋白 11～23 克、总糖 26～53 克、纤维素 6～11 克、胡萝卜素 0.1～0.4 克、硫胺素 0.34 毫克、核黄素 0.34 毫克、尼克酸 2.6 毫克、维生素 C390～470 毫克。甘蓝的总糖量中以葡萄糖为主，因此吃起来有甜味感。

（3）食用价值好　甘蓝叶球即可炒食或凉拌生食，又可加工成泡菜、腌渍、干制及制罐、脱水蔬菜等。

（4）健康抗癌　200 克甘蓝中所含有的维生素 C 的数量是一个柑橘的 2 倍。其中含有的一些酶类能分解亚硝酸胺及抑制亚硝酸胺的合成。此外，还能够给人体提供一定数量的具有重要作用的抗氧化剂维生素 E 与维生素 A 前身物质，这些抗氧化成分能够保护身体免受自由基的损伤，并能有助于细胞的更新。甘蓝中含有的大量纤维素，能够增强胃肠功能，促进肠道蠕动，以及降低胆固醇水平。甘蓝含有丰富的矿物质与微量元素，其中的钾元素能够调节体内水分含量，将体内的有毒物质及代谢废物排出体外，并能代谢掉组织间隙多余的水分。所含镁元素，不但能够健脑提神，而且还能提高人的体能与精力；铁元素，能够提高血液中氧气的含量，有助于机体对脂肪的燃烧，从而对减肥大有裨益。近年来研究表明甘蓝类蔬菜中含有一种特有的次生代谢物—硫代葡萄糖苷，是目前植物中发现的最有效的抗癌因子。食用甘蓝类蔬菜能有效调节致癌代谢，预防和减少胃癌、肺癌、食道癌及结肠癌的发生。

（5）市场需求大　甘蓝是一种大路蔬菜，产量高，市场需求量最大，是国内的主食蔬菜品种，出口业务势头良好，主要以保鲜产品出口日本、韩国、俄罗斯及东南亚等地区。也有加工成脱水蔬菜出口。

97. 结球甘蓝各生长发育阶段有何特点？

甘蓝为二年生蔬菜，第一年形成叶球，完成营养生长，经过冬季春化过程，第二年春、夏季开花结实，完成生殖生长，由营养生长开始到生殖生长结束，即完成一个生育周期。其中营养生长阶段包括发芽期、幼苗期、莲座期、结球期，甘蓝叶球进入冬季储藏或直接露地越冬，营养生长阶段停滞，处于休眠状态，在长达 100～120 天的休眠期内，植株在孕育着花芽，翌年春季定植后则进入生殖生长阶段，包括抽薹期、开花期、结荚期。

（1）发芽期　由播种到第一对基生叶展开的时期为发芽期，需 8～10 天。此期主要靠种子自身贮藏的养分生长。

（2）幼苗期　从第一对基生叶开始，到第一叶环形成（需 8 片叶）而达到团棵时为幼苗期，需 25～30 天。此期根系不发达，叶片小，根吸收能力和叶片光合能力很弱，要加强肥水管理、温光控制，培育壮苗。

（3）莲座期　从第二叶环到第三叶环形成的时期（16～24 片叶），早熟品种需 20～25 天，中晚熟品种需 30～35 天。此期叶片和根系的生长速度快，要加强田间管理，创造茎叶和根系生长最适宜条件，为形成硕大而坚实的叶球打下基础。

(4) 结球期 由心叶开始抱合到叶球形成，早熟品种需 20～25 天，中、晚熟品种需 30～50 天。此期为营养生长时期的高峰，生长量最大，应提供充足的肥水和温和、冷凉的气候条件，有利于叶球充实。

(5) 抽薹期 种株定植至花茎长出为抽薹期，需 35～40 天。

(6) 开花期 从始花到终花为开花期，需 40～45 天。

(7) 结荚期 从谢花到荚果黄熟时为结荚期，需 40～50 天。

由于各地气候和栽培季节的不同，甘蓝各生育时期的天数差异较大。如某一品种，进行早春和晚秋两季栽培时，它的生育期就有很大差异。由于冬季低温，早春栽培时的发芽期和幼苗期较长；春季定植后，随着温度的回升，莲座期和结球期的温度适宜，植株生长较快，因此，莲座期和结球期的天数缩短。相反，晚秋栽培的发芽期和幼苗期较短，莲座期和结球期较长。

98. 无公害甘蓝生产产地的选择标准是什么？

无公害甘蓝生产基地应选择在水源（农田灌溉用水和商品菜洗涤用水）、土壤和大气无污染的地域。如远离工矿企业、生活区和医院等污染源 3000 米以外，有自然屏障隔离更好。农田灌溉用水、栽培土壤、大气环境要达到国家无公害甘蓝标准化生产的法定标准，选择交通和排灌方便，土壤肥沃，微酸性或中性土壤地块上栽培为佳。

(1) 产地空气环境标准 生产优质无公害甘蓝产品，生产基地的空气质量应符合表 15 的规定指标。

表 15 环境空气质量指标　　　单位：毫克/立方米

序号	项目	日平均	小时平均
1	总悬浮物	≤0.30	—
2	二氧化硫	≤0.15	≤0.50
3	二氧化氮	≤0.12	≤0.24
4	氟化物	≤7.00	≤20.00

（2）产地灌溉水质量指标　无公害甘蓝生产基地的灌溉水和洗涤水质量，必须符合表16的规定指标。

表16　灌溉水质量指标

序号	项　目	指标
1	pH	5.5～8.5
2	化学需氧量/(毫克/升)	≤150
3	总汞/(毫克/升)	≤0.001
4	总镉/(毫克/升)	≤0.005
5	总砷/(毫克/升)	≤0.05
6	总铅/(毫克/升)	≤0.10
7	铬（六价）/(毫克/升)	≤0.10
8	氟化物/(毫克/升)	≤2.0
9	氰化物/(毫克/升)	≤0.5
10	石油类/(毫克/升)	≤1.00
11	粪大肠菌群/(个/升)	≤10000

（3）产地土壤环境质量指标　生产优质无公害甘蓝产品的土壤环境质量，必须符合表17规定的指标。

表17　土壤环境质量指标　单位：毫克/千克

序号	项目	pH		
		<6.5	6.5～7.5	>7.5
1	镉≤	0.30	0.30	0.60
2	汞≤	0.30	0.50	1.0
3	砷≤	40	30	25
4	铅≤	250	300	350
5	铬≤	150	200	250
6	铜≤	50	100	100

99. 结球甘蓝的主要栽培季节有哪些？

（1）春甘蓝　包括春植型和越冬型两类。春植型春甘蓝是指冬

176

季播种，春季定植，夏季收获的一类甘蓝品种。一般 12 月底至翌年 1 月初冷床育苗，3 月中、下旬定植，早熟品种于 5 月中、下旬收获，中、晚熟品种于 6 月中、下旬上市。这种栽培方式，利用的保护设施简单，成本低，产品上市正值春末初夏蔬菜供应淡季，价格比较高，因此种植效益较高，是值得提倡的一种栽培方式。选用抗寒、冬性强、耐先期抽薹的品种。适应于华北、西北、东北等北方地区的栽培模式。

越冬型春甘蓝是指夏秋季至初冬播种或定植，春夏季收获的一类甘蓝品种，选用耐寒性强，幼苗或半成株能露地越冬、冬性强、耐抽薹品种。适应于冬季不太寒冷的长江流域或黄河中下游地区。

（2）夏甘蓝　指春、夏季育苗，夏、秋季收获上市的一类甘蓝品种。多在 5 月上、中旬播种，6 月上、中旬露地或在遮阳网、防虫网设施下定植，8 月上、中旬至 9 月初上市。不但生产成本较低，而且能解决伏天蔬菜供应短缺的问题。选用耐热、耐湿、抗病性强的品种。

（3）秋甘蓝　指夏末育苗，秋初定植，秋末冬初收获上市的一类甘蓝品种。多在 6 月中、下旬至 7 月上、中旬播种，7 月中旬至 8 月中旬定植，10 月上、中旬至 11 月中、下旬收获上市。产量高，对解决冬天蔬菜淡季供应起一定的作用，经济效益高，是结球甘蓝主要的栽培方式之一。选用耐热、抗病的早熟品种，或耐热、耐湿、抗病、高产、耐寒的中晚熟品种。

（4）冬甘蓝　指夏、秋季育苗，秋、冬季定植，冬季至早春收获的一类甘蓝品种。选用高产、抗病、耐寒、冬性强的晚熟品种。由于上市时间正值元旦或春节期间，因此价格比较高，效益也非常可观，是满足人们多元化消费需要的一种新型栽培方式。

100. 结球甘蓝的种子为何不能浸种时间过长，怎样进行浸种催芽?

甘蓝种子中蛋白质和脂肪的含量较高，很易吸水膨胀，萌发中需要较多的氧气。因此，播种前不宜浸种时间过长，一般以 1 小时为宜，如果浸种时间超过 2～3 小时，种子内的营养物质外渗，会降低种子的发芽势，还会因吸水膨胀过度，影响对氧气的吸收，造成种子窒息。浸泡过的种子播在刚浇过透水的苗床上，如果缺氧加上低温，很易发生烂种，影响出苗率。

结球甘蓝正确有浸种催芽方法是：浸种 1 小时后，捞出种子，滤去水分，装入通气、透水性好的纱布袋内，并用毛布包好。置于 18～25℃的恒温箱或热炕上进行催芽。催芽期间用 30℃左右的温水浸浴 1～2 次，每次 10～15 分钟，同时抖动纱布袋，使种子受温一致。一般催芽 48 小时即可露白发芽。

一般情况下，在苗床墒情良好的条件下，无需浸种催芽，可干籽直播。如果苗床干燥，可浇小水。待水渗下后再撒一层干细土后播种。有的品种特别忌浸种或播种在刚浇过透水的苗床上，那样会严重降低发芽率。

101. 结球甘蓝的需肥特性有哪些？

结球甘蓝为十字花科芸薹属草本植物。适应性强，喜冷凉，为长日照作物。喜疏松的中性或微酸性壤土、沙壤土。结球甘蓝根系浅，主根不发达，主要根系分布在深 30 厘米和宽 80 厘米的范围内，根的吸收能力很强，但不耐旱。

结球甘蓝产量高，喜肥耐肥，每 1000 千克产量需吸收氮 4.1～6.5 千克、五氧化二磷 1.2～1.9 千克、氧化钾 4.9～6.8 千克。结球甘蓝的生育期不同，对氮、磷、钾等养分的吸收量也不同。从播种到开始结球，生长量逐渐增大，氮、磷、钾的吸收量也逐渐增加。此期氮、磷的吸收量为总吸收量的 15%～20%，而钾的吸收量为 6%～10%；结球后，养分吸收量迅速增加，氮、磷的吸收量占总吸收量的 80%～85%，而钾的吸收量占总吸收量的 90%。

施肥对结球甘蓝的品质有明显的影响，施用氮、钾肥时，植株体内含糖量增加；施用氮、磷肥时，植株体内蛋白质含量提高；施用磷、钾肥时，植株体内维生素 C 含量增加；氮、磷、钾肥配合施用时，植株体内含糖量、蛋白质含量、维生素含量较高，并且结球甘蓝产量也比较高。适当控制氮肥施用量，增施有机肥，有利于保持结球甘蓝的品质，并且可以延长贮藏期。

结球甘蓝喜钙，需钙量较高，但钙在甘蓝体内移动非常困难，如果从根系中吸收的钙较少，当叶片中的含量低于0.2％时，球叶便容易发生缺钙症状，发生心叶"干边"，接着变黑腐烂，从而影响品质和产量。

结球甘蓝幼苗期缺硼时，会使叶片变细长并且向内侧卷曲，从而造成结球叶的顶部发育不良，使叶球产生空隙，这对结球产生不利影响，因此，在结球甘蓝栽培中，应重视补钙和补硼的问题。

102. 结球甘蓝的配方施肥技术要点有哪些？

甘蓝全生育期每亩施肥量（彩图25）为农家肥2500～3000千克（或商品有机肥350～400千克）、氮肥15～18千克、磷肥6～7千克、钾肥8～11千克。有机肥作基肥，氮、钾肥分基肥和3次追肥，施肥比例为2∶3∶3∶2。磷肥全部作基肥，化肥和农家肥（或商品有机肥）混合施用（表18～表20）。

（1）基肥　一般每亩施用农家肥2500～3000千克（或商品有机肥350～400千克）、尿素4～5千克、磷酸二铵13～15千克、硫酸钾5～7千克。60％的有机肥在田间做畦时撒施，40％的有机肥在幼苗定植时进行沟施或穴施。为了防止雨季发生肥料流失而缺肥，夏季栽培甘蓝，更要重视基肥的施用。

（2）追肥　莲座期每亩施尿素7～8千克、硫酸钾3～5千克；结球初期每亩施尿素10～12千克、硫酸钾4～6千克；结球中期每亩施尿素7～8千克、硫酸钾3～5千克。

（3）根外追肥　在结球初期可叶面喷施0.2％磷酸二氢钾溶液及中、微量元素肥料。缺硼或缺钙情况下，可在生长中期喷2～3次0.1％～0.2％硼砂溶液，或0.3％～0.5％氯化钙或硝酸钙溶液。设施栽培可增施二氧化碳气肥。

表 18 甘蓝推荐施肥量　　　　单位：千克/亩

肥力等级	目标产量	推荐施肥量		
		纯氮	五氧化二磷	氧化钾
低肥力	1500～2000	17～20	7～8	10～13
中肥力	2000～2500	15～18	6～7	8～11
高肥力	2500～3000	13～16	5～6	7～9

表 19　甘蓝每亩基肥推荐方案　　　　单位：千克

肥力水平		低肥力	中肥力	高肥力
产量水平		1500～2000	2000～2500	2500～3000
有机肥	农家肥	3000～3500	2500～3000	2000～2500
	或商品有机肥	400～450	350～400	300～350
氮肥	尿素	5～6	4～5	4～5
	或硫酸铵	12～14	9～12	9～12
	或碳酸氢铵	14～16	11～14	11～14
磷肥	磷酸二铵	15～17	13～15	11～13
钾肥	硫酸钾（50%)	6～8	5～7	4～5
	或氯化钾（60%)	5～7	4～6	3～4

表 20　甘蓝每亩追肥推荐方案　　　　单位：千克

施肥时期	低肥力		中肥力		高肥力	
	尿素	硫酸钾	尿素	硫酸钾	尿素	硫酸钾
莲座期	8～9	4～5	7～8	3～5	6～8	3～4
结球初期	11～13	6～7	10～12	4～6	8～11	4～5
结球中期	8～9	4～5	7～8	3～5	6～8	3～4

103. 如何加强结球甘蓝的浇水管理?

　　结球甘蓝组织中含水量达 90% 以上。由于它的根系分布较浅，叶大蒸腾量多，所以生长过程中要求比较湿润的栽培环境，如在 80%～90% 的空气相对湿度和 70%～80% 的土壤湿度条件下生长

180

良好。其中对土壤水分的要求比较严格，如土壤含水量不足，空气干燥，易引起结球甘蓝基部叶片脱落，影响正常生长致使甘蓝结球不佳。因此，在结球甘蓝生长期间，特别是进入结球期，要充分满足结球甘蓝对水分的需求，这是结球甘蓝夺取高产的关键之一。但是，结球甘蓝的根系较浅，不耐渍水，雨水过多、排水不畅时不但易造成生长受抑，而且易发生病害。所以，结球甘蓝灌溉提倡小水勤浇，夏秋季遇暴雨时要及时排水。

104. 结球甘蓝的除草技术要点有哪些？

结球甘蓝一年可种植 2～3 季，一般采用育苗移栽，以夏秋种植杂草较多，可采用化学防除等多种措施。

（1）苗床或播后移栽前除草

① 48%仲丁灵乳油　防除稗草、马唐、野燕麦、狗尾草、金狗尾草、臂形草、猪毛菜、藜、芥菜、菟丝子等一年生禾本科和某些阔叶杂草。每亩用药 200～250 毫升。

② 33%除草通乳油　防除稗草、狗尾草、早熟禾、看麦娘、马唐、猪殃殃、异型莎草、藜、反枝苋、凹头苋、马齿苋、繁缕、蓼等杂草。直播田及苗床播种前，移栽田移栽前施药。每亩用药100～150 毫升，加水 30～50 升。

③ 48%甲草胺乳油　防除稗草、狗尾草、马唐、牛筋草、鸭跖草、马齿苋、藜、春蓼、小藜、柳叶刺蓼、反枝苋、龙葵等杂草。直播田苗床播种前，移栽田移栽前施药。每亩用药 150～200毫升，加水 30～50 升。

④ 50%敌草胺可湿性粉剂　防除早熟禾、千金子、牛筋草、马唐、看麦娘、稗草、小藜、马齿苋、凹头苋、牛繁缕、鳢肠等杂草，直播苗床播后苗前，每亩用药 75～150 克，尽早用药。移栽田整地后、移栽前，每亩用药 90～140 克。

⑤ 50%乙草胺乳油　防除一年生单子叶、双子叶杂草和莎草。移栽田整地时、移栽前，每亩用药 70～100 毫升。整地后尽早用药。

⑥ 48%氟乐灵乳油　防除一年生单子叶杂草。移栽田整地时、移栽前，每亩用药100～150毫升，用药后立即混土。

（2）茎叶除草　露地套种小白菜的，为防除马唐、旱稗等杂草，可在禾本科杂草3～5叶期，每亩用10%喹禾灵40～50毫升，或10.8%高效氟吡甲禾灵50毫升，或5%高效喹禾灵50～75毫升，加水50升，在阴雨天或土表湿润时喷施。

（3）注意事项

① 精选种子，剔除杂草种子，施用腐熟有机肥，套种小白菜、芫荽等速生菜，可减少杂草。

② 地膜覆盖除草。喷施土壤处理除草剂后，应及时覆盖地膜，然后打洞移栽结球甘蓝苗，地膜覆盖要盖紧、盖严实。如地膜出现破裂，要及时用土压在地膜破裂处。

③ 除草地膜除草。结球甘蓝应选用含扑草净的除草地膜。千万不可盲目使用除草地膜，以避免造成经济损失。铺除草地膜时一定要将涂有除草剂的一面朝向地面，并拉紧拉平，四周用土压严。畦面要平整，土粒要细碎，否则药滴积于凹处易伤害蔬菜秧苗。对需要先覆膜后定植的蔬菜，其定植孔周围不要再喷施除草剂。苫出现杂草，要人工拔除。

④ 直播田及结球甘蓝苗床播种前或移栽田移栽前施药。土壤质地疏松、有机质含量低用低药量，土壤质地黏重、有机质含量高用高药量。施药后随即耙地混土，耙深4～6厘米，及时镇压保水。

⑤ 用茎叶除草剂时，喷洒药液尽量不要溅到结球甘蓝茎叶上。

⑥ 喷药后，彻底清洗喷雾器械，施用长残效性除草剂后，应合理安排后茬作物。

⑦ 对于除草药剂的药害应区别对待。有的药害造成减产，应及时采取解救措施，有的药害系化合物本身的特性造成，并不影响产量，随着作物生长，药害自然消失。

⑧ 解救药害的主要措施是：对光合作用抑制剂造成的药害，应及时根外喷施速效性肥料；甲草胺、乙草胺等酰胺类除草剂造成

的药害，可以喷施赤霉酸；施用有机肥料、活性炭，以及进行耕翻等，可以消除或减轻除草剂在土壤中的残留活性。

105. 如何防止结球甘蓝出苗不齐？

结球甘蓝生产上经常出现播种后出苗不齐的现象。其主要原因是由于播种前浸种时间过长或播种前苗床灌水太大，没有等水下渗就立即播种等缘故造成的。

防止措施　缩短浸种时间，以1小时内为宜，最好用干种子播种，播前灌小水，待水下渗后撒一层干细土再播种为好。

106. 如何防止结球甘蓝裂球？

结球甘蓝裂球（彩图26），是叶球开裂的简称，在结球甘蓝栽培中多发生在叶球生长后期。

（1）识别要点　最常见的是叶球顶部呈"一条线"状开裂，也有在侧面亦或呈"交叉"状开裂，从而露出里面的组织。开裂的程度从叶球外面的几层叶片、重者开裂可深达短缩茎。甘蓝裂球不仅影响外观品质和降低商品性状，而且因伤口的存在增加了病菌侵染机会，易引起腐烂。

（2）发生原因

① 由于甘蓝叶球组织脆嫩，细胞柔韧性小，一旦土壤水分过多，细胞吸水过多胀裂所致。

② 甘蓝结球后遇大雨或大水漫灌，造成田间积水的田块易发生裂球，特别是干旱时突降大雨或大水漫灌，更易造成叶球开裂。

③ 因栽培季节和品种熟性不同引起。一般早熟品种在春季生长成熟后，或早、中熟品种在秋冬栽培时，定植过早，不及时采收，都可严重引起裂球。晚熟品种相对较少裂球。

④ 品种之间存在差异。尖头品种较圆头、平头品种裂球少。

⑤ 凡延迟收获的，裂球增多。

（3）防止办法

① 选择不易发生裂球的品种。一般尖头型品种裂球较少，而圆头型、平头型品种裂球较多。

② 施足基肥，多施有机肥，增强土壤保水、保肥能力，以缓冲土壤中水分过多、过少和剧烈变化对植株的影响。甘蓝组织中含水量在90%以上，甘蓝根系分布较浅，叶片大，蒸发量大，在土壤湿度70%～80%时生长最好。若土壤水分不足，则甘蓝结球小，而且不紧实。因此，要经常浇水以保持土壤湿润。

③ 采用高畦栽培，以利于雨后及时排水，根据天气预报和土壤墒情适时适量灌水，需要时进行浸灌，避免大水漫灌，叶球生长紧实后，应停止灌水。

④ 适时收获。根据品种特性及植株生长发育情况适时收获，避免因过熟引致裂球。一旦发现裂球，应及早采收上市销售，以减少损失。

⑤ 结球后期，可割取莲座叶做饲料，减缓内叶生长速度，也可切断部分根系，减少水分吸收，以抑制内叶生长。还可采取扭伤处理，即用双手抓住包好球的且有轻微破裂的叶球，使之左右晃动（松动就行）1～2次，待须根被挣断即可抑制其生长，达到防止裂球的目的。

107. 如何防止结球甘蓝不结球？

（1）识别要点　在不正常的条件下，甘蓝不能形成叶球，或结球松散，因而降低或失去食用价值。有时，在同一地块，有一部分植株不结球或结球松散，这种现象严重影响结球甘蓝的产量和食用价值。

（2）发生原因

① 播种期过晚　秋播甘蓝播种过晚，至寒冬来临生长期不足，来不及结球，即造成不结球或结球松散现象；春播甘蓝播种过晚，结球期正值炎夏，不利于结球；或是夏甘蓝结球期温度太高，均会造成不结球或结球松散现象。

② 气候条件不适　秋播甘蓝生长中后期阴雨过多，阳光不足；或气温过低，影响甘蓝的生长发育，均会造成不结球或结球松散现象。夏甘蓝生长期阴雨天多、气温过高等也会发生这一现象。

③ 田间管理差　甘蓝生长期肥水不足，对病虫害防治不力，不良的生长环境等，均会影响生长发育而发生不结球或结球松散现象。

（3）防治措施　利用适销对路的纯种，制种技术要严格；播种期应适宜；合理浇水、追肥，防止干旱、缺肥；及时防治病虫害。

108. 如何防止结球甘蓝结球不整齐？

（1）识别要点　在田间，甘蓝的叶球大小悬殊太大，单球重和球形极不一致的现象称为结球不整齐。这种现象在生产上普遍发生，严重地影响了甘蓝的产量和品质，降低了其经济效益。

（2）发生原因

① 甘蓝种子问题　种性退化、分离、变异等原因造成的。常规品种由于留种技术不严密，种性退化、分离、变异现象严重，株间差异显著，发生叶球不整齐现象较多。优良杂种则不会出现此类问题。但是，若杂交种在制种时，自交系不纯，或制种田隔离距离不够，杂入其他品种花粉，也会出现花球不整齐现象。

② 田间管理粗放　田间管理粗放使甘蓝的生长速度不一致，如同一块田浇水大小不一致，旱涝不均，施肥不均匀，肥瘦不均，病虫害有重有轻等。

（3）防止措施　甘蓝基地生产中要尽量利用纯正、优质的甘蓝杂交种。田间肥水管理要均匀一致。及时防治病虫害。

109. 如何防止结球甘蓝外叶出现紫红现象？

（1）识别要点　甘蓝幼苗外叶变成紫红色。

（2）发生原因

① 缺磷　春结球甘蓝定植后，由于伤根和灌水降温及外界气温较低，致使定植后秧苗的养分运转缓慢而缺乏磷素营养，在生态上表现出茎叶变成紫红色。

② 春结球甘蓝定植后遇到春寒或秋冬结球甘蓝生长后期遇到低温，也可引起茎叶变紫红，这是结球甘蓝对外界不良气温变化的反应。

③ 品种种制时与其他品种混杂　如普通结球甘蓝与紫结球甘蓝串花杂交，后代杂种表现叶脉和茎呈紫红色。

（3）防止措施　磷肥除在基肥中施足外，在幼苗定植后和结球期分期进行叶面喷施磷酸二氢钾，不但可以防止结球甘蓝茎叶变紫红，并对结球甘蓝结球有良好效果。在春季定植时，尽量多带土坨定植，防止伤根，增强根系吸收功能。尽可能避免在过低温时定植甘蓝，如果定植后遇低温使叶片变为紫红色，待气温回升后也会缓慢变绿。品种制种时应保证有一定的隔离区。此外，如果利用水田改种甘蓝，要注意及时排水。

110. 如何防止结球甘蓝出现矮鸡蛋症状？

（1）识别要点　外叶发育不好，形成小叶球，这种叶球常称之为蛋状球。

（2）发生原因　在低温、干燥、肥料不足的情况下，生长发育的苗或老化苗，其外叶不能很好的发育，长出的球叶肉薄、叶小，食用叶没有鲜感，此病多数发生在越冬栽培的甘蓝上。

（3）防止措施　施足基肥和适量灌水，保持地温和土壤中的水分。用地膜覆盖保温，促植株能顺利地生长发育。

111. 如何识防止甘蓝叶片被化肥灼伤？

（1）识别要点　叶片被化肥灼伤部分呈黄绿色枯死状。

（2）发生原因　施肥操作过于粗放，使化肥直接接触叶片，造成灼伤。

（3）防止方法　施肥操作要精细。尤其是在使用速效氮肥时，要穴施或沟施，将化肥埋在土里，施肥后浇水。不能将化肥撒在地表，否则不仅肥效降低，还会释放出氨气，为害叶片。化肥直接接触叶片则会造成灼伤。

112. 如何防止甘蓝风害？

（1）识别要点　发生在早春塑料大棚覆盖的甘蓝或地膜小拱棚覆盖的甘蓝植株上。叶片顶部边缘褪绿、枯死、反卷，并逐渐向叶片基部发展。有的在叶片表面出现不规则的斑块，黄白色至褐色。

较度受害时，叶片出现不规则黄白色坏死斑，受害严重时，病斑连片，从叶缘沿叶脉间向内部发展。

（2）发生原因　塑料大棚去除薄膜或地膜小拱棚去除地膜后遇到刮大风的天气，气温随之降低，甘蓝因不能适应这种恶劣气候而受害。

（3）防止方法　不能过早地去除薄膜或地膜。春季要逐渐揭开薄膜，使甘蓝逐渐适应外界环境，提高抗风、抗寒能力。对于大棚栽培，揭膜时可将薄膜放在大棚一侧的地面上，且不去掉压膜线，一旦遇到大风天气，就要重新覆盖好大棚。但也应注意，去除薄膜过晚，会影响甘蓝"包心"。

113. 如何防止甘蓝氨害发生？

（1）识别要点　轻者使叶片形成大块枯斑，影响正常的光合作用，产量下降。重者全株叶片在很短的时间完全干枯。氨气从叶片的气孔进入，主要破坏叶绿体。受害症状较多，一般受害部位初呈水浸状，干枯时是暗绿色、黄白色或淡褐色，严重时，可以造成全株枯死。施氮肥直接引起的氨气中毒表现为植株由下往上叶片呈水浸状，程度逐渐加重，茎呈褐色，植株生长缓慢。

（2）发生原因　在保护地内大量施用铵态氮化肥和未腐熟的厩肥、人粪尿和饼肥等。铵态氮肥会挥发氨气，施用量过大、表施或覆土过薄、土壤呈碱性将加剧氨的挥发。土壤盐渍化，铵态氨的硝化受到抑制，产生铵态氮积累时，氨的挥发也将加重。

（3）防止方法　避免施用未腐熟有机肥。追施尿素、碳酸氢铵和硫酸铵时每次的施用量不要过大，并应开沟深施，施后用土盖严，及时浇水。防止土壤产生次生盐渍化和酸化。经常检查氨气浓度，方法是：在早晨用 pH 试纸蘸取棚膜水滴，然后与比色卡比色，读出 pH 值，当 pH 大于 8.2 时，可认为将发生氨气为害，应立即通风。

114. 如何防止甘蓝幼苗冷害、冻害的发生？

（1）识别要点　幼苗受冷害时叶片发白失绿，呈薄纸状，继而叶片干枯。一般外叶先受害。幼苗受冻害时叶片冻僵，温度回升叶片解冻后呈开水烫状，叶片最后干枯死亡，冻害严重时可整株死亡。受害较轻时，心叶尚能恢复生长，根系一般完好。

（2）发生原因　由于春季外界气温较低而苗床内气温较高，苗床通风过大、过早或通风方法不适当时，使冷空气直接吹入苗床内，畦温突然下降或冷空气直接吹到幼苗上，导致幼苗遭受冷害，甚至冻害。早春甘蓝过早定植于露地，未经低温锻炼的幼苗，突遇寒流也易发生冻害。

（3）防止办法

① 选用抗寒性强的品种。

② 科学确定播种期，使抗寒性最强的 4 叶期处于温度最低时。

③ 注意苗床通风，不要猛然通大风，通风时间不要太早，应在气温升到 20℃ 以上时通风，不能让冷风直接进入苗床，更不能直接吹幼苗，放风量应由小至大逐渐进行。

④ 春甘蓝定植前要注意苗床通风炼苗，幼苗定植时间不可过早，如遇寒流，在前 1 天浇水 1 次可减轻冻害。

⑤ 寒潮来临前，可喷洒植物抗寒剂 K-3，每亩 100～300 毫升。寒潮过后，应及时检查苗，清沟培土，解冻时撒施草木灰。轻微受害植株可喷洒促丰宝Ⅱ号 600～800 倍液，连喷 2～3 次，促进恢复。

115. 如何防止甘蓝干旱？

甘蓝组织中含水量在 90% 以上，结球甘蓝根系呈圆锥状，分布广而较浅，叶面积大，抗旱能力较差，适宜在较湿润的环境下生长，要求空气相对湿度 80%～90%，土壤湿度应达到田间持水量的 70%～80%，如能保证，即使空气湿度稍低也能生长良好。如土壤水分不足时空气又干燥，则茎叶生长受阻，结球期后延，叶球小而松散，茎部叶片易脱落，严重时不能结球。干旱的为害和防御对策有以下几点。

（1）春甘蓝　定植后因气温低，除浇缓苗水外一般不多灌水。

但在高温干旱条件下呼吸消耗增加，影响物质积累，叶球变小，包心不紧，品质和产量降低甚至腐烂，故结球期应及时灌溉。

（2）夏甘蓝　莲座期和结球期正值高温干旱季节，不利于植株生长，结球小而不紧，易裂球腐烂，产量较低，应勤浇水。

（3）秋甘蓝　除严寒地区外一般在露地育苗，正值夏季高温，对出苗和幼苗生长都不利。夏季蒸发量大，干旱和土壤板结不利于出苗，可早晚连续小水轻浇。定植应在阴天及傍晚进行。定植水和缓苗水要及时浇足，失水量大时将发生死苗或缓苗时间延长。

116. 如何防止甘蓝出现叶疱疹现象？

（1）识别要点　甘蓝叶疱疹，又叫水肿病。多发生在较嫩的外叶上。在叶片上出现许多疣样物，大小差异很大，椭圆形、梭形至长条形，白色或灰白色，表面似蜡样，较粗糙，有的表皮开裂露出叶肉，个别生长物上附有沙粒状物等。

（2）发生原因　主要是结球甘蓝在较暖的环境下生长，突然遇到大幅降温，尤其是夜间遇到寒潮侵袭时，易出现这种情况。这种情况出现时，叶片吸水快于失水，则把叶表皮胀破，致使叶细胞暴露出来后木栓化而形成。

（3）防止措施　适时定植，以免遇到较重的寒潮袭击。合理施用氮肥，增施磷、钾肥，保证叶片健壮。遇寒潮低温侵袭时，积极防御低温为害，如熏烟，但要注意不要产生明火，以免引起火灾。根据天气预报，在寒潮来临前可喷洒巴姆兰丰收液膜剂 200 倍液，或植株防病膜剂 50 倍液，或 27% 高脂膜乳剂 80～100 倍液，或植物抗寒剂 K-3 或抗逆增产剂 100～300 毫升/亩。也可选用叶面肥进行喷洒。

117. 春甘蓝未熟抽薹的原因有哪些？

甘蓝是长日照植物，春甘蓝在没有通过春化阶段的情况下，长日照有利于叶球的生长，只要不通过春化阶段，春季的长日照条件下就会形成很大的叶球，甘蓝的上市时间就会提前，且获得优质高产。但甘蓝为绿体春化型作物，一般当甘蓝幼苗长到 12 片叶左右，叶宽5～7厘米，茎基部粗0.8厘米以上时，遇到0～12℃低温，经过50～90天，特别是处在1～4℃的低温，在长日照适温下，由于它的阶段发育已经完成，营养生长时期也已结束，自然根据甘蓝自身的需要而发生"未熟抽薹"（彩图27）。

（1）与品种有关　试验表明，甘蓝抽薹必须经过的各个时期的长短，以及苗的大小，温度的高低，取决于品种，即不同品种的反应是很不一致的。

① 冬性强弱　冬性弱的品种即使晚播，小苗越冬，也难以避免未熟抽薹。冬性强的品种，即耐寒性强的品种，如京丰一号、中甘11、8132、中甘12号等中、晚熟品种，可以适当早播，即使越冬苗大一点，也不易通过春化。

② 植株大小　甘蓝接受春化诱导的植株大小，因品种不同也有差异，一般早熟品种5～6片真叶，茎粗0.6厘米左右即可通过春化，中晚熟品种需7～8片真叶，茎粗1.0厘米以上才能接受春化诱导，如牛心甘蓝。相同品种在相同低温条件下，植株大，春化时间短。所以，春甘蓝要避免未熟抽薹，首先要解决春甘蓝的品种问题。

③ 引种　对于品种，除了选择早熟抽薹率低、冬性强的类型外，要注意引种地区，一般从北方引到南方的种子抽薹率低。同一品种中纯正优良的种子比混杂退化的种子抽薹率低。

（2）与气候条件有关。甘蓝通过春化需要低温，要在12℃以下的低温条件下才能进行春化阶段的发育，但很迟缓。因此，如果育苗期间或定植后的气温反常，气温较往年同期暖和，幼苗生长比较快，到2月中旬以后气温下降幅度较大，持续低温，使其在低温条件下越冬达到通过春化阶段的条件，容易发生"未熟抽薹"。

（3）与播期有关。为了使春甘蓝尽可能优质早熟上市，单靠冬性强的品种是远远不够的，还需严格掌握播种育苗的时间，既不使苗子长得过大，即长到能通过春化阶段的茎粗度和叶片宽度，但又必须长到一定的大小，或者说长到这个数据标准以下的尽可能大的苗子，才能做到既早上市，又不抽薹。

① 适宜播种期　在正常的气候条件下，按当地习惯播种期播种，一般不易发生"未熟抽薹"。一般播种越早，幼苗越冬前生长越大，发育早，越冬时处在低温下的时间越长，易发生"未熟抽薹"。相反，适当晚播，越冬的幼苗较小，等达到发育苗龄时，处在低温下的时间短，即使遇到低温也不会大量发生"未熟抽薹"。在南方一般可于前一年10月下旬至11月下旬在露地育苗，早熟尖头类型品种一般于10月上、中旬露地播种育苗。

② 个别抽薹是允许的　应该指出，即使是播种期选得最合适，也还是有些植株要抽薹的，这是因为即使是同一品种的植株，其冬性的强弱也不尽相同，而且同一品种在同一条件育成的苗子，生长的大小也有不同。因此，即使有极个别植株抽薹也是可以容许的，也是正常的。

（4）与定期早晚及定植后管理有关。

① 适时定植　秋播早春收获的春结球甘蓝，如果定植太早，天气比较暖和，缓苗后生长较快，如遇到低温易发生"未熟抽薹"；适当晚播、晚定植，较少发生"未熟抽薹"。一般于12月至翌年1月上旬定植，定植时除去弱苗、徒长苗，剔除过大的秧苗。

② 苗期管理要控　在越冬管理上，追肥、浇水勤，幼苗生长较快，感受低温的时间相对较长，易发生"未熟抽薹"。因此，定植后及越冬期间应适当控制施肥、浇水，苗期不必催肥加水，使幼苗达到发育苗龄之前越冬，定植后不宜过长时间蹲苗，缓苗后为提高地温，促进生长，可中耕翻晒土壤。

③ 生长阶段宜促　春季回暖后加强肥水管理，在莲座期、结球期连续猛追肥3～4次，第一次追肥应在结球前每亩施硫酸铵15千克，第二、三次在开始结球后，结合灌水冲施腐熟人粪尿，或复合化肥，结球后每隔4～5天浇一水，保持地见湿不见干，打药治虫1～2次，促使植株尽快结球生长。

综上所述，"未熟抽薹"是由气候变化异常和栽培管理不当为主的综合因素造成的，不要凭经验习惯管理，而要因时、因地科学管理，是获得丰产丰收的关键所在。

118. 如何预防春甘蓝未熟抽薹？

（1）种子在低温下萌发不抽薹 甘蓝种子在含水量 11%～13% 及以上时，置于 0～8℃低温处冷冻 80 天，处理了春化阶段，所种甘蓝不会抽薹。

（2）幼苗在适温下管理防抽薹 早熟甘蓝幼苗有 5～6 叶，叶片直径达 5 厘米，茎粗 0.6 厘米时，在 1～10℃环境中容易通过春化阶段发育，春化阶段时间愈长，抽薹开花愈快，25～65 天内便会抽薹开花，不结球。所以生产上幼苗达一定大小时，必须将室温控制在 12～20℃，促进同化面积扩大和营养积累，使顶端花芽生长不分化，没有春化就不会抽薹。若秋冬育苗时苗长得太快，可在苗床分苗移植 1～2 次，抑制生长。

（3）已春化植株在低温下生长不抽薹 已通过春化阶段发育的植株，在花蕾还没发育出来前将温度控制在 15℃以下，让其缓慢生长达到积温而包合成叶球，花茎也不会抽出。如果温度在 20℃以上，花蕾着生后 25 天植株就抽薹了。

（4）弱光短日照防抽薹 春化阶段时期，低温（掌握在 13～20℃）、弱光（2 万～3 万勒克斯）、短日照（每天光照 6～8 小时）条件下控制抽薹开花，若已通过阶段发育，光强度在 4 万～5 万勒克斯和日照时间达 9～12 小时，会很快抽薹。

（5）少氮弱苗不抽薹 植株在糖的参与下实现春化而抽薹开花。弱苗单糖含量低，缺氮植株糖供应不足，难以从营养生长状态过渡到生殖生长，芽的分化延迟，可防止早期"未熟抽薹"，因此，甘蓝苗期不需在叶面上补氮、氨基酸、蛋白质、糖等物质。

（6）深根稀植防抽薹 早熟甘蓝根群主要分布在 30～60 厘米深土层中，个别深根达 1 米、宽 70 厘米，数目达 50 条左右，深根可御寒，平衡营养，抑制地上部生长，达到控秧抑制抽薹的效果。稀植，单位面积植株叶面积少，叶不纵长，根系发达，环境冷凉，可平缓转移生长期，加速叶球生长，从而控制抽薹。

（7）短光波抑制抽薹 甘蓝叶球包合最适温度为 14～18℃，开花抽薹最佳温度为 20～25℃，心叶分化和形成新叶最佳温度为

12℃以上，配合充足的短光波，有利于结球，抑制抽薹。越冬和早春覆盖紫光膜，能较多吸收波长比 0.4 微米短的紫外线，短波光透过率高，可抑制或延后抽薹。

（8）昼夜温差大可限制抽薹　甘蓝在冷凉环境中，内叶生长比外叶快，内叶紧贴外叶，压力大，叶球生长愈快，结球愈坚实。昼夜温差大，即白天 18～22℃，夜间 5℃左右，温差 15℃左右时吸钾快，18 天左右叶球会迅速充实，促进营养生长，抑制生殖生长。

（9）水分充足可防止抽薹　甘蓝喜水，白天易于缺水，晚上恢复平衡较快。结球甘蓝宜在高温前浇水，既能补充水分，防止白天脱水，又能降低温度，抑制花芽抽生。

（10）补氮、钾、钼防止抽薹开花　莲座期至结球前，每亩施 50%硫酸钾 15 千克，叶球和外叶形成期追施纯氮 8 千克。用 50%钼酸铵 5～25 克，加水 50 千克，叶面喷洒，可增强耐热抗旱力，抑制茎锥生长，推迟或抑制抽薹开花。

119. 甘蓝越夏栽培中易出现哪些问题，如何解决？

（1）品种选择不适　越夏甘蓝生长前期高温多雨，后期高温干旱，栽培品种要求耐热、耐湿、抗病及优质丰产。有些菜农对甘蓝品种不作深入了解，不看适栽范围、消费习惯，片面追求新品种，或盲目引种，只看产量，不看品质，结果产品不对路，效益低或病害重，叶球小，产量低。

正确的做法是，根据当地消费习惯，选择耐热、耐湿、抗病高产的优质栽培品种。

（2）育苗操作不妥　主要表现在育子母苗时，苗床面积小，无遮荫避雨防护措施，幼苗生长空间过于窄小，引起幼苗青烂、倒苗，致使幼苗纤细，抗病力弱，定植后死苗现象严重或缓苗期过长。

正确的做法是，苗期采用小拱棚覆盖遮阳网育苗，选择土壤肥沃、地势高燥处育苗，2 叶 1 心期及时分苗。苗床前期保持湿润，中后期见干见湿。分苗后追肥提苗。及时防治苗期病虫害。当苗龄

25～30天，具有4～5片真叶时选择阴天或晴天下午定植。

（3）肥料施用不当　许多菜农认为有机肥既费事，见效又慢，不如化肥来得快，从而偏施化肥，施氮过多，不按越夏甘蓝的生长规律施肥，结果生长前期施肥过多，营养生长过旺，造成成熟晚不包球，后期施肥少，结球小，产量低。

正确的做法是，以有机肥为主，重施基肥，合理追肥，控制氮肥用量，禁止使用硝态氮肥。一般每亩施充分腐熟有机肥 4000～5000 千克，每亩施提苗肥 5 千克，莲座期每亩施尿素 10 千克、硫酸钾 15 千克，结球始期每亩施尿素 10 千克、硫酸钾 10 千克。叶面喷施 0.1%～0.2% 磷酸二氢钾溶液 1～2 次，促使叶球紧实。

（4）浇水不及时　甘蓝进入结球始期土壤干旱，不能满足植株对水分的大量需求，从而使植株结球延迟或使开始包心的叶片重新张开，不能结球。叶球紧实后，采收不及时，大水浇灌或遭遇雨水，叶球开裂。中午或雨后采收，通风不良，温度高，湿度大，叶球腐烂。

正确的做法是，及时浇水，经常保持土壤湿润，浇水在早晨或傍晚进行，结球初期每 5～6 天勤浇小水 1 次，结球初期忌干旱，防止不结球或结球松散。降雨后及时排出田间积水，并用井水浇灌，降低地温，防止叶球腐烂。结球坚实后，不要浇水，以免引起叶球开裂。并做到适时采收。

（5）农药使用超标　越夏甘蓝生长期间正值病虫害大发生期，病毒病、软腐病、黑腐病、蚜虫、小菜蛾、菜青虫等各种病虫害发生多而频繁。有些菜农打保险药，不对症下药，不提早预防，发现病虫为害严重了才采取措施，并加大剂量，有的甚至打禁用的剧毒农药，造成甘蓝农药残留超标。

正确的做法是，以综合防治为主，选用抗病品种，培育无病壮苗，避免连作，实施高垄栽培，合理密植，科学施肥浇水，适用银灰色遮阳网避虫，灯光诱虫等，植株生长前期重点防治虫害及病毒病，中后期重点防治软腐病、黑腐病及小菜蛾等，选用高效低毒农药，禁止使用剧毒高残留农药，对症用药，交替用药。

120. 植物生长调节剂在甘蓝生产上的应用有哪些?

（1）三十烷醇　使用 0.5 毫克/升三十烷醇溶液，于甘蓝莲座期至结球期，叶面喷洒三次，5～7 天一次，每次每亩喷 50 升药液，具有促进生长，提高产量，促进早熟和优质的作用。

（2）石油助长剂　于甘蓝包心始期，使用 0.05％石油助长剂，每亩叶面喷洒 40 升药液，具有增产的作用。

（3）ABT　用 10 毫克/升 ABT5 号增产灵溶液浸根 20 分钟，可促进甘蓝生长。使用该剂时，若配以地膜覆盖，效果更好。

（4）萘乙酸　甘蓝叶、芽扦插时，用 2 克/升的萘乙酸溶液快速浸蘸（或 2 克/升吲哚乙酸），以砻糠灰、沙、珍珠岩作扦插基质，经过 10～15 天可以生根及发芽。每个叶球有多少叶片，就可以繁殖多少株，可节省叶球用量。

（5）矮壮素　于甘蓝抽薹前 10 天，使用 4000～5000 毫克/升的矮壮素溶液，每亩叶面喷洒 50 升，具有延缓抽薹的作用。当甘蓝长出 3 片叶时，用 2500 毫克/升矮壮素溶液作叶面喷洒，可减轻甘蓝的秋季霜冻为害。

（6）2,4-滴　甘蓝在贮藏期间和运输过程中，时有脱帮现象，可在甘蓝收前 3～5 天，用 100～250 毫克/升 2,4-滴喷洒植株，贮藏 4～5 个月后，未经处理的甘蓝叶球，平均每个有 11～22 片叶子脱落，而经过处理的叶球，平均每个仅脱落 1～2 片叶子，效果显著。

（7）6-苄基腺嘌呤　在甘蓝收获后，立即用 30 毫克/升 6-苄基腺嘌呤喷洒或浸蘸，然后贮藏在 5℃ 的环境中，45 天后，甘蓝叶绿素含量比对照增加 4 倍。如果在采收前喷洒植株，同样比对照的产品新鲜。

121. 甘蓝采后处理的技术要点有哪些?

（1）整修（彩图 28）　当甘蓝植株达到商品成熟后，即可进行收获上市或储存，采收后须进行整修加工。方法是：用刀切除掉非食用部分及残叶和病虫叶，并保护好叶球外层叶，以防在储运过程中受病、虫为害。

(2) 挑选分级　甘蓝叶球采收后，应按品种、球形大小、叶球类型不同进行挑选和分级。一般挑选和分级同时进行。具体操作时，应在同一品种中按球形大小分级挑选，同一规格大小要基本一致。不同品种的甘蓝或球形不相同的甘蓝叶球，应分别进行挑选和分级。挑选和分级时，操作人员应戴上手套，轻拿轻放，以免造成新的损伤。

(3) 预冷　采收的甘蓝在储运、加工前，应迅速除去田间热，及时将其温度快速冷却到规定温度的过程，称为预冷。预冷的方法有自然降温预冷、冷库预冷、强制通风预冷（压差预冷）、真空预冷、接触加冰预冷等。甘蓝通过预冷，可以防止因呼吸热而造成储藏环境温度的升高，借以降低蔬菜的呼吸强度，从而减少采后损失，有利于储藏。

(4) 化学药剂处理　在保鲜方面，主要是使用一些植物激素，对甘蓝的生命活动加以抑制，以推迟其老化和后熟。在防腐方面，常用防腐剂主要有克霉灵。一般情况下，药剂处理应在采收前 3～5 天叶面喷洒为佳。

(5) 包装　甘蓝产品的包装，应根据不同的市场需求，可以采用不同等级的包装材料包装。如短距离运输销售，可用聚乙烯薄膜袋包装。如远距离运输销售，可用硬纸箱包装；如甘蓝产品出口时，应按出口国要求标准包装。应注意包装容器必须清洁干燥，牢固美观，无毒无异味，内无尖实物，外无钉头尖刺。纸箱无受潮、离层现象，每箱净含量不超过 10 千克为宜。

甘蓝产品的包装箱体上，除了要有一些彩印的图画以外，还要有品名、级别、品种、净含量、生产厂家和商标等主要信息。如果通过国家无公害或绿色食品生产认证的生产基地，还要印有无公害或绿色食品的标志和认证号码。另外，还应注明堆码层数。高层次的包装，也可以把编号变为条码标志，便于防伪。

(6) 储藏　储藏保鲜方法主要有：窖藏、沟藏、冷库储藏和气调储藏等，可参阅本书有关部分。

第四节　甘蓝病虫害防治技术

122. 无公害甘蓝病虫害的综合防治技术要点有哪些？

（1）农业防治

① 实行轮作　应与非十字花科作物轮作3年以上。

② 种子消毒　种子用50℃温水浸种20分钟，进行种子消毒，可防治黑腐病。播前用种子重量0.3％的50％福美双或50％多菌灵可湿性粉剂拌种；将种子用种子重量0.3％的50％琥胶肥酸铜可湿性粉剂拌种，或丰灵50～100克拌甘蓝类蔬菜种子150克后播种可防治甘蓝细菌性黑斑病。

③ 床土消毒　可用50％多菌灵、50％福美双可湿性粉剂或多菌灵与福美双等量混合，每平方米取9～10克，混入3～4千克细土中拌匀，播前把药土的1/3撒在打好底水的畦面上，播后再将余下的2/3药土覆在种子上，做到上覆下垫，使种子夹在药土中间。

④ 棚室消毒

硫黄熏蒸消毒　每亩用硫黄粉2～3千克加敌敌畏0.25千克，拌锯末分堆点燃，闭棚熏蒸一昼夜后放风。操作用的农具同时放入棚内消毒。

日光消毒　保护地栽培可在夏季高温季节深翻地25厘米，撒施500千克切碎的稻草或麦秸，加入100千克氰胺化钙，混匀后起垄，铺地膜，灌水，持续20天。

⑤ 加强田间管理　及时清除残株败叶，改善田间通风透光条件。摘除有卵块或初孵幼虫食害的叶片，可消灭大量的卵块及初孵幼虫，减少田间虫口基数。增施腐熟有机肥。加强苗期管理，培育适龄壮苗。小水勤灌，防止大水漫灌。雨后及时排水，控制土壤湿度。适期分苗，密度不要过大。通过放风和辅助加温，调节不同生育时期的适宜温度，避免低温和高温障碍。

（2）生物防治　可选用1％苦参碱水剂600倍液，或0.9％～

1.8%阿维菌素乳油 3000～5000 倍液喷雾防治蚜虫。用 72%硫酸链霉素可溶粉剂 3000～4000 倍液喷雾，或 100 万单位新植霉素粉剂 4000～5000 倍喷雾，或菜丰宁 B_1 粉剂 200～300 克对水 50 千克靠近挖穴灌根，可防治软腐病、黑腐病。用 1%武夷菌素水剂 150～200 倍液喷雾，可防治霜霉病、白粉病。在平均气温 20℃以上时，防治菜青虫、小菜蛾、甜菜夜蛾，每亩用苏云金杆菌乳剂 250 毫升或粉剂 50 克对水喷雾。防治菜青虫、棉铃虫，用青虫菌 6 号粉剂 500～800 倍液喷雾。防治小菜蛾、菜青虫用 25%灭幼脲悬浮剂 800～1000 倍液喷雾。防治菜青虫、小菜蛾、蚜虫，用 0.9%～1.8%阿维菌素 3000～5000 倍液喷雾。在甘蓝夜蛾卵期可人工释放赤眼蜂，每亩 6～8 个放蜂点，每次释放 2000～3000 头，隔 5 天 1 次，持续 2～3 次，可使总寄生率达 80%以上。

（3）物理防治　采用黑光灯及糖醋液诱杀甘蓝夜蛾、菜青虫、小地老虎等的成虫。设置黄板诱杀蚜虫，用 20 厘米×100 厘米的黄板，按照每亩 30～40 块的密度，挂在行间或株间，高出植株顶部，诱杀蚜虫。大型设施的放风口用防虫网封闭，夏季覆盖塑料薄膜、防虫网和遮阳网，进行避雨、遮阳、防虫栽培，减轻病虫害的发生。

（4）人工治虫　对菜田进行秋耕或冬耕，可消灭部分虫蛹；甘蓝夜蛾卵成块产于菜叶上，并且 2 龄前幼虫不分散，极易发现，可结合田间管理，及时摘除。

123. 如何识别与防治甘蓝沤根？

（1）识别要点　幼苗地上部发生萎蔫，地下部根系呈黑褐色，根部表皮发朽腐烂，不发生新根，严重时萎蔫死亡。

（2）发病原因　主要是由于苗床低温多湿、光照不足引起。一般在连阴天或雨雪天气，因苗床通风不良，土壤和空气湿度比较大，加之土温低，致使幼苗根系呼吸困难甚至停止呼吸而腐烂。一般苗床选在低洼地、黏土地、排水不良易发生沤根。

（3）防治措施　多施热性肥料，注意提高苗床温度。选择地势高、土壤质地疏松的地块移苗。加强苗床管理、培育壮苗，及时通风降湿，提高幼苗抗低温能力。有条件的可在育苗床内增加火道或改用温室育苗。

124. 如何识别与防治甘蓝黑胫病？

甘蓝黑胫病又叫根朽病、干腐病、黑根子病、根腐病，是甘蓝的一种重要土传病害，各地均有分布，东北、西北地区发病重。重病年份损失常达30%～40%。多发生在高温、高湿的地区和季节，苗期和成株期均可受害，主要为害幼苗，严重时引起死株，影响产量。除甘蓝外，还为害白菜、油菜、花椰菜、芜菁、萝卜、结球甘蓝、芥蓝和芹菜等蔬菜。

（1）发生症状（表21）

表 21　甘蓝黑胫病各发生时期发病症状识别要点

苗期染病	幼叶出现灰白色圆形或椭圆形斑，上散生许多黑色小粒点。幼茎部病斑长形，稍凹陷，边缘紫色，基部常因溃疡而易折断，严重时病苗死亡
成株期染病	因轻病苗症状不易被发现，带病定植后，主侧根产生紫黑色条形斑，或主侧根腐朽，使地上部枯萎或死亡。发病重时老叶上形成圆形或不规则形病斑，中央灰白色，边缘淡褐色至黄色，表面密生出许多黑色小粒。结球时易从病茎处折断。花梗、花荚上病状与茎上相似。储藏期发病，叶球可发生干腐病状。将病茎或根部纵切，可见到变黑的维管束

（2）发病条件　病原为半知菌亚门黑胫茎点霉。病原以菌丝体在种子、土壤及农家肥中，或十字花科蔬菜留种株上越冬。菌丝体在土壤中能存活2～3年。在田间靠雨水、灌溉水、昆虫等传播。

高温高湿有利于病害发生。苗期环境潮湿发病重；成株期多雨天潮湿闷热，或降雨后高温易发病；病地连作、播带菌种子，病地加重；播种过密、过多浇水、地面过湿、田间管理不良、植株生长衰弱等均易诱发此病。

（3）防治方法

① 实行轮作　重病地块与非十字花科作物3年以上轮作，保护地可与茄果类、瓜类、豆类蔬菜等轮作。

② 种子消毒　建立无病留种田，采收无病菌种子。带菌种子

需种子消毒，可用 50℃ 温水浸种 20 分钟后，再浸到冷水中冷却，然后捞出种子晾干播种。

也可用 40% 甲醛 200 倍液浸种 20 分钟后洗净播种。还可用 50% 福美双可湿性粉剂、或 70% 甲基硫菌灵可湿性粉剂、或 50% 琥胶肥酸铜可湿性粉剂拌种，药剂为种子重量的 0.4%。

③ 苗床消毒　可选择 3 年以上未种过十字花科蔬菜的地作苗床，或用大田土育苗。旧苗床可用 70% 甲基硫菌灵可湿性粉剂，或 50% 多菌灵可湿性粉剂，或 40% 福美双可湿性粉剂等，每平方米用药 8 克，加半干细土 30～40 千克，拌匀后将 2/3 药土施入苗床内，1/3 药土盖在种子上。

④ 土壤处理　可用 70% 敌磺钠可湿性粉剂或 70% 硫菌灵可湿性粉剂 800 倍液，均匀施在定植沟内或定植穴内。也可每亩用 1～2 千克药加 50～100 千克细土，拌匀后，均匀施于地表，然后翻入土壤内。

⑤ 加强管理　播种不可过密，保护地育苗时，气温不要超过 23℃，及时分苗、定植，防止伤根。采用高畦栽培或进行培土，浇水不可过多，雨后及时排水。施用充分腐熟农家肥。及时拔除病苗，拔后穴内用石灰消毒。

⑥ 及时防虫　及时防治地下害虫。种蝇等地下害虫，不仅直接为害植株，而且可造成虫伤口，利于病菌侵入发病。

⑦ 药剂防治　发病初期，可选用 75% 百菌清可湿性粉剂 600 倍液，或 50% 异菌脲可湿性粉剂 1200 倍液、70% 甲基硫菌灵可湿性粉剂 600 倍液、70% 代森锰锌可湿性粉剂 400～500 倍液、50% 代森锌可湿性粉剂 500 倍液、50% 多菌灵可湿性粉剂 500～600 倍液、40% 多·硫胶悬剂 400 倍液、65% 硫菌·霉威可湿性粉剂 600～800 倍液、35% 福·甲可湿性粉剂 800 倍液。隔 5～6 天喷 1 次，连喷 2～3 次。喷植株时，要结合喷地面，以提高防效。

125. 如何识别与防治甘蓝类黑根病？

甘蓝类黑根病，又称立枯病，是甘蓝类蔬菜生产中的常见病害，全国各地均有发生，主要在苗期为害，定植后也能继续发展，病株率可达 10%～30%，严重时达 80%，造成缺苗。除为害甘蓝类蔬菜外，还侵染大白菜、黄瓜、菜豆、豌豆、莴苣、茼蒿、胡萝卜、茄科蔬菜及葱等。引致立枯病、丝核菌猝倒病和一些蔬菜定植后的茎基腐病。

（1）识别要点　主要为害苗期的根颈，定植后一般停止发展，也能造成田间缺苗。病菌为害植株根颈后，受害株叶色转淡，萎蔫，叶片下垂，下部叶变黄，最后干枯死亡。病株易拔起，拔起后可见病部呈黑色或黑褐色，依被害时苗龄大小缢缩明显或不明显。湿度大时病部可见灰白色至灰褐色霉状物，亦能引致皮层腐烂。若结球期遇阴冷多雨天气，地际叶柄被侵，生凹陷水渍状褐色病斑，潮湿时可见褐色蛛丝状霉，严重时能导致叶球内部腐烂，但无恶臭，区别于软腐病。

（2）发生规律　病原为半知菌亚门真菌立枯丝核菌。病部见到的霉状物即病原菌的菌丝体。病原菌以菌丝体和菌核在土壤和病残体内越冬。靠接触传染，当寄主的根颈或叶片接触病土时，即可被土中的菌丝侵染。或在有水膜的情况下，健叶接触到病部也能染病。也可通过种子、堆肥及农具等传播蔓延。病菌菌丝生长适温为 20～30℃，在 25～30℃时生长最快。在 pH 值 5.8～8.1 时生长良好。冷凉、干燥的土壤利于菌丝存活，土壤湿度维持在最大含水量的 20%～60%时，腐生能力最强，超过 70%则显著下降，高于 90%则腐生能力几乎消失。故过高过低的土温，黏重而潮湿的土壤等，凡不利于寄主生长的土壤温湿度，都能导致病害严重发生。

（3）防治方法

① 农业防治　选择地势高、地下水位低、排水良好、水源方便的地块育苗。加强苗期管理，用无病的新床土，若旧床土应进行土壤消毒。肥料一定要腐熟并施匀，播种均匀而不过密，盖土不宜太厚。依天气情况进行保温和放风。需洒水时在上午进行，每次不宜过多，洒水后注意通风。及时拔除病苗，减少传播蔓延。定植

时除掉病苗，避免带进菜田继续造成为害。

②床土消毒　可每平方米用95％噁霉灵原药1克与15～20千克过筛干细土充分混匀制成药土，播种时先将苗床底水浇好，把1/3的药土作垫土，播种后另2/3药土撒于种子上作盖土（使种子夹在药土中间）。

③种子消毒　对可能带菌的种子进行处理。用种子重量0.3％的50％福美双可湿性粉剂或65％代森锌可湿性粉剂拌种。

④化学防治　发病初期清除病苗后，可选用75％百菌清可湿性粉剂600倍液，或60％多·福可湿性粉剂500倍液、95％噁霉灵原药精品3000倍液、3.2％噁·甲水剂300倍液，在晴天上午，往苗床内喷雾，待幼苗上的水迹干后，可往苗床内撒一层干细土降湿。另外，有研究指出，叶面喷施1125肥药双效剂可以提高植株免疫力，并在植株表面形成保护膜，能够显著提高甘蓝类黑根病的防效，促进保鲜，降低残留毒量，延缓衰老和延长货架期。

126. 如何识别与防治甘蓝黑腐病？

甘蓝黑腐病又称黑霉病，是甘蓝的一种主要病害。该病主要为害叶片、叶球或球茎，一旦发生，感染面积较大，为害极大。

（1）识别要点（表22）

表22　甘蓝黑腐病各发生时期症状识别要点

苗期发病	子叶形成溃状病斑，以后逐渐蔓延到真叶上，真叶叶脉上出现小黑点、斑或细黑条，叶缘出现"V"字形病斑
成株发病	多从下部叶片开始发病，形成0.5～1.0平方毫米的叶斑或黄脉，叶斑由叶缘向叶内成"V"形扩展并坏死，外观形成一道圆弧形宽0.3～1.5厘米波状黄（红）褐"亮"带。病菌蔓延到茎部和根部形成黑色网状脉，导致整个植株萎蔫死亡。从伤口侵入的可在叶片任何部位形成不定形斑。发病时若在5～10片真叶期，最下部叶片开始表现萎蔫变黄，随后整个植株逐渐凋萎；如发生在莲座期，多数同时在球体上呈现2平方毫米大小黑色斑点，但由于整个植株叶脉内维管束已被破坏，结球松软而不坚实，完全失去商品价值

（2）发病规律　该病为黄单胞杆菌属甘蓝黑腐黄单胞菌甘蓝黑腐致病变种引起的为害甘蓝类蔬菜的世界性病害。病菌可在种子内

或病残体留在土壤中越冬，一般可存活 2～3 年。病菌从幼苗的子叶或真叶的叶缘或伤口侵入，进入维管束组织，造成系统性侵染。此病菌常从叶柄维管束进入种荚而使种子表面带菌。田间病菌主要借助雨水、农具和昆虫以及肥料传播；带菌种子也是远距离传播的主要途径。

病菌生长适温为 25～30℃，最低 5℃，最高 39℃，相对湿度90％以上（叶缘有吐水）。最适感病期为甘蓝莲座期到结球期，发病潜育期 3～5 天。耐干燥，一般温度高、播种早、管理粗放、害虫防治不及时的田块发病重。高温高湿有利于发病，多雨，尤其是暴风雨易造成病害大发生。菜田管理粗放，连作地或偏施氮肥地块发病较重。

（3）防治方法

① 农业防治　选用抗病品种。在收获后，应及时清除病株残体，与十字花科作物实行 2～3 年轮作，从无病地或无病株上采种。合理浇水，防止伤根伤叶。及时防治小菜蛾、菜青虫、甜菜夜蛾、斜纹夜蛾、蚜虫、猿叶甲、黄曲条跳甲等害虫，减少伤口。加强栽培管理，适时播种，适时蹲苗，避免过旱或过涝。

② 种子处理　播种前用 50℃温水浸种 20～30 分钟，取出后晾干播种。或在 60℃恒温下处理干种子 6 小时；或用 45％代森铵水剂 200～400 倍液浸种 15 分钟，经清水冲洗晾干后播种。也可用72％硫酸链霉素 1000 倍液浸种 2 小时，晾干后播种。或按每 100克甘蓝种子用 1.5 克漂白粉（有效成分），加少许水，将种子拌匀，置入容器内密闭 16 小时后播种。

③ 化学防治　发病初期及时拔除病株，发病初期和易发病期间，每 15 天用 1000 倍 50％代森铵液或 800～1000 倍丰灵高效生物杀菌剂喷雾或灌根，可防止并控制病害发生或蔓延。成株发病初期，可选用 14％络氨铜水剂 350 倍液，或 60％琥·乙膦铝可湿性粉剂 600 倍液、27％碱式硫酸铜悬浮剂 100 毫升/亩、77％氢氧化铜可湿性粉剂 500 倍液、50％琥胶肥酸铜可湿性粉剂 700 倍液、75％百菌清可湿性粉剂 500～800 倍液、40％多·硫胶悬剂 1000 倍

液、72.2％霜霉威水溶性液剂 1000 倍液、72％硫酸链霉素可湿性粉剂 4000 倍液、47％春雷•氧氯铜可湿性粉剂 700 倍液等交替喷雾，7～10 天 1 次，连喷 2～3 次。

127. 如何识别与防治甘蓝细菌性黑斑病？

（1）识别要点（彩图 29） 叶片上形成淡褐色或黑褐色具有明显同心轮纹的圆斑，个别大病斑直径可达 0.4 毫米，病斑可以相互联合，形成较大的坏死斑，但原先的小病斑边缘还依稀可见。每个斑点发生在气孔处。病原还可为害叶脉，致叶片生长变缓叶面皱缩，进一步扩展，引起叶片脱落。球叶和外叶发病后病斑易腐烂和穿孔，潮湿有露水情况下更为明显，严重者诱发球叶腐烂，失去商品价值。采种株茎、花梗和种荚均可被害。

（2）发病规律 病原为假单胞杆菌科细菌丁香假单胞菌叶斑病致病型。病菌能以菌丝体和分生孢子在病残体内、土壤中、十字花科越冬作物及留种株上、种子表面等处越冬。因此，田间发病的初侵染来源特别广泛。分生孢子通过气流和雨水的冲溅进行传播，萌发的芽管可从叶部气孔或表皮直接侵入。病斑在环境适宜时产生大量孢子即黑色霉状物，不断重复侵染，为害也随之蔓延。

病菌最适侵染温度为 25℃，整个生长季节均能发生。但一般在天气温暖及阴雨高湿的秋季发病严重。

（3）防治办法

① 种子处理 用 50％福美双、70％代森锰锌或异菌脲可湿性粉剂（占干种子重的 0.2％～0.4％）进行拌种，要注意随拌随用。

② 农业防治 选用抗病品种，一般平头、叶色深绿的品种比圆头、叶色浅绿的品种抗病。尽量避开邻近的或留种田的其他十字花科蔬菜，与非十字花科蔬菜进行轮作，增施基肥及磷肥，并注意氮、磷、钾肥适当配合使用，提高植株抗病力。叶菜类收获后及时清除田间病叶残体。选择合适的繁种基地，减少种株病菌感染。

③ 化学防治 发病初期，可选用 1:1:400 的波尔多液，或

50%甲基硫菌灵、75%百菌清、70%代森锰锌、58%甲霜灵·锰锌、50%甲霜铜可湿性粉剂 500 倍液、14%络氨铜水剂 600 倍液、77%氢氧化铜可湿性粉剂 500 倍液、60%琥·乙膦铝可湿性粉剂 500 倍液、0.5：1：100 倍式波尔多液、72%硫酸链霉素可溶性粉剂 4000 倍液等喷雾防治，交替使用，每周 1 次，严重者 3～4 天 1 次。

128. 如何识别与防治甘蓝白斑病？

（1）识别要点（彩图 30）　主要为害叶片。发病初期，叶面上散生灰褐色圆形小斑点，后逐渐扩大成为圆形或卵圆形中央灰白色、直径 6～18 毫米的病斑，边缘为苍白色或浅黄绿色晕圈。潮湿时病斑背面产生灰色霉状物。后期病斑半透明，薄如纸，有时开裂，穿孔。发病严重时病斑相连成片，形成不规则的大斑。

（2）发病规律　病菌随病残体在土表越冬，种子和种株也可携带病菌。病菌借助风雨和灌溉水传播。温度 11～23℃，湿度在 60%以上是发病的必要条件。此外，连作、地势低洼、浇水过多、播种过早、肥料不足等因素也会造成病害流行。

（3）防治措施

① 农业防治　选用抗病品种，一般杂交种比较抗病。与非十字花科蔬菜进行 2～3 年以上的轮作。加强田间管理，适期晚播种，避开发病的环境条件。施足有机肥，增施磷肥、钾肥。适度灌溉，雨后排水。及时清除田间病株。采收后及时清除田间病残体，并及时深翻土壤。

② 种子处理　使用无病种子，并进行种子消毒，可用 50℃温水浸种 20 分钟，或把种子放在 70℃的温度下 2～3 天。

③ 化学防治　发病初期，可选用 50%混杀硫 600 倍液，或 50%多菌灵、70%代森锰锌可湿性粉剂 500 倍液等喷雾防治。

129. 如何识别与防治甘蓝炭疽病？

（1）识别要点　叶片上病斑细小、圆形，直径 1～2 毫米，开始为苍白色水渍状小点，后扩大呈灰褐、中央稍凹陷、边缘微隆的褐色病斑。后期病斑中央褪成灰白色，半透明，易穿孔。在叶脉、叶柄和茎上的病斑，多为长椭圆形或纺锤形，淡褐色或灰褐色，凹陷较深。严重时，病斑连成片，叶片枯黄。湿度较大时，病斑上产生淡红色黏质物。

（2）发病规律　病菌随病残体在土壤中越冬，种子也能带菌，在田间借风雨传播。发病适宜温度为 26～30℃。高温、高湿条件下发病严重，尤其是时晴时雨的天气更易诱发病害。

（3）防治方法

① 农业防治　选用抗病品种。与非十字花科蔬菜进行 2 年以上的轮作。加强田间管理，选择地势高燥、易于排灌的地块。整地精细，尽量采用高畦栽培。适时晚播，避开发病季节。雨季及时排水。及时清除田间病株。

② 种子处理　精选种子及浸种消毒，使用无病种子，并进行种子消毒，可用 50℃ 温水浸种 20 分钟，或用种子重量的 0.3％ 的 50％ 多菌灵或福美双拌种。

③ 化学防治　发病初期，可选用 50％ 多菌灵可湿性粉剂 600 倍液，或 80％ 炭疽福美可湿性粉剂 500 倍液、2％ 嘧啶核苷类抗菌素水剂 130～200 倍液等喷雾防治。

130. 如何识别与防治甘蓝霜霉病？

霜霉病是甘蓝的一种重要病害。各地均有分布。发病率 20％ 左右，严重时达 80％ 以上，该病对幼苗、营养钵和制种株均可为害，尤以春、秋苗床最为普遍，因此，对产量和品质威胁较大。

（1）识别要点　主要为害叶片。甘蓝幼苗子叶或幼茎先受侵染，然后出现白色霜状霉层，再枯死。成株期发病，初期叶片为青绿色，后逐渐变为黄白色至黄褐色或黑色，直至紫褐色，中央略带黄褐色稍凹陷病斑，病斑因受叶脉限制而呈多角形或不规则形，当湿度过大时，叶背或叶正面发生稀疏白色霉状物。如遇连续高温干旱天气，则霉状物消失，后期病叶发展为黄褐色枯斑。发病严重时病斑汇合，叶片变黄枯死。生长中后期老叶受害后有时病原菌也能系统侵染进入茎部，在贮藏期间继续发展达到叶球内，使中脉及叶肉组织上出现黄色不规则形的坏死斑，叶片干枯脱落。

（2）发生规律　病原为鞭毛菌亚门真菌寄生霜霉，病原以菌丝体或卵孢子随病残体在土壤中越冬，翌年春季引起初侵染。病菌也可附着在种子上，或在采种株上，翌年春季直接侵染幼苗或种株。病菌的孢子囊主要靠风、雨、流水传播。

温湿度是影响霜霉病发生与流行的关键因素。当气温达 16℃以上，相对湿度达 70％以上，昼夜温差大，多雨多雾的天气，有利于霜霉菌的萌发和侵染。菜田郁闭、施氮过多，湿度过大，病害易流行。连作地、田间积水、缺肥等情况下发病重。

（3）防治方法

① 农业防治　与非十字花科作物隔年轮作。选用高燥地块，采用高畦、高垄栽培，忌平畦。加强苗床和菜田管理，注意通风透光，不采用低湿地块作苗床，培育无病壮苗，前作收获后及时处理病株残体，翻耕土地、晒垡、冻垡。避免偏施氮肥和过密种植。灌溉要均匀，避免大水漫灌，雨季及时排水谨防菜田积水。收获后及时清洁田园。

② 种子消毒　从健株上采种。播种前种子用 50％福美双可湿性粉剂或 75％百菌清可湿性粉剂拌种，用药量为种子量的 0.4％。也可用约种重 0.3％的 25％甲霜灵拌种。

③ 化学防治　发病初期或出现中心病株时，应及时喷药保护。露地甘蓝初发病时，可选用 12％松脂酸铜乳油 600～800 倍液，或 75％百菌清可湿性粉剂 600 倍液、72.2％霜霉威盐酸盐水剂 600～800 倍液、72％霜脲氰•锰锌可湿性粉剂 600～800 倍液、69％烯酰吗啉•锰锌可湿性粉剂 500～600 倍液、50％甲霜灵可湿性粉剂 1500 倍液、80％代森锰锌可湿性粉剂 600～800 倍液、58％甲霜灵•锰锌可湿性粉剂 500 倍液、40％三乙膦酸铝可湿性粉剂 300 倍液、66.8％丙森•缬霉威可湿性粉剂 600 倍液、70％代森联干悬浮剂 500 倍液、70％丙森锌可湿性粉剂 700 倍液等交替使用，一般 7～10 天喷 1 次，连续喷 2～3 次。

保护地甘蓝发病时，可用 45％百菌清烟剂熏烟防治，亩用量为 110～180 克，均匀分散放入棚室内，于傍晚时密闭棚室，暗火点燃烟剂，熏烟 8～12 小时。一般每 7 天熏 1 次，连熏 3～4 次即可。

131. 如何识别与防治甘蓝灰霉病？

灰霉病是甘蓝的一种普通病害，本病属真菌性病害，主要为害甘蓝类蔬菜。苗期、成株期均可发生。发病轻时对生产影响不大，重病地发病率可达 30％～40％，对产量和质量有一定影响。

（1）识别要点（表 23）

表 23 甘蓝灰霉病各发病时期主要症状识别要点

发病期	主要症状
苗期感病	幼苗呈水浸状腐烂，上生灰色霉层
成株染病	多从距地面较近的叶片开始发病，初为水浸状，湿度大时，染病部位迅速扩大，呈褐色至红褐色，病株茎基部腐烂后，引致上部茎叶萎蔫，且从下向上扩展，或从外叶延至内层叶，致使结球叶片腐烂，其上常产生黑色小菌核
贮藏期染病	引起水浸状软腐，病部遍生灰霉，后产生小的近圆形黑色菌核

（2）发病规律 该病由半知菌亚门真菌灰葡萄孢侵染所致。病菌主要以菌核随病残体在土壤中越冬，翌年开春后环境适宜时，菌核萌发产生菌丝，菌丝上产生分生孢子梗及分生孢子，分生孢子借助气流或雨水传播，产生芽管侵入寄主为害，又在病部产生分生孢子进行再侵染，当遇到恶劣条件时又产生菌核越冬或越夏。

该菌在 5～30℃条件下均可萌发，适温为 13～29℃，适宜相对湿度 90％以上。在气温 20℃、相对湿度连续保持在 90％以上，寄主处于感病阶段，此病易发生和流行。

（3）防治方法

① 农业防治 保护地用紫色膜，提早扣棚烤田。加强保护地或露地田间管理，栽种不要过密，防止茎叶徒长造成植株间郁闭。严密注视棚室内温湿度，及时降低棚室内及露地表面的湿度。保护

地保持棚膜清洁,尽量加强光照。施足基肥,保持植株健壮生长。发现病株,应摘除病叶深埋。

② 喷粉或烟熏 温室、大棚等保护地栽培的甘蓝,可于发病初期采用烟雾剂或粉尘剂防治。如每亩施用10%腐霉利烟雾剂200～250克,或喷撒6.5%硫菌霉威超细粉尘剂或5%春雷・氧氯铜粉尘剂1千克。

③ 化学防治 露地或保护地栽培的甘蓝田,发病初期,可选用50%腐霉利可湿性粉剂2000倍液,或50%异菌脲可湿性粉剂1000～1500倍液、50%乙烯菌核利可湿性粉剂1000～1500倍液、40%多・硫胶悬剂600倍液、50%福・异菌可湿性粉剂700倍液、65%甲霜灵可湿性粉剂1000倍液等喷雾防治,交替使用,7～10天喷1次,连防2～3次。

棚室栽培在发病初期亩用10%腐霉利烟雾剂200～250克,或6.5%硫菌・霉威粉尘剂1千克。

132. 如何识别与防治甘蓝菌核病?

甘蓝菌核病又称菌核性软腐病,属真菌性病害,为是甘蓝的一种重要病害,分布较广,发病率5%～10%,重病地块可达30%左右,明显影响产量和质量。除为害甘蓝类蔬菜外,还可侵染大白菜、油菜、萝卜等十字花科蔬菜。主要发生在甘蓝生长后期和采种株上,为害茎基部、叶片、叶球及种荚。

(1) 识别要点 (表24)

表24 甘蓝菌核病发病症状识别要点

幼苗受害	病苗近地面的茎基部呈水渍状病斑,很快腐烂,病苗猝倒
茎基部、叶片或叶球受害	受害部位初呈边缘不明显的水浸状淡褐色不规则形斑,后病组织软腐,生白色或灰白色絮状菌丝体,并形成黑色鼠粪状菌核。茎基部病斑环茎一圈后致全株枯死
采种株受害	多在终花期受害,根茎基部、叶柄和种荚出现浅黄色病斑,逐渐变为灰白色,最后发病组织腐朽
花梗受害	染病部位白色或呈湿腐状,致种子瘦瘪,内生菌丝或菌核,病荚易早衰或炸裂

（2）发病规律　本病由子囊菌亚门真菌核盘菌侵染所致。病原主要以菌核在土壤中或混在种子里越冬和越夏，也可在种株上越冬。进入田间后，在适宜的温湿度条件下，借助气流传播。

北方地区春季4～5月、秋季9～10月菌核萌发，南方地区多在2～4月和10～12月萌发。病菌发育温度为0～30℃，最适温度为20℃，孢子萌发温度为0～35℃，最适温度为5～10℃。菌丝不耐干燥，相对湿度高于85％发育良好。栽培条件对病害发生影响较大，一般排水不良、通气性差、偏施氮肥或遇霜冻或肥害的田块发病重。

（3）防治方法

① 农业防治　与禾本科作物隔年轮作或采取水旱轮作。前茬作物收获后深耕晒垡。从无病株上采种。采用高垄栽培，施足底肥，增施磷、钾肥，避免偏施氮肥。加强开沟排水，雨后及时排水，使土壤适度干燥。及时拔除病株，收获后清除病残体。采取电热温床育苗，播种前把床温调整到55℃处理2小时，把菌核杀死。

② 种子处理　播种前可用50℃温水浸种20～30分钟，晾干后播种，或用10％～14％的食盐水或硫酸铵水选种，除去混在种子中的菌核。经盐水选种的种子必须用清水洗净后晾干播种。

③ 化学防治　发病初期喷药保护，重点喷撒植株茎基部、老叶及地面。用1∶2的草木灰、熟石灰混合粉，撒于根部四周，每亩30千克；1∶8的硫黄、石灰混合粉，喷于植株中下部，每亩5千克，可在抽薹后期或始花期、盛花期施用，以消灭初期子囊盘和子囊孢子。亩用5％氯硝铵粉剂2～2.5千克，加细土15千克，拌匀后均匀撒在行间。

发病初期，可选用40％多·硫悬浮剂800倍液，或70％甲基硫菌灵可湿性粉剂500～600倍液、25％咪鲜胺乳油1000～1500倍液、50％氯硝铵可湿性粉剂800倍液、60％多菌灵盐酸盐可溶粉剂600倍液、50％异菌脲可湿性粉剂1000～1500倍液、50％腐霉利可湿性粉剂2000倍液、40％菌核净可湿性粉剂500倍液等交替喷雾，7～10天喷1次，连喷3～4次。重点喷洒植株茎基部、老叶及地面。

133. 如何识别与防治甘蓝病毒病？

甘蓝病毒病又称孤丁病，是甘蓝、大白菜等十字花科蔬菜的主要病害之一，病株率可达 10%～50%，病重时严重影响甘蓝的正常生产，制种田为害严重。我国部分地区秋甘蓝种植因该病造成大量减产。

（1）识别要点（表 25）

表 25　甘蓝病毒病发病症状识别要点

苗期发病	叶脉附近的叶肉黄化，并沿叶脉扩展。有的发病叶片上出现变黄的圆形斑点，直径 2～3 毫米，后整个叶上颜色变淡或变为浓淡相间绿色斑驳，心叶明脉，轻微花叶，或叶片皱缩
成株期发病	最初心叶出现明脉、黄斑、轻微花叶和斑驳，随之扩展到中外部叶片。这时的症状常常会因环境条件的变化而时隐时现，雨后初晴观察比较明显。随后病害逐渐加重，叶片呈现明显的花叶症状，植株矮化、畸形，发育缓慢。较重病株叶片严重花叶，多数或全部叶片畸形、皱缩，老叶背面出现黑色坏死斑点，不包心，甚至全株坏死。较轻病株叶片心叶及中部叶片出现花叶或明脉，少数叶片畸形或皱缩，植株包心，但结球迟且疏松。感病植株生长后期易诱发黑腐病和软腐病
种株发病	叶片上出现斑驳，并伴有叶脉轻度坏死

（2）发生规律　该病由曲顶病毒、黄瓜花叶病毒、芜菁花叶病毒、烟草花叶病毒、花椰菜花叶病毒等多种病毒单独或混合感染所引起，可周年在甘蓝、白菜、萝卜等多种蔬菜上传播为害，主要由桃蚜、棉蚜、菜蚜等传播。

该病发生与环境条件关系密切，如遇高温（28℃以上）、干旱天气，蚜虫繁殖速度快，传毒能力强，而甘蓝、白菜、萝卜等蔬菜的抗病能力降低。高温还会缩短病毒的潜育期，故高温干旱有利于病毒病的发生。植株发病的严重程度还与受感染的生育期有关，如甘蓝在 6～7 片真叶期前的幼苗受感染发病较重。播种过早，传毒虫源多，菜田管理粗放，地势低洼，土壤干旱，缺水缺肥等，均可诱发该病严重发生。

（3）防治方法

① 农业防治　选用抗病品种。与十字花科作物实行 2～3 年轮作，避免与十字花科作物邻近种植。在高温季节，要注意加强对菜地，特别是苗床的肥水管理。适时播种。在该病常年发生严重的地区，可适当提早或推迟播种期，使幼苗期避开高温、干旱高峰阶段，减少蚜虫传毒。定植时剔除病苗、弱苗。

② 种子消毒　播种前用 10％磷酸三钠溶液浸种 20 分钟，用清水洗净后再播种。或将种子用冷水浸 4～6 小时，再用 1.5％植病灵 1000 倍液浸 10 分钟，捞出直接播种。有条件时，可将干燥的种子置于 70℃恒温箱内进行干热消毒 72 小时。

③ 及时防治蚜虫　特别是加强苗期蚜虫的防治，最好采用防虫网覆盖育苗方式育苗。在畦间悬挂或铺银灰色塑料薄膜可有效地驱避菜蚜，必要时喷药杀蚜，可选用 50％抗蚜威可湿性粉剂 5000 倍液，或 20％甲氰菊酯乳油 4000 倍液、10％氯氰菊酯或 5％高效氯氰菊酯乳油 2000 倍液等喷雾防治。

④ 化学防治　发病初期，可用 60％吗啉胍·乙铜片剂 1200～1800 倍液，或 0.5％菇类蛋白多糖水剂 300 倍液、1.5％植病灵Ⅱ号乳剂 1000 倍液、2％宁南霉素水剂 500 倍液、5％菌毒清水剂 600 倍液、20％盐酸吗啉胍可湿性粉剂 400～600 倍液等交替使用，在苗期每 7～10 天喷 1 次，连喷 3～4 次。

134. 如何识别与防治甘蓝软腐病？

甘蓝软腐病（彩图 31），属细菌性病害，易感作物为甘蓝类蔬菜及其他十字花科作物，症状多在结球期至贮藏期发病，各地均有发生。

（1）识别要点　一般始发生于结球期，最常见的症状是病株外叶在晴天呈萎蔫状下垂，而阴天或早晚均能恢复正常状态。严重时外叶平贴地面，叶球外露，叶柄基部和根茎部先产生水渍状病斑，淡灰黄色，然后心髓组织腐烂，变成灰褐色的黏稠状物，有恶臭味。此外，病害还可造成叶柄、外叶边缘，叶球顶部局部腐烂、病斑水浸状，褐色、黏滑有臭味。凡腐烂组织内均含有病原细菌。有时腐烂的病叶经日晒变干，呈薄纸状紧贴在叶球上。病烂处产生硫化氢恶臭味（区别于黑腐病）。贮藏期间叶球易脱帮或腐烂，受害叶脉变为黑褐色。

（2）发生规律　该病由胡萝卜欧文氏菌属的细菌侵染所致。病菌生长最适温度为 27～30℃。在南方地区无明显的越冬期，在北方病菌可在田间病株、土壤中未腐熟的病残体内越冬，也可在黄曲条跳甲等虫体内越冬。主要通过雨水、灌溉水、肥料、昆虫传播，从植株的自然孔口、伤口侵入，在伤口或细胞间吸收营养，分泌果胶酶分解寄主细胞的中胶层，使寄主细胞离散。由于病菌寄主广泛，可在土中寄居积存，所以，能从春到秋、在田间各种蔬菜上传染繁殖，不断为害，最后传到甘蓝类、白菜和萝卜等秋菜上。

连作田块，地势低洼、播种期过早，结球期遇高温多雨，田间害虫虫口密度大，施用未腐熟的农家肥以及大水漫灌等，均能加重病害发生。

（3）防治方法

① 农业防治　尽可能选择小麦、水稻、豆科作物、玉米等作为甘蓝前茬作物，避免与茄科、瓜类及其他十字花科作物重茬。前茬收获后及时深耕土地、晒垡、冻垡，以减少病原。采用深沟高畦栽培，防止菜田积水。施足底肥，及时追肥，促使菜田健壮生长。田间发现病株立即拔除、销毁，并在穴内撒适量消石灰消毒，填土压紧，特别是雨前和浇水前要检查处理，拔除病株。

② 种子处理　用丰灵 50～100 克拌甘蓝种子 150 克播种或采用中生菌素按种子量的 1％～1.5％拌种。也可用 50％琥胶肥酸铜可湿性粉剂或 50％福美双可湿性粉剂，均以种子重量的 0.4％拌种，或用 45％代森铵水剂 200～400 倍液浸种 15～20 分钟，经清水充分冲洗后晾干播种。

③ 及时防治菜青虫、小菜蛾、黄曲条跳甲、菜螟等害虫　鳞翅目害虫可选用 2.5％溴氰菊酯 800～1000 倍液，或敌百虫原粉

2000 倍液、50%敌敌畏乳油 1000～1500 倍液等喷雾防治；甲虫类可选用 90%晶体敌百虫 1000 倍液，或 80%敌敌畏乳油 1500～2000 倍液喷雾或灌根杀死幼虫；种蝇和萝卜蝇的成虫、幼虫也可用上述药剂进行喷雾和灌根，还可用 50%辛硫磷乳油，每亩 125～150 克对水 60 升，或 2.5%敌百虫粉每亩 1.5 千克处理土壤。

④ 化学防治　苗期可喷洒丰灵 100～150 克/亩，加水 50 千克喷雾，或用丰灵 150～250 克对水 100 千克/亩，沿菜根挖穴灌入。或在浇水时随水滴入 3%中生菌素可溶性粉剂 2.5～5.0 千克/亩。也可选用 72%硫酸链霉素可溶粉剂 3000～4000 倍液，或新植霉素 4000 倍液、14%络氨铜水剂 350 倍液、47%春雷·氧氯铜可湿性粉剂 700～750 倍液等交替喷雾，7～10 天喷 1 次，连续防治 2～3 次。还可兼治黑腐病、细菌性黑斑病等。喷药应以轻病株及其周围的植株为重点，注意喷在接近地面的叶柄及茎基部上。

135. 如何识别与防治甘蓝根肿病？

（1）识别要点　本病主要为害根部，发病初期病株生长迟缓矮小，茎部叶片常在中午萎蔫，早、晚恢复。后期基部叶片变黄、枯萎，有时整株枯死。根感病后，根部肿大，肿瘤多出现在主根或侧根上。主根肿瘤大如鸡蛋，数量少；侧根肿瘤很小，一般呈纺锤状、手指形或不规则形。肿瘤表面开始光滑，后变粗糙，进而龟裂。

（2）发病规律　病菌主要以孢子囊随病残体在土壤中越冬或越夏，病菌在土壤中存活时间长，土壤、肥料和农具均能带菌。在适宜的环境条件下，休眠孢子萌发，从根毛或幼根部侵入寄主表皮细胞内，体积增大，形成肿瘤。在酸性条件（pH5.4～6.5）中发病重，在碱性土壤（pH7.2 以上）发病轻。涝洼或经常大水漫灌的地块容易发病，连作地块比轮作地块发病重。施用未腐熟农家肥的地块发病重。雨天移栽或定植不久遇雨，有利于根肿病发生。

（3）防治方法

① 农业防治　与非十字花科作物实行 2～3 年轮作。发现病株

及时拔除携出田外销毁。并用消石灰撒于病穴四周，以防病菌蔓延。发病地块于耕地时撒些消石灰，以调整土壤酸碱度，使土壤呈微碱性。一般每亩可撒消石灰 100～150 千克，并增施有机肥。要选择晴天定植。深耕土壤，采取高垄畦栽培，避免在低洼积水地块或酸性土壤中种植。雨后及时排水。合理施肥，增施腐熟粪肥。

② 苗床处理　采用无病土育苗，移栽时加强检查，确保移栽无病苗。或苗床发现病菌，则一同苗床的菜苗都不宜移植，因为这些菜苗可能已经被侵染，但尚未表现症状。

③ 化学防治　可选用 70％甲基硫菌灵可湿性粉剂 800 倍液，或 50％硫菌灵可湿性粉剂 500 倍液灌根，每株用药液 0.3～0.5 千克。

136. 如何识别与防治甘蓝煤污病？

（1）识别要点　叶片上初生灰黑色至炭黑色煤污菌菌落，严重的覆满整个叶面。

（2）发病规律　病菌借风雨及蚜虫、介壳虫、白粉虱等传播蔓延。后又在病部产生分生孢子，成熟后脱落，进行再侵染。

冬、春季节，光照弱、湿度大的棚室发病重，多从植株下部叶片开始发病。露地栽培时，高温高湿，遇雨或连阴雨天气，特别是阵雨转晴或气温高，田间湿度大易导致病害流行。

（3）防治方法　加强环境调控，注意改变棚室小气候，提高其透光性和保温性。露地栽培时，注意雨后及时排水，防止湿气滞留。及时防治介壳虫、温室白粉虱等害虫。发病初期，可选用 40％敌菌丹可湿性粉剂 500 倍液，或 50％多霉灵可湿性粉剂 1500 倍液、65％甲霜灵可湿性粉剂 500 倍液等喷雾防治，每隔 7 天左右喷药 1 次，视病情防治 2～3 次，采收前 3 天停止用药。

137. 如何识别与防治甘蓝缺锌症？

早春甘蓝定植后，缺锌症植株表现为心叶叶片小而簇生，生长缓慢甚至停滞，小叶边缘褐绿，呈紫红色。甘蓝对锌最敏感，锌关系到氮的代谢和生长素的形成，也关系到叶绿素的合成和稳定。土壤中一般不缺锌，而偏碱性土壤易缺锌，温度低，土壤中有效锌降低，因此，早春甘蓝易缺锌。锌与磷有拮抗作用，大量施磷肥易诱发缺锌症。

防治方法　整地前按每亩耕地用 2.5～3 千克的硫酸锌随粪肥一同作基肥施入。亦可于早春甘蓝出现病症前后喷洒 0.1% 的硫酸锌溶液 2～3 次，喷时加入适量的洗衣粉作黏着剂，提高叶片吸附药液的能力，能起到根外补锌的效果。

138. 如何识别与防治甘蓝缺钙症？

（1）发生症状　植株缺钙时，甘蓝心叶生长发育受阻，叶稍向内卷，接着枯死，俗称"叶烧边""干烧心"。叶球内部个别叶片干枯、黄化、叶肉呈干纸状，商品价值明显降低。

（2）发生原因　一是土壤中钙元素较少；二是由于氮肥施用过多、灌水不足或灌水水质不良，土壤溶液中阳离子浓度过高，出现反渗现象，抑制了钙的吸收，从而形成缺钙现象；三是植株球叶内部缺钙所致，虽然有大量的钙被根吸收，但只有很少一部分输送到叶球内部叶片中去，特别是高温干燥使钙在植株体内运输较缓慢，或阻碍钙运转到叶球内部叶片的边缘组织，引起生理性缺钙。

（3）防治方法　整地前每亩撒施消石灰 100～150 千克，随肥料一同翻入土中。亦可于发病前后，喷洒 3% 的过磷酸钙肥液（应加黏着剂）2～3 次。对由干旱引起的缺钙，要勤浇水，且水质要好，保证土壤湿度达到 70%。尽量多施有机肥，少施无机肥，增强土壤保水力，改用有机肥进行追肥，追肥时，勿单一或过量追施氮肥，需结合浇水，适量追施磷、钾肥，才能防止"干烧心"发生。

139. 如何识别与防治甘蓝缺硼症？

甘蓝对硼高度敏感。缺硼症状是中心叶畸形，外叶向外卷，叶脉间变黄。茎叶发硬，叶柄外侧发生横向裂纹，纵切可见中心茎变黑。

防治方法　耕地前将 2.5～3 千克硼砂随肥料一同施入作底肥，

发病前后可用 0.1% 的硼砂溶液作叶面喷肥（喷时应加黏着剂），连喷 2～3 次。

140. 如何识别与防治甘蓝夜蛾？

甘蓝夜蛾属于北方种类，主要发生区域在我国长江以北，在春、秋季有两个高峰期，春季主要为害十字花科蔬菜，也能在茄果类和瓜类上为害。

（1）为害症状　以幼虫群居在产卵叶片的背面啃食叶肉，仅留下叶片的上表皮，在叶片上形成天窗状，田间很容易发现。3 龄后开始扩散，陆续扩散到整个产卵植株，进而扩散到周围的植株。4 龄以后扩散到全田，进入暴食期，并能钻蛀叶球中为害，排出的粪便严重污染蔬菜，并可引起腐烂。

（2）识别要点（表 26）

表 26　甘蓝夜蛾各发育阶段识别要点

成虫	体长 20～25 毫米，翅展 45～50 毫米，头部和胸部暗褐色，额两侧有黑纹。腹部灰褐色。前翅褐色，基线和内线呈双线黑色、波浪形，环形斑的边缘黑色，中间褐色，肾纹白色，中间有深浅不等的褐色区域，外线黑色、锯齿形，亚端线黄白色，端线为一列黑点。后翅淡褐色
卵	馒头形，直径约 0.6 毫米，上面具有瓦棱状纹，初产时乳白色，后逐渐变为深褐色，卵顶逐渐呈现放射状紫褐色纹；多粒单层紧密排列产于叶片背面
幼虫	体色多变，初孵至 2 龄均为绿色，头部黄褐色至灰黑色，体上黑褐色刚毛明显，随着幼虫的增长，3 龄后体色开始分化为多种颜色，主要有绿色型、褐色型、斑纹型。老熟幼虫体长可达 45 毫米，钻入 3～15 厘米土中化蛹。幼虫的田间鉴别特征是体侧面的白色气门线一直延伸到臀足的末端
蛹	红褐色，体长 20～25 毫米，腹末端有 1 对粗刺

（3）发生规律　该虫属世界性分布种。在北方 1 年发生 2 代。成虫具有很强的趋光性，在灯下时常能见到，1～2 龄幼虫有群居性，3 龄后具有昼伏夜出的习性。

（4）防治措施

① 农业防治　清除田边杂草和人工摘除卵块和未扩散的被害叶片，灯光诱杀成虫。主要的灯具有双光雷达杀虫灯、频振式杀虫

灯、黑光灯等，每30～50亩悬挂一盏，露地悬挂的时间是在定植后的10天内。配合糖醋盆（糖、醋、酒、水以2∶2∶1∶2的体积比混合）诱杀成虫。一般在4月中旬至10月中旬。

② 生物防治 释放螟黄赤眼蜂和松毛虫赤眼蜂，在甘蓝夜蛾发生高峰期开始释放，每亩放3个点，每个点放3000个蜂。连续放3～4次。具体时间根据灯光诱杀甘蓝夜蛾和糖醋液诱杀的蛾高峰期确定，在高峰期过后1～3天内开始第一次放蜂，每隔5～7天放一次，共放4次。

③ 化学防治 25％除虫脲悬浮剂2500倍液、10％虫螨腈悬浮剂2000倍液等昆虫生长调节剂类、15％高效氯氟氰菊酯微乳剂2000倍液、10％高效氯氰菊酯乳油2000倍液、2.5％溴氰菊酯乳油2000倍液等喷雾防治。

141. 如何识别与防治几种蝽科害虫？

蝽科害虫主要有菜蝽（彩图32）、斑须蝽、新疆菜蝽、横纹菜蝽。分布在我国南北方油菜和十字花科蔬菜栽培区。主要寄主为十字花科蔬菜，受害最重的为甘蓝、油菜、白菜、萝卜、花椰菜、芥菜等。

（1）为害特点 成虫和若虫以刺吸式口器吸食蔬菜汁液，特别喜欢刺吸嫩芽、嫩茎、嫩叶、花蕾和幼种荚。它们的唾液对植物组织有破坏作用，并阻碍糖类的代谢和同化作用的正常进行，被刺处留下黄白色至微黑色斑点。幼苗子叶期受害萎蔫甚至枯死；花期受害则不能结荚或籽粒不饱满。此外，还可传播软腐病。

（2）识别要点（表27）

（3）发生规律（以菜蝽为例） 北方一年发生2～3代，南方5～6代，各地均以成虫在石块下、土缝、落叶、枯草中越冬。翌春3月下旬开始活动，4月下旬开始交配产卵。越冬成虫历期很长，可延续到8月中旬，产卵末期延至8月上旬者，仅能发育完成一代。早期产的卵至6月中下旬发育为第一代成虫，7月下旬前后出现第二代成虫，大部分为越冬个体；少数可发育至第三代，但难

表 27　几种蟖类害虫识别要点

菜蟖	成虫体长 6～9 毫米,宽 3.2～5 毫米,椭圆形,橙黄色或橙红色。头黑色,侧缘上卷,橙黄色或橙红色。前胸背板有 6 块黑斑。小盾板具橙黄或橙红"Y"形纹,交会处缢缩。翅革片具橙黄色或橙红色曲纹,在翅外缘形成 2 黑斑;膜片黑色,具白边。足黄黑相间。腹部腹面黄白色,具 4 纵列黑斑
斑须蟖	成虫体长 8～13.5 毫米,宽约 6 毫米,椭圆形,黄褐色或紫色,密被白绒毛和黑色小刻点。触角黑白相间。喙细长,紧贴于头部腹面。小盾片末端钝而光滑,黄白色
横纹菜蟖	成虫体长 6～9 毫米,宽 3.5～5 毫米,体椭圆形,黄色或红色,具黑斑,密布点刻,头蓝黑色,侧片外缘及其基部红黄色,复眼前方有一块黄斑。前胸背板红黄,有 4 个大黑斑,前列 2 个三角形,后列 2 个横斑,每个横斑中部由前向后呈 1/3 至完全断裂。小盾片外缘呈黄白色"Y"形纹。前翅革质蓝黑色,末端有一横向的黄白斑
新疆菜蟖	雌成虫体长 6.5～8 毫米,宽 3.5～4.5 毫米;雄成虫体长 7～8.2 毫米,宽 3.4～4.2 毫米。椭圆形,花纹呈黄色、白色、橙红色,具黑斑,但黄色部分较多。头部的黑色三角形長大于长约 1.8 倍,有 3 个黄白色小斑点,边缘黄白色,触角 5 节,黑色,被浅色细毛,复眼紫红,喙黑,长达中足基节。前胸背板有 6 块黑斑,前 2 后 4 排列,后 4 个斑多合并成 2 块大斑。小盾片三角状,基部有大黑斑,也为三角形,近末端两侧各有 1 个小黑斑,顶端橙红色

于越冬。5～9 月为成虫、若虫的主要为害时期。卵多于夜间产在叶背,个别产在茎上,一般每雌产卵 100 多粒,单层成块。若虫共5 龄。若虫、成虫喜在叶背面。菜蟖适应性、耐饥力都较弱,并且有趋嫩、喜光习性,多栖息在植株顶端幼嫩处和阳光直射的枝叶上取食和交配。成虫中午特别活跃,善飞,早晚不太活动,特别是早晨露水未干之前,多在植株上部,边交配,边取食。菜蟖有假死习性,受惊后即假死坠地,或振翅飞走。

(4) 防治方法

① 农业防治　消灭杂草,减少越冬虫源。适时浇水,淹杀产在地面的第一代卵块。人工摘除卵块。

② 化学防治　掌握在若虫三龄前可选用 90% 晶体敌百虫、40% 乐果乳油、10% 高效氯氰菊酯乳油 3000 倍液,或 40% 乙酰甲胺磷乳油、50% 辛硫磷乳油、50% 杀螟松乳油 1000 倍液,或 90%

晶体敌百虫 1500～2000 倍液，或 48％毒死蜱乳油 1000～2000 倍液，或 1.8％阿维菌素乳油 3000 倍液，或 5％氟啶脲乳油 1500 倍液，或 2.5％溴氰菊酯乳油、50％辛·氰乳油 3000 倍液等喷雾防治。

142. 如何识别与防治短额负蝗？

短额负蝗，属直翅目蝗科。又称中华负蝗、尖头蚱蜢、小尖头蚱蜢。全国均有发生。为害白菜、甘蓝、萝卜、豆类、茄子、马铃薯、茭白、慈姑等各种蔬菜及农作物。

(1) 为害特点 成虫及若虫为害叶片，初龄若虫喜群集叶部，造成被害叶片呈现网状，稍大后分散取食，造成缺刻或孔洞，严重时可将整叶吃光只剩主脉。影响作物生长发育，降低蔬菜商品价值。

(2) 形态特征（表 28）

表 28 短额负蝗各发育阶段识别要点

成虫	体长 20～30 毫米，头至翅端长 30～48 毫米，绿色或褐色（冬型）。头尖削，绿色型自复眼起向斜下有 1 条粉红纹，与前、中胸背板两侧下缘的粉红纹衔接。体表有浅黄色瘤状突起；后翅基部红色，端部淡绿色。前翅长度超过后足腿节端部约 1/3
卵	长 2.9～3.8 毫米，长椭圆形，中间稍凹陷，黄褐至深褐色。卵壳表面呈鱼鳞状花纹。卵粒在卵块内倾斜排列成 3～5 行，并有胶丝裹成卵囊
若虫	共 5 龄。1 龄若虫体长 0.3～0.5 厘米，草绿色稍带黄色，前、中足褐色，有棕色环若干，全身布满颗粒状突起；2 龄若虫体色逐渐变绿，前、后翅芽可辨；3 龄若虫前胸背板稍凹以至平直，翅芽肉眼可见，前、后翅芽未合拢盖住前胸一半至全部；4 龄若虫前胸背板后缘中央稍向后突出，后翅翅芽在外侧盖住前翅芽，开始合拢于背上；5 龄若虫前胸背面向后方突出较大，形似成虫，翅芽增大到盖住腹部第三节或稍超过

(3) 发生规律 每年发生 1～2 代，以卵在沟边土中越冬。5 月下旬至 6 月中旬为孵化盛期，7～8 月羽化为成虫。喜栖于地被多、湿度大、双子叶植物茂密的环境，在灌渠两侧发生多。交尾时雄虫常在雌虫背上随雌虫爬行，数天不散，雌虫背负着雄虫，故得名"负蝗"。短额负蝗通常零星发生，田间以人工捉拿为主，不单

独采取药剂防治。

（4）防治方法

① 农业防治　初龄若虫集中为害时，可人工捕杀。发生严重地区，在秋季、春季铲除田埂、地边 5 厘米以上的土及杂草，把卵块暴露在地面晒干或冻死，也可重新加厚地埂，增加盖土厚度，使孵化后不能出土。保护青蛙、蟾蜍等天敌，可抑制该虫发生。

② 化学防治　如果零星发生，可不加防治。为害严重时，可选用 50％辛硫磷乳油 1500 倍液，或 5％ S-氰戊菊酯乳油 3000 倍液、20％氰戊菊酯乳油 3000 倍液、2.5％高效氯氟氰菊酯乳油 2000 倍液等喷雾防治。

第五节　甘蓝贮藏加工技术

143. 结球甘蓝的贮藏保鲜技术有哪些？

秋甘蓝在 10～12 月上市，耐贮藏性好，贮量大，品种以平头型的耐贮性强。适宜贮藏温度为（－0.6±0.1)℃、氧气 5％、二氧化碳 1％～5％、空气相对湿度 98％～100％。一般早熟品种定植后 90～110 天开始采收，晚熟品种 120～150 天后采收，收获时要求将植株连根拔起，去掉根上的泥土，并保留部分外叶（结球较松的植株，进行假植贮藏时应尽量保留外叶），以保护叶球免受机械损伤。收获后要求晾晒 3～4 天，即可选择冷凉的天气贮藏。

（1）窖藏　寒冷地区建地下窖，窖深 2.5～3 米；较温暖或地下水位较高的地区可建半地下式窖，窖深 1～1.5 米，地上部土墙高 1～1.5 米。入窖前先将甘蓝在窖外堆放 5～7 天，待热量散尽后，在上午入窖。堆成塔形垛，宽约 2 米，高 1 米；或堆成高 70～100 厘米、宽 1～2 米的条形垛。垛间留出走道。初入窖时应加强通风排湿，及时倒垛。寒冷时保温防冻。春暖后应在晚上通风，白天闭窗降温，保持窖温 0～1℃、空气湿度 85％～90％。此法主要用于甘蓝冬贮，也可用于夏甘蓝贮藏。

（2）化学贮藏　贮藏前经 3～4 天摊晾，去除伤、残、病、虫植株，然后用 0.3% 的 2,4-滴液蘸根，或用 0.2% 硫菌灵或与 0.3% 过氧乙酸混合后蘸根，晾干后可装入筐或箱内，运入冷风库中垛藏。保持库温 0～1℃、相对湿度 90%～95%，可贮藏 2 个月以上。适于夏甘蓝贮藏。

（3）气调贮藏　在贮藏库利用塑料薄膜做成袋子或帐子，在袋或帐内用充氮气法或呼吸作用自然降氧，保持帐内含氧量 2%～5%、二氧化碳含量 4%～6%、库内温度 3～18℃。贮藏中，每隔 15～20 天翻一次堆，擦干帐上和帐底水珠。此法对控制甘蓝后熟，防止失水、失绿、脱帮、抽薹都有一定效果，可贮藏甘蓝 3～4 个月。

（4）假植贮藏　甘蓝抗寒力强，尤其是在营养生长期，能短期忍耐 −7～−5℃ 的低温，故南方等地多采用田间露地越冬、推迟上市的贮藏方法。到采收期时，用刀撬松根部，破坏一部分须根，使甘蓝处于"不死不活"的状态，减缓甘蓝生长发育过程。此法可延长采收期 30 天。也可将甘蓝连根拔起，带泥集中囤在阳畦或秧棚内假植，这样贮藏的时间可以长一些，占用的土地面积也大为减少。

（5）冻藏　在冬季温度较低、冻土层较厚的地方，可在小雪前后采收，晾晒 2～3 天，选无裂球、无损伤、无病虫害的健壮叶球码于浅坑内。坑的规格为宽 1.5～2 米、深 0.5 米。一般码 2～4 层，层数越少，贮藏时间越长，大雪前后翻倒二次，然后覆盖一层土，厚约 6 厘米，大寒前后加盖草帘或草秸。如短期贮藏只盖草帘即可，上市前 3～5 天取出回冻。

（6）埋藏　甘蓝埋藏时间为小雪至立春后，埋藏沟的规格为宽 1.5 米、深 0.8 米，甘蓝砍倒后，晾晒几天，把结球不紧的根朝下假植在坑的下部，把结球较紧实的根朝上，码在上层，然后覆土约 6～7 厘米，随着气温的逐渐下降，再陆续覆土 3～4 次，共覆土 30 厘米，埋藏坑内的温度应保持在 0℃ 左右。

（7）冷风贮藏　冷风贮藏法是利用冷风贮藏库进行贮藏的一种

方法，这种方法是通过机械进行降温和通风。此法贮期可达 4～5 个月。利用此贮藏方法将 5、6 月大量上市的甘蓝贮存到 8、9 月份的淡季供应市场。选择包心紧实的叶球，把根削平，适当留一些外叶，这样可以起到保护作用，对保鲜有明显的效果。将收获后的甘蓝叶球经过预冷、装筐后入库，码成通风垛，通过机械通风制冷使贮藏库内温度保持在 0～1℃进行贮藏。贮藏期间应定期进行检查和倒垛。

（8）架藏　贮藏之前，经过 3～4 天的摊晾，而后将甘蓝一棵棵斜放在贮藏库内的贮藏架上。堆放的高度可根据菜身的大小而定，一般以两三棵高较为适宜，上下层间要留有空隙，以利于通风散热。也可平放，菜根朝上叠放两三棵高即可。

（9）堆藏　在室内阴凉通风处，将菜在地上堆成高 0.7 米、宽 0.5～0.6 米、长度不限的堆。每堆不超过 2500 千克。堆大时，应在堆内放入几个空箱子，以增加通风。

（10）挂藏　在贮藏库内设立数排“人”字形挂架，高 2 米，架上平行固定几层挂杆。用铁丝钩钩住甘蓝根部挂在杆上。此法有利于通风，适合于南方冬季气温较高的地方贮藏甘蓝。

144. 结球甘蓝的加工工艺有哪些？

（1）香辣甘蓝　将甘蓝 10 千克洗净，沥干水后切瓣，放入缸中，分层加盐 1 千克盐渍。1 周后，取出放入盆中，加上重石压出卤水，然后切成 15 毫米的菱形块，或宽 10～15 毫米、长 30～40 毫米的丝条，用清水漂洗干净。榨干水分后拌入 250 克辣椒粉、250 克酱油、150 克麻油、少量五香粉制成的调料，放进缸中密封，可随时取用。

（2）西餐泡菜　把甘蓝洗净，切成大块，辅以胡萝卜、甘蓝、洋葱、青椒等各色蔬菜，切成相应大小的块或段，用开水焯一下，放凉后挤干或沥干。用水熬糖，放入胡椒、红辣椒，味精少许，放凉后加入白醋。将菜搅拌后装入泡菜坛，上面撒一层白糖，放入冰箱内，一夜后即可食用。

（3）脱水甘蓝　选用球茎大、紧密的品种，要求干物质含量大于4%，颜色为黄绿色或白色。将原料洗净后切成0.3～0.5厘米的方块。用0.2%的亚硫酸钠浸泡3分钟，在60℃下烘烤8小时即成。

（4）制汁、菜泥　用压或榨的方法把甘蓝的汁液分离出来，采用速冻技术保存，即为甘蓝汁。把甘蓝洗净，速冻，再磨碎成粉，即为甘蓝泥。甘蓝汁和泥保存了甘蓝原有的风味和营养，国外主要用于制造面包、蛋糕和冰淇淋等。

（5）干制包心菜　将新鲜包心菜切除叶梗、粗叶，剥除外层松散青叶片，清水洗净，用机械或手工切除轴芯，用切菜机切成大小约15毫米×15毫米的小叶片。移入热烫机，用98℃、2%的食盐水烫煮2分钟，再通过传送带进入冷却槽中用冷水冷却。冷却后送入套有尼龙网袋的压榨机中榨去部分水分（也可用离心机除去部分水分），随即通过提升吊机将菜移入搅拌器中，加适量葡萄糖搅拌3～5分钟，把菜搅散拌匀再烘干。采用槽式热风干燥机，75～80℃持续6小时烘干至水分降至5%～6%。将干品移出，稍微冷却后装入密闭容器内，经一昼夜半衡水分。将半成品移入分选机筛除碎屑和杂质，然后在传送带上拣除不合格的粗梗片、焦黄片、黏结未干片、低劣片和杂质等，并用金属探测器检测金属杂物，精选后包装。

（6）酸甘蓝　将叶球洗净，晾晒1～2天，剔除老叶及缩短茎，切成约5厘米宽的菜条放入菜坛，沸水100千克加6～8千克食盐，冷却后倒入坛中淹没菜面，盖严坛口，保持温度18～24℃，发酵6～10天可食用。

（7）甜甘蓝　将甘蓝10千克洗净，切成方块，放入容器中，撒进500克盐，4～5小时后，捞出控干水分，再放进腌器中，注入1千克糖和25克酒的混合液体，2～3天后即为成品。成品味鲜，甘甜适口。

（8）甘蓝腌渍　将新鲜甘蓝除去外部散叶，小者用刀直剖二半，大者直剖四块，然后入缸腌制，一层盐一层菜，用盐量为

6%～8%，直到装满缸，最后撒一层盖面盐。过 1～2 天后，盐分渗入菜内，菜汁渗出，缸内出现卤水，菜质已软，可加压石头，并加入浓度为 10%～12% 的盐水，使菜身浸于卤中 30～60 毫米，10～15 天即可食用。

（9）辣甘蓝　将已经腌熟的咸甘蓝切成宽 10～15 毫米、长 30～40 毫米的丝条，压去水分，每 12 千克菜丝条，加入辣椒粉 1～1.5 千克及少量味精和酱油，调拌均匀，即可食用。

（10）冬菜　将 50 千克鲜甘蓝去根、老叶、外叶，洗净沥干，一切为二，除去中心柱，切成丝状，加盐 4 千克拌匀，置于缸内腌制。5～6 天后取出压出菜水，置于 4 千克甜酱油（每 50 千克普通酱油加 6～7 千克白糖或红糖即成）中酱渍，5～7 天后捞出摊于日光下暴晒至半干。再按 50 千克鲜菜配酱油 375 克、花椒 6～8 克、陈酒 810 克、苯甲酸钠 25 克，充分拌和后立即装坛密封，可长期保存。

145. 球茎甘蓝的加工工艺有哪些？

（1）腌制　选择鲜品，清洗干净，削去外皮，根据其大小切分成两瓣或四瓣，在清水中浸泡 6～8 小时，捞出沥干。倒入洁净的缸中，一层原料一层食盐，到顶层面上再撒些面盐。食盐用量为腌制原料的 10%。置于阴凉处。第二天倒缸，以后每隔 1～2 天倒一次，连续倒 4～5 次，球茎甘蓝变软后缸内出现液汁，用重石压其上，让液汁慢慢透出没过被腌球茎甘蓝，加盖封缸。经 30 天左右，再次倒缸，待球茎甘蓝呈浅黄色并且已不见白心时即已腌制成咸鲜、脆嫩的腌球茎甘蓝。

（2）酱制　腌球茎甘蓝可直接佐餐食用，也可作酱制品的原料。在酱制前需脱盐，即将咸球茎甘蓝用清水浸泡，夏天 2～4 小时，冬天 5～6 小时，中间需换清水数次，使含盐量降为 2%～2.5%。

① 酱八宝　原料有咸球茎甘蓝 5 千克、咸黄瓜 2.5 千克、咸菜瓜和咸香瓜各 1.3 千克；辅料有花生米 1.3 千克、鲜姜 0.5 千

克、杏仁 0.5 千克、桂花 120 克；调味料有面酱 5 千克、白糖 750 克。

原辅料预处理：将咸球茎甘蓝等原料切成 0.5 厘米见方的丁，泡入清水中脱盐；再把花生料炒熟，姜切成丝。

酱制：将脱盐后的原料控干水分，装入布袋中，投入已配好的面酱汁中，每天搅拌几次，7～8 天后取出，控去 30％左右的酱汁。

拌料：将桂花、白糖、姜丝、花生米、杏仁等辅料拌入原料中，搅拌均匀即成香脆、甜咸可口的酱八宝。

② 酱油球茎甘蓝丝　将咸球茎甘蓝切成丝状，浸泡脱盐，然后控干水分和适量姜丝一起装入洁净坛中；倒入酱油（用量 30％）浸泡，经常翻动，3～4 天后即制得酱香可口的酱油球茎甘蓝丝。

附　录

附录一　无公害食品　白菜类蔬菜
NY 5003—2001

1　范围　本标准规定了无公害食品白菜类蔬菜的定义、要求、试验方法、检验规则、标志、包装、运输和贮存。

本标准适用于无公害食品白菜类蔬菜大白菜、小白菜、菜心、菜薹、乌塌菜、薹菜、日本水菜等。

2　规范性引用文件　下列文件中的条款通过本标准的引用而成为本标准的条款。

GB/T 5009.11　食品中总砷的测定方法

GB/T 5009.12　食品中铅的测定方法

GB/T 5009.15　食品中镉的测定方法

GB/T 5009.17　食品中总汞的测定方法

GB/T 5009.18　食品中氟的测定方法

GB/T 5009.20　食品中有机磷农药残留量的测定方法

GB/T 5009.38　蔬菜、水果卫生标准分析方法

GB/T 8855　新鲜水果和蔬菜的取样方法

GB/T 14875　食品中辛硫磷农药残留量的测定方法

GB/T 14876　食品中甲胺磷和乙酰甲胺磷农药残留量的测定方法

GB/T 14877　食品中氨基甲酸酯类农药残留量的测定方法

GB/T 14878　食品中百菌清残留量的测定方法

GB/T 15401　水果、蔬菜及其制品　亚硝酸盐和硝酸盐含量的测定

GB/T 16335　食品中亚胺硫磷残留量的测定方法

GB/T 16340　食品中灭幼脲残留量的测定

GB/T 17331 食品中有机磷和氨基甲酸酯类农药多种残留的测定

GB/T 17332 食品中有机氯和拟除虫菊酯类农药多种残留的测定

3 术语和定义 下列术语和定义适用于本标准。

3.1 同一品种 植株特征性状、色泽及生长状态相同的品种。

3.2 菜体 植株的产品器官。

3.3 新鲜 叶片具有一定的光泽和水分，没有发生萎蔫现象。

3.4 清洁 叶片表面没有泥土、灰尘及其他污染物。

3.5 烧心 菜体内层叶片因生理或病理、环境等因素所造成的干枯现象。

3.6 裂球 因成熟过度或侧芽萌发或抽薹而造成的叶球开裂。

3.7 异味 因栽培管理、污染或病虫为害所造成的不良气味和滋味。

3.8 腐烂 因病原菌侵染导致的变质、发霉现象。

3.9 冻害 叶片在冰点或冰点以下低温所产生的无法缓解的冻害。

3.10 机械伤 因机械外力所造成叶片的损伤。

3.11 病虫害 因病原菌侵染或害虫取食而影响菜体的外观及食用品质等经济性状的为害。

3.12 整齐度 同一批产品在形状、大小相对一致的程度。用样品平均质量乘以（1±15%）表示。

4 要求

4.1 感官 感官要求应符合表1的规定。

4.2 卫生 卫生要求应符合表2的规定。

5 试验方法

5.1 感官要求的检测

5.1.1 品种特征、裂球、新鲜、清洁、烧心、腐烂、冻害、病虫害及机械伤害等，用目测法检测。病虫害有明显症状或症状不明显而有怀疑者，应取样用小刀纵向解剖检验，如发现内部症状，

表 1　无公害白菜类蔬菜感官要求

项目	品质	规格	限度
品种	同一品种		
新鲜	叶片色泽明亮,水分适宜而没有萎蔫		
清洁	菜体表面没有泥土、灰尘及其他污染物		
浇心	无		
裂球	无(大白菜)	规格用整齐度表示。同规格的样品其整齐度应≥90%	每批样品中不符合感官要求的按质量计,总不合格率不得超过5%
腐烂	无		
异味	无		
冻害	无		
病虫害	无		
机械伤			

注:烧心、腐烂、病虫害为主要缺陷

表 2　无公害白菜类蔬菜卫生指标

序号	农药名称	指标/(毫克/千克)	序号	农药名称	指标/(毫克/千克)
1	六六六(BHC)	≤0.2	13	氰戊菊酯(fenvalerate)	≤0.5
2	滴滴涕(DDT)	≤0.1	14	氯氟氰菊酯(cyhalothrin)	≤0.2
3	马拉硫磷(malathion)	不得检出	15	抗蚜威(pirimicarb)	≤1
4	乐果(dimethoate)	≤1	16	灭幼脲(chlorbenzuron)	≤3
5	乙酰甲胺磷(acephate)	≤0.2	17	多菌灵(carbendazim)	≤0.5
6	杀螟硫磷(fenitrothion)	≤0.5	18	百菌清(chlorothalonil)	≤1
7	毒死蜱(chlorpyrifos)	≤1	19	砷(以 As 计)	≤0.5
8	敌百虫(trichlorfon)	≤0.1	20	铅(以 Pb 计)	≤0.2
9	辛硫磷(phoxim)	≤0.05	21	汞(以 Hg 计)	≤0.01
10	敌敌畏(dichlorvos)	≤0.2	22	镉(以 Cd 计)	≤0.05
11	氯氰菊酯(cypermethrin)	≤1	23	氟(以 F 计)	≤0.5
12	溴氰菊酯(deltamethrin)	≤0.5	24	亚硝酸盐	≤4

注1:出口产品按进口国的要求检测;

　　2:根据《中华人民共和国农药管理条例》,剧毒和高毒农药不得在蔬菜生产中使用,不得检出。

则需扩大一倍样品数量。

异味用嗅的方法检测。

5.1.2　整齐度的检测　将每件包装内的样品平铺，用四分法随机抽取样品，用台秤称量每个样品的质量，按式（1）计算出平均质量 X：

$$X=(X_1+X_2+\cdots+X_n)/n \tag{1}$$

式中　X——样品的平均质量，单位为克（g）；

　　　X_n——单个样品的质量，单位为克（g）；

　　　n——所检样品的个数，单位为个。

5.2　卫生要求的检测

5.2.1　六六六、滴滴涕、氯氰菊酯、溴氰菊酯、氰戊菊酯、氯氟氰菊酯　按 GB/T 17332 规定执行。

5.2.2　乙酰甲胺磷　按 GB 14876 规定执行。

5.2.3　杀螟硫磷、乐果、马拉硫磷、敌敌畏、喹硫磷、敌百虫　按 GB/T 5009.20 规定执行。

5.2.4　毒死蜱　按 GB/T 17331 规定执行。

5.2.5　辛硫磷　按 GB 14875 规定执行。

5.2.6　亚胺硫磷　按 GB/T 16335 规定执行。

5.2.7　抗蚜威　按 CB 14877 规定执行。

5.2.8　灭幼脲　按 GB/T 16340 规定执行。

5.2.9　百菌清　按 GB 14878 规定执行。

5.2.10　多菌灵　按 GB/T 5009.38 规定执行。

5.2.11　砷　按 GB/T 5009.11 规定执行。

5.2.12　铅　按 GB/T 5009.12 规定执行。

5.2.13　镉　按 GB/T 5009.15 规定执行。

5.2.14　汞　按 GB/T 5009.17 规定执行。

5.2.15　氟　按 GB/T 5009.18 规定执行。

5.2.16　亚硝酸盐　按 GB/T 15401 规定执行。

6　检验规则

6.1　检验分类

6.1.1 型式检验 型式检验是对产品进行全面考核，即对本标准规定的全部要求进行检验。有下列情形之一者应进行型式检验。

a）申请无公害食品标志或进行无公害食品年度抽查检验；

b）出口蔬菜、产品评优、国家质量监督机构或行业主管部门提出型式检验要求；

c）前后两次抽样检验结果差异较大；

d）因人为或自然因素使生产环境发生较大变化。

6.1.2 交收检验 每批产品交收前，生产单位都要进行交收检验。交收检验内容包括感官、标志和包装。检验合格后并附合格证方可交收。

6.2 组批检验 同产地、同规格、同时收购的白菜类蔬菜作为一个检验批次。批发市场同产地、同规格的白菜类蔬菜作为一个检验批次。农贸市场和超市相同进货渠道的白菜类蔬菜作为一个检验批次。

6.3 抽样方法 按照 GB/T 8855 中的有关规定执行。

报验单填写的项目应与实货相符，凡与实货不符，品种、规格混淆不清，包装容器严重损坏者，应由交货单位重新整理后再行抽样。

6.4 包装检验 应按第 8 章的规定进行。

6.5 判定规则

6.5.1 每批受检样品抽样检验时，对不符合感官要求的样品做各项记录。如果一个样品同时出现多种缺陷，选择一种主要的缺陷，按一个残次品计算。不合格品的百分率按式（2）计算，计算结果精确到小数点后一位。

$$X = m_1/m_2 \qquad (2)$$

式中 X——单项不合格百分率，单位为百分率（％）；

m_1——单项不合格品的质量，单位为千克（kg）；

m_2——检验批次样本的总质量，单位为千克（kg）。

各单项不合格品百分率之和即为总不合格品百分率。

6.5.2　限度范围　每批受检样品，不合格率按其所检单位（如每箱、每袋）的平均值计算，其值不得超过所规定限度。

如同一批次某件样品不合格品百分率超过规定的限度时，为避免不合格率变异幅度太大，规定如下：

规定限度总计不超过5%者，则任何包装不合格品百分率的上限不得超过10%。

6.5.3　卫生指标有一项不合格，该批次产品为不合格。

6.5.4　复验　该批次样本标志、包装、净含量不合格者，允许生产单位进行整改后申请复验一次。感官和卫生指标检测不合格不进行复验。

7　标志

7.1　包装上应明确标出无公害食品标志。

7.2　每一包装上应标明产品名称、产品的标准编号、商标、生产单位名称、详细地址、产地、规格、净含量和包装日期等，标志上的字迹应清晰、完整、准确。

8　包装、运输、贮存

8.1　包装

8.1.1　用于产品包装的容器如塑料箱、纸箱等须按产品的大小规格设计，同一规格必须大小一致，整洁、干燥、牢固、透气、美观、无污染、无异味，内壁无尖突物，无虫蛀、腐烂、霉变等，纸箱无受潮、离层现象。塑料箱应符合相关标准的要求。

8.1.2　按产品的规格分别包装，同一包装内的产品需摆放整齐紧密。

8.1.3　每批产品所用的包装、单位质量应一致。

8.1.4　包装检验规则　逐件称量抽取的样品，每件的质量应一致，不得低于包装外标志的质量。根据整齐度计算的结果，确定所抽取样品的规格，并检查与包装外所示的规格是否一致。

8.2　运输　运输前应进行预冷，运输过程中要保持适当的温度和湿度，注意防冻、防雨淋、防晒、通风散热。

8.3　贮存

8.3.1 贮存时应按品种、规格分别贮存。

8.3.2 贮存温度 0~1℃。

8.3.3 贮存湿度 空气相对湿度应保持在90%~95%。

8.3.4 库内堆码时应保证气流均匀流通。

附录二 无公害食品 大白菜生产技术规程
NY/T 5004—2001

1 范围 本标准规定了无公害食品大白菜的生产技术措施要求。

本标准适用于我国无公害食品大白菜的生产。

2 规范性引用文件 下列文件中的条款通过本标准的引用而成为本标准的条款。

GB 4285 农药安全使用标准

GB/T 8321 （所有部分）农药合理使用准则

GB 16715.2—1999 瓜菜作物种子 白菜类

NY 5010 无公害食品 蔬菜产地环境条件

3 生产技术措施

3.1 产地环境条件

3.1.1 产地环境条件符合 NY 5010 要求。

3.1.2 土壤条件 地势平坦、排灌方便、土壤耕层深厚、土壤结构适宜、理化性状良好，以粉砂壤土、壤土及轻黏土为宜，土壤肥力较高。

3.2 栽培措施

3.2.1 品种选择 选用抗病、优质丰产、抗逆性强、适应性广、商品性好的品种。种子质量应符合 GB 16715.2 要求。

3.2.2 整地 采用高畦栽培，地膜覆盖，便于排灌，减少病虫害。

3.2.3 播种 根据气象条件和品种特性选择适宜的播期，秋白菜一般在夏末初秋播种。华南地区一般秋季播种，叶球成熟后随时采收。可采用穴播或条播，播后盖细土 0.5～1 厘米，搂平压实。

3.2.4 田间管理

3.2.4.1 间苗定苗 出苗后及时间苗，7～8 叶时定苗。如缺苗应及时补栽。

3.2.4.2 中耕除草 间苗后及时中耕除草，封垄前进行最后一次中耕。中耕时前浅后深，避免伤根。

3.2.4.3 合理浇水 播种后及时浇水，保证齐苗壮苗；定苗、定植或补栽后浇水，促进返苗；莲座初期浇水促进发棵；包心初中期结合追肥浇水，后期适当控水促进包心。

3.3 施肥

3.3.1 施肥原则 根据大白菜需肥规律、土壤养分状况和肥料效应，通过土壤测试，确定相应的施肥量和施肥方法，按照有机与无机相结合、基肥与追肥相结合的原则，实行平衡施肥。

3.3.2 基肥 每亩优质有机肥施用量不低于 3000 千克。有机肥料应根据附录 C 中表 C.1 的要求充分腐熟。氮肥总用量的 30%～50%、大部分磷、钾肥料可基施，结合耕翻整地与耕层充分混匀。宜合理种植绿肥、秸秆还田、氮肥深施和磷肥分层施用。适当补充钙、铁等中、微量元素。

3.3.3 追肥 追肥以速效氮肥为主，应根据土壤肥力和生长状况在幼苗期、莲座期、结球初期和结球中期分期施用。为保证大白菜优质，在结球初期重点追施氮肥，并注意追施速效磷钾肥。收获前 20 天内不应使用速效氮肥。合理采用根外施肥技术，通过叶面喷施快速补充营养。

3.3.4 不应使用工业废弃物、城市垃圾和污泥。不应使用未经发酵腐熟、未达到无害化指标的人畜粪尿等有机肥料。

3.3.5 选用的肥料应达到国家有关产品质量标准，满足无公害大白菜对肥料的要求。

3.4 病虫害防治

3.4.1 病虫害防治原则 以防为主、综合防治，优先采用农业防治、物理防治、生物防治，配合科学合理地使用化学防治，达到生产安全、优质的无公害大白菜的目的。不应使用国家明令禁止的高毒、高残留、高生物富集性、高三致（致畸、致癌、致突变）农药及其混配农药。农药施用严格执行 GB 4285 和 GB/T 8321 的规定。

3.4.2　农业防治

3.4.2.1　因地制宜选用抗（耐）病优良品种。

3.4.2.2　合理布局，实行轮作倒茬，加强中耕除草，清洁田园，降低病虫源数量。

3.4.2.3　培育无病虫害壮苗。播前种子应进行消毒处理：防治霜霉病、黑斑病可用 50％福美双可湿性粉剂，或 75％百菌清可湿性粉剂按种子量的 0.4％拌种；也可用 25％甲霜灵可湿性粉剂按种子量的 0.3％拌种；防治软腐病可用菜丰宁或专用种衣剂拌种。

3.4.3　物理防治　可采用银灰膜避蚜或黄板（柱）诱杀蚜虫。

3.4.4　生物防治　保护天敌，创造有利于天敌生存的环境条件，选择对天敌杀伤力低的农药；释放天敌，如捕食螨、寄生蜂等。

3.4.5　药剂防治

3.4.5.1　对菜青虫、小菜蛾、甜菜夜蛾等采用病毒如银纹夜蛾病毒、甜菜夜蛾病毒、小菜蛾病毒及白僵菌、苏云金杆菌制剂等进行生物防治；或 5％氟啶脲乳油 2500 倍液喷雾、5％氟虫脲 1500 倍液、50％辛硫磷 1000 倍液喷雾，或用阿维菌素乳油、苦参碱、印楝素、鱼藤酮、高效氯氰菊酯、氯氟氰菊酯、联苯菊酯等喷雾进行防治，根据使用说明正确使用剂量。

3.4.5.2　对软腐病用 72％硫酸链霉素可溶粉剂 4000 倍液，或新植霉素 4000～5000 倍液喷雾。

3.4.5.3　防治霜霉病可选用 25％甲霜灵可湿性粉剂 750 倍液，或 69％烯酰吗啉·锰锌可湿性粉剂 500～600 倍液、69％霜脲氰·锰锌可湿性粉剂 600～750 倍液、75％百菌清可湿性粉剂 500 倍液等喷雾。交替、轮换使用，7～10 天 1 次，连续防治 2～3 次。

3.4.5.4　防治炭疽病、黑斑病可选用 69％烯酰吗啉·锰锌可湿性粉剂 500～600 倍液，或 80％炭疽福美可湿性粉剂 800 倍液等喷雾。

3.4.5.5 防治病毒病可在定植前后喷一次 20％盐酸吗啉胍·铜可湿性粉剂 600 倍液，或 1.5％植病灵乳油 1000～1500 倍液喷雾。

3.4.5.6 防治菜蚜可用 10％吡虫啉 1500 倍液，或 3％啶虫脒 3000 倍液、50％抗蚜威可湿性粉剂 2000～3000 倍液喷雾。

3.4.5.7 防治甜菜夜蛾可用 52.25％毒死蜱·氯氰菊酯乳油 1000～1500 倍液，或 4.5％高效氯氰菊酯乳油 11.25～22.5 克/公顷，或 20％溴虫腈，或 20％虫酰肼悬浮剂 200～300 克/公顷喷雾，晴天傍晚用药，阴天可全天用药。

附录 A

（规范性附录）

无公害大白菜生产中禁止使用的农药品种

甲拌磷（3911）、治螟磷（苏化 203）、对硫磷（1605）、甲基对硫磷（甲基 1605）、内吸磷（1059）、杀螟威、久效磷、磷胺、甲胺磷、异丙磷、三硫磷、氧化乐果、磷化锌、磷化铝、甲基硫环磷、甲基异柳磷、氰化物、克百威、氟乙酰胺、砒霜、杀虫脒、西力生、赛力散、溃疡净、氯化苦、五氯酚、二溴氯丙烷、401、六六六、滴滴涕、氯丹及其他高毒、高残留农药。

附录 B

（规范性附录）

农药合理使用准则（大白菜常用农药部分）

表 B.1

农药名称	剂型	常用药量 /［克(毫升)/ (次·亩)］	最高用药量 /［克(毫升)/ (次·亩)］	施药 方法	最多施 药次数 (每季作物)	安全间隔 期/天
敌敌畏	80％乳油	100 毫升	200 毫升	喷雾	5	≥5
乐果	40％乳油	50 毫升	100 毫升	喷雾		≥10
辛硫磷	50％乳油	50 毫升	100 毫升	喷雾	3	≥6

农药名称	剂型	常用药量 /[克(毫升)/ (次·亩)]	最高用药量 /[克(毫升)/ (次·亩)]	施药 方法	最多施 药次数 (每季作物)	安全间隔 期/天
敌百虫	90%固体	50克	100克	喷雾	5	≥7
氯氰菊酯	10%乳油	20毫升	30毫升	喷雾	3	≥5
溴氰菊酯	2.5%乳油	20毫升	40毫升	喷雾	3	≥2
氰戊菊酯	20%乳油	15毫升	40毫升	喷雾	3	≥12
甲氰菊酯	20%乳油	25毫升	30毫升	喷雾	3	≥3
氯氟氰菊酯	2.5%乳油	25毫升	50毫升	喷雾	3	≥7
顺式氰戊菊酯	5%乳油	10毫升	20毫升	喷雾	3	≥7
顺式氯氰菊酯	10%乳油	5毫升	10毫升	喷雾	3	≥3
抗蚜威	50%可湿性粉剂	10克	30克	喷雾	3	≥11
定虫隆	5%乳油	40毫升	80毫升	喷雾	3	≥7
毒死蜱	40.7%乳油	50毫升	75毫升	喷雾	3	≥7
齐墩螨素	1.8%乳油	30毫升	50毫升	喷雾	1	≥7
百菌清	75%可湿性粉剂	100克	120克	喷雾	3	≥10

注：摘自 GB 4285 和 GB/T 8321。

附录 C

（规范性附录）

有机肥料无害化标准

表 C.1

项 目		卫生标准及要求
高温堆肥	堆肥温度	最高堆温达 50～55℃，持续 5～7 天
	蛔虫卵死亡率	95%～100%
	粪大肠菌值	10^{-2}～10^{-1}
	苍蝇	有效地控制苍蝇孳生，肥堆周围没有活的蛆、蛹或新羽化的成蝇
沼气发酵肥	密封储存期	30 天以上
	高温沼气发酵温度	(53±2)℃持续 2 天
	寄生虫卵沉降率	95% 以上
	血吸虫卵和钩虫卵	在使用粪液中不得检出活的血吸虫卵和钩虫卵
	粪大肠菌值	普通沼气发酵 10^{-4}，高温沼气发酵 10^{-2}～10^{-1}
	蚊子、苍蝇	有效地控制蚊蝇孳生，粪液中无孑孓。池的周围无活的蛆、蛹或新羽化的成蝇
	沼气池残渣	经无害化处理后方可用作农肥

附录三 无公害食品 甘蓝类蔬菜

NY 5008—2001

1 范围 本标准规定了无公害食品甘蓝类蔬菜的定义、要求、试验方法、检验规则、标志、包装、运输和贮存。

本标准适用于无公害食品甘蓝类蔬菜中的普通结球甘蓝、花椰菜、青花菜。

2 规范性引用文件 下列文件中的条款通过本标准的引用而成为本标准的条款。

GB/T 5009.11 食品中总砷的测定方法

GB/T 5009.12 食品中铅的测定方法

GB/T 5009.15 食品中镉的测定方法

GB/T 5009.17 食品中总汞的测定方法

GB/T 5009.18 食品中氟的测定方法

GB/T 5009.20 食品中有机磷农药残留量的测定方法

GB/T 8855 新鲜水果和蔬菜的取样方法

GB 14875 食品中辛硫磷农药残留量的测定方法

GB 14876 食品中甲胺磷和乙酰甲胺磷农药残留量的测定方法

GB 14877 食品中氨基甲酸酯类农药残留量的测定方法

GB 14878 食品中百菌清残留量的测定方法

GB/T 15401 水果、蔬菜及其制品 亚硝酸盐和硝酸盐含量的测定

GB/T 16335 食品中亚胺硫磷残留量的测定方法

GB/T 17332 食品中有机氯和拟除虫菊酯类农药多种残留的测定

SN 0582 出口粮谷及油籽中灭多威残留量检验方法

3 术语和定义 下列术语和定义适用于本标准。

3.1 同一品种 形态特征和生物学特性相同的品种。

3.2 结球紧实度 叶（花）球成熟时的紧密程度。

3.3 新鲜 叶（花）球表面鲜亮，无萎蔫、色泽正常。

3.4 清洁 叶（花）球无泥土或其他外来物的污染。

3.5 整修 用于鲜销的叶（花）球要去掉叶（花）球外层不可食用的茎、叶；青花菜主花茎长以收获时保持主花球的完整性为标准。

3.6 裂球 叶球因成熟过度、侧芽萌发或抽薹而造成的叶球开裂。

3.7 绒毛花蕾 因采收过迟或遇高温而引起花芽进一步分化形成黄绿或红色的萼片突出到花球表面的绒毛状花蕾。

3.8 枯黄花蕾 遇高温、收获过迟、贮藏不当或贮藏期过长引起的花蕾枯黄。

3.9 异味 在贮运过程中，产品器官因污染或病虫为害所造成的不良气味和滋味。

3.10 冻害 叶（花）球在冰点以下低温下，组织冻结而引起的无法缓解的伤害。

3.11 机械伤 因环境外力而对产品器官所造成的损伤。

3.12 病虫害 由害虫、病原菌或生理因素造成产品器官的病斑、穿孔或咬痕。

3.13 腐烂 叶球因病菌引起的任何腐烂现象。

3.14 整齐度 甘蓝类蔬菜叶（花）球、大小、球形的一致性。分别用叶（花）球纵横茎平均值乘以（1±15%）和单个叶（花）球质量的平均值乘以（1±20%）的球数的百分率表示。

4 要求

4.1 感官 甘蓝类蔬菜的感官应符合表1的规定。

4.2 卫生 卫生要求应符合表2的规定。

5 试验方法

5.1 感官要求的检测

5.1.1 品种特征、新鲜、清洁、裂球、整修、绒毛花蕾、枯黄花蕾、腐烂、冻害、病虫害和机械伤害等 用目测法鉴定。外观有明显病虫害症状或怀疑有病虫害的样品，应取样用小刀纵向解剖

表1　无公害甘蓝类蔬菜感官要求

项目	品　质	规格	限度
品种	同一品种	规格用整齐度表示。同规格的样品其整齐度在规定范围内的球数应≥80%	每批样品中不符合感官要求的按质量计，其总不合格率不得超过10%
结球紧实度	叶（花）球达到该品种适期收获时的紧实程度		
新鲜	叶（花）球的帮、叶、球有光泽，脆嫩		
清洁	叶（花）球外部无泥土或其他外来物的污染和病虫害		
裂球	无（结球甘蓝）		
修整	良好		
绒毛花蕾	无（花椰菜）		
枯黄花蕾	无（青花菜）		
腐烂	无		
异味	无		
冻害	无		
病虫害	无		
机械伤	<2%		

注：枯黄花蕾、腐烂、病虫害为主要缺陷。

表2　无公害甘蓝类蔬菜卫生指标

序号	项　目	指标/(毫克/千克)	序号	项　目	指标/(毫克/千克)
1	六六六（BHC）	≤0.2	14	氰戊菊酯（deltamethrin）	≤0.5
2	滴滴涕（DDT）	≤0.1	15	氯氟氰菊酯（cyhalothrin）	≤0.2
3	马拉硫磷（malathion）	不得检出	16	氯菊酯（permethrin）	≤1
4	乐果（dimethoate）	≤1	17	抗蚜威（permethrin）	≤1
5	乙酰甲胺磷（acephate）	≤0.2	18	灭多威（methomyl）	≤2
6	杀螟硫磷（fenitrothion）	≤0.5	19	百菌清（chlorothalonil）	≤1
7	敌敌畏（dichlorvos）	≤0.2	20	砷（以As计）	≤0.5
8	毒死蜱（chlorpyrifos）	≤1	21	铅（以Pb计）	≤0.2
9	敌百虫（trichlorfon）	≤0.1	22	汞（以Hg计）	≤0.01
10	喹硫磷（quinalphos）	≤0.2	23	镉（以Cd计）	≤0.05
11	亚胺硫磷（phosmet）	≤0.5	24	氟（以F计）	≤0.5
12	氯氰菊酯（cypermethrin）	≤1	25	亚硝酸盐	≤4
13	溴氰菊酯（deltamethrin）	≤0.5			

注1：出口产品按进口国的要求检测。

2：根据《中华人民共和国农药管理条件》，剧毒和高毒农药不得在蔬菜生产中使用，不得检出。

240

方法检验，如发现内部症状，则需扩大一倍样品数量。

5.1.2　异味　用嗅的方法检测。

5.1.3　结球紧实度　甘蓝用手触感的紧密程度检测；花椰菜、青花菜用目测法检测。

5.1.4　整齐度　用台秤逐个称量单个叶（花）球的质量。用尺子逐个量取叶（花）球的纵径、横径，以下述方法计算出整齐度。叶（花）球的横径平均值 X 乘以（1±15％），纵径的平均值 Y 乘以（1±15％）和单球质量平均值 m 乘以（1±20％）。

5.2　卫生要求的检测

5.2.1　六六六、滴滴涕、氯氰菊酯、溴氰菊酯、氰戊菊酯、氯菊酯、氯氟氰菊酯　按 GB/T 17332 规定执行。

5.2.2　乙酰甲胺磷　按 GB 14876 规定执行。

5.2.3　杀螟硫磷、乐果、马拉硫磷、敌敌畏、喹硫磷、敌百虫　按 GB/T 5009.20 规定执行。

5.2.4　毒死蜱　按 GB/T 17331 规定执行。

5.2.5　辛硫磷　按 GB 14875 规定执行。

5.2.6　亚胺硫磷　按 GB/T 16335 规定执行。

5.2.7　抗蚜威　按 GB 14877 规定执行。

5.2.8　灭多威　按 SN 0582 规定执行。

5.2.9　百菌清　按 GB 14878 规定执行。

5.2.10　砷　按 GB/T 5009.11 规定执行。

5.2.11　铅　按 GB/T 5009.12 规定执行。

5.2.12　镉　按 GB/T 5009.15 规定执行。

5.2.13　汞　按 GB/T 5009.17 规定执行。

5.2.14　氟　按 GB/T 5009.18 规定执行。

5.2.15　亚硝酸盐　按 GB/T 15401 规定执行。

6　检验规则

6.1　检验分类

6.1.1　型式检验　型式检验是对产品进行全面考核，即对本标准规定的全部要求进行检验，有下列情形之一者应进行型式检验。

　　a）申请无公害食品标志或进行无公害食品年度抽查检验；

　　b）出口蔬菜、产品评优、国家质量监督机构或行业主管部门提出型式检验要求；

　　c）前后两次抽样检验结果差异较大；

　　d）因人为或自然因素使生产环境发生较大变化。

　　6.1.2　交收检验　每批产品交收前，生产单位都要进行交收检验。交收检验内容包括感官、标志和包装、检验合格后并附合格证方可交收。

　　6.2　组批检验　同产地、同规格、同时收购的甘蓝类蔬菜作为一个检验批次。批发市场同产地、同规格的甘蓝类蔬菜作为一个检验批次。农贸市场和超市相同进货渠道的甘蓝类蔬菜作为一个检验批次。

　　6.3　抽样方法　按照 GB/T 8855 中的有关规定执行。

　　按验单填写的项目应与实货相符，凡与实货不符，品种、规格混淆不清，包装容器严重损坏者，应由交货单位重新整理后再行抽样。

　　6.4　包装检验　应按第 8 章的规定进行。

　　6.5　判定规则

　　6.5.1　每批受检样品抽样检验时，对不符合感官要求的样品做各项记录。如果一个样品同时出现多种缺陷，选择一种主要的缺陷，按一个残次品计算。不合格品的百分率按式（1）计算，计算结果精确到小数点后一位。

$$X = m_1 / m_2 \qquad\qquad (1)$$

式中　X——单项不合格百分率，单位为百分率（％）；

　　m_1——单项不合格品的质量，单位为千克（kg）；

　　m_2——检验批次样本的质量，单位为千克（kg）。

　　各单项不合格品百分率之和即为总不合格品百分率。

　　6.5.2　限度范围　每批受检样品，不合格率按其所检单位（如每箱、每袋）的平均值计算，其值不得超过所规定限度。

如同一批次某件样品不合格品百分率超过规定的限度时，为避免不合格率变异幅度太大，规定如下：

规定限度总计不超过 10％者，则任何包装不合格品百分率的上限不得超过 20％。

6.5.3　卫生指标有一项不合格，该批次产品为不合格。

6.5.4　复检　该批次样本标志、包装、净含量不合格者，允许生产单位进行整改后申请复验一次。感官和卫生指标检测不合格不进行复验。

7　标志

7.1　包装上应明确标明无公害食品标志。

7.2　每一包装上应标明产品名称、产品的标准编号、商标、生产单位名称、详细地址、规格、净含量和包装日期等，标志上的字迹应清晰、完整、准确。

8　包装、运输、贮存

8.1　包装

8.1.1　用于包装甘蓝类蔬菜的包装容器如塑料箱、纸箱等应按产品的大小规格设计，同一规格必须大小一致，整洁、干燥、牢固、透气、美观、无污染、无异味，内壁无尖突物，无虫蛀、腐烂、霉变等，纸箱无受潮、离层现象。塑料箱应符合相关标准的要求。

8.1.2　产品应按同品种、同规格进行包装，同一包装内的产品需摆放整齐紧密。

8.1.3　每批报验的产品所用的包装规格、单位质量应一致，每件包装净含量不得超过 10 千克，误差不超过 2％。

8.1.4　包装检验规则　逐件称量抽取的样品，每件的质量应一致，不得低于包装外标志的质量。根据整齐度计算的结果，确定所抽取样品的规格，并检查与包装外所示的规格是否一致。

8.2　运输　运输前应进行预冷，运输过程中适宜的温度为1～4℃，相对湿度 85％～90％。运输过程中注意防冻、防雨淋、防晒、通风散热。

8.3 贮存

8.3.1 贮存时应按品种、规格分别贮存。

8.3.2 贮存叶（花）球温度应保持在 1～4℃，空气相对湿度保持在 90％～95％；库内堆码应保证气流均匀流通。

附录四 无公害食品 结球甘蓝生产技术规程
NY 5009—2001

1 范围 本标准规定了无公害结球甘蓝生产技术管理措施。本标准适用于全国无公害结球甘蓝的生产。

2 规范性引用文件 下列文件中的条款通过本标准的引用而成为本标准的条款。

GB 4285 农药安全使用标准

GB/T 8321 （所有部分）农药合理使用准则

GB 16715.4—1999 瓜菜作物种子 甘蓝类

NY 5010 无公害食品 蔬菜产地环境条件

3 术语和定义 下列术语和定义适用于本标准。

未熟抽薹 越冬的幼苗如果太大（小于 0.6 厘米），在冬季长期的低温下，必将通过春化阶段，到翌年春暖日长的时候，就会通过光照阶段并抽薹开花，而不形成叶球。

4 要求

4.1 产地环境 产地环境质量应符合 NY 5010 的规定。

4.2 生产管理措施

4.2.1 栽培季节的划分

4.2.1.1 春甘蓝 冬、春育苗，春定植，夏收获。

4.2.1.2 夏甘蓝 早春育苗，晚春定植，夏、秋收获。

4.2.1.3 夏秋甘蓝 春夏育苗，夏定植，秋收获。

4.2.1.4 秋甘蓝 夏季育苗，夏、秋定植，秋、冬收获。

4.2.1.5 冬甘蓝 夏、秋育苗，秋、冬定植，冬、春收获。

4.2.2 育苗

4.2.2.1 育苗设施

4.2.2.1.1 改良阳畦 跨度约3米，高度约1.3米，有保温和采光维护结构，东西向延长。

4.2.2.1.2 塑料棚 采用塑料薄膜覆盖，其骨架常用竹、木、钢材或复合材料建造而成。主要包括以下三种棚型：

a) 塑料小棚 矢高0.6～1.0米，跨度1.0～3.0米，长度不限。

b) 塑料中棚 矢高1.5～2.0米，跨度4.0～6.0米，长度不限。

c) 塑料大棚 矢高2.5～3.0米，跨度6.0～12.0米，长度30.0～60.0米。

4.2.2.1.3 日光温室 由采光和保温维护结构组成，以塑料薄膜为透明覆盖材料，东西延长。

4.2.2.1.4 连栋温室 单栋跨度6～8米、顶高4～6米，二连栋以上的大型保护设施，以塑料、玻璃等为透明覆盖材料、钢材为骨架。

4.2.2.2 育苗方式 根据栽培季节和方式，可在改良阳畦、塑料棚、温室、温床和露地育苗。有条件的可采用工厂化育苗。夏秋露地育苗要有防雨、防虫、遮荫设施。

4.2.2.3 品种选择 早春塑料拱棚、春甘蓝选用抗逆性强、耐抽薹、商品性好的早熟品种；夏甘蓝选用抗病性强、耐热的品种；秋甘蓝选用优质、高产、耐贮藏的中晚熟品种。

4.2.2.4 种子质量 符合GB 16715.4 — 1999中的二级以上要求。

4.2.2.5 催芽 将浸好的种子捞出洗净后，稍加晾干后用湿布包好，放在20～25℃处催芽，每天用清水冲洗一次，当20%种子萌芽时，即可播种。

4.2.2.6 育苗床准备

4.2.2.6.1 床土配制 选用近三年来未种过十字花科蔬菜的肥沃园土2份与充分腐熟的过筛圈肥1份配合，并按每立方米加

N：P_2O_5：K_2O 为 15：15：15 的三元复合肥 1 千克或相应养分的单质肥料混合均匀待用。将床土铺入苗床，厚度约 10 厘米。

4.2.2.6.2 床土消毒 用 50％多菌灵可湿性粉剂与 50％福美双可湿性粉剂按 1：1 比例混合，或 25％甲霜灵可湿性粉剂与 70％代森锰锌可湿性粉剂按 9：1 比例混合，按每平方米用药 8～10 克与 4～5 克，过筛细土混合，播种时三分之二铺于床面，三分之一覆盖在种子上。

4.2.2.7 播种

4.2.2.7.1 播种期 根据当地气象条件和品种特性，选择适宜的播期。最好选用温室育苗，推迟播种期，缩短育苗期，减少低温影响，防止未熟抽薹。

4.2.2.7.2 播种方法 浇足底水，水渗后覆一层细土（或药土），将种子均匀撒播于床面，覆土 0.6～0.8 厘米。露地夏秋育苗，使用小拱棚或平棚育苗，覆盖遮阳网或旧薄膜，遮阳防雨。

4.2.2.8 苗期管理

4.2.2.8.1 温度 见表 1。

表 1 苗期温度管理 单位：℃

时 期	白天适宜温度	夜间适宜温度
播种至齐苗	20～25	16～15
齐苗至分苗	18～23	15～13
分苗至缓苗	20～25	16～14
缓苗至定植前 10 天	18～23	15～12
定植前 10 天至定植	15～20	10～8

4.2.2.8.2 分苗 当幼苗 1～2 片真叶时，分苗在营养钵内，摆入苗床。

4.2.2.8.3 分苗后管理 缓苗后划锄 2～3 次，床土不旱不浇水，浇水宜浇小水或喷水，定植前 7 天浇透水，1～2 天后起苗囤苗，并进行低温炼苗。露地夏秋育苗，分苗后要用遮阳网防暴雨，有条件的还要扣 22 目防虫网防虫。同时既要防止床土过干，也要在雨后及时排除苗床积水。

4.2.2.8.4　壮苗标准　植株健壮，6～8片叶，叶片肥厚蜡粉多，根系发达，无病虫害。

4.2.3　定植前准备

4.2.3.1　前茬　为非十字花科蔬菜。

4.2.3.2　整地　北方露地栽培采用平畦，塑料拱棚亦可采用半高畦。南方作深沟高畦。

4.2.3.3　基肥　有机肥与无机肥相结合。在中等肥力条件下，结合整地每亩施优质有机肥（以优质腐熟猪厩肥为例）3000～4000千克，配合施用氮、磷、钾肥。有机肥料需达到规定的卫生标准，见附录A（规范性附录）。

4.2.3.4　设防虫网阻虫　温室大棚通风口用防虫网密封阻止蚜虫进入。夏季高温季节，在害虫发生之前，用防虫网覆盖大棚和温室，阻止小菜蛾、菜青虫、夜蛾科害虫等迁入。

4.2.3.5　银灰膜驱蚜　铺银灰色地膜，或将银灰膜剪成10～15厘米宽的膜条，膜条间距10厘米，纵横拉成网眼状。

4.2.3.6　棚室消毒　45％百菌清烟剂，每亩用180克，密闭烟熏消毒。

4.2.4　定植

4.2.4.1　定植期　春甘蓝一般在春季土壤化冻、重霜过后定植。

4.2.4.2　定植方法　采用大小行定植，覆盖地膜。

4.2.4.3　定植密度　根据品种特性、气候条件和土壤肥力，北方每亩定植早熟种4000～6000株，中熟种2200～3000株，晚熟种1800～2200株。南方每亩定植早熟品种3500～4500株，中熟品种3000～3500株，迟熟品种1600～2000株。

4.2.5　定植后水肥管理

4.2.5.1　缓苗期　定植后4～5天浇缓苗水，随后结合中耕培土1～2次。北方棚室要增温保温，适宜的温度白天20～22℃，夜间10～12℃，通过加盖草苫，内设小拱棚等措施保温。南方秋、冬甘蓝生长前期天气炎热干旱，应适当多浇水，以保持土壤湿润。

4.2.5.2　莲座期　通过控制浇水而蹲苗，早熟种6～8天，中晚熟种10～15天，结束蹲苗后要结合浇水每亩追施氮肥（N）3～5千克，同时用0.2％的硼砂溶液叶面喷施1～2次。棚室温度控制在白天15～20℃，夜间8～10℃。

4.2.5.3　结球期　要保持土壤湿润。结合浇水追施氮肥（N）2～4千克，钾肥（K_2O）1～3千克。同时用0.2％的磷酸二氢钾溶液叶面喷施1～2次。结球后期控制浇水次数和水量。北方棚室栽培浇水后要放风排湿，室温不宜超过25℃，当外界气温稳定在15℃时可撤膜。南方梅雨、暴雨季节，应注意及时排水。收获前20天内不得追施无机氮肥。

4.2.6　病虫害防治

4.2.6.1　病虫害防治原则　贯彻"预防为主，综合防治"的植保方针，通过选用抗性品种，培育壮苗，加强栽培管理，科学施肥，改善和优化菜田生态系统，创造一个有利于结球甘蓝生长发育的环境条件；优先采用农业防治、物理防治、生物防治、配合科学合理地使用化学防治，将结球甘蓝有害生物的为害控制在允许的经济阈值以下，达到生产安全、优质的无公害结球甘蓝的目的。

4.2.6.2　物理防治

4.2.6.2.1　设置黄板诱杀蚜虫　用100厘米×20厘米的黄板，按照30～40块/亩的密度，挂在行间或株间，高出植株顶部，诱杀蚜虫，一般7～10天重涂一次机油。

4.2.6.2.2　利用黑光灯诱杀害虫。

4.2.6.3　药剂防治

4.2.6.3.1　严格执行国家有关规定，不应使用高毒、高残留农药，见附表B（规范性附录）。

4.2.6.3.2　使用药剂防治时，要严格执行GB 4285和GB/T 8321，见附录C（规范性附录）。

4.2.6.3.3　病害防治

4.2.6.3.3.1　霜霉病

a）每亩用45％百菌清烟剂110～180克，傍晚密闭烟熏。7天熏一次，连熏3～4次。

b）用80％代森锰锌600倍液喷雾预防病害发生。

c）发现中心病株后用40％三乙膦酸铝可湿性粉剂150～200倍液，或72.2％霜霉威水剂600～800倍液，或75％百菌清可湿性粉剂500倍液，或72％霜脲氰·锰锌600～800倍液，或69％烯酰吗啉·锰锌500～600倍液喷雾，交替、轮换使用，7～10天1次，连续防治2～3次。

4.2.6.3.3.2　黑斑病　发病初期用75％百菌清可湿性粉剂500～600倍液，或50％异菌脲可湿性粉剂1500倍液，7～10天1次，连续防治2～3次。

4.2.6.3.3.3　黑腐病　发病初期用14％络氨铜水剂600倍液，或77％氢氧化铜可湿性粉剂500倍液，或72％硫酸链霉素可溶粉剂4000倍液，7～10天1次，连喷2～3次。

4.2.6.3.3.4　菌核病　用40％菌核净1500～2000倍液，或50％腐霉利1000～1200倍液，在病发生初期开始用药，间隔7～10天，连续防治2～3次。

4.2.6.3.3.5　软腐病　用72％硫酸链霉素可溶粉剂4000倍液，或77％氢氧化铜400～600倍液，在病发生初期开始用药，间隔7～10天，连续防治2～3次。

4.2.6.3.4　虫害防治

4.2.6.3.4.1　菜青虫

a）卵孵化盛期选用苏云金杆菌可湿性粉剂1000倍液，或5％定虫隆乳油1500～2500倍液喷雾。

b）在低龄幼虫发生高峰期，选用2.5％氯氟氰菊酯乳油2500～5000倍液，或10％联苯菊酯乳油1000倍液，或50％辛硫磷乳油1000倍液，或1.8％阿维菌素3000～4000倍液喷雾。

4.2.6.3.4.2　小菜蛾　于2龄幼虫盛期用5％定虫隆乳油1500～2000倍液，或1.8％阿维菌素乳油3000倍液，或苏云金杆菌可湿性粉剂1000倍液喷雾。以上药剂要轮换、交替使用。

4.2.6.3.4.3　蚜虫　用 50％抗蚜威可湿性粉剂 2000～3000 倍液；或 10％吡虫啉可湿性粉剂 1500 倍液，或 3％啶虫脒 3000 倍液喷雾，6～7 天喷一次，连喷 2～3 次。用药时可加入适量展着剂。

4.2.6.3.4.4　夜蛾科害虫　在幼虫 3 龄前用 5％定虫隆乳油 1500～2500 倍液，或 52.25％毒死蜱・氯氰菊酯乳油 1000 倍液，或 20％虫酰肼 1000 倍液喷雾，晴天傍晚用药，阴天可全天用药。

4.2.7　适时采收　根据甘蓝的生长情况和市场的需求，陆续采收上市。在叶球大小定型，紧实度达到八成时即可采收。上市前可喷洒 500 倍液的高脂膜，防止叶片失水萎蔫，影响经济价值。同时，应去其黄叶或有病虫斑的叶片，然后按照球的大小进行分级包装。

附录 A

（规范性附录）

有机肥卫生标准

表 A・1

项　目		卫生标准及要求
高温堆肥	堆肥温度	最高堆温达 50～55℃,持续 5～7 天
	蛔虫卵死亡率	95％～100％
	粪大肠菌值	$10^{-2}～10^{-1}$
	苍蝇	有效地控制苍蝇孳生,肥堆周围没有活的蛆、蛹或新羽化的成蝇
沼气发酵肥	密封储存期	30 天以上
	高温沼气发酵温度	(53±2)℃持续 2 天
	寄生虫卵沉降率	95％以上
	血吸虫卵和钩虫卵	在使用粪液中不得检出活的血吸虫卵和钩虫卵
	粪大肠菌值	普通沼气发酵 10～4,高温沼气发酵 $10^{-2}～10^{-1}$
	蚊子、苍蝇	有效地控制蚊蝇孳生,粪液中无孑孓。池的周围无活的蛆、蛹或新羽化的成蝇
	沼气池残渣	经无害化处理后方可用作农肥

附录 B

（规范性附录）

无公害甘蓝生产中禁止使用的农药品种

甲拌磷（3911）、治螟磷（苏化203）、对硫磷（1605）、甲基对硫磷（甲基1605）、内吸磷（1059）、杀螟威、久效磷、磷胺、甲胺磷、异丙磷、三硫磷、氧化乐果、磷化锌、磷化铝、甲基硫环磷、甲基异柳磷、氰化物、克百威、氟乙酰胺、砒霜、杀虫脒、西力生、赛力散、溃疡净、氯化苦、五氯酚、二溴氯丙烷、401、六六六、滴滴涕、氯丹及其他高毒、高残留农药。

注：引自1982年6月5日原农牧渔业部和卫生部颁发的《农药安全使用规定》。

附录 C

（规范性附录）

农药合理使用准则（甘蓝常用农药部分）

表 C·1

农药名称	剂型	常用药量/[克（毫升）/（次·亩）]	最高用药量/[克（毫升）/（次·亩）]	施药方法	最多施药次数（每季作物）	安全间隔期/天
敌敌畏	80%乳油	100毫升	200毫升	喷雾	5	≥5
乐果	40%乳油	50毫升	100毫升	喷雾		≥10
辛硫磷	50%乳油	50毫升	100毫升	喷雾	3	≥6
敌百虫	90%固体	50克	100克	喷雾	5	≥7
氯氰菊酯	10%乳油	20毫升	30毫升	喷雾	3	≥5
溴氰菊酯	2.5%乳油	20毫升	40毫升	喷雾	3	≥2
氰戊菊酯	20%乳油	15毫升	40毫升	喷雾	3	≥5（夏菜）≥12（秋菜）
甲氰菊酯	20%乳油	25毫升	50毫升	喷雾	3	≥3
氯氟氰菊酯	2.5%乳油	25毫升	50毫升	喷雾	3	≥7
顺式氰戊菊酯	5%乳油	10毫升	20毫升	喷雾	3	≥3

农药名称	剂型	常用药量/[克(毫升)/(次·亩)]	最高用药量/[克(毫升)/(次·亩)]	施药方法	最多施药次数(每季作物)	安全间隔期/天
顺式氯氰菊酯	10%乳油	5 毫升	10 毫升	喷雾	3	≥3
抗蚜威	50%可湿性粉剂	10 克	30 克	喷雾	3	≥11
氟啶脲	5%乳油	40 毫升	80 毫升	喷雾	3	≥7
毒死蜱	40.7%乳油	50 毫升	75 毫升	喷雾	3	≥7
齐墩螨素	1.8%悬浮剂	30 毫升	50 毫升	喷雾	1	≥7
百菌清	75%可湿性粉剂	100 克	120 克	喷雾	3	≥10
琥胶肥酸铜	30%乳油	150 毫升	300 毫升	喷雾喷雾	4	≥3
氢氧化铜	77%可湿性粉剂	134 克	200 克	喷雾	3	≥3

注：摘自 GB 4285 和 GB/T 8321。

参 考 文 献

[1] 张振贤等. 大白菜栽培技术问答. 北京：中国农业大学出版社，2007.
[2] 刘卫红等. 怎样提高大白菜种植效益. 北京：金盾出版社，2007.
[3] 王鑫等. 无公害大白菜结球甘蓝标准化生产. 北京：中国农业出版社，2006.
[4] 袁希汉，苏小俊. 大白菜四季栽培. 南京：江苏科学技术出版社，1996.
[5] 任华中等. 甘蓝类蔬菜栽培技术问答. 北京：中国农业大学出版社，2008.
[6] 方智远等. 甘蓝栽培技术. 北京：金盾出版社，2008.
[7] 张洪意等. 甘蓝类蔬菜栽培与贮藏加工新技术. 北京：中国农业出版社，2005.
[8] 安心哲等. 甘蓝、花椰菜无公害标准化栽培技术. 北京：化学工业出版社，2009.
[9] 李贞霞等. 结球甘蓝栽培技术. 郑州：中原农民出版社，2006.
[10] 高九思等. 特种甘蓝栽培技术图说. 郑州：河南科学技术出版社，2007.
[11] 丁超. 图文精讲反季节白菜栽培技术. 南京：江苏科学技术出版社，2009.
[12] 张桂玲等. 大白菜栽培技术. 郑州：中原农民出版社，2006.
[13] 张晓伟等. 白菜甘蓝优质高效栽培技术. 郑州：中原出版传媒集团，中原农民出版社，2008.
[14] 张凤兰等. 白菜甘蓝芥菜100问. 北京：中国农业出版社，2009.
[15] 董伟等. 甘蓝亩产5000元关键技术问答. 北京：中国林业出版社，2008.
[16] 韩灿功等. 甘蓝无公害标准化生产技术. 郑州：中原出版传媒集团，中原农民出版社，2008.
[17] 黄启元. 南方高山蔬菜生产技术. 北京：金盾出版社，2008.
[18] 肖深根. 高山反季节蔬菜栽培技术. 长沙：湖南科学技术出版社，2007.
[19] 冯文清，陈宗光. 蔬菜配方施肥120题. 北京：金盾出版社，2007.
[20] 程季珍，巫东堂. 露地蔬菜施肥技术问答. 北京：金盾出版社，2009.
[21] 王久兴，贺桂欣等. 蔬菜病虫害诊治图谱白菜甘蓝类分册. 北京：科学技术文献出版社，2004.
[22] 郭书普等. 白菜、甘蓝类蔬菜及萝卜病虫害防治原色图鉴. 合肥：安徽科学技术出版社，2004.
[23] 单扬. 蔬菜实用加工技术. 长沙：湖南科学技术出版社，1997.
[24] 郭书普. 新版蔬菜病虫害防治彩色图鉴. 北京：中国农业大学出版社，2010.
[25] 《中国蔬菜》杂志. 中国农业科学院蔬菜花卉研究所主办，2005年1期～2010年10期.
[26] 《蔬菜》杂志. 北京市农林科学院主办，2002年1期～2010年10期.
[27] 《长江蔬菜》杂志. 长江蔬菜杂志社主办，1998年1期～2010年10期.
[28] 冯坚等. 英汉农药名称对照手册（第三版）. 北京：化学工业出版社，2009.

彩图1 早熟5号白菜

彩图2 直筒形大白菜

彩图3 夏大白菜栽培

彩图4 大白菜营养块育苗

彩图5 受冻害的大白菜

彩图6 大白菜涝害

彩图7 大白菜未熟抽薹

彩图8 白菜病毒病

彩图9 大白菜软腐病病株

彩图10 大白菜霜霉病（叶背）

彩图11 大白菜炭疽病病株

彩图12 大白菜干烧心

彩图13 黄板诱杀蚜虫

彩图14 黄条跳甲为害十字花科蔬菜

彩图15 黄条跳甲为害十字花科蔬菜
（被害状）

彩图16 菜青虫为害十字花科蔬菜

彩图17 甘蓝上的菜粉蝶成虫

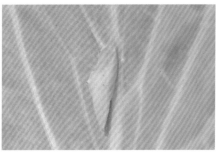

彩图18 菜粉蝶蛹

彩图19 京丰1号甘蓝

彩图20 争春甘蓝

彩图21 泰甘

彩图22 秋甘蓝露地栽培

彩图23 羽衣甘蓝

彩图24 紫甘蓝

彩图25 结球甘蓝配方施肥

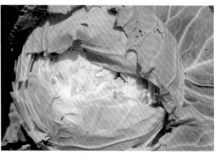

彩图26 结球甘蓝裂球

彩图27 春甘蓝未熟抽薹

彩图28 甘蓝采后修整

彩图29 结球甘蓝黑斑病病叶

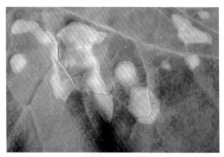

彩图30 结球甘蓝白斑病病叶

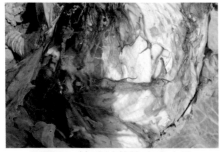

彩图31 结球甘蓝软腐病病株

彩图32 菜蝽为害十字花科蔬菜